枕边闲书

古典中的雅趣

〔清〕沈复 等◎著
李娟◎译

中国華僑出版社
北京

图书在版编目（CIP）数据

枕边闲书：古典中的雅趣 /（清）沈复等著；李娟译 .—北京：中国华侨出版社，2019.5

ISBN 978-7-5113-7823-1

Ⅰ . ①枕… Ⅱ . ①沈… ②李… Ⅲ . ①古典散文 – 散文集 – 中国 – 清代 ②《浮生六记》– 译文 ③《影梅庵忆语》– 译文 ④《秋灯琐忆》– 译文 ⑤《香畹楼忆语》—译文 Ⅳ . ① I264.9

中国版本图书馆 CIP 数据核字（2019）第 055847 号

枕边闲书：古典中的雅趣

著　　者 /（清）沈复等
译　　者 / 李　娟
责任编辑 / 姜薇薇　王　嘉
责任校对 / 王京燕
经　　销 / 新华书店
开　　本 / 670 毫米 ×960 毫米　1/16　印张 / 18　字数 /231 千字
印　　刷 / 三河市华润印刷有限公司
版　　次 / 2022 年 2 月第 1 版第 2 次印刷
书　　号 / ISBN 978-7-5113-7823-1
定　　价 / 49.80 元

中国华侨出版社　北京市朝阳区静安里 26 号通成达大厦 3 层　邮编：100028
法律顾问：陈鹰律师事务所
编辑部：（010）64443056　　64443979
发行部：（010）64443051　　传真：（010）64439708
网　址：www.oveaschin.com
E-mail：oveaschin@sina.com

前言

北宋文学家钱惟演善于利用散碎时间来读书，终成一代文学大家。对于零碎阅读，他曾有枕上、厕上和马上读书之说。马上读书，于我们而言早已成为历史；而厕上读书现在则更多为手机代之；只剩下枕上读书，沿袭至今，既方便，又接地气。

当夜晚的宁静取代白昼的纷扰，当躺到床上卸去一身的疲惫时，捧一本闲书，打开通往古今的门，跨进这扇门，便可与遥远时空的智者先贤们促膝谈心。无须正襟危坐，想斜躺也可，想靠着床头也可。是何等的安逸自在啊！

那些闲书，非商海，非股票，非鸡汤，无关实用，不涉功利。只讲求与心灵相通，或让人会心一笑；或让人掩卷沉思。可以是唐宋的诗词，明清的小说、散文等，这些骚客文人或深邃或豪放或婉约或飘逸的文字，如美酒清茶，让捧卷的人，沉醉其中。

本书中入选的《浮生六记》《秋灯琐忆》《影梅庵忆语》《香畹楼

忆语》《项脊轩志》《与妻书》便属于这样的闲书名篇。这些名篇来自明清一些著名文人回忆家庭生活或夫妻感情的内容，在20世纪曾风靡一时。

入选的文字是中国传统文化中较为罕见的追求个人幸福与自由的文字，且极具灵气。作者以传统文人极为少见的率真与坦诚，抒写自己刻骨铭心的爱情经历，记录了许多伉俪共度的快乐时光，向世人描绘了一幅幅充满文人韵致的家庭生活画面……

在当时的社会条件下，这些男女主人公可谓是超凡脱俗，他们用极其浪漫的情怀去呼唤人间的爱与美，字里行间流露出渴望战胜死亡、超越时空、永葆幸福的美好愿望。这些也是当时个人意识觉醒的标志，体现了他们对个人幸福自由的大胆追求。

这些回忆往昔、充满感情的文字，自问世以来，便受到广大读者，尤其是知识界读者的喜爱。人们口碑相传，会心欣赏，几百年来，流传不衰。

为方便读者阅读，编者对前面四篇进行了白话翻译，并附有导读。而《项脊轩志》《与妻书》因较为通俗易懂，本书便不再对其翻译。

目录

—— 上篇　原文 ——

浮生六记

秋灯琐忆

影梅庵忆语

香畹楼忆语

项脊轩志

与妻书

—— 下篇 译文 ——

浮生六记

秋灯琐忆

影梅庵忆语

香畹楼忆语

上篇
原文

浮生六记

导读

沈复的《浮生六记》的艺术魅力在于真实地展示了作者的家庭生活，曲折委婉地写出了夫妻之间的恩爱之情。沈复夫妻虽然相爱相知，却命蹇时乖，他们生活在一个大家庭中，家规甚严而又充满矛盾和利害之争。而芸娘天性纯真，对人真诚，无设防之心，因而遭到公婆误解、小叔欺骗，两度被逐出家门，别离儿女，以致最后饥寒交迫，无钱治病，最终被贫病和忧愤夺去了生命。芸娘死后，沈复痛苦得无以自拔，说出："奉劝世间夫妇，固不可彼此相仇，亦不可过于情笃。"

有趣的是，沈复并非文人出身。他虽出身于"衣冠之家"，从师读过几年书，但不久即习幕经商，后又以卖画为生，浪迹天涯，充其量，只是一个文学爱好者而已。而他所写的《浮生六记》却极为真实地记录了自己的生活和思想感情，下笔率真自然，不拘俗套，达到"文章本天成，妙手偶得之"的效果，恐怕连他自己也没想到这篇文字会传之后世，并经久不衰吧！

著名作家林语堂将沈复的《浮生六记》译成英语介绍到美国，盛赞书中女主人公是中国文学史上最可爱的女人；中国香港也把书中片段载入中学语文课本中；俞平伯在《校点重印〈浮生六记〉》中，则惊叹它"俨如一块纯美的水晶，只见明莹，不见衬露明莹的颜色；只见精微，不见制作精微的痕迹”这种评价，并非过誉之词。

众所周知，《浮生六记》是六卷，如今仅存四卷，后两卷遗失。本书选入的即为前四卷。

卷一　闺房记乐

余生乾隆癸未冬十一月二十有二日，正值太平盛世，且在衣冠之家，居苏州沧浪亭畔，天之厚我可谓至矣。东坡云:“事如春梦了无痕”，苟不记之笔墨，未免有辜彼苍之厚。因思《关雎》冠三百篇之首，故列夫妇于首卷，余以次递及焉。所愧少年失学，稍识之无，不过记其实情实事而已，若必考订其文法，是责明于垢鉴矣。

余幼聘金沙于氏，八龄而夭。娶陈氏。陈名芸，字淑珍，舅氏心余先生女也。生而颖慧，学语时，口授《琵琶行》，即能成诵。四龄失怙，母金氏，弟克昌，家徒壁立。芸既长，娴女红，三口仰其十指供给，克昌从师，脩脯无缺。一日，于书簏中得《琵琶行》，挨字而认，始识字。刺绣之暇，渐通吟咏，有“秋侵人影瘦，霜染菊花肥”之句。余年十三，随母归宁，两小无嫌，得见所作，虽叹其才思隽秀，窃恐其福泽不深，然心注不能释，告母曰:“若为儿择妇，非淑姊不娶。”母亦爱其柔和，即脱金约指缔姻焉。此乾隆乙未七月十六日也。

是年冬，值其堂姊出阁，余又随母往。芸与余同齿而长余十月，自幼姊弟相呼，故仍呼之曰淑姊。时但见满室鲜衣，芸独通体素淡，仅新其鞋而已。见其绣制精巧，询为己作，始知其慧心不仅在笔墨也。其形削肩长项，瘦不露骨，眉弯目秀，顾盼神飞，唯两齿微露，似非佳相。

一种缠绵之态，令人之意也消。索观诗稿，有仅一联，或三四句，多未成篇者，询其故，笑曰："无师之作，愿得知己堪师者敲成之耳。"余戏题其签曰"锦囊佳句"。不知夭寿之，机此已伏矣。是夜，送亲城外，返已漏三下，腹饥索饵，婢妪以枣脯进，余嫌其甜。芸暗牵余袖，随至其室，见藏有暖粥并小菜焉，余欣然举箸。忽闻芸堂兄玉衡呼曰："淑妹速来！"芸急闭门曰："已疲乏，将卧矣。"玉衡挤身而入，见余将吃粥，乃笑睨芸曰："顷我索粥，汝曰'尽矣'，乃藏此专待汝婿耶？"芸大窘避去，上下哗笑之。余亦负气，挈老仆先归。自吃粥被嘲，再往，芸即避匿，余知其恐贻人笑也。

至乾隆庚子正月二十二日花烛之夕，见瘦怯身材依然如昔，头巾既揭，相视嫣然。合卺后，并肩夜膳，余暗于案下握其腕，暖尖滑腻，胸中不觉怦怦作跳。让之食，适逢斋期，已数年矣。暗计吃斋之初，正余出痘之期，因笑谓曰："今我光鲜无恙，姊可从此开戒否？"芸笑之以目，点之以首。

廿四日为余姊于归，廿三国忌不能作乐，故廿二之夜即为余姊款嫁。芸出堂陪宴，余在洞房与伴娘对酌，拇战辄北，大醉而卧，醒则芸正晓妆未竟也。是日，亲朋络绎，上灯后始作乐。廿四子正，余作新舅送嫁，丑末归来，业已灯残人静，悄然入室，伴妪盹于床下，芸卸妆尚未卧，高烧银烛，低垂粉颈，不知观何书而出神若此，因抚其肩曰："姊连日辛苦，何犹孜孜不倦耶？"芸忙回首起立曰："顷正欲卧，开橱得此书，不觉阅之忘倦。《西厢》之名，闻之熟矣，今始得见，莫不愧才子之名，但未免形容尖薄耳。"余笑曰："唯其才子，笔墨方能尖薄。"伴妪在旁促卧，令其闭门先去。遂与比肩调笑，恍同密友重逢。戏探其怀，亦怦怦作跳，因俯其耳曰："姊何心春乃尔耶？"芸回眸微笑。便觉一缕情丝摇人魂魄，拥之入帐，不知东方之既白。

芸作新妇，初甚缄默，终日无怒容，与之言，微笑而已。事上以敬，处下以和，井井然未尝稍失。每见朝暾上窗，即披衣急起，如有人呼促者然。余笑曰："今非吃粥比矣，何尚畏人嘲耶？"芸曰："曩之藏粥待君，传为话柄；今非畏嘲，恐堂上道新娘懒惰耳。"余虽恋其卧而德其正，因亦随之早起。自此耳鬓相磨，亲同形影，爱恋之情有不可以言语形容者。

而欢娱易过，转睫弥月。时吾父稼夫公在会稽幕府，专役相迓，受业于武林赵省斋先生门下。先生循循善诱，余今日之尚能握管，先生力也。归来完姻时，原订随侍到馆。闻信之余，心甚怅然，恐芸之对人堕泪。而芸反强颜劝勉，代整行装，是晚，但觉神色稍异而已。临行，向余小语曰："无人调护，自去经心！"及登舟解缆，正当桃李争妍之候，而余则恍同林鸟失群，天地异色！到馆后，吾父即渡江东去。

居三月，如十年之隔。芸虽时有书来，必两问一答，半多勉励词，余皆浮套语，心殊怏怏。每当风生竹院，月上蕉窗，对景怀人，梦魂颠倒。先生知其情，即致书吾父，出十题而遣余暂归。喜同戍人得赦，登舟后，反觉一刻如年。及抵家，吾母处问安毕，入房，芸起相迎，握手未通片语，而两人魂魄恍恍然化烟成雾，觉耳中惺然一响，不知更有此身矣。

时当六月，内室炎蒸，幸居沧浪亭爱莲居西间壁，板桥内一轩临流，名曰"我取"，取"清斯濯缨，浊斯濯足"意也。檐前老树一株，浓阴覆窗，人画俱绿。隔岸游人往来不绝。此吾父稼夫公垂帘宴客处也。禀命吾母，携芸消夏于此。因暑罢绣，终日伴余课书论古，品月评花而已。芸不善饮，强之可三杯，教以射覆为令。自以为人间之乐，无过于此矣。

一日，芸问曰："各种古文，宗何为是？"余曰："《国策》《南华》取其灵快；匡衡、刘向取其雅健；史迁、班固取其博大；昌黎取其浑；

柳州取其峭；庐陵取其宕；三苏取其辩；他若贾、董策对，庾、徐骈体，陆贽奏议，取资者不能尽举，在人之慧心领会耳。”芸曰：“古文全在识高气雄，女子学之恐难入彀，唯诗之一道，妾稍有领悟耳。”余曰：“唐以诗取士，而诗之宗匠必推李、杜，卿爱宗何人？”芸发议曰：“杜诗锤炼精纯，李诗激洒落拓。与其学杜之森严，不如学李之活泼。”余曰：“工部为诗家之大成，学者多宗之，卿独取李，何也？”芸曰：“格律谨严，词旨老当，诚杜所独擅；但李诗宛如姑射仙子，有一种落花流水之趣，令人可爱。非杜亚于李，不过妾之私心宗杜心浅，爱李心深。”余笑曰：“初不料陈淑珍乃李青莲知己。”芸笑曰：“妄尚有启蒙师自乐天先生，时感于怀，未尝稍释。”余曰：“何谓也？”芸曰：“彼非作《琵琶行》者耶？”余笑曰：“异哉！李太白是知己，自乐天是启蒙师，余适字三白，为卿婿，卿与‘白’字何其有缘耶？”差笑曰：“白字有缘，将来恐白字连篇耳（吴音呼别字为白字）。”相与大笑。余曰：“卿既知诗，亦当知赋之弃取。”芸曰：“《楚辞》为赋之祖，妾学浅费解。就汉、晋人中调高语炼，似觉相如为最。”余戏曰：“当日文君之从长卿，或不在琴而在此乎？”复相与大笑而罢。

余性爽直，落拓不羁；芸若腐儒，迂拘多礼。偶为披衣整袖，必连声道“得罪”；或递巾授扇，必起身来接。余始厌之，曰：“卿欲以礼缚我耶？《语》曰：‘礼多必诈’。”芸两颊发赤，曰：“恭而有礼，何反言诈？”余曰：“恭敬在心，不在虚文。”芸曰：“至亲莫如父母，可内敬在心而外肆狂放耶？”余曰：“前言戏之耳。”芸曰：“世间反目多由戏起，后勿冤妾，令人郁死！”余乃挽之入怀，抚慰之，始解颜为笑。自此“岂敢”、“得罪”竟成语助词矣。鸿案相庄廿有三年，年愈久而情愈密。家庭之内，或暗室相逢，窄途邂逅，必握手问曰：“何处去？”私心忒忒，如恐旁人见之者。实则同行并坐，初犹避人，久则不以为意。芸或与人坐谈，见余至，必起立偏挪其身，余就而并焉。彼此皆不觉其所以然者，始以为惭，继成不期然而然。独怪老年夫妇相视如仇者，不知何意？或曰："非如是，焉得白头偕老哉？"斯言诚然欤？

是年七夕，芸设香烛瓜果，同拜天孙于我取轩中。余镌"愿生生世世为夫妇"图章二方，余执朱文，芸执白文，以为往来书信之用。是夜月色颇佳，俯视河中，波光如练，轻罗小扇，并坐水窗，仰见飞云过天，变态万状。芸曰："宇宙之大，同此一月，不知今日世间，亦有如我两人之情兴否？"余曰："纳凉玩月，到处有之。若品论云霞，或求之幽闺绣闼，慧心默证者固亦不少。若夫妇同观，所品论着恐不在此云霞耳。"未几，烛烬月沉，撤果归卧。

七月望，俗谓鬼节。芸备小酌，拟邀月畅饮。夜忽阴云如晦，芸愀然曰："妾能与君白头偕老，月轮当出。"余亦索然。但见隔岸萤光明灭万点，梳织于柳堤蓼渚间。余与芸联句以遣闷怀，而两韵之后，逾联逾纵，想入非夷，随口乱道。芸已漱涎涕泪，笑倒余怀，不能成声矣。觉其鬓边茉莉浓香扑鼻，因拍其背，以他词解之曰："想古人以茉莉形色如珠，故供助妆压鬓，不知此花必沾油头粉面之气，其香更可爱，所供佛手当退三舍矣。"芸乃止笑曰："佛手乃香中君子，只在有意无意间。茉莉是香中小人，故须借人之势，其香也如胁肩谄笑。"余曰："卿何远君子而近小人？"芸曰："我笑君子爱小人耳。"正话间，漏已三滴，渐见风扫云开，一轮涌出，乃大喜，倚窗对酌。酒未三杯，忽闻桥下哄然一声，如有人堕。就窗细瞩，波明如镜，不见一物，惟闻河滩有只鸭急奔声。余知沧浪亭畔素有溺鬼，恐芸胆怯，未敢即言，芸曰："噫！此声也，胡为乎来哉？"不禁毛骨皆栗。急闭窗，携酒归房。一灯如豆，罗帐低垂，弓影杯蛇，惊神未定。剔灯入帐，芸已寒热大作。余亦继之，困顿两旬。真所谓乐极灾生，亦是白头不终之兆。

中秋日，余病初愈。以芸半年新妇，未尝一至间壁之沧浪亭，先令老仆约守者勿放闲人。于将晚时，偕芸及余幼妹，一妪一婢扶焉，老仆前导，过石桥，进门折东，曲径而入。叠石成山，林木葱翠，亭在土山之巅。循级至亭心，周望极目可数里，炊烟四起，晚霞灿然。隔岸名“近山林”；为大宪行台宴集之地，时正谊书院犹未启也。携一毯设亭中，席地环坐，守着烹茶以进。少焉，一轮明月已上林梢，渐觉风生袖底，月到被心，俗虑尘怀，爽然顿释。芸曰：“今日之游乐矣！若驾一叶扁舟，往来亭下，不更快哉！”时已上灯，忆及七月十五夜之惊，相扶下亭而归。吴俗，妇女是晚不拘大家小户皆出，结队而游，名曰“走月亮”。沧浪亭幽雅清旷，反无一人至者。

吾父稼夫公喜认义子，以故余异姓弟兄有二十六人。吾母亦有义女九人，九人中王二姑、俞六姑与芸最和好。王痴憨善饮，俞豪爽善谈。每集，必逐余居外，而得三女同榻，此俞六姑一人计也。余笑曰：“俟妹于归后，我当邀妹丈来，一住必十日。”俞曰：“我亦来此，与嫂同榻，不大妙耶？”芸与王微笑而已。

时为吾弟启堂娶妇，迁居饮马桥之仓米巷，屋虽宏畅，非复沧浪亭之幽雅矣。吾母诞辰演剧，芸初以为奇观。吾父素无忌讳，点演《惨别》等剧，老伶刻画，见者情动，余窥帘见芸忽起去，良久不出，入内探之，俞与王亦继至。见芸一人支颐独坐镜奁之侧，余曰：“何不快乃尔？”芸曰：“观剧原以陶情，今日之戏徒令人断肠耳。”俞与王皆笑之。余曰：“此深于情者也。”俞曰：“嫂将竟日独坐于此耶？”芸曰：“俟有可观者再往耳。”王闻言先出，请吾母点《刺梁》《后索》等剧，劝芸出观，始称快。

余堂伯父素存公早亡，无后，吾父以余嗣焉。墓在西跨塘福寿山祖茔之侧，每年春日，必挈芸拜扫。王二姑闻其地有戈园之胜，请同往。芸见地下小乱石有苔纹，斑驳可观，指示余曰：“以此叠盆山，较宣州白石为古致。”余曰：“若此者恐难多得。”王曰：“嫂果爱此，我为拾之。”即向守坟者借麻袋一，鹤步而拾之。每得一块，余曰“善”，即收之；余曰“否”，即去之。未几，粉汗盈盈，拽袋返曰：“再拾则力不胜矣。”芸且拣且言曰：“我闻山果收获，必借猴力，果然。”王愤撮十指作哈痒状，余横阻之，责芸曰：“人劳汝逸，犹作此语，无怪妹之动愤也。”归途游戈园，稚绿娇红，争妍竞媚。王素憨，逢花必折，芸叱曰：“既无瓶养，又不簪戴，多折何为？”王曰：“不知痛痒者，何害？”余笑曰：“将来罚嫁麻面多须郎，为花泄忿。”王怒余以目，掷花于地，以莲钩拨入池中，曰：“何欺侮我之甚也！”芸笑解之而罢。

芸初缄默，喜听余议论。余调其言，如蟋蟀之用纤草，渐能发议。其每日饭必用茶泡，喜食芥卤乳腐，吴俗呼为臭乳腐，又喜食虾卤瓜。此二物余生平所最恶者，因戏之曰：“狗无胃而食粪，以其不知臭秽；蜣螂团粪而化蝉，以其欲修高举也。卿其狗耶？蝉耶？”芸曰：“腐取其价廉而可粥可饭，幼时食惯，今至君家，已如蜣螂化蝉，犹喜食之者，不忘本出也。至卤瓜之味，到此初尝耳。”余曰：“然则我家系狗窦耶？”芸窘而强解曰：“夫粪，人家皆有之，要在食与不食之别耳。然君盐食蒜，妾亦强啖之。腐不敢强，瓜可掩鼻略尝，入咽当知其美，此犹无盐貌丑而德美也。”余笑曰：“卿陷我作狗耶？”芸曰：“妾作狗久矣，屈君试尝之。”以箸强塞余口。余掩鼻咀嚼之，似觉脆美，开鼻再嚼，竟成异味，从此亦喜食。芸以麻油加白糖少许拌卤腐，亦鲜美；以卤瓜捣烂拌卤腐，名之曰双鲜酱，有异味。余曰：“始恶而终好之，理之不可解也。”芸曰：“情之所钟，虽丑不嫌。”

余启堂弟妇，王虚舟先生孙女也，催妆时偶缺珠花，芸出其纳采所受者呈吾母。婢妪旁惜之，芸曰：“凡为妇人，已属纯阴，珠乃纯阴之精，用为首饰，阳气全克矣，何贵焉？”而于破书残画反极珍惜。书之残缺不全者，必搜集分门，汇订成帙，统名之曰“断简残编”；字画之破损者，必觅故纸粘补成幅，有破缺处，倩予全好而卷之，名曰“弃余集赏”。于女红、中馈之暇，终日琐琐，不惮烦倦。芸于破笥烂卷中，偶获片纸可观者，如得异宝。旧邻冯妪每收乱卷卖之。

其癖好与余同，且能察眼意，懂眉语，一举一动，示之以色，无不头头是道。余尝曰：“惜卿雌而伏，苟能化女为男，相与访名山，搜胜迹，遨游天下，不亦快哉！”芸曰：“此何难，俟妾鬓斑之后，虽不能远游五岳，而近地之虎阜、灵岩，南至西湖，北至平山，尽可偕游。”余曰：“恐卿鬓斑之日，步履已艰。”芸曰：“今世不能，期以来世。”余曰：“来世卿当作男，我为女子相从。”芸曰：“必得不昧今生，方觉有情趣。”余笑曰：“幼时一粥犹谈不了，若来世不昧今生，合卺之夕，细谈隔世，更无合眼时矣。”芸曰：“世传月下老人专司人间婚姻事，今生夫妇已承牵合，来世姻缘亦须仰借神力，盍绘一像祀之？”时有苕溪戚柳堤，名遵，善写人物。倩绘一像，一手挽红丝，一手携杖悬姻缘簿，童颜鹤发，奔驰于非烟非雾中。此戚君得意笔也。友人石琢堂为题赞语于首，悬之内室，每逢朔望，余夫妇必焚香拜祷。后因家庭多故，此画竟失所在，不知落在谁家矣。“他生未卜此生休”，两人痴情，果邀神鉴耶？

迁仓米巷，余颜其卧楼曰“宾香阁”，盖以芸名而取如宾意也。院窄墙高，一无可取。后有厢楼，通藏书处，开窗对陆氏废园，但有荒凉之象。沧浪风景，时切芸怀。有老妪居金母桥之东、埂巷之北，绕屋皆菜圃，编篱为门，门外有池约亩许，花光树影，错杂篱边，其地即元末张士诚王府废基也。屋西数武，瓦砾堆成土山，登其巅可远眺，地旷人稀，颇饶野趣。妪偶言及，芸神往不置，谓余曰：“自别沧浪，梦魂常绕，今不得已而思其次，其老妪之居乎？”余曰：“连朝秋暑灼人，正思得一清凉地以消长昼，卿若愿往，我先观其家可居，即襆被而往，作一月盘桓何如？”芸曰：“恐堂上不许。”余曰：“我自请之。”越日至其地，屋仅二间，前后隔而为四，纸窗竹榻，颇有幽趣。老妪知余意，欣然出其卧室为赁，四壁糊以白纸，顿觉改观。于是禀知吾母，挈芸居焉。邻仅老夫妇二人，灌园为业，知余夫妇避暑于此，先来通殷勤，并钓池鱼、摘园蔬为馈。偿其价，不受，芸作鞋报之，始谢而受。时方七月，绿树阴浓，水面风来，蝉鸣聒耳。邻老又为制鱼竿，与芸垂钓于柳阴深处。日落时，登土山观晚霞夕照，随意联吟，有“兽云吞落日，弓月弹流星”之句。少焉，月印池中，虫声四起，设竹榻于篱下，老妪报酒温饭熟，遂就月光对酌，微醺而饭。浴罢则凉鞋蕉扇，或坐或卧，听邻老谈因果报应事。三鼓归卧，周体清凉，几不知身居城市矣。篱边倩邻老购菊，遍植之。九月花开，又与芸居十日。吾母亦欣然来观，持螯对菊，赏玩竟日。芸喜曰：“他年当与君卜筑于此，买绕屋菜园十亩，课仆妪，植瓜蔬，以供薪水。君画我绣，以为诗酒之需。布衣菜饭，可乐终身，不必作远游计也。”余深然之。今即得有境地，预知已沦亡，可胜浩叹！

离余家中里许，醋库巷有洞庭君祠，俗呼水仙庙。回廊曲折，小有园亭。每逢神诞，众姓各认一落，密悬一式之玻璃灯，中设宝座，旁列瓶几，插花陈设，以较胜负。日惟演戏，夜则参差高下，插烛于瓶花间，名曰“花照”。花光灯影，宝鼎香浮，若龙宫夜宴。司事者或笙箫歌唱，或煮茗清谈，观者如蚁集，檐下皆设栏为限。余为众友邀去插花布置，因得躬逢其盛。归家向芸艳称之，芸曰：“惜妾非男子，不能往。”余曰：“冠我冠，衣我衣，亦化女为男之法也。”于是易髻为辫，添扫蛾眉；加余冠，微露两鬓，尚可掩饰；服余衣，长一寸又半；于腰间折而缝之，外加马褂。芸曰：“脚下将奈何？”余曰：“坊间有蝴蝶履，大小由之，购亦极易，且早晚可代撒鞋之用，不亦善乎？”芸欣然。及晚餐后，装束既毕，效男子拱手阔步者良久，忽变卦曰：“妾不去矣，为人识出既不便，堂上闻之又不可。”余怂恿曰：“庙中司事者谁不知我，即识出亦不过付之一笑耳。吾母现在九妹丈家，密去密来，焉得知之。”芸揽镜自照，狂笑不已。余强挽之，悄然径去，遍游庙中，无识出为女子者。或问何人，以表弟对，拱手而已。最后至一处，有少妇幼女坐于所设宝座后，乃杨姓司事者之眷属也。芸忽趋彼通款曲，身一侧，而不觉一按少妇之肩，旁有婢媪怒而起曰：“何物狂生，不法乃尔！”余试为措词掩饰，芸见势恶，即脱帽翘足示之曰：“我亦女子耳。”相与愕然，转怒为欢，留茶点，唤肩舆送归。

吴江钱师竹病故，吾父信归，命余往吊。芸私谓余曰：“吴江必经太湖，妾欲偕往，一宽眼界。”余曰：“正虑独行踽踽，得卿同行固妙，但无可托词耳。”芸曰：“托言归宁。君先登舟，妾当继至。”余曰：“若然，归途当泊舟万年桥下，与卿待月乘凉，以续沧浪韵事。”时六月十八日也。是日早凉，携一仆先至胥江渡口，登舟而待，芸果肩舆至。解缆出虎啸桥，渐见风帆沙鸟，水天一色。芸曰：“此即所谓太湖耶？今得见天地之宽，不虚此生矣！想闺中人有终身中能见此者！”闲话未几，风摇岸柳，已抵江城。

余登岸拜奠毕，归视舟中洞然，急询舟子。舟子指曰：“不见长桥柳阴下，观鱼鹰捕鱼者乎？”盖芸已与船家女登岸矣。余至其后，芸犹粉汗盈盈，倚女而出神焉。余拍其肩曰：“罗衫汗透矣！”芸回首曰：“恐钱家有人到舟，故暂避之。君何回来之速也？”余笑曰：“欲捕逃耳。”于是相挽登舟，返棹至万年桥下，阳乌犹未落也。舟窗尽落，清风徐来，绒扇罗衫，剖瓜解暑。少焉霞映桥红，烟笼柳暗，银蟾欲上，渔火满江矣。命仆至船梢与舟子同饮。船家女名素云，与余有杯酒交，人颇不俗，招之与芸同坐。船头不张灯火，待月快酌，射覆为令。素云双目闪闪，听良久，曰：“觞政侬颇娴习，从未闻有斯令，愿受教。”芸即譬其言而开导之，终茫然。余笑曰："女先生且罢论，我有一言作譬，即了然矣。"芸曰："君若何譬之？"余曰："鹤善舞而不能耕，牛善耕而不能舞，物性然也，先生欲反而教之，无乃劳乎？"素云笑捶余肩曰："汝骂我耶！"芸出令曰："只许动口，不许动手。违者罚大觥。"素云量豪，满斟一觥，一吸而尽。余曰："动手但准摸索，不准捶人。"芸笑挽素云置余怀，曰："请君摸索畅怀。"余笑曰："卿非解人，摸索在有意无意间耳，拥而狂探，田舍郎之所为也。"时四鬓所簪茉莉，为酒气所蒸，杂以粉汗油香，芳馨透鼻，余戏曰："小人臭味充满船头，令人作恶。"素云不禁握拳连捶曰："谁教汝狂嗅耶？"芸呼曰："违令，罚两大觥！"素云曰："彼又以小人骂我，不应捶耶？"芸曰："彼之所谓小人，益有故也。请干此，当告汝。"素云乃连尽两觥，芸乃告以沧浪旧居乘凉事。素云曰："若然，真错怪矣，当再罚。"又干一觥。芸曰："久闻素娘善歌，可一聆妙音否？"素即以象箸击小碟而歌。芸欣然畅饮，不觉酩酊，乃乘舆先归。余又与素云茶话片刻，步月而回。时余寄居友人鲁半舫家萧爽楼中，越数日，鲁夫人误有所闻，私告芸曰："前日闻若婿挟两妓饮于万年桥舟中，子知之否？"芸曰："有之，其一即我也。"因以偕游始末详告之，鲁大笑，释然而去。

乾隆甲寅七月，亲自粤东归。有同伴携妾回者，曰徐秀峰，余之表妹婿也。艳称新人之美，邀芸往观。芸他日谓秀峰曰："美则美矣，韵犹未也。"秀峰曰："然则若郎纳妾，必美而韵者乎？"芸曰："然。"从此痴心物色，而短于资。时有浙妓温冷香者，寓于吴，有《咏柳絮》四律，沸传吴下，好事者多和之。余友吴江张闲憨素赏冷香，携柳絮诗索和。芸微其人而置之，余技痒而和其韵，中有"触我春愁偏婉转，撩他离绪更缠绵"之句，芸甚击节。

明年乙卯秋八月五日，吾母将挈芸游虎邱，闲憨忽至曰："余亦有虎邱之游，今日特邀君作探花使者。"因请吾母先行，期于虎邱半塘相晤，拉余至冷香寓。见冷香已半老，有女名憨园，瓜期未破，亭亭玉立，真“一泓秋水照人寒”者也，款接间，颇知文墨。有妹文园，尚雏。余此时初无痴想，且念一杯之叙，非寒士所能酬，而既入个中，私心忐忑，强为酬答。因私谓闲憨曰：“余贫士也，子以尤物玩我乎？”闲憨笑曰：“非也，今日有友人邀憨园答我，席主为尊客拉去，我代客转邀客，毋烦他虑也。”余始释然。

至半塘，两舟相遇，令憨园过舟叩见吾母。芸、憨相见，欢同旧识，携手登山，备览名胜。芸独爱千顷云高旷，坐赏良久。返至野芳滨，畅饮甚欢，并舟而泊。及解缆，芸谓余曰：“子陪张君，留憨陪妾可乎？”余诺之。返棹至都亭桥，始过船分袂。归家已三鼓，芸曰：“今日得见美丽韵者矣，顷已约憨园明日过我，当为子图之。”余骇曰：“此非金屋不能贮，穷措大岂敢生此妄想哉？况我两人伉俪正笃，何必外求？”芸笑曰：“我自爱之，子姑待之。”

明午，憨果至。芸殷勤款接，筵中以猜枚赢吟输饮为令，终席无一罗致语。及憨园归，芸曰：“顷又与密约，十八日来此结为姊妹，子宜备牲牢以待。”笑指臂上翡翠钏曰：“若见此钏属于憨，事必谐矣，顷已吐意，未深结其心也。”余姑听之。十八日大雨，憨竟冒雨至。入室良久，始挽手出，见余有羞色，盖翡翠钏已在憨臂矣。焚香结盟后，拟再续前饮，适憨有石湖之游，即别去。芸欣然告余曰：“丽人已得，君何以谢媒耶？”余询其详，芸曰：“向之秘言，恐憨意另有所属也，顷探之无他，语之曰：‘妹知今日之意否？’憨曰：‘蒙夫人抬举，真蓬蒿倚玉树也，但吾母望我奢，恐难自主耳，愿彼此缓图之。’脱钏上臂时，又语之曰：‘玉取其坚，且有团欒不断之意，妹试笼之以为先兆。’憨曰：‘聚合之权总在夫人也。’即此观之，憨心已得，所难必者冷香耳，当再图之。”余笑曰：“卿将效笠翁之《怜香伴》耶？”芸曰：“然。”自此无日不谈憨园矣。

后憨为有力者夺去，不果。芸竟以之死。

卷二　闲情记趣

余忆童稚时，能张目对日，明察秋毫。见藐小微物，必细察其纹理，故时有物外之趣。夏蚊成雷，私拟作群鹤舞空，心之所向，则或千或百，果然鹤也。昂首观之，项为之强。又留蚊于素帐中，徐喷以烟，使其冲烟飞鸣，作青云白鹤观，果如鹤唳云端，怡然称快。于土墙凹凸处、花台小草丛杂处，常蹲其身，使与台齐，定神细视：以丛草为林，以虫蚁为兽，以土砾凸者为丘，凹者为壑，神游其中，怡然自得。一日，见二虫斗草间，观之正浓，忽有庞然大物拔山倒树而来，盖一癞蛤蟆也，舌一吐而二虫尽为所吞。余年幼，方出神，不觉呀然惊恐，神定，捉蛤蟆，鞭数十，驱之别院。年长思之，二虫之斗，盖图奸不从也，古语云“奸近杀”，虫亦然耶？贪此生涯，卵为蚯蚓所哈（吴俗称阳曰卵），肿不能便，捉鸭开口哈之，婢妪偶释手，鸭颠其颈作吞噬状，惊而大哭，传为话柄。此皆幼时闲情也。

及长，爱花成癖，喜剪盆树。识张兰坡，始精剪枝养节之法，继悟接花叠石之法。花以兰为最，取其幽香韵致也，而瓣品之稍堪入谱者不可多得。兰坡临终时，赠余荷瓣素心春兰一盆，皆肩平心阔，茎细瓣净，可以入谱者，余珍如拱璧。值余幕游于外，芸能亲为灌溉，花叶颇茂，不二年，一日忽萎死。起根视之，皆白如玉，且兰芽勃然，初不可解，以为无福消受，浩叹而已。事后始悉有人欲分不允，故用滚汤灌杀也。从此誓不植兰。次取杜鹃，虽无香而色可久玩，且易剪裁。以芸惜枝怜叶，不忍畅剪，故难成树。其他盆玩皆然。

惟每年篱东菊绽，积兴成癖。喜摘插瓶，不爱盆玩。非盆玩不足观，以家无园圃，不能自植，货于市者，俱丛杂无致，故不取耳。其插花朵，数宜单，不宜双，每瓶取一种，不取二色；瓶口取阔大，不取窄小，阔大者舒展不拘。自五七花至三四十花，必于瓶口中一丛怒起，以不散漫、不挤轧、不靠瓶口为妙，所谓“起把宜紧”也。或亭亭玉立，或飞舞横斜。

花取参差，间以花蕊，以免飞钹耍盘之病。况取不乱，梗取不强，用针宜藏，针长宁断之，毋令针针露梗，所谓“瓶口宜清”也。视桌之大小，一桌三瓶至七瓶而止，多则眉目不分，即同市井之菊屏矣。几之高低，自三四寸至二尺五六寸而止，必须参差高下，互相照应，以气势联络为上，若中高两低，后高前低，成排对列，又犯俗所谓“锦灰堆”矣。或密或疏，或进或出，全在会心者，得画意乃可。

若盆碗盘洗，用漂青、松香、榆皮、面和油，先熬以稻灰，收成胶，以铜片按钉向上，将膏火化，粘铜片于盘碗盆洗中。俟冷，将花用铁丝扎把，插于钉上，宜偏斜取势，不可居中；更宜枝疏叶清，不可拥挤；然后加水，用碗沙少许掩铜片，使观者疑丛花生于碗底为妙。

若以木本花果插瓶，剪裁之法（不能色色自觅，倩人攀折者每不合意），必先执在手中，横斜以观其势，反侧以取其态。相定之后，剪去杂技，以疏瘦古怪为佳。再思其梗如何入瓶，或折或曲，插入瓶口，方免背叶侧花之患。若一枝到手，先拘定其梗之直者插瓶中，势必枝乱梗强，花侧叶背，既难取态，更无韵致矣。折梗打曲之法，锯其梗之半而嵌以砖石。则直者曲矣；如患梗倒，敲一二钉以管之。即枫叶竹枝，乱草荆棘，均堪入选。或绿竹一竿配以枸杞数粒，几茎细草伴以荆棘两枝，苟位置得宜，另有世外之趣。若新栽花木，不妨歪斜取势，听其叶侧，一年后枝叶自能向上。如树树直栽，即难取势矣。

至剪裁盆树，先取根露鸡爪者，左右剪成三节，然后起枝。一枝一节，七枝到顶，或九枝到顶。枝忌对节如肩臂，节忌臃肿如鹤膝。须盘旋出枝，不可光留左右，以避赤胸露背之病。不可前后直出——有名双起“三起”者，一根而起两三树也，如根无爪形，便成插树，故不取。然一树剪成，至少得三四十年。余生平仅见吾乡万翁名彩章者，一生剪成数树。又在扬州商家见有虞山游客携送黄杨、翠柏各一盆，惜乎明珠暗投，余未见其可也。若留枝盘如宝塔，扎枝曲如蚯蚓者，便成匠气矣。

点缀盆中花石，小景可以入画，大景可以入神。一瓯清茗，神能趋入其中，方可供幽斋之玩。种水仙无灵璧石，余尝以炭之有石意者代之。黄芽菜心，其白如玉，取大小五七枝，用沙土植长方盘内，以炭代石，黑白分明，颇有意思。以此类推，幽趣无穷，难以枚举。如石菖蒲结子，用冷米汤同嚼喷炭上，置阴湿地，能长细菖蒲，随意移养盆碗中，茸茸可爱。以老莲子磨薄两头，入蛋壳使鸡翼之，俟雏成取出，用久中燕巢泥加天门冬十分之二，捣烂拌匀，植于小器中，灌以河水，晒以朝阳，花发大如酒杯，叶缩如碗口，亭亭可爱。

若夫园亭楼阁，套室回廊，叠石成山，栽花取势，又在大中见小，小中见大，虚中有实，实中有虚，或藏或露，或浅或深。不仅在“周”“回”“曲”“折”四字，又不在地广石多，徒烦工费。或掘地堆土成山，间以块石，杂以花草，篱用梅编，墙以藤引，则无山而成山矣。大中见小者，散漫处植易长之竹，编易茂之梅以屏之。小中见大者，窄院之墙宜凹凸其形，饰以绿色，引以藤蔓；嵌大石，凿字作碑记形；推窗如临石壁，便觉峻峭无穷。虚中有实者，或山穷水尽处，一折而豁然开朗；或轩阁设厨处，一开而通别院。实中有虚者，开门于不通之院，映以竹石，如有实无也；设矮栏于墙头，如上有月台而实虚也。贫士屋少人多，当仿吾乡太平船后梢之位置，再加转移。其间，台级为床，前后借凑，可作三榻，间以板而裱以纸，则前后上下皆越绝，譬之如行长路，即不觉其窄矣。余夫妇乔寓扬州时，曾仿此法，屋仅两椽，上下卧室、厨灶、客座皆越绝而绰然有余。芸曾笑曰："位置虽精，终非富贵家气象也。"是诚然欤？

余扫墓山中，捡有峦纹可观之石，归与芸商曰："用油灰叠宣州石于白石盆，取色匀也。本山黄石虽古朴，亦用油灰，则黄白相间，凿痕毕露，将奈何？"芸曰："择石之顽劣者，捣末于灰痕处，乘湿掺之，干或色同也。"乃如其言，用宜兴窑长方盆叠起一峰：偏于左而凸于右，背作横方纹，如云林石法，巉岩凹凸，若临江石矶状；虚一角，用河泥种千瓣白萍；石上植茑萝，俗呼云松。经营数日乃成。至深秋，茑萝蔓延满山，如藤萝之悬石壁，花开正红色；白萍亦透水大放，红白相间。神游其中，如登蓬岛。置之檐下与芸品题：此处宜设水阁，此处宜立茅亭，此处宜凿六字曰"落花流水之间"，此可以居，此可以钓，此可以眺。胸中丘壑，若将移居者然。一夕，猫奴争食，自檐而堕，连盆与架顷刻碎之。余叹曰："即此小经营，尚干造物忌耶！"两人不禁泪落。

静室焚香，闲中雅趣。芸尝以沉速等香，于饭镬蒸透，在炉上设一铜丝架，离火中寸许，徐徐烘之，其香幽韵而无烟。佛手忌醉鼻嗅，嗅则易烂；木瓜忌出汗，汗出，用水洗之；惟香圆无忌。佛手、木瓜亦有供法，不能笔宣。每有人将供妥者随手取嗅，随手置之，即不知供法者也。

余闲居，案头瓶花不绝。芸曰："子之插花能备风、晴、雨、露，可谓精妙入神；而画中有草虫一法，盍仿而效之。"余曰："虫踯躅不受制，焉能仿效？"芸曰："有一法，恐作俑罪过耳。"余曰："试言之。"芸曰："虫死色不变，觅螳螂、蝉、蝶、之属，以针刺死，用细丝扣虫项系花草间，整其足，或抱梗，或踏叶，宛然如生，不亦善乎？”余喜，如其法行之，见者无不称绝。求之闺中，今恐未必有此会心者矣。

余与芸寄居锡山华氏，时华夫人以两女从芸识字。乡居院旷，夏日逼人，芸教其家作活花屏法，甚妙。每屏一扇，用木梢二枝，约长四五寸，作矮条凳式，虚其中，横四挡，宽一尺许，四角凿圆眼，插竹编方眼。屏约高六七尺，用砂盆种扁豆置屏中，盘延屏上，两人可移动。多编数屏，随意遮拦，恍如绿阴满窗，透风蔽日，纡回曲折，随时可更，故曰“活花屏”。有此一法，即一切藤本香草随地可用。此真乡居之良法也。

友人鲁半舫名璋，字春山，善写松柏及梅菊，工隶书，兼工铁笔。余寄居其家之萧爽楼一年有半。楼共五椽，东向，余后其三．晦明风雨，可以远眺。庭中有木樨一株，清香撩人。有廓有厢，地极幽静。移居时，有一仆一妪，并挈其小女来。仆能成衣，妪能纺绩，于是芸绣、妪绩、仆则成衣，以供薪水．余素爱客，小酌必行令。芸善不费之烹庖，瓜蔬鱼虾，一经芸手，便有意外味。同人知余贫，每出杖头钱，作竟日叙。余又好洁，地无纤尘，且无拘束，不嫌放纵。时有杨补凡，名昌绪，善人物写真；袁少迂，名沛，工山水；王星澜名岩，工花卉翎毛，爱萧爽楼幽雅，皆携画具来，余则从之学画。写草篆，镌图章，加以润笔，交芸备茶酒供客，终日品诗论画而已。更有夏淡安、揖山两昆季，并缪山音、知白两昆季，及蒋韵香、陆橘香、周啸霞、郭小愚，华杏帆、张闲憨诸君子，如梁上之燕，自去自来。芸则拔钗沽酒，不动声色，良辰美景，不轻放过。今则天各一方，风流云散，兼之玉碎香埋，不堪回首矣！非所谓“当日浑闲事，而今尽可怜”者乎！

萧爽楼有四忌：谈官宦升迁、公廨时事、八股时文、看牌掷色，有犯必罚酒五斤。有四取：慷慨豪爽、风流蕴藉、落拓不羁、澄静缄默。长夏无事，考对为会，每会八人，每人各携青蚨二百。先拈阄，得第一者为主考，关防别座，第二者为誊录，亦就座，余作举子，各于誊录处取一纸条，盖用印章。主考出五、七言各一句，刻香为限，行立构思，不准交头私语，对就后投入一匣，方许就座。各人交卷毕，誊录启匣，并录一册，转呈主考，以杜徇私。十六对中取七言三联，五言三联。六联中取第一者即为后任主考，第二者为誊录，每人有两联不取者罚钱二十文，取一联者免罚十文，过限者倍罚。一场，主考得香钱百文。一日可十场，积钱千文，酒资大畅矣。惟芸议为官卷，准坐而构思。

杨补凡为余夫妇写戴花小影，神情确肖。是夜月色颇佳，兰影上粉墙，别有幽致，星澜醉后兴发曰："补凡能为君写真，我能为花图影。"余笑曰："花影能如人影否？"星澜取素纸铺于墙，即就兰影，用墨浓淡图之。日间取视，虽不成画，而花叶萧疏，自有月下之趣。芸甚宝之，各有题咏。

苏城有南园、北园二处，菜花黄时，苦无酒家小饮。携盒而往，对花冷饮，殊无意味。或议就近觅饮者，或议看花归饮者，终不如对花热饮为快。众议未定。芸笑曰："明日但各出杖头钱，我自担炉火来。"众笑曰："诺。"众去，余问曰："卿果自往乎？"芸曰："非也，妾见市中卖馄饨者，其担锅、灶无不备，盍雇之而往？妾先烹调端整，到彼处再一下锅，茶酒两便。"余曰："酒菜固便矣，茶乏烹具。"芸曰："携一砂罐去，以铁叉串罐柄，去其锅，悬于行灶中，加柴火煎茶，不亦便乎？"余鼓掌称善。街头有鲍姓者，卖馄饨为业，以百钱雇其担，约以明日午后，鲍欣然允议。明日看花者至，余告以故，众咸叹服。饭后同往，并带席垫，至南园，择柳阴下团坐。先烹茗，饮毕，然后暖酒烹肴。是时风和日丽，遍地黄金，青衫红袖，越阡度陌，蝶蜂乱飞，令人不饮自醉。既而酒肴俱熟，坐地大嚼，担者颇不俗，拉与同饮。游人见之莫不羡为奇想。杯盘狼藉，各已陶然，或坐或卧，或歌或啸。红日将颓，余思粥，但者即为买米煮之，果腹而归。芸问曰："今日之游乐乎？"众曰："非夫人之力不及此。"大笑而散。贫士起居服食，以及器皿房舍，宜省俭而雅洁，省俭之法曰"就事论事"。余爱小饮，不喜多菜。芸为置一梅花盒：用二寸白瓷深碟六只，中置一只，外置五只，用灰漆就，其形如梅花，底盖均起凹楞，盖之上有柄如花蒂。置之案头，如一朵墨梅覆桌；启盏视之，如菜装与花瓣中，一盒六色，二三知己可以随意取食，食完再添。另做矮边圆盘一只，以便放杯、箸、酒壶之类，随处可摆，移掇亦便。即食物省俭之一端也。余之小帽、领、袜，皆芸自做，衣之破者，移东补西，必整必洁，色取瞄淡，以免垢迹，既可出客，又可家常。此又服饰省俭之一端也。初至萧爽楼中，嫌其暗，以白纸糊壁，遂亮。夏月楼下去窗，无阑干，觉空洞无遮拦。芸曰："有旧竹帘在，何不以帘代栏？"余曰："如何？"芸曰："用竹数根，黝黑色，一横一竖，留出走路，截半帘搭在横竹上，垂至地，高与桌齐，中竖短竹四根，用麻线扎定，然后于横竹搭帘处，寻旧黑布条，连横竹裹缝之。偶可遮拦饰观，又不费钱。"此"就事论事"之一法也。以此推之，古人所谓竹头木屑皆有用，良有以也。夏月荷花初开时，晚含而晓放，芸用小纱囊撮茶叶少许，置花心，明早取出，烹天泉水泡之，香韵尤绝。

卷三　坎坷记愁

人生坎坷，何为乎来哉？往往皆自作孽耳。余则非也，多情重诺，爽直不羁，转因之为累。况吾父稼夫公，慷慨豪侠，急人之难、成人之事、嫁人之女、抚人之儿，指不胜屈，挥金如土，多为他人。余夫妇居家，偶有需用，不免典质。始则移东补西，继则左支右绌。谚云："处家人情，非钱不行。"先起小人之议，渐招同室之讥。"女子无才便是德"，真千古至言也！余虽居长而行三，故上下呼芸为"三娘"。后忽呼为"三太太"，始而戏呼，继成习惯，甚至尊卑长幼，皆以"三太太"呼之，此家庭之变机欤？

乾隆乙巳，随侍吾父于海宁官舍。芸于吾家书中附寄小函，吾父曰："媳妇既能笔墨，汝母家信付彼司之。"后家庭偶有闲言，吾母疑其述事不当，仍不令代笔。吾父见信非芸手笔，询余曰："汝妇病耶？"余即作札问之，亦不答。久之，吾父怒曰："想汝妇不屑代笔耳！"迨余归，探知委曲，欲为婉剖，芸急止之曰："宁受责于翁，勿失欢于姑也。"竟不自白。

庚戌之春，予又随侍吾父于邗江幕中，有同事俞孚亭者挈眷居焉。吾父谓孚亭曰："一生辛苦，常在客中，欲觅一起居服役之人而不可得。儿辈果能仰体亲意，当于家乡觅一人来，庶语音相合。"孚亭转述于余，密札致芸，倩媒物色，得姚氏女，芸以成否未定，未即禀知吾母。其来也，托言邻女为嬉游者，及吾父命余接取至署，芸又听旁人意见，托言吾父素所合意者。吾母见之曰："此邻女之嬉游者也，何娶之乎？"芸遂并失爱于姑矣。

壬子春，余馆真州。吾父病于邗江，余往省，亦病焉。余弟启堂时亦随侍。芸来书曰："启堂弟曾向邻妇借贷，倩芸作保，现追索甚急。"余询启堂，启堂转以嫂氏为多事。余遂批纸尾曰："父子皆病，无钱可偿，俟启弟归时，自行打算可也。"未几，病皆愈，余仍往真州。芸覆书来，吾父拆视之，中述启弟邻项事，且云："令堂以老人之病留由姚姬而起，翁病稍痊，宜密嘱姚托言思家，妾当令其家父母到扬接取。实彼此卸责之计也。"吾父见书，怒甚，询启堂以邻项事，答言不知。遂札饬余曰："汝妇背夫借债，谗谤小叔，且称姑曰令堂，翁曰老人，悖谬之甚！我已专人持札回苏斥逐，汝若稍有人心，亦当知过！”余接此札，如闻青天霹雳，即肃书认罪，觅骑遄归，恐芸之短见也。到家述其本末，而家人乃持逐书至，历斥多过，言甚决绝。芸泣曰：“妾固不合妄言，但阿翁当恕妇女无知耳。”越数日，吾父又有手谕至，曰：“我不为已甚，汝携妇别居，勿使我见，免我生气足矣。”乃寄芸于外家，而芸以母亡弟出，不愿往依族中，幸友人鲁半舫闻而怜之，招余夫妇往居其家萧爽楼。

越两载，吾父渐知始末，适余自岭南归，吾父自至萧爽楼，谓芸曰：“前事我已尽知，汝盍归乎？”余夫妇欣然，仍归故宅，骨肉重圆。岂料又有憨园之孽障耶！

芸素有血疾，以其弟克昌出亡不返，母金氏复念子病没，悲伤过甚所致。自识憨园，年余未发，余方幸其得良药。而憨为有力者夺去，以千金作聘，且许养其母。佳人已属沙吒利矣！余知之而未敢言也。及芸往探始知之，归而呜咽，谓余曰：“初不料憨之薄情乃尔也！”余曰：“卿自情痴耳，此中人何情之有哉？况锦衣玉食者，未必能安于荆钗布裙也，与其后悔，莫若无成。”因抚慰之再三。而芸终以受愚为恨，血疾大发，床席支离，刀圭无效，时发时止，骨瘦形销。不数年而逋负日增，物议日起。老亲又以盟妓一端，憎恶日甚，余则调停中立。已非生人之境矣。

芸生一女名青君，时年十四，颇知书，且极贤能，质钗典服，幸赖辛劳。子名逢森，时年十二，从师读书。余连年无馆，设一书画铺于家门之内，三日所进，不敷一日所出，焦劳困苦，竭蹶时形。隆冬无裘，挺身而过；青君亦衣中股栗，犹强曰“不寒”。因是芸誓不医药。偶能起床，适余有友人周春煦自福郡王幕中归，倩人绣《心经》一部，芸念绣经可以消灾降福，且利其绣价之丰，竟绣焉。而春煦行色匆匆，不能久待，十日告成，弱者骤劳，致增腰酸头晕之疾。岂知命薄者，佛亦不能发慈悲也！

绣经之后，芸病转增，唤水索汤，上下厌之。有西人赁屋于余画铺之左，放利债为业，时倩余作画，因识之。友人某间渠借五十金，乞余作保，余以情有难却，允焉，而某竟挟资远遁。西人惟保是问，时来饶舌，初以笔墨为抵，渐至无物可偿。岁底吾父家居，西人索债，咆哮于门。吾父闻之，召余苛责曰："我辈衣冠之家，何得负此小人之债！"正剖诉间，适芸有自幼同盟姊锡山华氏，知其病，遣人问讯。堂上误以为憨园之使，因愈怒曰："汝妇不守闺训，结盟娼妓；汝亦不思习上，滥伍小人。若置汝死地，情有不忍，姑宽三日限，速自为计，迟必首汝逆矣！"

芸闻而泣曰："亲怒如此，皆我罪孽。妾死君行，君必不忍；妾留君去，君必不舍。姑密唤华家人来，我强起问之。"因令青君扶至房外，呼华使问曰："汝主母特遣来耶？抑便道来耶？"曰："主母久闻夫人卧病，本欲亲来探望，因从未登门，不敢造次，临行嘱咐：'倘夫人不嫌乡居简亵，不妨到乡调养，践幼时灯下之言。'盖芸与同绣日，曾有疾病相扶之誓也。"因嘱之曰："烦汝速归，禀知主母，于两日后放舟密来。"

其人既退，谓余曰："华家盟姊情逾骨肉，君若肯至其家，不妨同行，但儿女携之同往既不便，留之累亲又不可，必于两日内安顿之。"时余有表兄王荩臣一子名韫石，愿得青君为媳妇。芸曰："闻王郎懦弱无能，不过守成之子，而王又无成可守。幸诗礼之家，且又独子，许之可也。"余谓荩臣曰："吾父与君有渭阳之谊，欲媳青君，谅无不允。但待长而嫁，势所不能。余夫妇往锡山后，君即禀知堂上，先为童媳，何如？"荩臣喜曰："谨如命。"逢森亦托友人夏揖山转荐学贸易。

安顿已定，华舟适至，时庚申之腊二十五日也。芸曰："孑然出门，不惟招邻里笑，且西人之项无著，恐亦不放，必于明日五鼓悄然而去。"

余曰:“卿病中能冒晓寒耶?”芸曰:“死生有命，无多虑也。”密禀吾父，亦以为然。是夜，先将半肩行李挑下船，令逢森先卧，青君泣于母侧。芸嘱曰:“汝母命苦，兼亦情痴，故遭此颠沛，幸汝父待我厚，此去可无他虑。两三年内，必当布置重圆。汝至汝家须尽妇道，勿似汝母。汝之翁姑以得汝为幸，必善视汝。所留箱笼什物，尽付汝带去。汝弟年幼，故未令知，临行时托言就医，数日即归，俟我去远，告知其故，禀闻祖父可也。”旁有旧妪，即前卷中曾赁其家消暑者，愿送至乡，故是时陪侍在侧，拭泪不已。将交五鼓，暖粥共啜之。芸强颜笑曰:“昔一粥而聚，今一粥而散，若作传奇，可名《吃粥记》矣。”逢森闻声亦起，呻曰:“母何为?”芸曰:“将出门就医耳。”逢森曰:“起何早?”曰:“路远耳。汝与姊相安在家，毋讨祖母嫌。我与汝父同往，数日即归。”鸡声三唱，芸含泪扶妪，启后门将出，逢森忽大哭曰:“噫，我母不归矣!”青君恐惊人，急掩其口而慰之。当是时，余两人寸肠已断，不能复作一语，但止以“勿哭”而已!青君闭门后，芸出巷十数步，已疲不能行，使妪提灯，余背负之而行。将至舟次，几为逻者所执，幸老妪认芸为病女，余为婿，且得舟子皆华氏工人，闻声接应，相扶下船。解缆后，芸始放声痛哭。是行也，其母子已成永诀矣!

华名大成，居无锡之东高山，面山而居，躬耕为业，人极朴诚，其妻夏氏，即芸之盟姊也。是日午未之交，始抵其家。华夫人已倚门而待，率两小女至舟，相见甚欢;扶芸登岸，款待殷勤。四邻妇人孺子哄然入室，将芸环视，有相问讯者，有相怜惜者，交头接耳，满室啾啾。芸谓华夫人曰:“今日真如渔父入桃源矣。”华曰:“妹莫笑，乡人少所见，多所怪耳。”自此相安度岁。

至元宵，仅隔两旬而芸渐能起步。是夜观龙灯于打麦场中，神情态度，渐可复元，余乃心安。与之私议曰:“我居此非计，欲他适而短于资，奈何？”芸曰：“妾亦筹之矣。君姊丈范惠来现于靖江盐公堂司会计，十年前曾借君十金，适数不敷，妾典钗凑之，君忆之耶？”余曰：“忘之矣。”芸曰：“闻靖江去此不远，君盍一往？”余如其言。

时天颇暖，织绒袍哔叽短褂，犹觉其热，此辛酉正月十六日也。是夜宿锡山客旅，赁被而卧。晨起趁江阴航船，一路逆风，继以微雨，夜至江阴江口。春寒彻骨，沽酒御寒，囊为之罄。踌躇终夜，拟卸衬衣质钱而渡。十九日北风更烈，雪势犹浓，不禁惨然泪落，暗计房资渡费，不敢再饮。正心寒股栗间，忽见一老翁草鞋毡笠负黄包，入店，以目视余，似相识者。余曰：“翁非泰州曹姓耶？”答曰：“然。我非公，死填沟壑矣！今小女无恙，时诵公德。不意今日相逢，何逗留于此？”盖余幕泰州时有曹姓，本微贱，一女有姿色，已许婿家，有势力者放债谋其女，致涉讼，余从中调护，仍归所许，曹即投入公门为隶，叩首作谢，故识之。余告以投亲遇雪之由，曹曰：“明日天晴，我当顺途相送。”出钱沽酒，备极款洽。二十日晓钟初动，即闻江口唤渡声，余惊起，呼曹同济。曹曰：“勿急，宜饱食登舟。”乃代偿房饭钱，拉余出沽。余以连日逗留，急欲赶渡，食不下咽，强啖麻饼两枚。及登舟，江风如箭，四肢发战。曹曰：“闻江阴有人缢于靖，其妻雇是舟而往，必俟雇者来始渡耳。”枵腹忍寒，午始解缆。至靖，暮烟四合矣。曹曰：“靖有公堂两处，所访者城内耶？城外耶？”余踉跄随其后，且行且对曰：“实不知其内外也。”曹曰：“然则且止宿，明日往访耳。”进旅店，鞋袜已为泥淤湿透，索火烘之，草草饮食，疲极酣睡。晨起，袜烧其半，曹又代偿房饭钱。访至城中，惠来尚未起，闻余至，披衣出，见余状惊曰：“舅何狼狈至此？”余曰：“姑勿问，有银乞借二金，先遣送我者。”惠来以番饼二圆授余，即以赠曹。曹力却，受一圆而去。余乃历述所遭，并言来意。惠来曰：“郎舅至戚，即无宿逋，亦应竭尽绵力；无如航海盐船新被盗，正当盘帐之时，不能挪移丰赠，当勉措番银二十圆，以偿旧欠，何如？”余本无奢望，遂诺之。

留住两日，天已晴暖，即作归计。二十五日仍回华宅。芸曰：“君遇雪乎？”余告以所苦。因惨然曰：“雪时，妾以君为抵靖，乃尚逗留江口。幸遇曹老，绝处逢生，亦可谓吉人天相矣。”越数日，得青君信，知逢森已为揖山荐引入店，荩臣请命于吾父，择正月二十四日将伊接去。儿女之事，粗能了了，但分离至此，令人终觉惨伤耳。

二月初，日暖风和，以靖江之项薄备行装，访故人胡肯堂于邗江盐署，有贡局众司事公延入局，代司笔墨，身心稍定。至明年壬戌八月，接芸书曰：“病体痊瘳，惟寄食于非亲非友之家，终觉非久长之策，愿亦来邗，一睹平山之胜。”余乃赁屋于邗江先春门外，临河两椽，自至华氏接芸同行。华夫人赠一小女奴曰阿双，帮司炊爨，并订他年结邻之约。

时已十月，平山凄冷，期以春游。满望散心调摄，徐图骨肉重圆。不满月，而贡局司事忽裁十有五人，余系友中之友，遂亦散闲。芸始犹百计代余筹画，强颜慰藉，未尝稍涉怨尤。至癸亥仲春，血疾大发。余欲再至靖江作“将伯”之呼，芸曰：“求亲不如求友。”余曰：“此言虽是，亲友虽关切，现皆闲处，自顾不遑。”芸曰：“幸天时已暖，前途可无阻雪之虑，愿君速去速回，勿以病人为念。君或体有不安，妾罪更重矣。”时已薪水不继，余佯为雇骡以安其心，实则囊饼徒步，且食且行。向东南，两渡叉河，约八九十里，四望无村落。至更许，但见黄沙漠漠，明星闪闪，得一土地祠，高约五尺许，环以短墙，植以双柏，因向神叩首，祝曰：“苏州沈某，投亲失路至此，欲假神祠一宿，幸神怜佑。”于是移小石香炉于旁，以身探之，仅容半体。以风帽反戴掩面，坐半身于中，出膝于外，闭目静听，微风萧萧而已。足疲神倦，昏然睡去。及醒，东方已白，短墙外忽有步语声，急出探视，盖土人赶集经此也。问以途，曰："南行十里即泰兴县城，穿城向东南，十里一土墩，过八墩即靖江，皆康庄也。"余乃反身，移炉于原位，叩首作谢而行。过泰兴，即有小车可附。申刻抵靖。投刺焉。良久，司阍者曰："范爷因公往常州去矣。"察其辞色，似有推托，余诘之曰："何日可归？"曰："不知也。"余曰："虽一年亦将待之。"阍者会余意，私问曰："公与范爷嫡郎舅耶？"余曰："苟非嫡者，不待其归矣。"阍者曰："公姑待之。"越三日，乃以回靖告，共挪二十五金。

雇骡急返，芸正形容惨白，咻咻涕泣。见余归，卒然曰："君知昨午阿双卷逃乎？倩人大索，今犹不得。失物小事，人系伊母临行再三交托，今若逃归，中有大江之阻，已觉堪虞，倘其父母匿子图诈，将奈之何？且有何颜见我盟姊？"余曰："请勿急，卿虑过深矣。匿子图诈，诈其富有也，我夫妇两肩担一口耳。况携来半载，授衣分食，从未稍加扑责，邻里咸知。此实小奴丧良，乘危窃逃。华家盟姊赠以匪人，彼无颜见卿，卿何反谓无颜见彼耶？今当一面呈县立案，以杜后患可也。"芸闻余言，意似稍释。然自此梦中呓语，时呼"阿双逃矣"，或呼"憨何负我"，病势日以增矣。

余欲延医诊治，芸阻曰："妾病始因弟亡母丧，悲痛过甚，继为情感，后由忿激，而平素又多过虑，满望努力做一好媳妇，而不能得，以至头眩、怔忡诸症毕备，所谓病入膏肓，良医束手，请勿为无益之费。忆妾唱随二十三年，蒙君错爱，百凡体恤，不以顽劣见弃。知己如君，得婿如此，妾已此生无憾！若布衣暖，菜饭饱，一室雍雍，优游泉石，如沧浪亭、萧爽楼之处境，真成烟火神仙矣。神仙几世才能修到，我辈何人，敢望神仙耶？强而求之，致干造物之忌，即有情魔之扰。总因君太多情，妾生薄命耳！"因又呜咽而言曰："人生百年，终归一死。今中道相离，忽焉长别，不能终奉箕帚，目睹逢森娶妇，此心实觉耿耿。”言已，泪落如豆。余勉强慰之曰：“卿病八年，恹恹欲绝者屡矣，今何忽作断肠语耶？”芸曰：“连日梦我父母放舟来接，闭目即飘然上下，如行云雾中，殆魂离而躯壳存乎？”余曰：“此神不收舍，服以补剂，静心调养，自能安痊。”芸又唏嘘曰：“妾若稍有生机一线，断不敢惊君听闻。今冥路已近，苟再不言，言无日矣。君之不得亲心，流离颠沛，皆由妾故，妾死则亲心自可挽回，君亦可免牵挂。堂上春秋高矣，妾死，君宜早归。如无力携妾骸骨归，不妨暂厝于此，待君将来可耳。愿君另续德容兼备者，以奉双亲，抚我遗子，妾亦瞑目矣！”言至此，痛肠欲裂，不觉惨然大恸。余曰：“卿果中道相舍，断无再续之理，况‘曾经沧海难为水，除却巫山不是云’耳。”芸乃执余手而更欲有言，仅断续叠言“来世”二字，忽发喘，口噤，两目瞪视，千呼万唤已不能言。痛泪两行，涔涔流溢。既而喘渐微，泪渐干，一灵缥渺，竟尔长逝！时嘉庆癸亥三月三十日也。当是时，孤灯一盏，举目无亲，两手空拳，寸心欲碎。绵绵此恨，曷其有极！

承吾友胡肯堂以十金为助，余尽室中所有，变卖一空，亲为成殓。呜呼！芸一女流，具男子之襟怀才识。归吾门后，余日奔走衣食，中馈缺乏，芸能纤悉不介意。及余家居，惟以文字相辩析而已。卒之疾病颠连，赍恨以没，谁致之耶？余有负闺中良友，又何可胜道哉！奉劝世间夫妇，固不可彼此相仇，亦不可过于情笃。话云“恩爱夫妻不到头”，如余者，可作前车之鉴也。

回煞之期，俗传是日魂必随煞而归，故居中铺设一如生前，且须铺生前旧衣于床上，置旧鞋于床下，以待魂归瞻顾，吴下相传谓之“收眼光”。延羽士作法，先召于床而后遣之，谓之“接眚”。邗江俗例，设酒肴于死者之室，一家尽出，调之“避眚”。以故有因避被窃者。芸娘眚期，房东因同居而出避，邻家嘱余亦设肴远避。众冀魄归一见，姑漫应之。同乡张禹门谏余曰："因邪入邪，宜信其有，勿尝试也。"余曰："所以不避而待之者，正信其有也。"张曰："回煞犯煞，不利生人，夫人即或魂归，业已阴阳有间，窃恐欲见者无形可接，应避者反犯其锋耳。"时余痴心不昧，强对曰："死生有命。君果关切，伴我何如？"张曰："我当于门外守之，君有异见，一呼即入可也。"余乃张灯入室，见铺设宛然而音容已杳，不禁心伤泪涌。又恐泪眼模糊失所欲见，忍泪睁目，坐床而待。抚其所遗旧服，香泽犹存，不觉柔肠寸断，冥然昏去。转念待魂而来，何遽睡耶？开目四观，见席上双烛青焰荧荧，缩光如豆，毛骨悚然，通体寒栗。因摩两手擦额，细瞩之，双焰渐起，高至尺许，纸裱顶格几被所焚。余正得借光四顾间，光忽又缩如前。此时心舂股栗，欲呼守者进观，而转念柔魂弱魄，恐为盛阳所逼，悄呼芸名而祝之，满室寂然，一无所见，既而烛焰复明，不复腾起矣。出告禹门，服余胆壮，不知余实一时情痴耳。

芸没后，忆和靖"妻梅子鹤"语，自号梅逸。权葬芸于扬州西门外之金桂山，俗呼郝家宝塔。买一棺之地，从遗言寄于此。携木主还乡，吾母亦为悲悼，青君、逢森归来，痛哭成服。启堂进言曰："严君怒犹未息，兄宜仍往扬州，俟严君归里，婉言劝解，再当专札相招。"余遂拜母别子女，痛哭一场，复至扬州，卖画度日。因得常哭于芸娘之墓，影单形只，备极凄凉，且偶经故居，伤心惨目。重阳日，邻冢皆黄，芸墓独青，守坟者曰："此好穴场，故地气旺也。"余暗祝曰："秋风已紧，身尚衣单，卿若有灵，佑我图得一馆，度此残年，以持家乡信息。"未几，江都幕客章驭庵先生欲回浙江葬亲，倩余代庖三月，得备御寒之具。封篆出署，张禹门招寓其家。张亦失馆，度岁艰难，商于余，即以余赀二十金倾囊借之，且告曰："此本留为亡荆扶柩之费，一俟得有乡音，偿我可也。”是年即寓张度岁，晨占夕卜，乡音殊杳。

至甲子三月，接青君信，知吾父有病。即欲归苏，又恐触旧忿。正趑趄观望间，复接青君信，始痛悉吾父业已辞世。刺骨痛心，呼天莫及。无暇他计，即星夜驰归，触首灵前，哀号流血。呜呼！吾父一生辛苦，奔走于外。生余不肖，既少承欢膝下，又未侍药床前，不孝之罪，何可逭哉！吾母见余哭，曰：“汝何此日始归耶？”余曰：“儿之归，幸得青君孙女信也。”吾母目余弟妇，遂默然。余入幕守灵至七，终无一人以家事告，以丧事商者。余自问人子之道已缺，故亦无颜询问。

一日，忽有向余索逋者，登门饶舌，余出应曰：“欠债不还，固应催索，然吾父骨肉未寒，乘凶追呼，未免太甚。”中有一人私谓余曰：“我等皆有人招之使来，公且避出，当向招我者索偿也。”余曰：“我欠我偿，公等速退！”皆唯唯而去。余因呼启堂谕之曰：“兄虽不肖，并未作恶不端，若言出嗣降服，从未得过纤毫嗣产，此次奔丧归来，本人子之道，岂为产争故耶？大丈夫贵乎自立，我既一身归，仍以一身去耳！”言已，返身入幕，不觉大恸。叩辞吾母，走告青君，行将出走深山，求赤松子于世外矣。

青君正劝阻间，友人夏南熏字淡安、夏逢泰字揖山两昆季寻踪而至，抗声谏余曰：“家庭若此，固堪动忿，但足下父死而母尚存，妻丧而子未立，乃竟飘然出世，于心安乎。”余曰：“然则如之何？”淡安曰：“奉屈暂居寒舍，闻石琢堂殿撰有告假回籍之信，盍俟其归而往谒之。其必有以位置君也。”余曰：“凶丧未满百日，兄等有老亲在堂，恐多未便。”揖山曰：“愚兄弟之相邀，亦家君意也。足下如执以为不便，四邻有禅寺，方丈僧与余交最善，足下设榻于寺中，何如？”余诺之。青君曰：“祖父所遗房产，不下三四千金，既已分毫不取。岂自己行囊亦舍去耶？我往取之，径送禅寺父亲处可也。”因是于行囊之外，转得吾父所遗图书、砚台、笔筒数件。

寺僧安置予于大悲阁。阁南向，向东设神像，隔西首一间，设月窗，紧对佛龛，中为作佛事者斋食之地。余即设榻其中，临门有关圣提刀立像，极威武。院中有银杏一株，大三抱，荫覆满阁，夜静风声如吼。揖山常携酒果来对酌，曰：“足下一人独处，夜深不寐，得无畏怖耶？”余曰：“仆一生坦直，胸无秽念，何怖之有？”居未几，大雨倾盆，连宵达旦三十条天，时虑银杏折枝，压梁倾屋。赖神默佑，竟得无恙。而外之墙坍屋倒者不可胜计，近处田禾俱被漂没。余则日与僧人作画，不见不闻。七月初，天始霁，揖山尊人号莼芗有交易赴崇明，偕余往，代笔书券得二十金。归，值吾父将安葬，启堂命逢森向余曰：“叔因葬事乏用，欲助一二十金。”余拟倾囊与之，揖山不允，分帮其半。余即携青君先至墓所。葬既毕，仍返大悲阁。九月杪，揖山有田在东海永泰沙，又偕余往收其息。盘桓两月，归已残冬，移寓其家雪鸿草堂度岁。真异姓骨肉也。

乙丑七月，琢堂始自都门回籍。琢堂名韫玉，字执如，琢堂其号也，与余为总角交。乾隆庚戌殿元，出为四川重庆守。白莲教之乱，三年戎马，极著劳绩。及归，相见甚欢，旋于重九日，挈眷重赴四川重庆之任，邀余同往。余即扣别吾母于九妹倩陆尚吾家，盖先君故居已属他人矣。吾母嘱曰“汝弟不足恃，汝行须努力。重振家声，全望汝也！”逢森送余至半途，忽泪落不已，因嘱勿送而返。舟出京口，琢堂有旧交王惕夫孝廉在淮扬盐署，绕道往晤，余与偕往，又得一顾芸娘之墓。返舟由长江溯流而上，一路游览名胜。至湖北之荆州，得升潼关观察之信，遂留余与其嗣君敦夫眷属等，暂寓荆州，琢堂轻骑减从至重庆度岁，遂由成都历栈道之任。丙寅二月，川眷始由水路往，至樊城登陆。途长费巨，车重人多，毙马折轮，备尝辛苦。抵潼关甫三月，琢堂又升山左廉访，清风两袖。眷属不能偕行，暂借潼川书院作寓。十月杪，始支山左廉俸，专人接眷。附有青君之书，骇悉逢森于四月间夭亡。始忆前之送余堕泪者，盖父子永诀也。呜呼！芸仅一子，不得延其嗣续耶！琢堂闻之，亦为之浩叹，赠余一妾，重入春梦。从此扰扰攘攘，又不知梦醒何时耳。

卷四　浪游记快

余游幕三十年来，天下所未到者，蜀中、黔中与滇南耳。惜乎轮蹄征逐，处处随人，山水怡情，云烟过眼，不道领略其大概，不能探僻寻幽也。余凡事喜独出己见，不屑随人是非，即论诗品画，莫不存人珍我弃、人弃我取之意。故名胜所在，贵乎心得，有名胜而不觉其佳者，有非名胜而自以为妙者。聊以平生历历者记之。

余年十五时，吾父稼夫公馆于山阴赵明府幕中。有赵省斋先生名传者，杭之宿儒也，赵明府延教其子，吾父命余亦拜投门下。暇日出游，得至吼山。离城约十余里。不通陆路。近山见一石洞，上有片石，横裂欲堕，即从其下荡舟入。豁然空其中，四面皆峭壁，俗名之曰“水园”。临流建石阁五椽，对面石壁有“观鱼跃”三字，水深不测，相传有巨鳞潜伏。余投饵试之，仅见不盈尺者出而唼食焉。阁后有道通旱园，拳石乱矗，有横阔如掌者，有柱石平其顶而上加大石者，凿痕犹在，一无可取。游览既毕，宴于水阁，命从者放爆竹，轰然一响，万山齐应，如闻霹雳声。此幼时快游之始。惜乎兰亭、禹陵未能一到，至今以为憾。

至山阴之明年，先生以亲老不远游，设帐于家，余遂从至杭，西湖之胜，因得畅游。结构之妙，予以龙井为最，小有天园次之。石取天竺之飞来峰，城隍山之瑞石古洞。水取玉泉，以水清多鱼，有活泼趣也。大约至不堪者，葛岭之玛瑙寺。其余湖心亭，六一泉诸景，各有妙处，不能尽述，然皆不脱脂粉气，反不如小静室之幽僻，雅近天然。

苏小墓在西泠桥侧。土人指示，初仅半丘黄土而已，乾隆庚子圣驾南巡，曾一询及，甲辰春复举南巡盛典，则苏小墓已石筑其坟，作八角形，上立一碑，大书曰："钱塘苏小小之墓。"从此吊古骚人，不须徘徊探访矣！余思古来烈魄忠魂堙没不传者，固不可胜数，即传而不久者亦不为少，小小一名妓耳，自南齐至今。尽人而知之，此殆灵气所钟，为湖山点缀耶？

桥北数武，有崇文书院，余曾与同学赵缉之投考其中。时值长夏，起极早，出钱塘门，过昭庆寺，上断桥，坐石阑上。旭日将升，朝霞映于柳外，尽态极妍。白莲香里，清风徐来，令人心骨皆清。步至书院，题犹未出也。午后缴卷。

偕缉之纳凉于紫云洞，大可容数十人，石窍上透日光。有人设短几矮凳，卖酒于此。解衣小酌，尝鹿脯甚妙，佐以鲜菱雪藕，微酣出洞。缉之曰："上有朝阳台，颇高旷，盍往一游？"余亦兴发，奋勇登其巅，觉西湖如镜，杭城如丸，钱塘江如带，极目可数百里。此生平第一大观也。坐良久，阳乌将落，相携下山，南屏晚钟动矣。韬光、云栖路远未到，其红门局之梅花，姑姑庙之铁树，不过尔尔。紫阳洞予以为必可观，而访寻得之，洞口仅容一指，涓涓流水而已，相传中有洞天，恨不能抉门而入。

清明日，先生春祭扫墓，挈余同游。墓在东岳，是乡多竹，坟丁掘未出土之毛笋，形如梨而尖，作羹供客。余甘之，尽其两碗。先生曰："噫！是虽味美而克心血，宜多食肉以解之。"余素不贪屠门之嚼，至是饭量且因笋而减，归途觉烦躁，唇舌几裂。过石屋洞，不甚可观。水乐洞峭壁多藤萝，入洞如斗室，有泉流甚急，其声琅琅。池广仅三尺，深五寸许，不溢亦不竭。余俯流就饮，烦躁顿解。洞外二小亭，坐其中可听泉声。衲子请观万年缸。缸在香积厨，形甚巨，以竹引泉灌其内，听其满溢，年久结苔厚尺许，冬日不冰，故不损也。

辛丑秋八月吾父病疟返里，寒索火，热索冰，余谏不听，竟转伤寒，病势日重。余侍奉汤药，昼夜不交睫者几一月。吾妇芸娘亦大病，恹恹在床。心境恶劣，莫可名状。吾父呼余嘱之曰："我病恐不起，汝守数本书，终非糊口计，我托汝于盟弟蒋思斋，仍继吾业可耳。"越日思斋来，即于榻前命拜为师。未几，得名医徐观莲先生诊治，父病渐痊。芸亦得徐力起床。而余则从此习幕矣。此非快事，何记于此？曰：此抛书浪游之始，故记之。

思斋先生名襄，是年冬，即相随习幕于奉贤官舍。有同习幕者，顾姓名金鉴，字鸿干，号紫霞，亦苏州人也，为人慷慨刚毅，直谅不阿，长余一岁，呼之为兄。鸿干即毅然呼余为弟，倾心相友。此余第一知己交也，惜以二十二岁卒，余即落落寡交，今年且四十有六矣，茫茫沧海，不知此生再遇知己如鸿干者否？

忆与鸿干订交，襟怀高旷，时兴山居之想。重九日，余与鸿干俱在苏，有前辈王小侠与吾父稼夫公唤女伶演剧，宴客吾家。余患其扰，先一日约鸿干赴寒山登高，借访他日结庐之地。芸为整理小酒榼。

越日天将晓，鸿干已登门相邀。遂携榼出胥门，入面肆，各饱食。渡胥江，步至横塘枣市桥，雇一叶扁舟，到山日犹未午。舟子颇循良，令其籴米煮饭。余两人上岸，先至中峰寺。寺在支硎古刹之南，循道而上，寺藏深树，山门寂静，地僻僧闲，见余两人不衫不履，不甚接待。余等志不在此，未深入。归舟，饭已熟。饭毕，舟子携榼相随，嘱其子守船，由寒山至高义园之白云精舍。轩临峭壁，下凿小池，围以石栏，一泓秋水，崖悬薜荔，墙积青苔。坐轩下，惟闻落叶萧萧，悄无人迹。出门有一亭，嘱舟子坐此相候。余两人从石罅中入，名“一线天”，循级盘旋，直造其巅，曰“上白云”，有庵已坍颓，存一危楼，仅可远眺。小憩片刻，即相扶而下。舟子曰：“登高忘携酒榼矣。”鸿干曰：“我等之游，欲觅偕隐地耳，非专为登高也。”舟子曰：“离此南行二三里，有上沙村，多人家，有隙地，我有表戚范姓居是村，盍往一游？”余喜曰：“此明末徐俟斋先生隐居处也。有园闻极幽雅，从未一游。”于是舟子导往。村在两山夹道中。园依山而无石，老树多极纡回盘郁之势，亭榭窗栏尽从朴素，竹篱茅舍，不愧隐者之居。中有皂荚亭，树大可两抱。余所历园亭，此为第一。园左有山，俗呼鸡笼山，山峰直竖，上加大石，如杭城之瑞石古洞，而不及其玲珑。旁一青石加榻，鸿干卧其上曰：“此处仰观峰岭，俯视园亭，既旷且幽，可以开樽矣。”因拉舟子同饮，或歌或啸，大畅胸怀。土人知余等觅地而来，误以为堪舆，以某处有好风水相告。鸿干曰：“但期合意，不论风水。”（岂意竟成谶语！）酒瓶既罄，各采野菊插满两鬓。

归舟，日已将没。更许抵家，客犹未散。芸私告余曰：“女伶中有兰官者，端庄可取。”余假传母命呼之入内，握其腕而睨之，果丰颐白腻。余顾芸曰：“美则美矣，终嫌名不称实。”芸曰：“肥者有福相。”余曰：“马嵬之祸，玉环之福安在？”芸以他辞遣之出。谓余曰：“今日君又大醉耶？”余乃历述所游，芸亦神往者久之。

癸卯春，余从思斋先生就维扬之聘，始见金、焦面目。金山宜远观，焦山宜近视，惜余往来其间未尝登眺。渡江而北，渔洋所谓“绿杨城郭是扬州”一语已活现矣！平山堂离城约三四里，行其途有八九里，虽全是人工，而奇思幻想，点缀天然，即阆苑瑶池、琼楼玉宇，谅不过此。其妙处在十余家之园亭合而为一，联络至山，气势俱贯。其最难位置处，出城入景，有一里许紧沿城郭。夫城缀于旷远重山间，方可入画，园林有此，蠢笨绝伦。而观其或亭或台、或墙或石、或竹或树，半隐半露间，使游人不觉其触目，此非胸有丘壑者断难下手。城尽，以虹园为首折而向北，有石梁曰“虹桥”，不知园以桥名乎？桥以园名乎？荡舟过，曰“长堤春柳”，此景不缀城脚而缀于此，更见布置之妙。再折而西，垒土立庙，曰“小金山”，有此一挡便觉气势紧凑，亦非俗笔。闻此地本沙土，屡筑不成，用木排若干，层叠加土，费数万金乃成，若非商家，乌能如是。过此有胜概楼，年年观竞渡于此。河面较宽，南北跨一莲花桥，桥门通八面，桥面设五亭，扬人呼为“四盘一暖锅”，此思穷力竭之为，不甚可取。桥南有莲心寺，寺中突起喇嘛白塔，金顶缨络，高矗云霄，殿角红墙，松柏掩映，钟磬时闻，此天下园亭所未有者。过桥见三层高阁，画栋飞檐，五彩绚烂，叠以太湖石，围以白石栏，名曰“五云多处”，如作文中间之大结构也。过此名“蜀冈朝阳”，平坦无奇，且属附会。将及山，河面渐束，堆土植竹树，作四五曲。似已山穷水尽，而忽豁然开朗，平山之万松林已列于前矣。“平山堂”为欧阳文忠公所书。所谓淮东第五泉，真者在假山石洞中，不过一井耳，味与天泉同；其荷亭中之六孔铁井栏者，乃系假设，水不堪饮。九峰园另在南门幽静处，别饶天趣，余以为诸园之冠。康山未到，不识如何。此皆言其大概，其工巧处、精美处，不能尽述，大约宜以艳妆美人目之，不可作浣纱溪上观也。余适恭逢南巡盛典，各工告竣，敬演接驾点缀，因得畅其大观，亦人生难遇者也。

甲辰之春，余随侍吾父于吴江明府幕中，与山阴章蘋江、武林章映牧、苕溪顾蔼泉诸公同事，恭办南斗圩行宫，得第二次瞻仰天颜。一日，天将晚矣，忽动归兴。有办差小快船，双橹两桨，于太湖飞棹疾驰，吴俗呼为“出水辔头”，转瞬已至吴门桥。即跨鹤腾空，无此神爽。抵家，晚餐未熟也。吾乡素尚繁华，至此日之争奇夺胜，较昔尤奢。灯彩眩眸，笙歌聒耳，古人所谓“画栋雕甍”“珠帘绣幕”“玉栏干”“锦步障”，不啻过之。余为友人东拉西扯，助其插花结彩，闲则呼朋引类，剧饮狂歌，畅怀游览，少年豪兴，不倦不疲。苟生于盛世而仍居僻壤，安得此游观哉？

是年，何明府因事被议，吾父即就海宁王明府之聘。嘉兴有刘蕙阶者，长斋佞佛，来拜吾父。其家在烟雨楼侧，一阁临河，曰“水月居”，其诵经处也，洁净如僧舍。烟雨楼在镜湖之中，四岸皆绿杨，惜无多竹。有平台可远眺，渔舟星列，漠漠平波，似宜月夜。衲子备素斋甚佳。至海宁，与白门史心月、山阴俞午桥同事。心月一子名烛衡，澄静缄默，彬彬儒雅，与余莫逆，此生平第二知心交也。惜萍水相逢，聚首无多日耳。游陈氏安澜园，地占百亩，重楼复阁，夹道回廊；池甚广，桥作六曲形；石满藤萝，凿痕全掩；古木千章，皆有参天之势；鸟啼花落，如入深山。此人工而归于天然者。余所历平地之假石园亭，此为第一。曾于桂花楼中张宴，诸味尽为花气所夺，惟酱姜味不变。姜桂之性老而愈辣，以喻忠节之臣，洵不虚也。出南门即大海，一日两潮，如万丈银堤破海而过。船有迎潮者，潮至，反棹相向，于船头设一木招，状如长柄大刀，招一捺，潮即分破，船即随招而入，俄顷始浮起，拨转船头随潮而去，顷刻百里。塘上有塔院，中秋夜曾随吾父观潮于此。循塘东约三十里，名尖山，一峰突起，扑入海中，山顶有阁，匾曰“海阔天空”，一望无际，但见怒涛接天而已。

余年二十有五，应徽州绩溪克明府之召，由武林下“江山船”，过富春山，登子陵钓台。台在山腰，一峰突起，离水十余丈。岂汉时之水竟与峰齐耶？月夜泊界口，有巡检署，“山高月小，水落石出”，此景宛然。黄山仅见其脚，惜未一瞻面目。绩溪城处于万山之中，弹丸小邑，民情淳朴。近城有石镜山，由山弯中曲折一里许，悬崖急湍，湿翠欲滴；渐高至山腰，有一方石亭，四面皆陡壁；亭左石削如屏，青色光润，可鉴人形，俗传能照前生。黄巢至此，照为猿猴形，纵火焚之，故不复现。离域十里有火云洞天，石纹盘结，凹凸巉岩，如黄鹤山樵笔意，而杂乱无章，洞石皆深绛色。旁有一庵甚幽静，盐商程虚谷曾招游设宴于此。席中有肉馒头，小沙弥眈眈旁视，授以四枚，临行以番银二圆为酬，山僧不识，推不受。告以一枚可易青钱七百余文，僧以近无易处，仍不受。乃攒凑青蚨六百文付之，始欣然作谢。他日余邀同人携榼再往，老僧嘱曰："曩者小徒不知食何物而腹泻，今勿再与。"可知藜藿之腹不受肉味，良可叹也。余谓同人曰："作和尚者，必居此等僻地，终身不见不闻，或可修真养静。若吾乡之虎邱山，终日目所见者妖童艳妓，耳所听者弦索笙歌，鼻所闻者佳肴美酒，安得身如枯木、心如死灰哉！"

又去城三十里，名曰仁里，有花果会，十二年一举，每举各出盆花为赛。余在绩溪适逢其会，欣然欲往，苦无轿马，乃教以断竹为杠，缚椅为轿，雇人肩之而去，同游者惟同事许策廷，见者无不讶笑。至其地，有庙，不知供何神。庙前旷处高搭戏台，画梁方柱极其巍焕，近视则纸扎彩画，抹以油漆者。锣声忽至，四人抬对烛大如断柱，八人抬一猪大若牯牛，盖公养十二年始宰以献神。策廷笑曰："猪固寿长，神亦齿利。我若为神，乌能享此。"余曰："亦足见其愚诚也。"入庙，殿廊轩院所设花果盆玩，并不剪枝拗节，尽以苍老古怪为佳，大半皆黄山松。既而开场演剧，人如潮涌而至，余与策廷遂避去。未两载，余与同事不合，拂衣归里。

余自绩溪之游，见热闹场中卑鄙之状不堪入目，因易儒为贾。余有姑丈袁万九，在盘溪之仙人塘作酿酒生涯，余与施心耕附资合伙。袁酒本海贩，不一载，值台湾林爽文之乱，海道阻隔，货积本折，不得已仍为冯妇。馆江北四年，一无快游可记。迨居萧爽楼，正作烟火神仙，有表妹倩徐秀峰自粤东归，见余闲居，慨然曰："足下待露而爨，笔耕而炊，终非久计，盍偕我作岭南游？当不仅获蝇头利也。"芸亦劝余曰："乘此老亲尚健，子尚壮年，与其商柴计米而寻欢，不如一劳永逸。"余乃商诸交游者，集资作本。芸会亦自办绣货及岭南所无之苏酒、醉蟹等物。禀知堂上，于小春十日，偕秀峰由东坝出芜湖口。

长江初历，大畅襟怀。每晚舟泊后，必小酌船头。见捕鱼者罾幂不满三尺，孔大约有四寸，铁箍四角，似取易沉。余笑曰："圣人之教虽曰'罟不用数'，而如此之大孔小罾，焉能有获？"秀峰曰："此专为网鳊鱼设也。"见其系以长绠，忽起忽落，似探鱼之有无。未几，急挽出水，已有鳊鱼枷罾孔而起矣。余始喟然曰："可知一己之见，未可测其奥妙。"一日，见江心中一峰突起，四无依倚。秀峰曰："此小孤山也。"霜林中，殿阁参差。乘风经过，惜未一游。至滕王阁，犹吾苏府学之尊经阁移于胥门之大码头，王子安序中所云不足信也。即于阁下换高尾昂首船，名"三板子"，由赣关至南安登陆。值余三十诞辰，秀峰备面为寿。越日过大庾岭，出巅一亭，匾曰"举头日近"，言其高也。山头分为二，两边峭壁，中留一道如石巷。口列两碑，一曰"急流勇退"，一曰"得意不可再往"。山顶有梅将军祠，未考为何朝人。所谓岭上梅花，并无一树，意者以梅将军得名梅岭耶？余所带送礼盆梅，至此将交腊月，已花落而叶黄矣。过岭出口，山川风物便觉顿殊。岭西一山，石窍玲珑，已忘其名，舆夫曰："中有仙人床榻。"匆匆竟过，以未得游为怅。至南雄，雇老龙船，过佛山镇，见人家墙顶多列盆花，叶如冬青，花如牡丹，有大红、粉白、粉红三种，盖山茶花也。

腊月望，始抵省城，寓靖海门内，赁王姓临街楼屋三椽。秀峰货物皆销与当道，余亦随其开单拜客，即有配礼者络绎取货，不旬日而余物已尽。除夕蚊声如雷。岁朝贺节，有棉袍纱套者。不惟气候迥别，即土著人物，同一五官而神情迥异。

正月既望，有署中园乡三友拉余游河观妓，名曰“打水围”，妓名“老举”。于是同出靖海门，下小艇(如剖分之半蛋而加篷焉)，先至沙面。妓船名“花艇”，皆对头分排，中留水巷以通小艇往来。每帮约一二十号，横木绑定，以防海风。两船之间钉以木桩，套以藤圈，以便随潮涨落。鸨儿呼为“梳头婆”，头用银丝为架，高约四寸许，空其中而蟠发于外，以长耳挖插一朵花于鬓，身披元青短袄，著元青长裤，管拖脚背，腰束汗巾，或红或绿，赤足撒鞋，式如梨园旦脚。登其艇，即躬身笑迎，搴帏入舱。旁列椅机，中设大炕，一门通艄后。妇呼有客，即闻履声杂沓而出，有挽髻者，有盘辫者，傅粉如粉墙，搽脂如榴火，或红袄绿裤，或绿袄红裤，有著短袜而撮绣花蝴蝶履者，有赤足而套银脚镯者，或蹲于炕，或倚于门，双瞳闪闪，一言不发。余顾秀峰曰：“此何为者也？”秀峰曰：“目成之后，招之始相就耳。”余试招之，果即欢容至前，袖出槟榔为敬。入口大嚼，涩不可耐，急吐之，以纸擦唇，其吐如血。合艇皆大笑。又至军工厂，妆束亦相等，惟长幼皆能琵琶而已。与之言，对曰“唣”，“唣”者，“何”也。余曰：“‘少不入广’者，以其销魂耳，若此野妆蛮语，谁为动心哉？”一友曰：“潮帮妆束如仙，可往一游。”至其帮，排舟亦如沙面。有著名鸨儿素娘者，妆束如花鼓妇。其粉头衣皆长领，颈套项锁，前发齐眉，后发垂肩，中挽一鬏似丫髻，裹足者著裙，不裹足者短袜，亦著蝴蝶履，长拖裤管，语音可辨。而余终嫌为异服，兴趣索然。秀峰曰：“靖海门对渡有扬帮，留吴妆，君往，必有合意者。”一友曰：“所谓扬帮者，仅一鸨儿，呼曰邵寡妇，携一媳曰大姑，系来自扬州，余皆湖广江西人也。”因至扬帮。对面两排仅十余艇，其中人物皆云鬟雾鬓，脂粉薄施，阔袖长裙，语音了了，所谓邵寡妇者殷勤相接。遂有一友另唤酒船，大者曰“恒舻”，小者曰“沙姑艇”，作东道相邀，请余择妓。余择一雏年者，身材状貌有类余妇芸娘，而足极尖细，名喜儿。秀峰唤一统名翠姑。余皆各有旧交。放艇中流，开怀畅饮。至更许，余恐不能自持，坚欲回寓，而城已下钥久矣。盖海疆之城，日落即闭，余不知也。及终席，有卧吃鸦片烟者，有拥妓而调笑者，伻头各送衾枕至，行将连床开铺。余暗询喜儿：“汝本艇可卧否？”对曰：“有寮可居，未知有客否也。”（寮者，船顶之楼。）余曰：“姑往探之。”招小艇渡至邵船，但见合帮灯火相对如长廊，寮适无客。鸨儿笑迎曰：“我知今日贵客来，故留寮以相待也。”余笑曰：“姥真荷叶下仙人哉！”遂有使头移烛相引，由舱后梯而登。宛如斗室，旁一长榻，几案俱备。揭帘再进，即在头舱之顶，床亦旁设，中间方窗嵌以玻璃，不火而光满一室，盖对船之灯光也。衾帐镜奁，颇极华美。喜儿曰：“从台可以望月。”即在梯门之上叠开一窗，蛇行而出，即后梢之顶也。三面皆设短栏，一轮明月，水阔天空。纵横如乱叶浮水者，酒船也；闪烁如繁星列天者，酒船之灯也；更有小艇梳织往来，笙歌弦索之声杂以长潮之沸，令人情为之移。余曰：“‘少不入广’，当在斯矣！”惜余妇芸娘不能偕游至此，回顾喜儿，月下依稀相似，因挽之下台，息烛而卧。天将晓，秀峰等已哄然至，余披衣起迎，皆责以昨晚之逃。余曰：“无他，恐公等掀衾揭帐耳！”遂同归寓。

越数日，偕秀峰游海幢寺。寺在水中，围墙若城四周。离水五尺许有洞，设大炮以防海寇，潮涨潮落，随水浮沉，不觉炮门之或高或下，亦物理之不可测者。十三洋行在幽兰门之西，结构与洋画同。对渡名花地，花木甚繁，广州卖花处也。余自以为无花不识，至此仅识十之六七，询其名有《群芳谱》所未载者，或土音之不同欤？海幢寺规模极大，山门内植榕树，大可十余抱，阴浓如盖，秋冬不凋。柱槛窗栏皆以铁梨木为之。有菩提树，其叶似柿，浸水去皮，肉筋细如蝉翼纱，可裱小册写经。

归途访喜儿于花艇，适翠、喜二妓俱无客。茶罢欲行，挽留再三。余所属意在寮，而其媳大姑已有酒客在上，因谓邵鸨儿曰："若可同往寓中，则不妨一叙。"邵曰："可。"秀峰先归，嘱从者整理酒肴。余携翠、喜至寓。正谈笑间，适郡署王懋老不期来，挽之同饮。酒将沾唇，忽闻楼下人声嘈杂，似有上楼之势，盖房东一侄素无赖，知余招妓，故引人图诈耳。秀峰怨曰："此皆三白一时高兴，不合我亦从之。"余曰："事已至此，应速思退兵之计，非斗口时也。"懋老曰："我当先下说之。"余即唤仆速雇两轿，先脱两妓，再图出城之策。闻懋老说之不退，亦不上楼。两轿已备，余仆手足颇捷，令其向前开路，秀峰翠姑继之，余挽喜儿于后，一哄而下。秀峰、翠姑得仆力已出门去，喜儿为横手所拿，余急起腿，中其臂，手一松而喜儿脱去，余亦乘势脱身出。余仆犹守于门，以防追抢。急问之曰："见喜儿否？"仆曰："翠姑已乘轿去，喜娘但见其出，未见其乘轿也。"余急燃炬，见空轿犹在路旁。急追至靖海门，见秀峰侍翠轿而立，又问之，对曰："或应投东，而反奔西矣。"急反身，过寓十余家，闻暗处有唤余者，烛之，喜儿也，遂纳之轿，肩而行。秀峰亦奔至，曰："幽兰门有水窦可出，已托人贿之启钥，翠姑去矣，喜儿速往！"余曰："君速回寓退兵，翠、喜交我！"至水窦边，果已启钥，翠先在。余遂左掖喜，右挽翠，折腰鹤步，踉跄出窦。天适微雨，路滑如油，至河干沙面，笙歌正盛。小艇有识翠姑者，招呼登舟。始见喜儿首如飞蓬，钗环俱无有。余曰："被抢去耶？"喜儿笑曰："闻此皆赤金，阿母物也，妾于下楼时已除去，藏于囊中。若被抢去，累君赔偿耶。"余闻言，心甚德之，令其重整钗环，勿舍阿母，托言寓所人杂，故仍归舟耳。翠姑如言告母，并曰："酒菜已饱，备粥可也。"时寮上酒客已去，邵鸨儿命翠亦陪余登寮。见两对绣鞋泥污已透。三人共粥，聊以充饥。剪烛絮谈，始悉翠籍湖南，喜亦豫产，本姓欧阳，父亡母醮，为恶叔所卖。翠姑告以迎新送旧之苦，心不欢必强笑，酒不胜必强饮，身不快必强陪，喉不爽必强歌。更有乖张其性者，稍不合意，即掷酒翻案，大声辱骂，假母不察，反言接待不周，又有恶客彻夜蹂躏，不堪其扰。喜儿年轻初到，母犹惜之。不觉泪随言落。喜儿亦默然涕泣。余乃挽喜入杯，抚慰之。嘱翠姑卧于外榻，盖因秀峰交也。

自此或十日或五日，必遣人来招，喜或自放小艇，亲至河干迎接。余每去必偕秀峰，不邀他客，不另放艇。一夕之欢，番银四圆而已。秀峰今翠明红，俗谓之跳槽，甚至一招两妓；余则惟喜儿一人，偶独往，或小酌于平台，或清谈于寮内，不令唱歌，不强多饮，温存体恤，一艇怡然，邻妓皆羡之。有空闲无客者，知余在寮，必来相访。合帮之妓无一不识，每上其艇，呼余声不绝，余亦左顾右盼，应接不暇，此虽挥霍万金所不能致者。余四月在彼处，共费百余金，得尝荔枝鲜果，亦生平快事。后鸨儿欲索五百金强余纳喜，余患其扰，遂图归计。秀峰迷恋于此，因劝其购一妾，仍由原路返吴。明年，秀峰再往，吾父不准偕游，遂就青浦杨明府之聘。及秀峰归，述及喜儿因余不往，几寻短见。噫！“半年一觉扬帮梦，赢得花船薄幸名”矣！

余自粤东归来，馆青浦两载，无快游可述。未几，芸、憨相遇，物议沸腾，芸以激愤致病。余与程墨安设一书画铺于家门之侧，聊佐汤药之需。

中秋后二日，有吴云客偕毛忆香、王星灿邀余游西山小静室，余适腕底无闲，嘱其先往。吴曰：“子能出城，明午当在山前水踏桥之来鹤庵相候。”余诺之。

越日，留程守铺，余独步出阊门，至山前过水踏桥，循田塍而西。

见一庵南向，门带清流，剥琢问之，应曰："客何来？"余告之。笑曰："此'得云'也，客不见匾额乎？'来鹤'已过矣！"余曰："自桥至此，未见有庵。"其人回指曰："客不见土墙中森森多竹者，即是也。"余乃返至墙下。小门深闭，门隙窥之，短篱曲径，绿竹猗猗，寂不闻人语声，叩之亦无应者。一人过，曰："墙穴有石，敲门具也。"余试连击，果有小沙弥出应。余即循径入，过小石桥，向西一折，始见山门，悬黑漆额，粉书"来鹤"二字，后有长跋，不暇细观。入门经韦陀殿，上下光洁，纤尘不染，知为小静室。忽见左廊又一小沙弥奉壶出，余大声呼问，即闻室内星灿笑曰："何如？我谓三白决不失信也！"旋见云客出迎，曰："候君早膳，何来之迟？"一僧继其后，向余稽首，问知为竹逸和尚。入其室，仅小屋三椽，额曰"桂轩"，庭中双桂盛开。星灿、忆香群起嚷曰："来迟罚三杯！"席上荤素精洁，酒则黄白俱备。余问曰："公等游几处矣？"云客曰："昨来已晚，今晨仅到得云、河亭耳。"欢饮良久。饭毕，仍自得云、河亭共游八九处，至华山而止。各有佳处，不能尽述。华山之顶有莲花峰，以时欲暮，期以后游。桂花之盛至此为最，就花下饮清茗一瓯，即乘山舆，径回来鹤。

桂轩之东另有临洁小阁，已杯盘罗列。竹逸寡言静坐而好客善饮。始则折桂催花，继则每人一令，二鼓始罢。余曰："今夜月色甚佳，即此酣卧，未免有负清光，何处得高旷地，一玩月色，庶不虚此良夜也？"竹逸曰："放鹤亭可登也。"云客曰："星灿抱得琴来，未闻绝调，到彼一弹何如？"乃偕往。但见木犀香里，一路霜林，月下长空，万籁俱寂。星灿弹《梅花三弄》，飘飘欲仙。忆香亦兴发，袖出铁笛，呜呜而吹之。云客曰："今夜石湖看月者，谁能如吾辈之乐哉？"盖吾苏八月十八日石湖行春桥下有看串月盛会，游船排挤，彻夜笙歌，名虽看月，实则挟妓哄饮而已。未几，月落霜寒，兴阑归卧。

明晨，云客谓众曰：“此地有无隐庵，极幽僻，君等有到过者否？”咸对曰：“无论未到，并未尝闻也。”竹逸曰：“无隐四面皆山，其地甚僻，僧不能久居。向年曾一至，已坍废，自尺木彭居士重修后，未尝往焉，今犹依稀识之。如欲往游，请为前导。”忆香曰：“枵腹去耶？”竹逸笑曰：“已备素面矣，再令道人携酒盒相从也。”面毕，步行而往。过高义园，云客欲往白云精舍，入门就坐。一僧徐步出，向云客拱手曰：“违教两月，城中有何新闻？抚军在辕否？”忆香忽起曰：“秃！”拂袖径出。余与星灿忍笑随之，云客、竹逸酬答数语，亦辞出。高义园即范文正公墓，白云精舍在其旁。一轩面壁，上悬藤萝，下凿一潭，广丈许，一泓清碧，有金鳞游泳其中，名曰“钵盂泉”。竹炉茶灶，位置极幽。轩后于万绿丛中，可瞰范园之概。惜衲子俗，不堪久坐耳。是时由上沙村过鸡笼山，即余与鸿干登高处也。风物依然，鸿干已死，不胜今昔之感。正惆怅间，忽流泉阻路不得进，有三五村童掘菌子于乱草中，探头而笑，似讶多人之至此者。询以无隐路，对曰：“前途水大不可行，请返数武，南有小径，度岭可达。”从其言。度岭南行里许，渐觉竹树丛杂，四山环绕，径满绿茵，已无人迹。竹逸徘徊四顾曰：“似在斯，而径不可辨，奈何？”余乃蹲身细瞩，于千竿竹中隐隐见乱石墙舍，径拨丛竹间，横穿入觅之，始得一门，曰“无隐禅院，某年月日南园老人彭某重修”，众喜曰：“非君则武陵源矣！”山门紧闭，敲良久，无应者。忽旁开一门，呀然有声，一鹑衣少年出，面有菜色，足无完履，问曰：“客何为者？”竹逸稽首曰：“慕此幽静，特来瞻仰。”少年曰：“如此穷山，僧散无人接待，请觅他游。”言已，闭门欲进。云客急止之，许以启门放游，必当酬谢。少年笑曰：“茶叶俱无，恐慢客耳，岂望酬耶？”山门一启，即见佛面，金光与绿阴相映，庭阶石础苔积如绣，殿后台级如墙，石栏绕之。循台而西，有石形如馒头，高二丈许，细竹环其趾。再西折北，由斜廊蹑级而登，客堂三卷楹紧对大石。石下凿一小月池，清泉一派，荇藻交横。堂东即正殿，殿左西向为僧房厨灶，殿后临峭壁，树杂阴浓，仰不见天。星灿力疲，就池边小憩，余从之。将启盒小酌，忽闻忆香音在树杪，呼曰："三白速来，此间有妙境！"仰而视之，不见其人，因与星灿循声觅之。由东厢出一小门，折北，有石蹬如梯，约数十级，于竹坞中瞥见一楼。又梯而上，八窗洞然，额曰"飞云阁"。四山抱列如城，缺西南一角，遥见一水浸天，风帆隐隐，即太湖也。倚窗俯视，风动竹梢，如翻麦浪。忆香曰："何如？"余曰："此妙境也。"忽又闻云客于楼西呼曰："忆香速来，此地更有妙境！"因又下楼，折而西，十余级，忽豁然开朗，平坦如台。度其地，已在殿后峭壁之上，残砖缺础尚存，盖亦昔日之殿基也。周望环山，较阁更畅。忆香对太湖长啸一声，则群山齐应。乃席地开樽，忽愁枵腹，少年欲烹焦饭代茶，随令改茶为粥，邀与同啖。询其何以冷落至此，曰："四无居邻，夜多暴客，积粮时来强窃，即植蔬果，亦半为樵子所有。此为崇宁寺下院，长厨中月送饭干一石、盐菜一坛而已。某为彭姓裔，暂居看守，行将归去，不久当无人迹矣。"云客谢以番银一圆。

返至来鹤，买舟而归。余绘《无隐图》一幅，以赠竹逸，志快游也。

是年冬，余为友人作中保所累，家庭失欢，寄居锡山华氏。明年春，将之维扬而短于资，有故人韩春泉在上洋幕府，因往访焉。衣敝履穿，不堪入署，投札约晤于郡庙园亭中。及出见，知余愁苦，慨助十金。园为洋商捐施而成，极为阔大，惜点缀各景，杂乱无章，后叠山石，亦无起伏照应。归途忽思虞山之胜，适有便舟附之。时当春仲，桃李争妍，逆旅行踪，苦无伴侣，乃怀青铜三百，信步至虞山书院。墙外仰瞩，见丛树交花，娇红稚绿，傍水依山，极饶幽趣。惜不得其门而入，问途以往，遇设篷瀹茗者，就之，烹碧螺春，饮之极佳。询虞山何处最胜，一游者曰："从此出西关，近剑门，亦虞山最佳处也，君欲往，请为前导。"

余欣然从之。出西门，循山脚，高低约数里，渐见山峰屹立，石作横纹，至则一山中分，两壁凹凸，高数十仞，近而仰视，势将倾堕。其人曰："相传上有洞府，多仙景，惜无径可登。"余兴发，挽袖卷衣，猿攀而上，直造其巅。所谓洞府者，深仅丈许，上有石罅，洞然见天。俯首下视，腿软欲堕。乃以腹面壁，依藤附蔓而下。其人叹曰："壮哉！游兴之豪，未见有如君者。"余口渴思饮，邀其人就野店沽饮三杯。阳乌将落，未得遍游，拾赭石十余块，怀之归寓，负笈搭夜航至苏，仍返锡山。此余愁苦中之快游也。

嘉庆甲子春，痛遭先君之变，行将弃家远遁，友人夏揖山挽留其家。秋八月，邀余同往东海永泰沙勘收花息。沙隶崇明。出刘河口，航海百余里。新涨初辟，尚无街市。茫茫芦荻，绝少人烟，仅有同业丁氏仓房数十椽，四面掘沟河，筑堤栽柳绕于外。丁字实初，家于崇，为一沙之首户；司会计者姓王，俱家爽好客，不拘礼节，与余乍见即同故交。宰猪为饷，倾瓮为饮。令则拇战，不知诗文；歌则号呶，不讲音律。酒酣，挥工人舞拳相扑为戏。蓄牯牛百余头，皆露宿堤上。养鹅为号，以防海盗。日则驱鹰犬猎于芦丛沙渚间，所获多飞禽。余亦从之驰逐，倦则卧。引至园田成熟处，每一字号圈筑高堤，以防潮汛。堤中通有水窦，用闸启闭，旱则涨潮时启闸灌之，潦则落潮时开闸泄之。佃人皆散处如列星，一呼俱集，称业户曰"产主"，唯唯听命，朴诚可爱。而激之非义，则野横过于狼虎；幸一言公平，率然拜服。风雨晦明，恍同太古。卧床外瞩，即睹洪涛，枕畔潮声如鸣金鼓。一夜，忽见数十里外有红灯大如栲栳，浮于海中，又见红光烛天，势同失火，实初曰："此处起现神灯神火，不久又将涨出沙田矣。"揖山兴致素豪，至此益放。余更肆无忌惮，牛背狂歌，沙头醉舞，随其兴之所至，真生平无拘之快游也。事竣，十月始归。

吾苏虎邱之胜，余取后山之千顷云一处，次则剑池而已，余皆半借人工，且为脂粉所污，已失山林本相。即新起之白公祠、塔影桥，不过留名雅耳。其冶坊滨，余戏改为“野芳滨”，更不过脂乡粉队，徒形其妖冶而已。其在城中最著名之狮子林，虽曰云林手笔，且石质玲珑，中多古木，然以大势观之，竟同乱堆煤渣，积以苔藓，穿以蚁穴，全无山林气势。以余管窥所及，不知其妙。灵岩山，为吴王馆娃宫故址，上有西施洞、响屧廊、采香径诸胜，面其势散漫，旷无收束，不及天平支硎之别饶幽趣。

邓尉山一名元墓，西背太湖，东对锦峰，丹崖翠阁，望如图画，居人种梅为业，花开数十里，一望如积雪，故名“香雪海”。山之左有古柏四树，名之曰“清、奇、古、怪”。清者，一株挺直，茂如翠盖；奇者，卧地三曲，形同“之”字；古者，秃顶扁阔，半朽如掌；怪者，体似旋螺，枝干皆然。相传汉以前物也。

乙丑孟春，揖山尊人莼芗先生偕其弟介石，率子侄四人，往袱山家祠春祭，兼扫祖墓，招余同往。顺道先至灵岩山，出虎山桥，由费家河进香雪海观梅。袱山祠宇即藏于香雪海中，时花正盛，咳吐俱香，余曾为介石画《袱山风木国》十二册。是年九月，余从石琢堂殿撰赴四川重庆府之任，溯长江而上，舟抵皖城。皖山之麓，有元季忠臣余公之墓，墓侧有堂三楹，名曰“大观亭”，面临南湖，背倚潜山。亭在山脊，眺远颇畅。旁有深廊，北窗洞开，时值霜时初红，烂如桃李。同游者为蒋寿朋、蔡子琴。南城外又有王氏园，其地长于东西，短于南北，盖北紧背城、南则临湖故也。既限于地，颇难位置，而观其结构，作重台叠馆之法。重台者，屋上作月台为庭院，叠石栽花于上，使游人不知脚下有屋。盖上叠石者则下实，上庭院者则下虚，故花木仍得地气而生也。叠馆者，楼上作轩，轩上再作平台。上下盘折，重叠四层，且有小池，水不漏泄，竟莫测其何虚何实。其立脚全用砖石为之，承重处仿照西洋立柱法。幸面对南湖，目无所阻，骋怀游览，胜于平园。真人工之奇绝者也。

武昌黄鹤楼在黄鹄矶上，后拖黄鹄山，俗呼为蛇山。楼有三层，画栋飞檐，倚城屹峙，面临汉江，与汉阳晴川阁相对。余与琢堂冒雪登焉，仰视长空，琼花飞舞，遥指银山玉树，恍如身在瑶台。江中往来小艇，纵横掀播，如浪卷残叶，名利之心至此一冷。壁间题咏甚多，不能记忆，但记楹对有云："何时黄鹤重来，且共倒金樽，浇洲渚千年芳草；但见白云飞去，更谁吹玉笛，落江城五月梅花。"

黄州赤壁在府城汉川门外，屹立江滨，截然如壁。石皆绛色，故名焉。《水经》谓之赤鼻山，东坡游此作二赋，指为吴＼魏交兵处，则非也。壁下已成陆地，上有二赋亭。

是年仲冬抵荆州。琢堂得升潼关观察之信，留余住荆州，余以未得见蜀中山水为怅。时琢堂入川，而哲嗣敦夫眷属及蔡子琴、席芝堂俱留于荆州，居刘氏废园。余记其厅额曰"紫藤红树山房"。庭阶围以石栏，凿方池一亩；池中建一亭，有石桥通焉；亭后筑土垒石，杂树丛生；余多旷地，楼阁俱倾颓矣。客中无事，或吟或啸，或出游，或聚谈。岁暮虽资斧不继，而上下雍雍，典衣沽酒，且置锣鼓敲之。每夜必酌，每酌必令。窘则四两烧刀，亦必大施觞政。遇同乡蔡姓者，蔡子琴与叙宗系，乃其族子也，倩其导游名胜。至府学前之曲江楼，昔张九龄为长史时，赋诗其上，朱子亦有诗曰："相思欲回首，但上曲江楼。"城上又有雄楚搂，五代时高氏所建。规模雄峻，极目可数百里。绕城傍水，尽植垂杨，小舟荡桨往来，颇有画意。荆州府署即关壮缪帅府，仪门内有青石断马槽，相传即赤兔马食槽也。访罗含宅于城西小湖上，不遇。又访宋玉故宅于城北。昔庾信遇侯景之乱，遁归江陵，居宋玉故宅，继改为酒家，今则不可复识矣。

是年大除，雪后极寒，献岁发春，无贺年之扰，日惟燃纸炮、放纸鸢、扎纸灯以为乐。既而风传花信，雨濯春尘，琢堂诸姬携其少女幼子顺川流而下，敦夫乃重整行装，合帮而走。由樊城登陆，直赴潼关。

由山南阌乡县西出函谷关，有“紫气东来”四字，即老子乘青牛所过之地。两山夹道，仅容二马并行。约十里即潼关，左背峭壁，右临黄河，关在山河之间扼喉而起，重楼垒垛，极其雄峻。而车马寂然，人烟亦稀。昌黎诗曰：“日照潼关四扇开”，殆亦言其冷落耶？

城中观察之下，仅一别驾。道署紧靠北城，后有园圃，横长约三亩。东西凿两池，水从西南墙外而入，东流至两池间，支分三道：一向南至大厨房，以供日用；一向东入东池；一向北折西、由石螭口中喷入西池，绕至西北，设闸泄泻，由城脚转北，穿窦而出，直下黄河。日夜环流，殊清人耳。竹树阴浓，仰不见天。西池中有亭，藕花绕左右。东有面南书室三间，庭有葡萄架，下设方石，可弈可饮，以外皆菊畦。西有面东轩屋三间，坐其中可听流水声。轩南有小门可通内室。轩北窗下另凿小池，池之北有小庙，祀花神。园正中筑三层楼一座，紧靠北城，高与城齐，俯视城外即黄河也。河之北，山如屏列，已属山西界。真洋洋大观也！余居园南，屋如舟式，庭有土山，上有小亭，登之可览园中之概，绿阴四合，夏无暑气。琢堂为余颜其斋曰“不系之舟”。此余幕游以来第一好居室也。土山之间，艺菊数十种，惜未及含葩，而琢堂调山左廉访矣。眷属移寓潼川书院，余亦随往院中居焉。

琢堂先赴任。余与子琴、芝堂等无事，辄出游。乘骑至华阴庙。过华封里，即尧时三祝处。庙内多秦槐汉柏，大皆三四抱，有槐中抱柏而生者，柏中抱槐而生者。殿廷古碑甚多，内有陈希夷书“福”“寿”字。华山之脚有玉泉院，即希夷先生化形骨蜕处。有石洞如斗室，塑先生卧像于石床。其地水净沙明，草多绛色，泉流甚急，修竹绕之。洞外一方亭，额曰“无忧亭”。旁有古树三株，纹如裂炭，叶似槐而色深，不知其名，土人即呼曰“无忧树”。太华之高不知几千仞，惜未能裹粮往登焉。归途见林柿正黄，就马上摘食之，土人呼止弗听，嚼之涩甚，急吐去，下骑觅泉漱口，始能言，土人大笑。盖柿须摘下煮一沸，始去其涩，余不知也。

十月初，琢堂自山东专人来接眷属，遂出潼关，由河南入鲁。山东济南府城内，西有大明湖，其中有历下亭、水香亭诸胜。夏月柳阴浓处，菡萏香来，载酒泛舟，极有幽趣。余冬日往视，但见衰柳寒烟，一水茫茫而已。趵突泉为济南七十二泉之冠，泉分三眼，从地底怒涌突起，势如腾沸。凡泉皆从上而下，此独从下而上，亦一奇也。池上有楼，供吕祖像，游者多于此品茶焉。明年二月，余就馆莱阳。至丁卯秋，琢堂降官翰林，余亦入都。所谓登州海市，竟无从一见。

附录

分题沈三白处士《浮生六记》

（沈三白的《浮生六记》虽遗失后两记，但从其为《浮生六记》所作诗词，我们可观其大略。）

其一，闺房记乐
刘樊仙侣世原稀，瞥眼风花又各飞。
赢得闺房传好句，秋深人瘦菊花肥。

其二，闲情记趣

烟霞花月费平章，转觉闲来事事忙。

不以红尘易清福，未妨泉石竟膏肓。

其三，坎坷记愁

坎坷中年百不易，无多骨肉更离披。

伤心替下穷途泪，想见空江夜雪时。

其四，浪游记快

秦楚江山逐望开，探奇还上粤王台。

游踪第一应相忆，舟泊胥江月夜怀。

其五，中山记历

瀛海曾乘汉使槎，中山风土纪皇华。

春云偶住留痕室，夜半涛声听煮茶。

其六，养生记道

白雪黄芽说有无，指归性命未全虚。

养生从此留真诀，休向嫏嬛问素书。

分题沈三白处士《浮生六记》之六

光绪三年初版：跋

予妇兄杨甦补明经，曾于冷摊上购得《浮生六记》残本，为吴门处士沈三白所作，而轶其名。其所谓六记者，《闺房记乐》《闲情记趣》《坎坷记愁》《浪游记快》《中山记历》《养生记道》。今仅存四卷，而阙末后两卷，然则处士游屐所至，远至琉球，可谓豪矣。笔墨之间，缠绵哀感，一往情深，于伉俪尤敦笃。卜宅沧浪亭畔，颇擅山水林树之胜，每当茶熟香温，花开月上，夫妇开樽对饮，觅句联吟，其乐神仙中人不啻也。曾几何时，一切皆幻，此记之所由作也。予少时尝跋其后云:“从来理有不能知，事有不必然，情有不容已。夫妇准以一生，而或至或不至者，何哉？盖得美妇非数生修不能，而妇之有才有色者，辄为造物所忌，非寡即夭。然才人与才妇旷古不一合，苟合矣，即寡夭焉，何憾！正惟其寡夭焉，而情益深；不然，即百年相守，亦奚裨乎？呜呼！人生有不遇之感，兰杜有零落之悲。历来才色之妇，湮没终身，抑郁无聊，甚且失足堕行者不少矣，而得如所遇以夭者，抑亦难之。乃后之人凭吊，或嗟其命之不辰，或悼其寿之弗永，是不知造物者所以善全之意也。美妇得才人，虽死贤于不死。彼庸庸者即使百年相守，而不必百年已泯然尽矣。造物所以忌之，正造物所以成之哉？”顾跋后未越一载，遽赋悼亡，若此语为之谶也。是书余惜未抄副本，旅粤以来时忆及之。今闻甦补已出付尊闻阁主人以活字板排印，特邮寄此跋，附于卷末，志所始也。

丁丑秋九月中旬

淞北玉鱿生王韬病中识

秋灯琐忆

导读

《秋灯琐忆》是一篇表现家庭生活乐趣的回忆性散文。作者蒋坦，是清代浙江钱塘的一位普通秀才，他终身没有去猎取功名，却有着很高的文学造诣。他的夫人秋芙，也是一位能诗善文、有较高文化素养和艺术气质的才女。他们夫妻意趣高雅，性情相契，生活美满。不幸的是，秋芙天生体弱，三十多岁的时候便西去了。他们曾发誓"生生世世为夫妻"，蒋坦也在兵荒马乱之中逃难竟至饿死，读到他们的悲剧结局，令人不禁叹惋。

现代作家林语堂在他著名的《生活的艺术》一书中，非常推崇《秋灯琐忆》，并把秋芙说成是中国古代两个最可爱的女子之一（另一个是《浮生六记》中的芸娘）。

原文

道光癸卯闰秋，秋芙来归。漏三下，臧获皆寝。秋芙绾堕马髻，衣红绡之衣，灯花影中，欢笑弥畅，历言小年嬉戏之事。渐及诗词，余苦木舌挢不能下，因忆昔年有传闻其《初冬诗》云“雪压层檐重，风欺半臂单”，余初疑为阿翘假托，至是始信。于时桂帐虫飞，倦不成寐。盆中素馨，香气滃然，流袭枕簟。秋芙请联句，以观余才，余亦欲试秋芙之诗，遂欣然诺之。余首赋云：“翠被鸳鸯夜。”秋芙续云：“红云织蝶楼。花迎纱幔月。”余次续云：“人觉枕函秋。”犹欲再续，而檐月暖斜，邻钟徐动，户外小鬟已喁喁来促晓妆矣。余乃阁笔而起。

数日不入巢园，阴廊之间，渐有苔色，因感赋二绝云：“一觉红蕤梦，朝记记不真。昨宵风露重，忆否忍寒人？”“镜槛无人拂，房栊久不开。欲言相忆处，户下有青苔。”时秋芙归宁三十五日矣。群季青绫，兴应不浅，亦忆夜深有人，尚徘徊风露下否？

秋芙之琴，半出余授。入秋以来，因病废辍。既起，指法渐疏，强为理习，乃与弹于夕阳红半楼上。调弦既久，高不成音，再调则当五徽而绝。秋芙索上新弦，忽烟雾迷空，窗纸欲黑。下楼视之，知雏鬟不戒，火延幔帷。童仆扑之始灭。乃知猝断之弦，其谶不远，况五，火数也，应徽而绝，琴其语我乎？

秋芙以金盆捣戎葵叶汁，杂于云母之粉，用纸拖染，其色蔚绿，虽澄心之制，无以过之。曾为余录《西湖百咏》，惜为郭季虎携去。季虎为余题《秋林著书图》云：“诗成不用苔笺写，笑索兰闺手细钞”，即指此也。秋芙向不工书，自游魏滋伯、吴黟山两丈之门，始学为晋唐格。惜病后目力较差，不能常事笔墨。然间作数字，犹是秀媚可人。

夏夜苦热，秋芙约游理安。甫出门，雷声殷殷，狂飙疾作。仆夫请回车，余以游兴方炽，强趣之行。未及南屏，而黑云四垂，山川暝合。俄见白光如练，出独秀峰顶，经天丈余，雨下如注，乃止大松树下。雨霁更行，觉竹风骚骚，万翠浓滴，两山如残妆美人，蹙黛垂眉，秀色可餐。余与秋芙且观且行，不知衣袂之既湿也。时月查开士主讲理安寺席，留饭伊蒲，并以所绘白莲画帧见贻。秋芙题诗其上，有“空到色香何有相，若离文字岂能禅”之句。茶话既洽，复由杨梅坞至石屋洞，洞中乱石排拱，几案俨然。秋芙安琴磐磴，鼓《平沙落雁》之操，归云滃然，涧水互答，此时相对，几忘我两人犹生尘世间也。俄而残暑渐收，暝烟四起，回车里许，已月上苏堤杨柳梢矣。是日，屋漏床前，窗户皆湿，童仆以重门锁扃，未获入视。俟归，已蝶帐蚊橱，半为泽国，呼小婢以筠笼熨之，五鼓始睡。

秋芙喜绘牡丹，而下笔颇自矜重。嗣从老友杨渚白游，活色生香，遂入南田之室。时同人中寓余草堂及晨夕过从者，有钱文涛、费子苕、严文樵、焦仲梅诸人，品叶评花，弥日不倦。既而钱去杨死，焦严诸人各归故乡。秋芙亦以盐米事烦，弃置笔墨。惟余纨扇一枚，犹为诸人合画之笔，精神意态，不减当年，暇日观之，不胜宾朋零落之感。

桃花为风雨所摧，零落池上，秋芙拾花瓣砌字，作《谒金门》词云：“春过半，花命也如春短。一夜落红吹渐漫，风狂春不管。”“春”字未成，而东风骤来，飘散满地，秋芙怅然。余曰：“此真个‘风狂春不管’矣！”相与一笑而罢。

余旧蓄一绿鹦鹉，字曰“翠娘”，呼之辄应。所诵诗句，向为侍儿秀绢所教。秀绢既嫁，翠娘饮啄常失时，日渐憔悴。一日，余起盥沐，闻帘外作细语声，恍如秀娟声吻，惊起视之，则翠娘也。杨枝去数月矣，翠娘有知，亦忆教诗人否？

秋芙每谓余云：“人生百年，梦寐居半，愁病居半，襁褓垂老之日又居半，所仅存者，十之一二耳，况我辈蒲柳之质，犹未必百年者乎！庾兰成云：一月欢娱，得四五六日。想亦自解语耳。”斯言信然。

平生未作百里游。甲辰娥江之役，秋芙方病寒疾，欲更行期，而行装既发，黄头促我矣。晚渡钱江，飓风大作，隔岸越山，皆低鬟敛眉，郁郁作相对状，因忆子安《滕王阁序》云："天高地迥，觉宇宙之无穷，兴尽悲来，识盈虚之有数。"殊觉此身茫茫，不知当置何所。明河在天，残灯荧荧，酒醒已五更时矣。欲呼添衣，而罗帐垂垂，四无人应，开眼视之，始知此身犹卧舟中也。

秋月正佳，秋芙命雏鬟负琴，放舟两湖荷芰之间。时余自西溪归，及门，秋芙先出，因买瓜皮迹之，相遇于苏堤第二桥下。秋芙方鼓琴作《汉宫秋怨》曲，余为披襟而听。斯时四山沉烟，星月在水，琤瑽杂鸣，不知天风声环珮声也。琴声未终，船唇已移近漪园南岸矣。因叩白云庵门。庵尼故相识也，坐次，采池中新莲，制羹以进。香色清冽，足沁肠睹，其视世味腥膻，何止薰莸之别。回船至段家桥登岸，施竹簟于地，坐话良久。闻城中尘嚣声，如蝇营营，殊聒人耳。桥上石柱，为去年题诗处，近为嫔衣剥蚀，无复字迹。欲重书之，苦无中书。其时星斗渐稀，湖气横白，听城头更鼓，已沉沉第四通矣，遂携琴刺船而去。

余莲村来游武林，以惠山泉一瓮见饷。适墨镇开士主讲天目山席，亦寄头纲茶来。竹炉烹饮，不啻如来滴水，遍润八万四千毛孔，初不待卢同七碗也。莲村止余草堂十有余日，剪烛论文，有逾胶漆。惜言欢未终，饥为驱去。树云相望，三年于兹矣。常忆其论吴门诸子诗，极称觉阿开士为闻见第一。觉阿以名秀才剃落佛前，磨砖十年，得正法眼藏。所居种梅三百余本，香雪满时，趺坐其下，禅定既起，间事吟咏。有《咏怀诗》云："自从一见《楞严》后，不读人间糠粕书。"昔简斋老人论《华严经》云："文义如一桶水，倒来倒去。"不特不解《华严》，直是未见《华严》语。以视觉阿，何止上下床之别耶！惜未见全诗，不胜半偈之憾。闻莲村近客毗陵，暇日当修书问之。

夜来闻风雨声，枕簟渐有凉意。秋芙方卸晚妆，余坐案傍。制《百花图记》未半，闻黄叶数声，吹堕窗下。秋芙顾镜吟曰："昨日胜今日，今年老去年。”余怃然云：“生年不满百，安能为他人拭涕！”辄为搁笔。夜深，秋芙思饮，瓦铞温暾，已无余火，欲呼小鬟，皆蒙头户间，为趾离召去久矣。余分案上灯置茶灶间，温莲子汤一瓯饮之。秋芙病肺十年，深秋咳嗽，必高枕始得熟睡。今年体力较强，拥髻相对，常至夜分，殆眠餐调摄之功欤？然入秋犹未数日，未知八九月间更复何如耳。

余为秋芙制梅花画衣，香雪满身，望之如绿萼仙人，翩然尘世。每当春暮，翠袖凭栏，鬓边蝴蝶，犹栩栩然不知东风之既去也。

扫地焚香，喻佛法耳，谓如此即可成佛，则值寺阇黎，已充满极乐国矣。秋芙性爱洁，地有纤尘，必亲事箕帚。余为举王栖云偈云：“日日扫地上，越扫越不净。若要地上净，撇却笤帚柄。”秋芙卒不能悟。秋芙辨才十倍于我，执于斯者，良亦积习使然。

余居湖上十年，大人月给数十金，资余盐米。余以挥霍，每至匮乏，夏葛冬裘，递质递赎，敝箧中终岁常空空也。曾赋诗示秋芙云：“一寒至此怜张禄，再拥无由惜谢耽。箧为频搜卿有意，裈犹可挂我何惭。”纪实也。

丁未冬，伊少沂大令课最北行，余饯之草堂，来会者二十余人。酒次，李山樵鼓琴，吴康甫作擘窠书，吴乙杉、杨渚白、钱文涛分画四壁，余或拈韵赋诗，清谈瀹茗。惟施庭午、田望南、家宾梅十余人，踞地赌霸王拳，狂饮疾呼，酒尽数十觥不止。是夕，风月正佳，余留诸人为长夜饮。羊灯既上，洗盏更酌，未及数巡，而呼酒不至。讶询秋芙，答云：“瓶罍罄矣。床头惟余数十钱，余脱玉钏换酒，酒家不辨真赝，今付质库，去市远，故未至耳。”余为诵元九“泥他沽酒拔金钗”诗，相对怅然。是集得诗数十篇，酒尽八九瓮，数年来文酒之乐，于斯为盛。自此而后，踪迹天涯，云萍聚散，余与秋芙亦以尘事相羁，不能屡为山泽游矣。

秋芙素不工词，忆初作《菩萨蛮》云：“莫道铁为肠，铁肠今也伤。”

造意尖新，无板滞之病。其后余游山阴，秋芙制《洞仙歌》见寄，气息深稳，绝无疵颠，余始讶其进境之速。归后索览近作，居然可观，乃知三日之别，固非昔日阿蒙矣。昔瑶花仙史降乩巢园，目秋芙为昙阳后身，观其辨才，似亦可信。加以长斋二十年，《楞严》《法华》熟诵数千卷，定而生慧，一指半偈，犹能言下了悟，况区区文字间乎！昔人谓“书到今生读已迟”，余于秋芙信之矣。

秦亭山西去二十里，地名西溪，余家槐眉庄在焉。缘溪而西，地多芦苇，秋风起时，晴雪满滩，水波弥漫，上下一色。芦花深处，置精蓝数椽，以奉瞿昙，曰“云章阁”。阁去庄里余，复涧回溪，非苇杭不能到也。时有佛缘僧者，居华坞斋，相传戒律精严，知未来之事。乙巳秋，余因携秋芙访之，叩以面壁宗旨，如瞶如聋，鼻孔撩天，曷胜失笑。时残雪方晴，堂下绿梅，如尘梦初醒，玉齿粲然。秋芙约为永兴寺游，遂与登二雪堂，观汪夫人方佩书刻。还坐溪上，寻炙背鱼、翦尾螺，皆颠师胜迹。明日更游交芦、秋雪诸刹，寺僧以松萝茶进，并索题《交芦雅集图卷》。回船已夕阳在山，晚钟催饭矣。霜风乍寒，溪上澄波粼粼，作皱縠纹。秋芙时著薄棉，有寒色，余脱半臂拥之。夜半至庄，吠龙迎门，回里隔溪渔火，不减鹿门晚归时也。秋芙强余作游记诗，遂与挑灯命笔，不觉至曙。

秋芙有停琴伫月小影，悬之寝室，日以沈水供之。将归，戏谓余曰：“夜窗孤寂，留以伴君，君当酬以瓣香。无扃置空房，令蛾眉有秋风团扇悲也。”

晓过妇家。窗栊犹闭，微闻仓琅一声，似鸾篦堕地，重帘之中，有人晓妆初就也。时初日在梁，影照窗户，盘盘腻云，光足鉴物，因忆微之诗云：“水晶帘底看梳头”，古人当日，已先我消受眼福。

关、蒋故中表亲。余未聘时，秋芙来余家，绕床弄梅，两无嫌猜。

丁亥元夕，秋芙来贺岁，见于堂前。秋芙衣葵绿衣，余着银红绣袍，肩随额齐，钗帽相傍。张情齐丈方居巢园，谓大人曰：“俨然佳儿佳妇。”大人遂有丝罗之意。后数月，巢园鼠姑作花，大人招亲朋，置酒花下。秋芙随严君来。酒次，秋芙收筵上果脯，藏帕中。余夺之，秋芙曰：“余将携归，不汝食也。”余戏解所系巾，曰：“以此缚汝，看汝得归去否？”秋芙惊泣，乳妪携去始解。大人顾之而笑。因倩俞霞轩师为之蹇修，筵上聘定。自后数年，绝不相见。大人以关氏世有姻娅，岁时仍率余往趋谒，故关氏之庭，迹虽疏，未尝绝也。忆壬辰新岁，余往，入门见青衣小鬟，拥一粲姝上车而去。俄闻屏间笑声，乃知出者即为秋芙。又一年，圜桥试近，妻父集同人会文，意在察婿。置酒后堂，余列末座。闻湘帘之中，环玉相触，未知有秋芙在否。又一年，余行市间，忽车雷声中，帘幌疾卷，中有丽人，相注作熟视状。最后一车，似是妻母，意卷帘人即膝前娇女也。又一年，余举弟子员，大人命余晋谒。庭遇秋芙，戴貂茸，立蜜梅花下。俄闻银钩一声，无复鸿影。余自聘及迎，相去凡十五年，五经邂逅，及却扇筵前，剪灯相见，始知颊上双涡，非复旧时丰满矣。今去结缡又复十载，余与秋芙皆鬓有霜色，未知数年而后，更作何状？忽忽前尘，如梦如醉，质之秋芙，亦忆一二否？

秋芙谓：“元九《长庆集》诗，如土饭尘羹，食者不知有味。惟《悼亡》三诗，字字泪痕，不堕浮艳之习。”余曰：“未必不似宋考功于刘希夷事耳。不然，微之轻薄小人，安能为此刻骨语？”

余读《述异记》云“龙眠于渊，颔下之珠，为虞人所得，龙觉而死”，不胜叹息。秋芙从旁语曰：“此龙之罪也。颔下有珠，则宜知宝。既不能宝而为人得，则唏嘘云雨，与虞人相持江湖之间，珠可还也。而以身殉之，龙则逝矣，而使珠落人手，永无还日，龙岂爱珠者哉？”余默然良久，曰：“不意秋芙亦能作议论，大奇。”

葛林园为招贤寺遗址，有水榭数楹，俯瞰竹石。榭下有池，短彴横架其上。池偏凌霄花一本，藤蔓蜿蜒，相传为唐宋时物，诗僧半颠及其师破林，驻锡于此数十年矣。己酉初夏，积潦成灾，余所居草堂，已为泽国。半颠以书相招，遂与秋芙往借居焉。是时，城市可以行舟，所交宾朋，无歹中隔。日与半颠谈禅，间以觞咏，悠悠忽忽，不知人间有岁月矣。闻岳坟卖馂馅馒首，日使赤脚婢数钱买之。瞰食既饱，分饲池鱼。秋芙起拊栏楯，误堕翠簪，水花数圈，杳不能迹，惟簪上所插素馨，漂浮波上而已。池偏为梁氏墓庐，庐西有门，久鞠茂草。庐居梁氏族子数人，出入每由寺中。梁有劣弟，贫乏不材。余居月馀，阋墙之声，未歇于耳。一日，余行池上，闻剥啄声。寺僧方散午斋，余为启扉。有毡笠布衣者，问梁某在否，余为指示。其人入梁氏庐，余亦闭门。半颠知之，因见梁，问来者云何，梁曰："无之。"相与遍索室中，不得。惟东偏小楼，扃闭甚固，破窗而入，其弟已缢死床上矣，乃知叩门者缢死鬼耳！自后鬼语啾啾，夜必达旦，梁以心恇迁去。余与秋芙虽恃《楞严》卫护之力，而阴霾逼人，究难长处。时水潦已退，旋亦移归草堂，嗣闻半颠飞锡南屏。余不过此寺又数年矣，未知近日楼中，尚复有人居住否？

枕上不寐，与秋芙论古今人材，至韩擒虎。余曰："擒虎生为上柱国，死不失为阎罗王，亦侥幸甚矣。"秋芙笑曰："特张嫦娥诸人之冤，无可控告，奈何？"

大人晚年多病，余与秋芙结坛修《玉皇忏》仪四十九日。秋芙作骈俪疏文，辞义奥艳，惜稿无遗存，不可记忆。维时霜风正秋，瓶中黄菊，渐有佳色。夜深钟磬一鸣，万籁皆伏。沈烟笼罩中，恍觉上清宫阙，即现眼前，不知身在人世间也。

秋芙所种芭蕉，已叶大成阴，荫蔽帘幙。秋来雨风滴沥，枕上闻之，心与俱碎。一日，余戏题断句叶上云："是谁多事种芭蕉，早也潇潇，晚也潇潇。”明日见叶上续书数行云：“是君心绪太无聊，种了芭蕉，又怨芭蕉。”字画柔媚，此秋芙戏笔也，然余于此，悟入正复不浅。

春夜扶鸾，瑶花仙史降坛，赋《双红豆》词云：“风丝丝，雨丝丝，谁使花粘蛛网丝？春光留一丝。烟丝丝，柳丝丝，侬与红蚕同有丝。蚕丝侬鬓丝。”又《贺新凉》赠秋芙云：“久未城西过。料如今，夕阳楼畔，芭蕉新大。日日东风吹暮雨，闻道病愁无那。况几日妆台梳裹。纸薄衫儿寒易中，算相宜还是摊衾卧。切莫向，夜深坐。西池已谢桃花朵。恁青鸾、天天来去，书儿无个。一卷《楞严》应读遍，能否情惮参破？问归计甚时才可？双凤归来星月下，好细斟元碧相称贺。须预报，玉楼我。”甲辰岁，仙史曾降笔草堂，指示金丹还返之道，故有“久未西城过”之语。

忆戊申秋日，寄秋芙七古一首，诗云：“干萤冷贴屏风死，秋逼兰釭落花紫。满床风雨不成眠，有人剪烛中霄起。风雨秋凉玉簟知，镜台钗股最相思。伤心独忆闺中妇，应是残灯拥髻时。髻影飘萧同卧病，中间两接红鲂信。病热曾云甘蔗良，心忪或藉浮瓜镇。夜半传闻还织素，锦诗渐满回文数。可怜玉臂岂禁寒，连波只悔从前错。从前听雨芙蓉室，同衾忆汝初来日。才见何郎卺合双，便疑司马心非一。鸿庑牛衣感最深，春衣典后况无金。六年费汝金钗力，买得萧郎薄幸心。薄幸明知难自避，脱舆未免参人议。或有珠期浦口还，何曾剑忍微时弃。端赖鸳鸯壶内语，疏狂尚为鲰生恕。无端乞我卖薪钱，明朝便决归宁去。去日青荷初卷叶，罗衣曾记箱中叠。一年容易到秋风，渡江又阻归来楫。我似齐纨易弃捐，怀中冷暖仗人怜。名争蜗角难言胜，命比蚕缔岂久坚。莫为机丝曾有故，蛾眉何人能持护？门前但看合欢花，也须各有归根树。树犹如此我何堪，近信无由绮阁探。拥到兰衾应忆我，半窗残梦雨声参。雨声入夜生惆怅，两家红烛昏罗帐。一例悲欢各自听，楚魂来去芭蕉上。芭蕉叶大近窗楹，枕上秋天不肯明。明日谢家堂下过，入门预想绣鞋声。”此稿遗佚十年，枕上忽忆及之，命笔重书，恍惚如梦。

晚来闻络纬声，觉胸中大有秋气。忽忆宋玉悲秋《九辩》，击枕而读。秋芙更衣阁中，良久不出。闻唤始来，眉间有秋色。余问其故，秋芙曰：“悲莫悲兮生别离，何可使我闻之？”余慰之曰：“因缘离合，不可定论。余与子久皈觉王，誓无他趣。他日九莲台上，当不更结离恨缘，何作此无益之悲也？昔锻金师以一念之誓，结婚姻九十余劫，况余与子乎？”秋芙唯唯，然颊上粉痕，已为泪花污湿矣。余亦不复卒读。

秋芙藏有书尺，为吴黟山所贻。尺长尺余，阔二寸许。相传乾隆壬子，泰山汉柏出火自焚，钱塘高迈庵拾其烬余，以为书尺，刻铭于上。铭云：“汉已往，柏有神。坚多节，含古春。劫灰未烬兮，芸编是亲。然藜痺徽兮，焦桐共珍。”

开户见月，霜天悄然，固忆去年今夕，与秋芙探梅巢居阁下，斜月暧空，远水渺弥，上下千里，一碧无际，相与登补梅亭，瀹茗夜谈，意兴弥逸。秋芙方戴梅花鬓翘，虬枝在檐，遽为攫去，余为摘枝上花补之。今亭且倾圮，花木荒落，惟姮娥有情，尚往来孤山林麓间耳。

秋芙好棋，而不甚精，每夕必强余手谈，或至达旦。余戏举《竹坨词》云：“簸钱斗草已都输，问持底今宵偿我？”秋芙故饰词云：“君以我不能胜耶？请以所佩玉虎为赌。”下数十子，棋局渐输，秋芙纵膝上猧儿搅乱棋势。余笑云：“子以玉奴自况欤？”秋芙默然。而银烛荧荧，已照见桃花上颊矣。自此更不复棋。

去年燕来较迟，帘外桃花，已零落殆半。夜深巢泥忽倾，堕雏于地。秋芙惧为猧儿所攫，急收取之，且为钉竹片于梁，以承其巢。今年燕子复来，故巢犹在，绕屋呢喃，殆犹忆去年护雏人耶？

同里沈湘涛夫人与秋芙友善，曾以所著诗词属为删校。中有句云：

“却喜近来归佛后，清才渐觉不如前。”固忆前见朱莲卿诗，有“却喜今年身稍健，相逢常得笑颜生”之句，两“喜”字用法不同，各极沉痛。莲卿近得消渴疾，两月未起，霜风在林，未知寒衣曾检点否？

斜月到窗，忽作无数个“人”字，知堂下修篁解箨矣。忆居槐眉庄，庄前种竹数弓。笋泥初出，秋芙命秀娟携鸭嘴锄，斸数筐，煮以盐菜，香味甘美，初不让廷秀煮笋经也。秀娟嫁数年，如林中绿衣人得锦绷儿矣。惟余老守谷中，鬓颜非故，此君有知，得无笑人？

虎跑泉上有木樨数株，偃伏石上，花时黄雪满阶，如游天香国中，足怡鼻观。余负花癖，与秋芙常煮茗其下。秋芙拗花簪鬓，额上发为树枝捎乱，余为蘸泉水掠之。临去折花数枝，插车背上，携入城闉，欲人知新秋消息也。近闻寺僧添植数本，金粟世界，定更为如来增色矣。秋风匪遥，早晚应有花信，花神有灵，亦忆去年看花人否？

宾梅宿予草堂，漏三下，闻邻人失火，急率仆从救之。及门，已扑灭矣。惟闻空中语云：“今日非有力人居此，此境几为焦土。”言顷，有二道人与一比丘自天而下。道人戴藕华冠，衣蟠龙蚬蠕之袍。其一玉貌长髯，所衣所冠皆黄金色。比丘踵道人之后，若木若讷。藕冠者曰：“吾名证若，居青城赤水之间，访蒋居士至此。”与长须道人拂尘而歌，歌长数千言，未暇悉记。惟记其末句云：“只回来巧递了云英密信，那裴航痴了心，何时得醒？若不早回头，累我飞升。醒，醒，醒，明日阴晴难信。”歌竟而逝。趋视之，则星月在户，残灯不明，惟闻落叶数声，蘧然一梦觉也。既旦，告予，予曰：“余家断杀数十年，而修鸿宝之道六七载，至今黄嫔飞腾，犹少返还之诀。岂仙师垂悯凡愚，现身说法欤？”歌中曰“云英”，云英者，岂以余闺房之缘，未解缠缚，而讽咏示警欤？”时予与秋芙修《陀罗尼忏》数月矣，所谓比丘者，岂观音化身，寻声自西竺来欤？

秋芙病，居母家六十余日。臧获陪侍，多至疲惫。其昼夜不辍者，仅余与妻妹侣琼耳。余或告归，侣琼以身代予，事必手亲，故药炉病榻之间，予得赖以息肩。侣琼固情笃友于，然当此患难之时，而荼苦能甘，亦不自觉何以至是也。秋芙生负情癖，病中尤为缠缚。余归，必趣人召余，比至，仍无一语。侣琼问之，秋芙曰："余命如悬丝，自分难续，仓猝恐无以与诀，彼来，余可撒手行耳。"余闻是言，始觉腹痛，继思秋芙念佛二十年，誓赴金台之迎，观此一念，恐异日轮堕人天，秋芙犹未能免。手中梧桐花，放下正自不易耳。

秋夜正长，与妻妹佩琪围棋，三战三北。自念平生此技未肯让人，珮琪年未及笄，所造如此，殆天授耶？佩琪性静默，有林下风，字与诗篇，靡不精晓，自言前身自上清宫来。观其神寒骨清，洵非世间烟火人也。今不与对局数年矣，布算之神，应更倍昔。他日谢家堂上，当效楚子反整师复战，期雪曩年城下之耻。

踏月夜归，秋芙方灯下呼卢。座中有人一掷得六么色，余戏为《卜算子》词云："妆阁夜呼卢，钗影阑干背。六个骰儿六个窝，到底都成对。借问阿谁赢，莫是青溪妹？赚得回头一顾无，试报说金钮坠。"秋芙见而笑曰："如此绮语，不虑方平鞭背耶？"

近作小词，有句云："不是绣衾孤，新来梦也无。"又《买陂塘》后半云："中门掩，更念荀郎忧困，王瓯莲子亲进。无端别了秦楼去，食性伺人猜准。闲抚鬓，看半载相思，又及三春尽。前期未稳。怕再到兰房，剪灯私语，做梦也无分。"时宾梅以纨扇属书，因戏录之。宾梅见而笑曰："做梦何以无分？"秋芙笑云："想新来梦也无耳。"相与绝倒。

甲辰秋，同人招游月湖。夜深为风露所欺。明日复集吴山笙鹤楼，中酒禁寒。归而病热几殆，赖乩示方药，始获再生。越一年，为丙午岁，疽发背间，旋复病疟。方届秋试，扶病登车，未及试院，而魂三逝矣。

仆从异归，匝月始安。己酉之夏，复病疮痢，俯枕三月，痛甚剥肤。六年之间，三堕病劫，秋芙每侍余疾，衣不解带。柔脆之质，岂禁劳瘁，故余三病，而秋芙亦三病也。余生有懒疾，自己酉奉讳以来，火死灰寒，无复出山之想。惟念亲亡未葬，弟长未婚，为生平未了事。然先人生圹久营，所需卜吉。增弟年二十矣，兔郭数顷田，足可耕食。数年而后，当与秋芙结庐华坞河渚间，夕梵晨钟，忏除慧业。花开之日，当并见弥陀，听无生之法。即或再堕人天，亦愿世世永为夫妇。明日为如来潘涅槃日，当持此誓，证明佛前。

附录

原序一

昔读易安居士所为《金石录后序》，赌茶读画，不少敷陈，镜槛书床，可想文采。今观蔼卿茂才《秋灯琐忆》一编，比水绘《影梅》诸作，情事殊科，词笔同美。夫其洞房七夕，始自定情；梵夹三乘，终于偕隐。十年湖上，千诗集中。环阶流水，所居楼台，当户远山，相对屏障。饮渌餐秀，倡妍酬丽。从来徐淑，不仅篇章；自是高柔，无虚爱玩。篢谷晚食，文不独游；莲庄夏清，越乃双笑。闺房之事，有甚画眉；香艳之词，罔恤多口。恐讥麟楥，遂谢鹤书。诗好抱山，词工饮水；偶成小品，首示鄙人。间述闲情，弗删绮语；多生慧业，刹那前尘。顶礼金仙，心香琼馆；更积岁月，重出清新。神仙眷属之羡，当不止如漱玉之所序矣。

咸丰壬子岁六月辛丑立秋日皋亭山民魏滋伯书于小戆窝

原序二

《秋灯琐忆》，乃钱塘蒋蔼卿之作。序述闺帏韵事，文笔秀雅姿媚，不减冒辟疆之《影梅庵忆语》，沈三白之《浮生六记》。予既得足本《浮生六记》于某氏，翌年，又得此编于冷书摊上，为之狂喜。蒋氏有《息影庵初存诗》《百合词》，秋芙亦有《梦影楼词》。才人佳耦，真不啻秦嘉之与徐淑云。

民国二十二年六月吴兴王文濡书于望古遥集楼

影梅庵忆语

导读

《影梅庵忆语》的作者冒襄，字辟疆，是明末复社的“四公子”之一，他学识渊博，才华横溢，在当时颇负盛名，《忆语》是他为了悼念死去的爱妾董小宛而作的一篇回忆性的文章。文中追忆了他与原是秦淮名妹的董小宛从相识相爱到共同生活九年的种种生活情景，由于作者对女主人公怀着刻骨铭心的爱，故而这篇文章拿他自己的话来说，是用血泪和着墨水写成的。冒襄一生曾有许多著述，都不及这篇《忆语》流传不衰，是作者真挚而强烈的情感为这篇文章注入了鲜活的艺术生命。

冒襄和董小宛追求自由的爱情，这在明末时期，是一种新的时代潮流，他们不满足于“父母之命，媒妁之言”的包办婚姻，而是渴望自由恋爱，追求一种不以金钱地位而以人格魅力为基础的、旨趣相投的真挚爱情，以至在董小宛死后，冒襄痛苦地说出：“余不知姬死而余死也。”

卷一

爱生于昵，昵则无所不饰。缘饰著爱，天下鲜有真可爱者矣。矧内屋深屏，贮光阒彩，止凭雕心镂质之文人描摹想像，麻姑幻谱，神女浪传。近好事家复假篆声诗，侈谈奇合，遂使西施、夷光、文君、洪度，人人阁中有之，此亦闺秀之奇冤，而啖名之恶习已。

亡妾董氏，原名白，字小宛，复字青莲。籍秦淮，徙吴门。在风尘虽有艳名，非其本色。倾盖矢从余，入吾门，智慧才识，种种始露。凡九年，上下内外大小，无忤无间。其佐余著书肥遁，佐余妇精女红，亲操井臼，以及蒙难遘疾，莫不履险如夷，茹苦若饴，合为一人。今忽死，余不知姬死而余死也！但见余妇茕茕粥粥，视左右手罔措也。上下内外大小之人，咸悲酸痛楚，以为不可复得也。传其慧心隐行，闻者叹者，莫不谓文人义士难与争俦也。

余业为哀辞数千言哭之，格于声韵不尽悉，复约略纪其概。每冥痛沉思姬之一生，与偕姬九年光景，一齐涌心塞眼，虽有吞鸟梦花之心手，莫能追述。区区泪笔，枯涩黯削，不能自传其爱，何有于饰？矧姬之事余，始终本末，不缘狎昵。余年已四十，须眉如戟。十五年前，眉公先生谓余视锦半臂碧纱笼，一笑瞠若，岂至今复效轻薄子漫谱情艳，以欺地下？倘信余之深者，因余以知姬之果异，赐之鸿文丽藻，余得燕手报姬，姬死无恨，余生无恨。

己卯初夏，应试白门，晤密之，云："秦淮佳丽，近有双成，年甚绮，才色为一时之冠。"余访之，则以厌薄纷华，挈家去金阊矣。嗣下第，浪游吴门，屡访之半塘，时逗留洞庭不返。名与姬颉颃者，有沙九畹、杨漪照。予日游两生间，独咫尺不见姬。将归棹，重往冀一见。姬母秀且贤，谓余曰：“君数来矣，予女幸在舍，薄醉未醒。”然稍停，复他出，从花径扶姬于曲栏与余晤。面晕浅春，缬眼流视，香姿五色，神韵天然，懒慢不交一语。余惊爱之，惜其倦，遂别归，此良晤之始也。时姬年十六。

庚辰夏，留滞影园，欲过访姬。客从吴门来，知姬去西子湖，兼往游黄山白岳，遂不果行。辛巳早春，余省觐去衡岳，由浙路往，过半塘讯姬，则仍滞黄山。许忠节公赴粤任，与余联舟行。偶一日，赴饮归，谓余曰：“此中有陈姬某，擅梨园之胜，不可不见。”余佐忠节公治舟数往返，始得之。其人淡而韵，盈盈冉冉，衣椒茧时，背顾湘裙，真如孤鸾之在烟雾。是日演弋腔《红梅》，以燕俗之剧，咿呀啁啾之调，乃出之陈姬身回，如云出岫，如珠在盘，令人欲仙欲死。漏下四鼓，风雨忽作，必欲驾小舟去。余牵衣订再晤，答云：“光福梅花如冷云万顷，子越旦偕我游否？”则有半月淹也，余迫省觐，告以不敢迟留故，复云：“南岳归棹，当迟子于虎疁丛桂间。盖计其期，八月返也。”

余别去，恰以观涛日奉母回。至西湖，因家君调已破之襄阳，心绪如焚，便讯陈姬，则已为窦霍豪家掠去，闻之惨然。及抵阊门，水涩舟胶，去浒关十五里，皆充斥不可行。偶晤一友，语次有“佳人难再得”之叹。友云：“子误矣！前以势劫去者，赝某也。某之匿处去此甚迩，与子偕往。”至果得见，又如芳兰之在幽谷也。相视而笑曰：“子至矣，子非雨夜舟中订芳约者耶？感子殷勤，以凌遽不获订再晤。今几入虎口，得脱，重赠子，真天幸也。我居甚僻，复长斋，茗简炉香，留子倾倒于明月桂影之下，且有所商。”余以老母在舟，统江楚多梗，率健儿百余护行，皆住河干，矍矍欲返。甫黄昏而炮械震耳，击炮声如在余舟旁，亟星驰回，则中贵争持河道，与我兵斗。解之，始去。自此余不复登岸。越旦，则姬淡妆至，求谒吾母太恭人，见后仍坚订过其家。乃是晚，舟仍中梗，乘月一往。相见，卒然曰："余此身脱樊笼，欲择人事之。终身可托者，无出君有。适见太恭人，如覆春云，如饮甘露，真得所天。子毋辞！"余笑回："天下无此易易事。且严亲在兵火，我归，当弃妻子以殉。两过子，皆路梗中无聊闲步耳。子言突至，余甚讶。即果尔，亦塞耳坚谢，无徒误子。"复宛转云："君倘不终弃，誓待昆堂上画锦旋。"余答曰："若尔，当与子约。"惊喜申嘱，语絮絮不悉记，即席作八绝句付之。

归历秋冬，奔驰万状，至壬午仲春，都门政府言路诸公，恤劳人之劳，怜独子之苦，驰量移之耗，先报余。时正在毗陵，闻音，如石去心，因便过吴门慰陈姬。盖残冬屡趋余，皆未及答。至则十日前复为窦霍门下客以势逼去。先吴门有昵之者，集千人哗劫之。势家复为大言挟诈，又不惜数千金为贿。地方恐贻伊戚，劫出复纳入。余至，怅惘无极，然以急严亲患难，负一女子无憾也。

是晚壹郁，因与友觅舟去虎疁夜游。明日，遣人至襄阳，便解缆归里。舟一过桥，见小楼立水边。偶询游人："此何处？何人之居？"友以双成馆对。余三年积念，不禁狂喜，即停舟相访。友阻云："彼前亦为势家所惊，危病十有八日，母死，鐍户不见客。"余强之上，叩门至再三，始启户，灯火阒如。宛转登楼，则药饵满几榻。姬沉吟询何来，余告以昔年曲栏醉晤人。姬忆，泪下曰："曩君屡过余，虽仅一见，余母恒背称君奇秀，为余惜不共君盘桓。今三年矣，余母新死，见君忆母，言犹在耳。今从何处来？"便强起，揭帷帐审视余，且移灯留坐榻上。谈有顷，余怜姬病，愿辞去。牵留之曰："我十有八日寝食俱废，沉沉若梦，惊魂不安。今一见君，便觉神怡气王。"旋命其家具酒食，饮榻前。姬辄进酒，屡别屡留，不使去。余告之曰：“明朝遣人去襄阳，告家君量移喜耗。若宿卿处，诘旦不能报平安。俟发使行，宁少停半刻也。”姬曰：“子诚殊异，不敢留。”遂别。

越旦，楚使行，余亟欲还，友人及仆从咸云：“姬昨仅一倾盖，拳切不叮负。”仍往言别，至则姬已妆成，凭楼凝睇，见余舟傍岸，便疾趋登舟。余具述即欲行。姬曰：“我装已戒，随路祖送。”余却不得却，阻不忍阻。由浒关至梁溪、毗陵、阳羡、澄江，抵北固，越二十七日，凡二十七辞，姬惟坚以身从。登金山，誓江流曰：“妾此身如江水东下，断不复返吴门！”余变色拒绝，告以期迫科试，年来以大人滞危疆，家事委弃，老母定省俱违，今始归，经理一切。且姬吴门责逋甚众，金陵落籍，亦费商量，仍归吴门，俟季夏应试，相约同赴金陵。秋试毕，第与否，始暇及此，此时缠绵，两妨无益、姬仍踌躇不肯行。时五木在几，一友戏云：“卿果终如愿，当一掷得巧。”姬肃拜于船窗，祝毕，一掷得“全六”，时同舟称异。余谓果属天成，仓卒不臧，反偾乃事，不如暂去，徐图之。不得已，始掩面痛哭，失声而别。余虽怜姬，然得轻身归，如释重负。

才抵海陵，旋就试、至六月抵家，荆人对余曰：“姬令其父先已过江来，姬返吴门，茹素不出，惟翘首听金陵偕行之约。闻言心异，以十金遣其父去曰：“我已怜其意而许之，但令静俟毕场事后，无不可耳。”余感别人相成相许之雅，遂不践走使迎姬之约，竟赴金陵、俟场后报姬。

金桂月三五之辰，余方出闱，姬猝到桃叶寓馆。盖望余耗不至，孤身挈一妪，买舟自吴门江行。遇盗，舟匿芦苇中，柁损不可行，炊烟遂断三日。初八抵三山门，又恐扰余首场文思，复迟二日始入。姬见余虽甚喜，细述别后百日茹素杜门与江行风波盗贼惊魂状，则声色俱凄，求归逾固。时魏塘、云间、闽、豫诸同社，无不高姬之识，悯姬之诚，咸为赋诗作画以坚之。

场事既毕，余妄意必第，自谓此后当料理姬事，以报其志。讵十七日，忽传家君舟抵江干，盖不赴宝庆之调，自楚休致矣。时已二载违养，冒兵火生还，喜出望外，遂不及为姬谋去留，竟从龙潭尾家君舟抵銮江。家君阅余文，谓余必第，复留之銮江候榜。姬从桃叶寓馆仍发舟追余、燕子矶阻风，几复罹不测，重盘桓銮江舟中。

七日，乃榜发，余中副车，穷日夜力归里门，而姬痛哭相随，不肯返，且细悉姬吴门诸事，非一手足力所能了。责逋者见其远来，益多奢望，众口狺狺。且严亲速归，余复下第意阻，万难即诣。舟抵郭外朴巢，遂冷面铁心，与姬决别，仍令姬返吴门，以厌责逋者之意，而后事可为也。

阴月，过润州，谒房师郑公，时闽中刘大行自都门来，陈大将军及同盟刘刺史饮舟中。适奴子自姬处来。云：“姬归不脱去时衣，此时尚方空在体。谓余不速往图之，彼甘冻死。”刘大行指余曰：“辟疆夙称风义，固如是负一女子耶？”余云：“黄衫押衙，非君平、仙客所能自力。”刺史举杯奋袂曰：“若以千金恣我出入，即于今日往！”陈大将军立贷数百金，大行以参数斤佐之。讵谓刺史至吴门，不善调停，众哗决裂，逸去吴江。余复还里，不及讯。

姬孤身维谷，难以收拾。虞山宗伯闻之，亲至半塘，纳姬舟中。上至荐绅，下及市井，纤悉大小，三日为之区画立尽，索券盈尺。楼船张宴，与姬饯于虎疁，旋买舟送至吾皋。至至月之望，薄暮侍家君饮于拙存堂，忽传姬抵河干。接宗伯书，娓娓洒洒，始悉其状，且驰书贵门生张祠部立为落籍。吴门后有细琐，则周仪部终之，而南中则李宗宪旧为礼垣者与力焉。越十月，愿始毕，然往返葛藤，则万斛心血所灌注而成也。

壬午清和晦日，姬送余至北固山下，坚欲从渡江归里。余辞之，益哀切，不肯行。舟泊江边，时西先生毕今梁寄余夏西洋布一端，薄如蝉纱，洁比雪艳。以退红为里，为姬制轻衫，不减张丽华桂宫霓裳也。偕登金山，时四五龙舟冲波激荡而上，山中游人数千，尾余二人，指为神仙。绕山而行，凡我两人所止则龙舟争赴，回环数匝不去。呼询之，则驾舟者皆余去秋浙回官舫长年也。劳以鹅酒，竟日返舟，舟中宣瓷大白盂，盛樱珠数斤，共啖之，不辨其为樱为唇也。江山人物之盛，照映一时，至今谈者侈美。

卷二

秦淮中秋日，四方同社诸友感姬为余不辞盗贼风波之险，间关相从，因置酒桃叶水阁。时在座为眉楼顾夫人、寒秀斋李夫人，皆与姬为至戚，美其属余，咸来相庆。是日新演《燕子笺》，曲尽情艳。至霍华离合处，姬泣下，顾、李亦泣下。一时才子佳人，楼台烟水，新声明月，俱足千古，至今思之，不啻游仙枕上梦幻也。

銮江汪汝为园亭极盛，而江上小园，尤收拾江山盛概。壬午鞠月之朔，汝为曾延予及姬于江口梅花亭子上。长江白浪拥象，奔赴杯底，姬轰饮巨叵罗，觞政明肃，一时在座诸妓皆颓唐溃逸。姬最温谨，是日豪情逸致，则仅见。

乙酉，余奉母及家眷流寓盐官，春过半塘，则姬之旧寓固宛然在也。姬有妹晓生，同沙九畹登舟过访，见姬为余如意珠，而荆人贤淑，相视复如水乳，群美之，群妒之。同上虎丘，与予指点旧游，重理前事，吴门知姬者咸称其俊识，得所归云。

鸳鸯湖上，烟雨楼高。逶迤而东，则竹亭园半在湖内，然环城四面，名园胜寺，夹在渚层溪而潋滟者，皆湖也。游人一登烟雨楼，遂谓已尽其胜，不知浩瀚幽渺之致，正不在此。与姬曾为竟日游，又共追忆钱塘江下桐君严濑、碧浪苍岩之胜，姬更云新安山水之逸，在人枕灶间，尤足乐也。

虞山宗伯送姬抵吾皋，时侍家君饮于家园，仓卒不敢告严君。又侍饮至四鼓，不得散。荆人不待余归，先为洁治别室，帷帐、灯火、器具、饮食，无一不顷刻具。酒阑见姬，姬云："始至正不知何故不见君，但见婢妇簇我登岸，心窃怀疑，且深恫骇。抵斯室，见无所不备。旁询之，始感叹主母之贤，而益快经岁之矢相从不误也。"自此姬扃别室，却管弦，洗铅华，精学女红，恒月余不启户。耽寂享恬，谓骤出万顷火云，得憩清凉界，回视五载风尘，如梦如狱。居数月，于女红无所不妍巧，锦绣工鲜。刺巾裾如虮无痕，日可六幅。剪彩织字、缕金回文，各厌其技，针神针绝，前无古人已。

姬在别室四月，荆人携之归。入门，吾母太恭人与荆人见而爱异之，加以殊眷。幼姑长姊尤珍重相亲，谓其德性举止均非常人，而她之侍左右，服劳承旨，较婢妇有加无已。烹茗剥果，必手净。开眉解意，爬背喻痒。当大寒暑，折胶铄金时，必拱立座隅，强之坐饮食，旋坐旋饮食，旋起执役，拱立如初。余每课两儿文，不称意，加夏楚，姬必督之改削成章，庄书以进，至夜不懈。越九年，与荆人无一言枘凿。至于视众御下，慈让不遑，咸感其惠。余出入应酬之费与荆人日用金错泉布，皆出姬手。姬不私铢两，不爱积蓄，不制一宝粟钗钿。死能弥留，元旦次日，必欲求见老母始瞑目，而一身之外，金珠红紫尽却之，不以殉，洵称异人。

余数年来欲裒集四唐诗，购全集、类逸事、集众评，列人与年为次第，每集细加评选，广搜遗失，成一代大观。初、盛稍有次第，中、晚有名无集、有集不全，并名、集俱未见者甚夥，《品汇》，六百家大略耳，即《纪事本末》，千余家名姓稍存，而诗不具。《全唐诗话》更觉寥寥。芝隅先生序《十二唐人》，称豫章大家，藏中晚未刻集七百余种。孟津王师向余言：买灵宝许氏《全唐诗》数车满载，即曩流寓盐官胡孝辕职方批阅唐人诗，剞劂工费，需数千金。僻地无书可借，近复裹足牖下，不能出游购之，以此经营搜索，殊费工力，然每得一帙，必细加丹黄。他书有涉此集者，皆录首简，付姬收贮。至编年论人，准之《唐书》。姬终日佐余稽查抄写，细心商订，永日终使，相对忘言。阅诗无所不解，而又出慧解以解之。尤好熟读楚辞、少陵、义山、王建、花蕊夫人、王珪、三家宫词，等身之书，周迴座右，午夜衾枕间，犹拥数十家《唐书》而卧。今秘阁尘封，余不忍启，将来此志，谁克与终？付之一叹而已。

犹忆前岁余读《东汉》，至陈仲举、范、郭诸传，为之抚几，姬一一求解其始末，发不平之色，而妙出持平之议，堪作一则史论。

乙酉客盐官，尝向诸友借书读之，凡有奇僻，命姬手抄。姬于事涉闺阁者，则另录一帙。归来与姬遍搜诸书，续成之，名曰《奁艳》。其书之瑰异精秘，凡古人女子，自顶至踵，以及服食器具、亭台歌舞、针神才藻，下及禽鱼鸟兽，即草木之无情者，稍涉有情，皆归香丽。今细字红笺，类分条析，俱在奁中。客春顾夫人远向姬借阅此书，与龚奉常极称其妙，促绣梓之。余即当忍痛为之校雠，以终姬志。

姬初入吾家，见董文敏为余书《月赋》，仿钟繇笔意者，酷爱临摹，嗣遍觅钟太傅诸帖学之。阅《戎格表》称关帝君为贼将，遂废钟学《曹娥碑》，日写数千字，不讹不落。余凡有选摘，立抄成帙，或史或诗，或遗事妙句，皆以姬为绀珠。又尝代余书小楷扇，存戚友处，而荆人米盐琐细，以及内外出入，无不各登手记，毫发无遗。其细心专力，即吾辈好学人鲜及也。

姬于吴门曾学画未成，能做小丛寒树，笔墨楚楚，时于几砚上辄自图写，故于古今绘事，别有殊好。偶得长卷小轴与笥中旧珍，时时展玩不置。流离时宁委奁具，而以书画捆载自随。末后尽裁装潢，独存纸绢，犹不得免焉，则书画之厄，而姬之嗜好真且至矣。

卷三

姬能饮，自入吾门，见余量不胜蕉叶，遂罢饮，每晚侍荆人数杯而已，而嗜茶与余同性。又同嗜界片。每岁半塘顾子兼择最精者缄寄，具有片甲蝉翼之异。文火细烟，小鼎长泉，必手自炊涤。余每诵左思《娇女诗》“吹嘘对鼎铴”之句，姬为解颐。至“沸乳看蟹目鱼鳞，传瓷选月魂云魄”，尤为精绝。每花前月下，静试对尝，碧沉香泛，真如木兰沾露，瑶草临波，备极卢陆之致。东坡云：“分无玉碗捧蛾眉。”余一生清福，九年占尽，九年折尽矣！

姬每与余静坐香阁，细品名香。宫香诸品淫，沉水香俗。俗人以沉香著火上，烟扑油腻，顷刻而灭。无论香之性情未出，即著怀袖，皆带焦腥。沉香坚致而纹横者，谓之“横隔沉”，即四种沉香内革沉横纹者是也，其香特妙。又有沉水结而未成，如小笠大菌，名“蓬莱香”，余多蓄之。每慢火隔砂，使不见烟，则阁中皆如风过伽楠，露沃蔷薇，热磨琥珀，酒倾犀斝之味，久蒸衾枕间，和以肌香，甜艳非常，梦魂俱适。外此则有真西洋香方，得之内府，迥非肆料。丙戌客海陵，曾与姬手制百丸，诚闺中异品，然热时亦以不见烟为佳，非姬细心秀致，不能领略到此。寅初出诸番，而真腊为上，皮坚者为黄熟桶，气佳而通，黑者为隔栈黄熟。近南粤东莞茶园村土人种黄熟，如江南之艺茶，树矮枝繁，其香在根。自吴门解人剔根切白，而香之松朽尽削，油尖铁面尽出。余与姬客半塘时，知金平叔最精于此。重价数购之，块者净润，长曲者如枝如虬，皆就其根之有结处随纹缕出，黄云紫绣，半杂鹧鸪斑，可拭可玩。寒夜小室，玉帏四垂，毾毲重叠，烧二尺许绛蜡二三枝，陈设参差，堂几错列，大小数宣炉，宿火常热，色如液金粟玉。细拨活灰一寸，灰上隔砂选香蒸之，历半夜，一香凝然，不焦不竭，郁勃氤氲，纯是糖结。热香间有梅英半舒，荷鹅梨蜜脾之气，静参鼻观。忆年来共恋此味此境，恒打晓钟尚未著枕，与姬细想闺怨，有斜倚薰篮，拨尽寒炉之苦，我两人如在蕊珠众香深处。今人与香气俱散矣，安得返魂一粒，起于幽房扃室中也！一种生黄香，亦从枯肿朽痈中取其脂凝脉结、嫩而未成者。余尝过三吴白下，遍收筐箱中，盖面大块，与粤客自携者，甚有大根株尘封如土，皆留意觅得，携归，与姬为晨夕清课，督婢子手自剥落，或斤许仅得数钱，盈掌者仅削一片，嵌空镂剔，纤悉不遗，无论焚蒸，即嗅之，味如芳兰，盛之小盘，层撞中色珠香别，可弄可餐。曩曾以一二示粤友黎美周，讶为何物，何从得如此精妙？即《蔚宗传》中恐未见耳。又东莞以女儿香为绝品，盖土人拣香，皆用少女。女子先藏最佳大块，暗易油粉，好事者复从油粉担中易出。余曾得数块于汪友处，姬最珍之。

余家及园亭，凡有隙地，皆植梅，春来早夜出入，皆烂漫香雪中。姬于含蕊时，先相枝之横斜与几上军持相受，或隔岁便芟剪得宜，至花放恰采入供，即四时草花竹叶，无不经营绝慧，领略殊清，使冷韵幽香，恒霏微于曲房斗室，至秾艳肥红，则非其所赏也。秋来犹耽晚菊，即去秋病中，客贻我剪桃红，花繁而厚，叶碧如染，浓条婀娜，枝枝具云罨风斜之态。姬扶病三月，犹半梳洗，见之甚爱，遂留榻右，每晚高烧翠蜡，以白团回六曲，围三面，设小座于花间，位置菊影，极其参横妙丽。始以身入，人在菊中，菊与人俱在影中。回视屏上，顾余曰："菊之意态尽矣，其如人瘦何？"至今思之，淡秀如画。闺中蓄春兰九节及建兰，自春徂秋，皆有三湘七泽之韵，沐浴姬手，尤增芳香。《艺兰十二月歌》皆以碧笺手录粘壁。去冬姬病，枯萎过半。楼下黄梅一株，每腊万花，可供三月插戴。去冬姬移居香俪园静摄，数百枝不生一蕊，惟听五鬣涛声，增其凄响而已。

姬最爱月，每以身随升沉为去住。夏纳凉小苑，与幼儿诵唐人咏月及流萤、纨扇诗，半榻小几，恒屡移以领月之四面。午夜归阁，仍推窗延月于枕簟间，月去复卷幔倚窗而望。语余曰："吾书谢希逸《月赋》，古人厌晨欢，乐宵宴，盖夜之时逸，月之气静，碧海青天，霜缟冰净，较赤日红尘，迥隔仙凡。人生攘攘，至夜不休，或有月未出已鼾睡者，桂华露影，无福消受。与子长历四序，娟秀滨洁，领略幽香，仙路禅关，于此静得矣。"李长古诗云："月漉漉，波烟玉。"姬每诵此三字，则反复回环，日月之精神气韵光景，尽于斯矣。人以身入波烟玉世界之下，眼如横波，气如湘烟，体如白玉，人如月矣。月复似人，是一是二，觉贾长江"倚影为三"之语尚赘，至"淫耽""无厌""化蟾"之句，则得玩月三昧矣。

姬性淡泊，于肥甘一无嗜好，每饭，以岕茶一小壶温淘，佐以水菜、香豉数茎粒，便足一餐。余饮食最少，而嗜香甜及海错风薰之味，又不甚自食，每喜与宾客共尝之。姬知余意，竭其美洁，出佐盘盂，种种不可悉记，随手数则，可睹一斑也。酿饴为露，和以盐梅，凡有色香花蕊，皆于初放时采渍之。经年香味、颜色不变，红鲜如摘，而花汁融液露中，入口喷鼻。奇香异艳，非复恒有。最娇者为秋海棠露。海棠无香，此独露凝香发，又俗名断肠草，以为不食，而味美独冠诸花。次则梅英、野蔷薇、玫瑰、丹桂、甘菊之属。至橙黄、橘红、佛手、香橼，去白缕丝，色味更胜。酒后出数十种，五色浮动白瓷中，解酲消渴，金茎仙掌，难与争衡也。取五月桃汁、西瓜汁，一穰一丝漉尽，以文火煎至七八分，始搅糖细炼，桃膏如大红琥珀，瓜膏可比金丝内糖，每酷暑，姬必手取汁示洁，坐炉边静看火候成膏，不使焦枯，分浓淡为数种，此尤异色异味也。制豉，取色取气先于取味，豆黄九晒九洗为度，果瓣皆剥去衣膜，种种细料，瓜杏姜桂，以及酿豉之汁，极精洁以和之。豉熟擎出，粒粒可数，而香气酣色殊味，迥与常别。红乳腐烘蒸各五六次，内肉既酥，然后剥其肤，益之以味，数日成者，绝胜建宁三年之蓄。俟如冬春水盐诸菜，能使黄者如蜡，碧者如治。蒲藕笋蕨、鲜花野菜、枸蒿蓉菊之类，无不采入食品，芳旨盈席。火肉久者无油，有松柏之味。风鱼久者如火肉，有麋鹿之味。醉蛤如桃花，醉鲟骨如白玉，油蜡如鲟鱼，虾松如龙须，烘兔酥雉如饼饵，可以笼而食之。菌脯如鸡粽，腐汤如牛乳。细考之食谱，四方郇厨中一种偶异，即加访求，而又以慧巧变化为之，莫不异妙。

甲申三月十九日之变，余邑清和望后，始闻的耗。邑之司命者甚懦，豺虎狰狞踞城内，声言焚劫，郡中又有兴平兵四溃之警。同里绅衿大户，一时鸟兽骇散，咸去江南。余家集贤里，世恂让，家君以不出门自固。阅数日，上下三十余家，仅我灶有炊烟耳。老母、荆人惧，暂避郭外，留姬侍余。姬扃内室，经纪衣物、书画、文券，各分精粗，散付诸仆婢，皆手书封识。

群横日劫，杀人如草，而邻右人影落落如晨星，势难独立，只得觅小舟，奉两亲，挈家累，欲冲险从南江渡澄江北。一黑夜六十里，抵泛湖州朱宅，江上已盗贼蜂起。先从间道微服送家君从靖江行，夜半，家君向余曰：“途行需碎金，无从办。”余向姬索之，姬出一布囊，自分许至钱许，每十两可数百小块，皆小书轻重于其上，以便仓卒随手取用。家君见之，讶且叹，谓姬何暇精细及此！

维时诸费较平日溢十倍尚不肯行，又迟一日，以百金雇十舟，百余金募二百人护舟。甫行数里，潮落舟胶，不得上。遥望江口，大盗数百人据六舟为犄角。守隘以俟，幸潮落，不能下逼我舟。朱宅遣有力人负浪踏水驰报曰：“后岸盗截归路，不可返。”护舟二百人中且多盗党，时十舟哄动，仆从呼号垂涕。余笑指江上众人曰：“余三世百口咸在舟。自先祖及余祖孙父子，六七十年来居官居里，从无负心负人之事，若今日尽死盗手，葬鱼腹，是上无苍苍，下无茫茫矣！潮忽早落，彼此舟停不相值，便是天相。尔辈无恐，即舟中敌国，不能为我害也。”先夜拾行李登舟时，思大江连海，老母幼子，从未履此奇险，万一阻石尤，欲随路登岸，何从觅舆辆？三鼓时以二十金付沈姓人，求雇二舆一车、夫六人。沈与众咸诧异笑之，谓：“明早一帆，未午便登彼岸，何故黑夜多此难寻无益之资？”倩榜人募舆夫，观者绝倒。余必欲此二者，登舟始行，至斯时虽神气自若，然进退维谷，无从飞脱，因询出江未远果有别口登岸通泛湖州者？舟子曰：“横去半里有小路六七里，竟通彼。”余急命鼓楫至岸，所募舆车三事，恰受俯仰七人。余行李婢妇，尽弃舟中。顷刻抵朱宅，众始叹余之夜半必欲水陆兼备之为奇中也。

大盗知余中遁，又朱宅联络数百人为余护发行李人口，盗虽散去，而未厌其志，恃江上法网不到，且值无法之时，明集数百人，造人谕余：以千金相致，否则竟围朱宅，四面举火。余复笑答曰：“盗愚甚，尔不能截我于中流，乃欲从平陆数百家中火攻之，安可得哉？”然泛湖州人名虽相卫，亦多不轨。余倾囊召阖庄人付之，令其夜设牲酒，齐心于庄外备不虞。数百人饮酒分金，咸去他所，余即于是夜一手扶老母，一手曳荆人，两儿又小，季甫生旬日，同其母付一信仆偕行，从庄后竹园深箐中蹒跚出，维时更无能手援姬。余回顾姬曰："汝速蹴步，则尾余后，迟不及矣！"姬一人颠连趋蹶，仆行里许，始仍得昨所雇舆辆，星驰至五鼓，达城下，盗与朱宅之不轨者未知余全家已去其地也。然身脱而行囊大半散矣，姬之珍爱尽失焉。姬返舍谓余：当大难时，首急老母，次急荆人、儿子、幼弟为是。彼即颠连不及，死深箐中无憾也。午节返吾庐，衽金革与城内枭獍为伍者十旬，至中秋，始渡江入南都。别姬五阅月，残腊乃回，挈家随家君之督漕任，去江南，嗣寄居盐官。因叹姬明大义、达权变如此，读破万卷者有是哉？

乙酉流寓盐官，五月复值崩陷，余骨肉不过八口，去夏江上之累，缘仆妇杂沓奔赴，动至百口，又以笨重行李四塞舟车，故不能轻身去，且来窥瞷。此番决计置生死于度外，扃户不他之。乃盐官城中，自相残杀，甚哄，两亲又不能安，复移郭外大白居。余独令姬率婢妇守寓，不发一人一物出城，以贻身累。即侍两亲，挈妻子流离，亦以孑身往。乃事不如意，家人行李纷沓，违命而出。大兵迫槜李，剃发之令初下，人心益皇皇。家君复先去惹山，内外莫知所措，余因与姬诀："此番溃散，不似家园，尚有左右之者，而孤身累重，与其临难舍子，不若先为之地。我有年友，信义多才，以子托之，此后如复相见，当结平生欢，否则听子自裁，毋以我为念。"姬曰："君言善！举室皆倚君为命，复命不自君出，君堂上膝下，有百倍重于我者，乃以我牵君之臆，非徒无益，而又害之。我随君友去，苟可自全，誓当匍匐以俟君回；脱有不测，前与君纵观大海，狂澜万顷，是吾葬身处也！"方命之行，而两亲以余独割姬为憾，复携之去。自此百日，皆展转深林僻路、茅屋渔艇。或一月徙，或一日徙，或一日数徙，饥寒风雨，苦不具述，卒于马鞍山遇大兵，杀掠奇惨，天幸得一小舟，八口飞渡，骨肉得全，而姬之惊悸瘁，至矣尽矣！

卷四

秦溪蒙难之后，仅以俯仰八口免，维时仆婢杀掠者几二十口，生平所蓄玩物及衣贝，靡孑遗矣。乱稍定，匍匐入城，告急于诸友，即襆被不办。夜假荫于方坦庵年伯。方亦窜迹初回，仅得一毡，与三兄共裹卧耳房。时当残秋，窗风四射。翌日，各乞斗米束薪于诸家，始暂迎二亲及家累返旧寓，余则感寒，痢疟沓作矣。横白板扉为榻，去地尺许，积数破絮为卫，炉煨桑节，药缺攻补。且乱阻吴门，又传闻家难剧起，自重九后溃乱沉迷，迄冬至前僵死，一夜复苏，始得间关破舟，从骨林肉莽中冒险渡江。犹不敢竟归家园，暂栖海陵。阅冬春百五十日，病方稍痊。此百五十日，姬仅卷一破席，横陈榻边，寒则拥抱，热则披拂，痛则抚摩。或枕其身，或卫其足，或欠伸起伏，为之左右翼，凡病骨之所适，皆以身就之。鹿鹿长夜，无形无声，皆存视听。汤药手口交进，下至粪秽，皆接以目鼻，细察色味，以为忧喜。日食粗粝一餐，与吁天稽首外，惟跪立我前，温慰曲说，以求我之破颜。余病失常性，时发暴怒，诟谇三至，色不少忤，越五月如一日。每见姬星靥如蜡，弱骨如柴，吾母太恭人及荆妻怜之感之，愿代假一息。姬曰："竭我心力，以殉夫子。夫子生而余死犹生也；脱夫子不测，余留此身于兵燹间，将安寄托？"更忆病剧时，长夜不寐，莽风飘瓦，盐官城中，日杀数十百人。夜半鬼声啾啸，来我破窗前，如蛩如箭。举室饥寒之人皆辛苦鼾睡，余背贴姬心而坐，姬以子团握余手，倾耳静听，凄激荒惨，欷歔流涕。姬谓余曰："我入君门整四岁，早夜见君所为，慷慨多风义，毫发几微，不邻薄恶，凡君受过之处，惟余知之亮之，敬君之心，实逾于爱君之身，鬼神赞叹畏避之身也。冥漠有知，定加默佑。但人生身当此境，奇惨异险，动静备历，苟非金石，鲜不销亡！异日幸生还，当与君敝屣万有，逍遥物外，慎毋忘此际此语！”噫吁嘻！余何以报姬于此生哉！姬断断非人世凡女子也。

丁亥，谗口铄金，太行千盘。横起人面，余胸坟五岳，长夏郁蟠，惟早夜焚二纸告关帝君。久拖奇疾，血下数斗，肠胃中积如石之块以千计。骤寒骤热，片时数千语，皆首尾无端，或数昼夜不知醒。医者妄投以补，病益笃，勺水不入口者二十余日，此番莫不谓其必死，余心则炯炯然，盖余之病不从境入也。姬当大火铄金时，不挥汗，不驱蚊，昼夜坐药炉旁，密伺余于枕边足畔六十昼夜，凡我意之所及与意之所未及，咸先后之。己丑秋，疽发于背，复如是百日。余五年危疾者三，而所逢者皆死疾，惟余以不死待之，微姬力，恐未必能坚以不死也。今姬先我死，而永诀时惟虑以伊死增余病，又虑余病无伊以相侍也，姬之生死为余缠绵如此，痛哉痛哉！

余每岁元旦，必以一岁事卜一签于关帝君前。壬午名心甚剧，祷看签首第一字，得“忆”字，盖“忆昔兰房分半钗，如今忽把音信乖。痴心指望成连理，到底谁知事不谐”。余时占玩不解，即占全词，亦非功名语。比遇姬，清和晦日，金山别去，姬茹素归，虔卜于虎阳关帝君前，愿以终身事余，正得此签。秋过秦淮，述以相告，恐有不谐之叹，余闻而讶之，谓与元旦签合。时友人在坐，曰：“我当为尔二人合卜于西华门。”则仍此签也。姬愈疑惧，且虑余见此签中懈，忧形于面，乃后卒满其愿。“兰房半钗”“痴心连理”，皆天然闺阁中语，到底不谐，则今日验吴。嗟呼！余有生之年，皆长相忆之年也。“忆”字之奇，呈验若此！

姬之衣饰尽失于患难，归来淡足，不置一物。戊子七夕，看天上流霞，忽欲以黄跳脱摹之，命余书“乞巧”二字，无以属对，姬云：“曩于黄山巨室，见覆祥云真宣炉，款式佳绝，请以‘覆祥’对‘乞巧’。”镌摹颇妙。越一岁，钏忽中断，复为之，恰七月也，余易书“比翼连理”。姬临终时，自顶至踵，不用一金珠纨绮，独留跳脱不去手，以余勒书放。长生私语，乃太真死后，凭洪都客述寄明皇者，当日何以率书，竟令《长恨》再谱也！

姬书法秀媚，学钟太傅稍瘦，后又学《曹娥》。余每有丹黄，必对泓颖，或静夜焚香，细细手录。《闺中诗史》成帙，皆遗迹也。小有吟咏，多不自存。客岁新春二日，即为余抄写《全唐五七言绝句》上下二卷，是日偶读七岁女子“所嗟人异雁，不作一行归”之句，为之凄然下泪，至夜，和成八绝，哀声怨响，不堪卒读。余挑灯一见，大为不怿，即夺之焚去，遂失其稿。伤哉，异哉！今岁恰以是日长逝也。

客春三月，欲重去盐官，访患难相恤诸友。至邗上，为同社所淹。时余正四十，诸名流咸为赋诗，龚奉常独谱姬始末，成数千言，《帝京篇》《连昌宫》不足比拟。奉常云：“子不自注，则余苦心不见。如‘桃花瘦尽春醒面’七字，绾合己卯醉晤、壬午病晤两番光景，谁则知者？”余时应之，未即下笔。他如园次之“自昔文人称孝子，果然名士悦倾城”、于皇之“大妇同行小妇尾”、孝威之“人在树间殊有意，妇来花下却能文”、心甫之“珊瑚架笔香印屧，著富名山金屋尊”、仙期之“锦瑟蛾眉随分老，芙蓉园上万花红”、仲谋之“君今四十能高举，羡尔鸿妻佐春杵”、吾邑徂徕先生“韬藏经济一巢朴，游戏莺花两阁和”、元旦之“蛾眉问难佐书帏”，皆为余庆得姬，讵谓我侑卮之辞，乃姬誓墓之状邪？读余此杂述，当知诸公之诗之妙，而去春不住奉常诗，盖至迟之今日，当以血泪和隃麋也。三月之杪，余复移寓友沂友云轩。久客卧雨，怀家正剧。晚霁，龚奉常偕于皇、园次过慰留饮，听小奚管弦度曲，时余归思更切，因限韵各作诗四首。不知何故，诗中咸有商音。三鼓别去，余甫著枕，便梦还家，举室皆见，独不见姬。急询荆人，不答。复遍觅之，但见荆人背余下泪。余梦中大呼曰："岂死耶？"一恸而醒。姬每春必抱病，余深疑虑，旋归，则姬固无恙，因间述此相告。姬曰："甚异！前亦于是夜梦数人强余去，匿之，幸脱，其人尚狺狺不休也。"讵知梦真而诗谶咸来先告哉？

附录

影梅庵忆语跋

杨复吉

巢民先生生多奇遇，而中年后屡悲死别，殆禅家所谓修福修慧，而未了愁缘者。顾色能伐性、忧能伤人，而先生独享大年，其以色寿者欤？抑以忧延龄者欤？癸巳秋日震泽杨复吉识。

香畹楼忆语

导读

《香畹楼忆语》讲述了陈裴之和紫姬一见钟情、一往情深的爱情故事。紫姬虽为青楼女子，陈裴之却以父母之合、媒妁之言将她迎娶进门。嫁进陈家之后，紫姬用她的贤惠与才华赢得陈家上下一致的好评与钟爱。更为难得的是，陈裴之的发妻汪端为清代著名诗家与评论家。她也有着宽广的胸怀，她非常欣赏紫姬的贤惠与文才，与她平等相待。紫姬的悲剧在于她虽与陈裴之相爱，却很少有夫妻共处的时光，他们肩负着传统的道德责任，陈裴之在外地为官，紫姬不能亲临身边，而是留在家中照顾一家老小，说她是积劳成疾，其实她内心的苦闷显而易见，仅仅四年，就被病魔夺去了生命。

卷一

丁丑冬朔，家大人自崇疆受代归，筹海积劳，抱恙甚剧。太夫人扶病侍疾，自冬徂春，衣不解带。参术无灵，群医束手。余时新病甫起，乃泣祷于白莲桥华元化先生祠，愿减己算，以益亲年。闺人允庄复于慈云大士前誓愿长斋绣佛，并偕余日持《观音经》若干卷，奉行众善。乃荷元化先生赐方四十九剂，服之病始次第愈，自此夫妇异处者四年。允庄方选明诗，复得不寐之疾。左镫右茗，夜手一编，每至晨鸡喔喔，犹未就枕，自虑心耗体孱，不克仰事俯育。常致书其姨母高阳太君、嫂氏中山夫人，为余访置簉室。余坚却之。嗣知吴中湘雨、伫云、兰语楼诸姬，皆有愿为夫子妾之意，历请堂上为余纳之。余固以为不可。盖大人乞禄养亲，怀冰服政，十年之久，未得真除，相依为命者千余指，待以举火者数十家，重亲在堂，年逾七秩，恒有世途荆棘，宦海波澜之感。余四蹋槐花，辄成康了，方思投笔，以替仔肩。满堂兮美人，独与余兮目成。射工伺余，固不欲冒此不韪。且绿珠碧玉，徒侈艳情，温凊定省，孰能奉吾老母者？采兰树萱，此事固未容草草也。

金陵有停云主人者，红妆之季布也。珍其弱息，不异掌珠；谬采虚声，愿言倚玉。申丈白甫暨晴梁太史，为宣芳悰。余复赋诗谢之曰：

肯向天涯托掌珠，含光佳侠意何如。
桃花扇底人如玉，珍重侯生一纸书。
新柳雏莺最可怜，怕成薄幸杜樊川。
重来纵践看花约，抛掷春光已十年。
生平知己属明妆，争讶吴儿木石肠。
孤负画兰年十五，又传消息到王昌。
催我空江打桨迎，误人从古是浮名。
当筵一唱琴河曲，不解梅村负玉京。
白门杨柳暗栖鸦，别梦何尝到谢家。
惆怅郁金堂外路，西风吹冷白莲花。

此诗流传，为紫姬见之，激扬赞叹。絮果兰因，于兹始茁矣。

孟陬下浣，将游淮左。道出秣陵，初见紫姬于纫秋水榭。时停云娇女幼香将有所适，仲澜骑尉招与偕来。余与紫姬相见之次，画烛流辉，玉梅交映，四目融视，不发一言。仲澜回顾幼香，笑述《董青莲传》中语曰："主宾双玉有光，所谓月流堂户者，非耶？"余量不胜蕉，姬偕坐碧梧庭院，饮以佳茗，絮絮述余家事甚悉。余讶诘之，低鬟微笑曰："识之久矣，前读君寄幼香之作，缠绵悱恻，如不胜情。今将远嫁，此君误之也。宜赋诗以志君过。"时幼香甫歌《牡丹亭·寻梦》一出，姬独含毫蘸墨，拂楮授余。余亦怦然心动，振管疾书曰：

休问冰华旧镜台，碧云日暮一徘徊。
锦书白下传芳讯，翠袖朱家解爱才。
春水已催人早别，桃花空怨我迟来。
闲莛张泌《妆楼记》，孤负莺期第几回？
却月横云画未成，低鬟拢鬓见分明。
枇杷门巷飘镫箔，杨柳帘栊送笛声。
照水花繁禁著眼，临风絮弱怕关情。
如何墨会灵箫侣，却遣匆匆唱渭城。
如花美眷水流年，拍到红牙共黯然。
不奈闲情酬浅盏，重烦纤手语香弦。
堕怀明月三生梦，入画春风半面缘。
消受珠栊还小坐，秋潮漫寄鲁鱼笺。
一剪孤芳艳楚云，初从香国拜湘君。
侍儿解捧红丝研，年少休歌白练裙。
桃叶微波王大令，杏花疏雨杜司勋。

关心明镜团栾约，不信扬州月二分。

姬读至末章，慨然曰："夙闻君家重亲之慈，夫人之贤，君辄有否无可？人或疑为薄幸，此皆非能知君者。堂上装闺中终年抱恙，窥君郑重之意，欲得人以奉慈闱耳。"因即饯余诗曰：

烟柳空江拂画桡，石城潮接广陵潮。
几生修到人如玉，同听箫声廿四桥。

月落乌啼，霜浓马滑，摇鞭径去，黯然魂销。湖阴独游，新绿如梦，啜茗看花，殊有春风人面之感。忽从申丈处，得姬芳讯，倚栏循诵，纪之以诗曰：

二月春情水不如，玉人消息托双鱼。
眼中翠嶂三生石，袖底金陵一纸书。
寄向江船回棹后，写从妆阁上镫初。
樱桃花淡宵寒浅，莫遣银屏鬓影疏。

嗣是重亲惜韩香之遇，闺人契胜璠之才，搴芳结缡，促践佳约。余曰："一面之缘，三生之诺，必秉慈命而行，庶免唐突。"西子允庄曰："昨闻诸堂上云，'紫姬深明大义，非寻常金粉可比。申年丈不获与偕，蹇修之事，六一令君可任也。"季秋八夕，乃挂霜帆。重阳渡江，风日清美。白下诸山，皆整黛鬟迎楫矣。

六一令君将赴之江新任，闻姬父母言姬雅意属余，倩传冰语，因先访余于丁帘水榭，诧曰："从来名士悦倾城，今倾城亦悦名士。联珠合璧，洵非偶然。余滞燕台久矣，今自三千里外，捧檄而归，端为成此一段佳话尔。"余袖出申丈书示之，令君掀髯曰："父母之命，媒妁之言，足为蘼芜、媚香一辈人扬眉生色矣。"既以姬素性端重，不欲余打桨亲迎，令君乃属其夫人，与姬母伴姬乘虹月舟连樯西下。小泊瓜洲，重亲更遣以香车画船迎归焉。

姬同怀十人，长归铁岭方伯，次归天水司马，次归汝南太守，次归清河观察，次归陇西参军，次归乐安氏，次归清河氏，次未字而卒，次归鸳湖大尹，姬则含苞最小枝也。蕙绸居士序余《梦玉词》曰："闻紫姬初归君时，秦淮诸女郎，皆激扬叹羡，以姬得所归，为之喜极泪下，如董青莲故事。渤海生《高阳台》词句有曰'素娥青女遥相妒，妒婵娟最小，福慧双修'。论者皆以为实录。"姬亦语余云："饮饯之期，姻娅咸集。绿窗私语，佥有后来居上之叹。"其姊归清河氏者，为人尤放诞风流。偶与其嫂氏闰湘、玉真论及身后名，辄述李笠翁《秦淮健儿传》中语曰："此事须让十弟，我九人无能为也。"两行红粉服其诙谐吐属之妙。

吴中女郎明珠，偶有相属之说。安定考功戏语申丈曰："云生朗如玉山，所谓仙露明珠者，岂能方斯朗润耶？"告以姬事，考功笑曰："十全上工，庶疗相如之渴耳。"盖亦知姬行十，故以此相戏云。

余朗玉山房瓶兰，先茁同心并蒂花一枝，允庄曰："此国香之徵也。"因为姬营新室，署曰"香畹楼"，字曰"畹君"。余因赋《国香词》曰：

悄指冰瓯，道绘来倩影，浣尽离愁。回身抱成双，笑竟体香收。拥髻《离骚》倦读，劝搴芳人下西洲。琴心逗眉语，叶样娉婷，花样温柔。比肩商略处，是兰金小篆，翠墨初钩。几番孤负，赢得薄幸红楼。紫凤娇衔楚佩，惹莲鸿争妒双修。双修漫相妒，织锦移春，倚玉纫秋。

一时词场耆隽，如平阳太守、延陵学士、珠湖主人、桐月居士，皆有和作。畹君极赏余词，曰："君特、叔夏，此为兼美。"余素不工词，吹花嚼蕊，嗣作遂多。闺人请以"梦玉"名词，且笑曰："桃李宗师，合让扫眉才子矣。"

闺中之戏，恒以指上螺纹，验人巧拙。俗有一螺巧之说。余左手食指，仅有一螺。紫姬归余匝月，坐绿梅窗下，对镜理妆，闺人姊妹戏验其左手食指，亦仅一螺也。粉痕脂印，传以为奇。重闱闻之，笑曰："此真可谓巧合矣。"

卷二

莲因女士，雅慕姬名，背摹"惜花小影"见贻："衣退红衫子，立玉梅花下，珊珊秀影，仿佛似之。"时《广寒外史》有"香畹楼院本"之作，余因兴怀本事，纪之以词曰：

省识春风面，忆飘灯、琼枝照夜，翠禽啼倦。艳雪生香花解语，不负山温水软。况密字、珍珠难换。同听箫声催打桨，寄回文大妇怜才惯。消尽了，紫钗怨。歌场艳赌桃花扇。买燕支、闲摹妆额，更烦娇腕。抛却鸳衾兜凤舄，髻子颓云乍绾。只冰透、鸾绡谁管？记否吹笙蟾月底，劝添衣悄向回廊转。香影外，那庭院。

姬读之，笑授画册曰："君视此影颇得神似否？"乃马月娇画兰十二帧，怀风抱月，秀绝尘寰。帧首题“紫君小影”四字，则其嫂氏闰湘手笔。是册固闰湘所藏，以姬归余为庆，临别欣然染翰，纳之女儿箱中者。余欲寿之贞珉，姬愀然曰：“香闺韵事，桓虑为俗口描画。”余乃止。

香阁狂香浩态，品为花中芍药。尝语芳波大令曰：“姊妹花中如紫夫人者，空谷之幽芳也，色香品格，断推第一。天生一云公子非紫夫人不娶，而紫夫人亦非云公子不属，奇缘仙偶，郑重分明，实为天下银屏间人吐气。我辈飘花零叶，堕于藩溷也宜哉！”芳波每称其言，辄为叹息不置。

捧花生撰《秦淮画舫录》，以倚云阁主人为花首，此外事多失实，人咸讥之。余以公羁秣陵，仲澜招访倚云，一见辄呼余字曰：“此服媚国香者也。”仲澜与余皆愕然。时一大僚震余名，遇事颇为所厄，后归以语姬，姬笑曰：“大僚震君之名而挤君，倚云识君之字而企君，彼录定为花首也固宜。”

余受知于彭城都转，请于阁部节使，檄理真州水利，并以库藏三十七万，责余司其出纳。余固辞不可，公愠曰：“我知子猷守兼优，故以相托。有所避就，未免蹈取巧之习矣。”余曰：“不司出纳，诚蹈取巧之习；苟司出纳，必蒙不肖之名。事必于私无染，而后于公有裨。此固由素性之迂拘，亦所以报明公知己之感也。”公察其无他，乃止。时自戟门归，已深夜，闺人方与姬坐香畹楼玩月。闺人诘知归迟之故，喜曰：“君处脂膏而不润，足以报彭城矣！”姬曰：“人浊我清，必撄众忌。严以持己，宽以容物，庶免牛渚之警乎！”余夫妇叹为要言不烦。

余旧撰《秦淮画舫录序》曰：仲澜属为捧花生《秦淮画舫录》弁言，仓卒未有以应也。延秋之夕，蕊君招集兰语楼，焚香读画，垂帘鼓琴，相与低徊者久之。蕊君叩余曰：“媚香往矣。《桃花扇》乐府，世艳称之。如侯生者，君以为佳偶耶？抑怨偶耶？”余曰：“媚香却聘，不负侯生；

生之出处，有愧媚香者多矣！然则固非佳偶也。”蕊君颔之。复曰：“靡芜以妹喜衣冠，为湘真所距。苟矢之曰：‘风尘弱质，见屏清流，愿蹈泖湖以终尔。’湘真感之，或不忍其为虞山所浼乎？”余曰：“此靡芜之不幸，亦湘真之不幸也。横波侍宴，心识石翁，后亦卒为定山所误。坐让葛嫩武功，独标大节，弥可悲已。卿不见九畹之兰乎？湘人佩之而益芳，群蚁趋之而即败，所遇殊也。如卿净洗铅华，独耽词翰，尘弃轩冕，屣视金银，驵侩下材，齿冷久矣。然而文人无行，亦可寒心。即如虞山、定山、壮悔当日，主持风雅，名重党魁，已非涉猎词章，聊浪花月，号为名士者可比。卒至晚节颓唐，负惭红袖，何如杜书记青楼薄幸，尚不致误彼婵媛也。仆也古怀郁结，畴与为欢。未及中年，已伤哀乐。悉卿怀抱，旷世秀群。窃虑知己晨星，前盟散雪，母骄钱树，郎冒璧人；弦绝阳春之音，金迷长夜之饮。而木石吴儿，且将以不入耳之言，来相劝勉曰：‘使卿有身后名，不如生前一杯酒。’嗟乎！薰莸合器，臭味差池，鹈鲽同群，蹉跎不狎。语以古今，能无河汉哉？”蕊君沾巾拥髻，殆不胜情。余亦移就灯花，默然罢酒。维时仲澜索序甚殷，蕊君然脂拂楮，请并记今夕之语。夫白门柳枝，青溪桃叶，辰楼顾曲，丁帘醉花，江南佳丽，由来尚已。迨至故宫禾黍，旧苑沧桑，名士白头，美人黄土，此余淡心《板桥杂记》所由作也。今捧花生际承平之盛，联裙屐之游，跌宕湖山，甄综花叶。华灯替月，抽觞孱笛之天，画舫凌波，拾翠眠香之地。南朝金粉，北里烟花，品艳柔乡，摅怀璃翰，淡心《杂记》，自难专美于前。窃谓轻烟淡粉间当有如蕊君其人者，两君试以斯文示之，并语以靡芜媚香往事，不知有感于蕊君之言而为之结眉破粉否也？

此一时伫兴之作，忽忽不甚记忆。迨姬归余后，允庄谈次戏余曰：“君当日以他人酒杯，浇自己块垒。兴酣落笔，慨乎言之。苟至今日，敢谓秦无人耶？”苕妹曰：“兄生平佳遇虽多，然皆申礼防以自持，不肯稍涉苟且轻薄之行。今得紫君，天之报兄者亦至矣。”闺侣咸为首肯。

秋影主人，中年却扫，炉熏茗碗，拥髻微吟，花社灵光，出尘不染，后来之秀，赢崇礼焉。先是，香霓阁有随鸦之举，主人苦口箴之。闻姬属余，庆得所归，恒求识面。申丈介余修相见礼，笑曰：“十君玉骨珊珊，迩应益饶丰艳耶？蕴珠抱璞，早审不凡。具此识英雄眼，尤为扫眉人生色矣。”归宣其言，姬为莞尔。

邗当要冲，冠盖云集。余自趋庭问绢，日鲜宁晷。堂上于奇寒深夜命姬假寐俟余，姬仍剪灯温茗，围炉端坐以待。诘晨复辨色理妆，次第诣长者起居。夙兴夜寐，历数年如一日焉。

姬将适余，偶与倚红、听春辈评次青容院本，或吟《香祖楼》警句，或赏《四弦秋》关目。姬独举《雪中人》“可人夫婿是秦嘉，风也怜他，月也怜他”数语吟讽不辍。唐甥桂仙侍鬟改子笑曰：“十姑此时固应心契此语！”金钗四座，赏为知言。余前年于役彭城，寄姬词有曰：“蹋冰瘦马投荒驿，负了卿怜惜。累卿风雪忆天涯，休说可人夫婿是秦嘉。”盖指此也。嗣于下相道中寄姬词曰：“霜月当头圆复缺，跃马弯弓，那怪常离别。约了归期今又不，关山只认无啼鴂。何事沾膺双泪热，帐下悲歌，竟未生同穴。忍与归时灯畔说，五更一骑冲风雪。”南州朱夫人为写《行香子》，晚翠庵主即书原词于上。姬每一捧诵，感泪弥衿，凄咽之音，如听柳绵芳草矣。

余幼涉韬钤，长延豪俊，然如清河君之忠义廉立者，颇不易觏。长白尚衣，锐欲治枭，禁暴除害，致书阁部，谓燕赵壮士，江淮异人，恩威部勒，非余莫任。余启阁部曰：“无恒产而有恒心者，惟士为能。鸡鸣狗盗之雄，为饥所驱，不知择业，铤而走险，患莫大焉。广庇博施，知有不逮，然能储一有用之材，即可弭一无形之祸。”阁部深嘉是言，且曰：“即以禽枭而论，以毒攻毒，兵法亦当如是也。”忠信所格，景响孔殷。姬曰："鹰飞好杀，龙性难驯，胆大心细，愿味斯言。"且以余驭下少严，渊鱼廪鼠，察诘不详，怡词巽语，时得韦弦之助云。

淮南以浚河停运，余请于堂上，创为移捆之议，节使与彭城公，咸庆安枕，真州贤士，歌诗以侈美之。归逼岁除，颇形闷损。姬曰："储课乂民，颂声洋溢。残年风雪，不负此行，哪有辜负香衾之憾？"

芜城绮节，慈命设宴璧月楼前。姬偕闺侣，香阶挟拜。更解绾臂怜爱缕，遣鬟密置鸱吻。吾杭谓刍尼衔以成梁，可渡星河灵匹也。萼姊戏裁冰縠绘并头兰桂畀姬，向月绣之，镂金错采，巧夺针神。余巾箱检玩，珍逾蔡氏金梭矣。

癸未仲春，太夫人患病危亟，姬辄焚香告天，愿以身代。余时奉檄驻工，星夜驰归，祷于太平桥元化先生祠，赐方三剂而愈。姬因代余持观音斋，以报春晖，至殁不替。

姬与余情爱甚挚，而耻为忮嫉之行，是以香影阁赠余鬟花绡帕，香霏阁赠余冰纨杂佩，秋雯阁赠余瓜瓤绣缕，姬皆什袭藏之。又香霏阁寄余雕笼蝈蝈一枚，姬尤豢爱不释，曰："窥墙掷果，皆属人情。苟非粉郎香掾，又谁过而问之者。"

余取次花丛，屡为摩登所摄。爰赋《柳梢青》词以谢之，曰：

曳雪牵云，玉笼鹦鹉，唤掩重门。曲曲回阑，疏疏帘影，也够销魂。愁看照眼浓春，添多少香痕泪痕。默默寻思，生生孤负，无数黄昏。

休蹙双蛾，鬘华倩影，好伴维摩。娇倚香篝，话残银烛，闲煞衾窝。更无人唱回波，只怕惹、情多恨多。叶叶花花，鹣鹣鲽鲽，此愿难么？

允庄曰："风流道学，不触不背，当是众香国中无上妙法。"姬曰："飘藩堕溷，千古伤心。君能现身接引，亦是情天善果。"余曰："安得金屋千万间，大庇天下美人皆欢颜耶！”姬亦为之輾然。

余以乌鸟之私，惧官远域，牛马之走，历著微劳。黄扉辱国士之知，丹诏沐勤能之谕，纶音甫逮，吏议随之，挈养衔恩，未甘废弃。长途冰雪，小队弓刀，急景凋年，重尝艰险。维时允庄忽染奇疾，淹笃积旬。姬乃鸡鸣而起，即诣环花阁褰帷问夜来安否。亲为涂药、进匕后，始理膏沐。扶持调护，寝馈俱忘。语余世母谯国太君曰：“夫人贤孝，闺中之曾闵也。设有不讳，必重伤堂上心，而贻夫子忧。稽首慈云，妾愿以身先之尔。”余时寄迹于东阳参军绛云仙馆，曾附书尾寄以近词曰：

年来饱识江湖味，今番怎添凄惋。远树蘸烟，残鸦警雪，人在黄昏孤馆。更长梦短，便梦到红楼，也防惊转。雁唳霜空，故乡何事尺书断？书来倍萦别恨，道闺人小病，罗带新缓。茗火煎愁，兰烟抱影，不是卿卿谁伴？怜卿可惯，况一口红霞，黛蛾慵展。漫忆扬州，断肠人更远。

姬时已得咯血症，讳疾不言，渐至沈笃。余以定省久暌，勾当粗毕，醉司命夕，风雪遄归，而姬已骨瘦香桃，恹恹床蓐矣。

余自吏议不得留江后，姬曰：“君此后江湖载酒，宜豫留心一契合之人。”余诘其故，曰：“君为尊亲所屈，奉檄色喜，自断不忍远离膝下。但今既有此中阻，或者改官远省，太夫人既惮长途，不能就养，夫人又以多病不去，我何忍侍君独行？且寒暑抑搔，晨昏侍奉，留我替君之职，即以摅君之忧。至君之起居寒暖，必得一解事者悉心护君，虽千山万水，吾心慰矣。”此姬自上年十月以来，屡屡为余言之者。孰知黄花续命之言，即为紫玉成烟之谶哉！

蓉湖施生，隐于阛阓，掷六木以决祸福，闻有奇验。余就卜流年休咎，生曰：“他事甚利，惟不免破镜之戚。”问能解否，曰：“小星替月可解也。”

更请其他，曰：“研彼三五，或免递及之祸。”时平阳中瀚自淮南来，为姬推算，亦如生言。爰就邻觋陇西氏占之，曰：“前身是香界司花仙史，艳金玉之缘，遂为法华所转。爱缘将尽，会当御风以归尔。”允庄闻之，亟请于堂上，为余量珠购艳，以应施生之说。余曰：“新人苟可移情，辄使桃僵李代，拊心自问，已觉不情。设令胶先续断，香不返魂，长留薄幸之名，莫雪向隅之恨，更非我之所愿，又岂卿之所安哉？”允庄曰：“然则如何而后可？”余曰：“姬素恋切所生，恒见望云兴叹。还珠益算，此诚日者无聊之极思。然其徙倚绵延，屡烦慈顾，每与言及，涕泗不安，曷以归省之计，为伊却病之方乎？”允庄颔之。乃为请于重闱，整装以定归计焉。

四月下浣五日，太夫人雪涕命余曰：“紫姬以归省之计，为却病之方，果如所言，实为至愿。惟值江风暑雨，实劳我心。汝可祷之于神，以决行止。”余因祷于武帝庙。其签诗曰：

贵人相遇水云乡，冷淡交情滋味长。
黄阁开时延故客，骅骝应得骋康庄。

太夫人见有骅骝康庄之语，以为道路平安，乃许归省。孰知三槐堂中，西偏楹帖，大书深刻曰：“康庄骥足蹑青云。”而姬殁后，停适当其处。开我西阁门，坐我绿阴床。事后追思，如梦如幻。神能知之而不能拯之，岂苍苍定数，竟属万难挽回哉。

紫姬行后，允庄寄以诗曰：

梅雨丝丝暗画楼，玉人扶病上扁舟。
钏松皓腕香桃瘦，带缓纤腰弱柳柔。
五月江声流短梦，六朝山色送新愁。

勤调药裹删离恨，好寄平安水阁头。

紫姬依韵和之，并呈太夫人诗曰：

风雨经春怯倚楼，空江如梦送归舟。
绵绵远道花笺寄，黯黯临歧絮语柔。
闺福难消悲薄命，慈恩未报动深愁。
望云更识郎心苦，月子弯弯系两头。

允庄又寄余诗曰：

问君双桨载桃根，残月空江第几村。
淡墨似烟书有泪，远天如水梦无痕。
晚风横笛青溪阁，新柳藏鸦白下门。
更忆婵嫣支病骨，背灯拥髻话黄昏。

余依韵和之曰：

情根种处即愁根，纱浣青溪别有村。
伴影带余前剩眼，捧心镜浥旧啼痕。
江城杨柳宵闻笛，水阁枇杷昼掩门。
回首重闱心百结，合欢卿独奉晨昏。

曹小琴女史读之，叹曰："此二百二十四字，是君家三人泪珠凝结而成者。始知《别赋》《恨赋》未是伤心透骨之作。"

卷三

余于严慈抱恙，每祷元化先生祠辄应，盖父母之疾，可以身代，愚诚所结，先生其许我也。姬人之恙，或言客感未清，积勤成瘵，早投峻补，误于凡医之手。然求方之事，余又迟回不敢行。六月十三日夜，姬忽坚握余手曰："君素爱恋慈帏，苟不畏此简书，从无浪迹久羁之事。今来省垣者匝月矣，阁部叙勋之奏，昨日已奉恩纶，指日北行，亟宜归省。妾病已深，难期向愈，支离呻楚，徒怆君心。愿他日一纸书来，好收吾骨以归尔。"余时甫得大人安报，因慰之曰："子之贤孝，上契亲心，来谕命为加意调治，以期痊可偕归。明日当为子祷于小桃源元化先生祠，冀得一当，以纾慈廑。"姬泣曰："拜佛求仙，累君仆仆，吾未知所以报也。"次日祷之，未荷赐药。次日又以姬之生平，具疏上达，愿减微秩，以丐余生，俾侍吾亲，谓先生其亦许我耶？始荷赐以五色豆等味，自此遂旦旦求之。至十八日晚，得大人急递书，知太夫人客感卧床。姬亟呼郑、李两妪，尽力扶倚隐囊，喘息良久，甫言曰："妾病已可起坐，君宜遄归省亲，勿更以妾为念。"言际，清泪栖睫，更无一言，反面贴席，若恐重伤余心者。余时心曲已乱，连泣颔之。晨光熹微，策单骑出朝阳门。伤哉！此日遂为永诀之日矣！

余于二十二日抵苏。太夫人之恙，幸季父治少痊。惟头目岑岑，迷眩五色。余急祷于西米巷元化先生祠，赐服黄菊花十朵，遂无所苦。太夫人询姬病状，知在死生呼吸之际，命余即行。余以慈恙甫愈，请少留。至二十六夜，姬恩抚女桂生惊啼曰："娘归矣！"询之，曰："上香畹楼去矣！”太夫人疑为离魂之徵也，陨涕不止。余再四劝慰，太夫人曰：“紫姬厌弃纨绮，宛然有林下风，湖绵如雪，则其所心爱也。年来侍我学制寒衣，缝纫熨帖，宵分不倦，我每顾而怜之。”因属世母谯国太君、庶母静初夫人、萼姊、苕妹辈为姬急制湖绵衣履。顾余曰：“俗有冲喜之说，汝可携去。能如俗说，留姬侍我，此如天之福也。”至七月朔日，得姬二十八日寄书，殷念北堂病状，并遍询长幼起居。举室传观，方以无恙为慰。初三制衣甫毕，堂上促余遄行。伏雨阑风，征途迢滞。初六触炎登陆，曛黑入门。家人兮慞惶，嫂侄兮含悲。易锦茵以床垂兮，代罗帱以素帷。魂飞越而足赼趄兮，心震駴而肝肠摧。抚玉琴之在御兮，瞻遗挂之在壁。怼琼蕊之无徵兮，恨朝霞之难挹。萃湫风以酸滴兮，涉遐想兮仿佛。太原翁姥流涕告余曰：“儿于初四戌刻，不及待公子而遽去矣。”呜呼！迟到两朝，缘悭一面，抚棺长恸，痛如之何！

姬之逝也，太原翁姥专傔至苏，余于中途相左，至十二日傔自苏归。赍奉大人慈谕曰：“七夕得三槐书，知紫姬遽然化去，重闱以次，无不悲悼。且屈指汝到相距两日，未必及视其敛，尤为伤心之事。携去衣履，想已不及附棺。汝母云是所心爱，可焚与之。汝一切料量安妥后，即载其榇回苏，暂厝虎山后院，俾依汝祖灵以居。今冬恭建先茔，当并挈之以归尔。渠四年中，贤孝尽职，群无间言。去冬侍汝妇之疾，尤属不辞况瘁。至其淡泊宁静，夙为汝祖所称赏。今得首从先人于九京，在渠当亦无憾。汝母方为作小传，静初、允庄等，皆有哀词。汝宜爱惜身心，报以笔墨，俾与茜桃朝云并传，当亦逝者之心也。”呜呼！我堂上慈爱之心，无微不至，开函捧诵，感激涕零。畀太原举家读之，莫不凄感万状。余因恭录一通，并衣履焚之灵次。呜呼紫姬！魂魄有知，双目其可长瞑矣！

姬发长委地，光可鉴人，指爪皆长数寸，最自珍惜。每有操作，必以金弧护之。弥留之际，郑媪为理遗发，令勿轻弃，更倩闰湘尽剪长爪，并藏翠桃香盒中。闰湘曰："留以遗公子耶？"含泪点首者再。叩其遗言，曰："太夫人爱我甚至，起居既安，必命公子复来，惜我缘已尽，不能少待为恨尔。"

太夫人素性畏雷，余与允庄、紫姬，每逢夏夜风雨，辄急起整衣履，先后至太夫人房中，围侍达旦。今年七月三夕，姬病卧碧梧庭院，隐闻雷声，辄顾李媪等曰："恨我远离，不能与主人同侍太夫人尔。"未及周辰，遽尔化去。病至绵硋，而其爱恋吾亲若此，悲哉！痛哉！

允庄闻姬凶耗，寄余书曰："姬之抚恩女桂生，已奉慈命为持三年之服。至其平日爱抚孝先，无异所生，业为持服。如有吊者，应报素柬，亦以请命堂上，可书'嫡子孝先稽颡'云云。"并寄挽联曰：

四年来孝恭无忝，偏教玉碎香销，愚夫妇触境心酸，遗憾千秋，岂独佳人难再得

两月中消息虽通，只恨山遥水远，慈舅姑倚闾望切，芳魂一缕，愿偕公子蚤同归

同人叹为情文相生，面面俱到。芳波大令曰："素柬以嫡子署名，吾家庶大母之丧，先大父太守公曾一行之。今君家出自堂上及大妇之意，尤为毫发无憾。"

金沙延陵女史，工诗善画，秀笔轶伦。所得润笔之资，以赡老母幼弟。尤工剑术，韬晦不言。人以黄皆令、杨云友一流目之，不知为红线、隐娘之亚也。病中闻紫姬之耗，寓书于余，发函伸纸，上书"萼绿华来无定所，杜兰香去未移时"一联。跋曰："紫湘仁妹，惠心纨质，旷世秀群。余每见于芜城官舍，爱不忍去。曾仿月娇遗迹，画兰十二帧，以作美人小影。今闻彩云化去，不觉清泪弥襟。以妹之孝恭无忝，具详允庄大妹

所撰挽联，人不间于高堂、大妇之言，无俟再下转语。爰书玉溪生句，俾知慧业生天，以摅云弟梨云之感。此于《香祖楼》后，又添一重公案矣。”又一行曰：“姊以病中腕怯，不得纵笔作书，可觅一善书者捉刀为幸。”余因倩汝南探花，仿簪花妙格，书之吴绫，张诸座右。此与昭云夫人篆书林颦卿《葬花诗》以当薤露者，可称双绝。

词坛耆隽，赢锡哀词。摅余怆情，美不胜屈。

至挽联之佳者，犹记扶风观察云：

别梦竟千秋，金屋昙花逢小劫
招魂刚七夕，玉箫明月认前身

巢湖太守云：

司马湿青衫，盖世奇才，那识恩情还独至
姮蛾归碧落，毕生宠遇，从知福慧已双修

高平都转云：

玉帐佩麟符，曾见滁州传记室
兰台抛凤管，空教司马忆清娱

清河观察云：

倚玉搴芳，记伊人琼树雁行，花叶江东推独秀
叱鸾靡凤，送吾弟金闺鹗荐，风沙冀北叹孤征

渤海令君云：

迎来鸾扇女，美前程月满花芳，奈银屏月缺花残，憔悴煞镜里情郎，画中爱宠

归去鹊桥仙，生别离山迢水递，赖锦字山温水软，圆成了人间艳福，天上奇缘

渤海、清河两君，有蹇修、葭莩之谊，抚今悼昔，故所言尤为亲切，及见申丈挽联云：

公子固多情，也为伊四载贤劳，不辞拜佛求仙，欲把精虔回造化

佳人真有福，堪羡尔一堂宠爱，都作香怜玉惜，足将荣遇补年华

佥曰：“离恨天中，发此真实具足语，白甫此笔，真有炼石补天之妙。”又鹅湖居士用余丙子年题铁云山人《无题》旧作“昙花妙谛参居士，香草离骚吊美人”之句，书作挽联，既见会心，又添诗谶，钗光钏响，触拨潸然。

姬疾革夜，语其季嫂缪玉真曰：“我仗佛力归去，当无所苦。公子悼我，第请以堂上为念，扶持调护，宜觅替人。公子必义不忘我，皈向者要不乏人耳。”玉真泣陈如此，余方凄感欲绝，鸿消鲤息，洵有如姬所云者乎？紫姬来去湛然，解脱爱缘，逍遥极乐，幸勿以鄙人为念。所悲吾亲无人侍奉，所喜吾儿渐已长成，承重荫之孔长，冀门祚之可寄。余则心芽不茁，性海无波，且愿生生世世弗作有情之物矣。

余自姬逝后，仍下榻碧梧庭院。翠桃香合，泣置枕函。空床长簟，

冀以精诚致之。然鳏目炯炯，恒至向晨，虽有鸿都少君之术，似亦未易措置也。犹忆七月四日兰陵舟夜，梦姬笑语如平时。寤后纪以词曰：

喜见桃花面。似年时招凉待月，竹西池馆。豆蔻香生新浴后，茉莉钗梁暗颤，恰小试玉罗衫软。照水芙蓉迷艳影，问鸳鸯甚日双飞惯？低首弄，白团扇。星河欲曙天鸡唤。乍惊心兰舟听雨，翠衾孤展。重剪银灯温昔梦，梦比蓬山更远，怎醒后莲筹偏缓。谩讶青衫容易湿，料红绡早印啼痕满。荒驿外，五更转。

时堂上属琅琊生偕行，读之叹曰：“此种笔墨，无论识与不识，皆知佳绝，惟觉凄惋太甚耳。”余亦嗒然。孰知兰陵入梦之期，即秣陵离尘之夕。帷中环珮，是耶非耶？其来也有自，其去也又何归耶？肠回目极，心酸泪枯。姬倘有知，亦当呜咽。

姬素豢狸奴名瑶台儿，玉雪可念。余初访碧梧庭院，辄依余宛转不去。姬酒半偶作谐语，闰湘纪以小词曰：“解事雪狸都爱你，眠香要在郎怀里者是也。”洎自姬归省，闰湘犹引前事相戏。姬逝后，瑶台儿绕棺悲鸣，夜卧茵次。噫嘻！物犹如此，余何以堪！

卷四

姬冰雪聪明，靡不淹悟，类多韬匿不言。先大父奉政公夙精音律，藻夏兰宵，季父恒约僚客于玉树堂，坐花觞月，按谱徵歌。奉政公北窗跂脚，顾而乐之。芙蓉小苑，花影如潮，一抹银墙，笛声隐隐。姬遥度为某阕某误，按之不爽累黍。邗江乐部，夙隶尚衣，岁费金钱亿万计，以储钧天之选，吴伶负盛名者咸骛焉。试灯风里，选客称觞，火树星桥，鱼龙曼衍，五音繁会，芳菲满堂。余于深宵就舍，询姬今日搬演佳否，姬辄微笑不言。盖太夫人素厌喧嚣，围炉独酌，姬虞孤寂，卷袖侍旁，虽慈命往观，低徊不去，以是彻夜笙歌，未尝倾耳寓目。余今后闻乐撤心，哀过山阳邻笛矣。

姬如出水芙蓉，不假雕饰，当春杨柳，自得风流。太夫人恒太息曰："韶颜稚齿，素服淡妆，秀矣雅矣，然终非所宜也。"壬午初夏，婪尾娇春，将侍祖太君为红桥之游。葶姊、苕妹辈，争为开奁助妆。璧月流辉，朝霞丽彩，珠襦玉立，艳若天人。陇西郡侯眷属，时亦乘钿车来游，遇于筱园花际，争讶曰："西池会耶？南海游耶？彼奇服旷世、骨象应图者，当是采珠神女，步蘅薄而流芳也！"计姬归余四年，见其新妆眩服，只此一朝而已。罗襟剩粉，绣袜余香，金翠丛残，览之陨涕。

姬最爱月，尤最爱雨，尝曰："董青莲谓月之气静，不知雨之声尤静。笼袖薰香，垂帘晏坐，檐花落处，万念俱忘。"余因赋《香畹楼坐雨》诗曰：

剪烛听春雨，开帘照海棠。
玉壶销浅酌，翠被罩余香。
恻恻新寒重，沉沉夜漏长。
宛疑临水阁，无那近斜廊。

清福艳福，此际消受为多。今春《香畹楼坐月》词则曰：

蟾漪浣玉，人影天涯独。镜槛妆成调钿粟，应减旧时蛾绿。归来梦断关山，卷帘暝怯春寒。谁信黛鬟双照，一般辜负阑干。

又《香畹楼听雨》词曰：

梦回鸳瓦疏疏响，灯影明虚幌。争奈此夜天涯，细数番风况近玉梅花。比肩笑向巡檐索，怕见檐花落。伤春人又病恹恹，拼与一春风雨不开帘。

萧黯之音，自然流露。云摇雨散，邈若山河。从此雨晨月夕，倚枕凭栏，无非断肠之声，伤心之色矣！

余以樗散之才，受知于阁部河帅、节使、都转及琅琊、延陵两观察，河渠戎旅，不敢告劳，然出门一步，惘惘有可怜之色。迨过香巢，益萦别绪，凄怀酿结，发为商音。犹忆壬午初秋，下榻碧梧庭院，寄姬芜城词曰：

新涨石城东，雪聚花浓。回潮瓜步动寒钟。应向秋江弹别泪，长遍芙蓉。金翠好房栊，燕去梁空。窗开偏又近梧桐。叶叶声声听不得，错怪西风。

又于纫秋水榭对月，寄词曰：

深闺未识家山路，凄凄夜残风晓。雾湿湘鬟，寒禁翠袖，曾照银屏双笑。红楼树杪，怕隐隐迢迢，梦云难到。万一归来，屋梁霜霁画帘悄。凭阑愁见雁字，问书空寄恨，能寄多少？水驿灯昏，江城笛脆，丝鬓催人先老。团圞最好。况冷到波心，竹西秋早。待写修蛾，二分休瘦了。

香影阁主人读之，怃然有间，曰："此时此际，月满花芳，偶尔分襟，怆怀如许，《阳关三叠》，《河满》一声，恻恻动人，声声入破。用心良苦，其如凄绝何？"余初出于不自觉，闻此乃深悔之。濒年断梗，转眼空花，影事如尘，愁心欲碎。玉溪生句云："此情可待成追忆，只是当时已惘然。"霜纨印月，《锦瑟》凝尘，断墨丛烟，益增碎琴焚研之恨。

余去秋留江，姬喜动颜色，曰："妾积思一见老亲，并扫生母之墓，君今晋省应官，堂上命妾侍行，得副夙怀，虽死无憾。"余讶其不祥，乱以他语。会先大父奉政公病，余侍侧不忍遽离。幕僚佥言："既受节相、河帅厚恩，亟宜谒谢。"姬曰："两公当代大贤，以君为天下奇才，登之荐牍，此其储才报国之心，非欲识面台官，拜恩私室者。且君以侍重亲之疾，迟迟吾行，又何歉焉？"嗣奉政公以江淮苦涝，宜效驰驱，促余挂帆，溯江西上。阁部审知奉政公寝疾，仍允告归。姬曰："吾闻圣人以孝治天下。阁部锡类之心，洵非他人所及也。"嗣此半月，姬与余随同诸大人侍奉汤药。姬独持淡斋，不食盐豉，焚香祷佛。奉政公卒以不起。然此半月中，余得随侍汤药，稍展乌私，皆阁部之所赐也。八月下浣，余遽被议。九月中旬，举室南还，而姬归省扫墓之愿，知不克践。既痛奉政公之见背，又复感念生母，人前强为欢笑，夜分辄呜咽不已。十月中，余又奉檄，涉江历淮，姬独侍大妇之疾。半载以来，几于茹冰食蘖。呜呼！伤心刺骨之事，庸讵者尚难禁受，况兹袅袅亭亭，又何能当此煎迫哉！

七月二十日，与客坐纫秋水榭，恭奉太夫人慈训曰："紫姬之逝，使人痛绝。伤心吊影，汝更可知。以汝素性仁孝，于悲从中来之际，想自能以重慈与我两老人为念。寄去姬传一篇，据事直书，不计工拙，聊摅吾痛。无侈无饰，当之者亦无愧色也。"谨展另册视之，洋洋将二千言，泪眼迷离，不忍卒读。时玉山主人、鹅湖居士在座，叹曰："紫君贤孝宜家，不知者或疑君抱过情之痛。今读太夫人此传，始知君之待姬，洵属天经地义，实姬之孅行有以致之尔。”蕙绸居士曰：“紫姬之贤孝，堂上之慈爱，至性凝结，发为至文，是宇宙间有数文字。紫君得此，可以无死。国朝以来，姬侍中一人而已。”呜呼紫姬！余撰忆语千言万语，不如太夫人此作实足俾汝不朽。郁烈之芳，出于委灰；繁会之音，生于绝弦。彤管补静女之徽，黄绢铭幼妇之石。呜呼紫姬！魂其慰而，而今而后，余其无作可也。

附录

原序一

余曩时曾于友人处得见钱塘陈小云司马《香畹楼忆语》钞本一种，爱不忍释，亟向假归，手录展玩。迨乙酉冬，武林假旋，适鄮城广平明经寓申，晨夕过从，纵谈艺事。偶及《忆语》一书，以未窥全豹为憾。越日，明经手出一编见示，题曰《湘烟小录》，亟读之，盖即向所手录之《忆语》在焉。此外尚有《梦玉词》百余阕，并诸名流题辞。证诸原序，《湘烟小录》其总名也。神往十年，愿偿一旦，快何如之！因念原板，早毁，势将湮没，戴祝三大令亦酷嗜此书，乃相与筹资重付手民。书既成，细加校对，悉与原板无异。至欲论作者情文之妙，题辞具在，先得我心，可不复赘。

时光绪十二年丙戌仲夏海上王维鋆既堂氏志于月圆人寿室

原序二

《湘烟小录》者，陈孟楷司马悼其亡姬紫湘，荟其堂上家人所撰诔传哀词，同人所制题咏，洎司马自著《香畹楼忆语》并旧作《梦玉词》，辑为一编。阮芸台宫保取明凌忠介公所辑《湘烟录》之意，为题今名。红潇吊影，紫玉成烟，奁史金荃，未容擅美。

余识司马久矣。居忠孝心，行仁义事，深以其奉檄致亲，未得一第为恨。然审自筮仕以来，南城节使、彭城都转诸公，激扬叹赏，超伦轶群；且阁部孙寄圃先生有“国士无双”之目，河帅黎襄勤公有“天下奇才”之誉。飞章交荐，屡荷特知，当代柱臣，不安期许。顾皆倾心契重若此，司马之立身行政，不于此可见哉！

是编为追悼紫姬而作。夫姬以闺中弱质，病不永年，乃其贤孝淑慎，人不间于重闱大妇之言。翰墨咏歌，斐满吴会。身后之名，直轶诸朝云络秀而上。苟非至性至情凝结感动，亦断不能享此文勋，独有千古。昔琴牧子谓非董宛君之奇女，不足以匹冒辟疆之奇男，今以余观孟楷、紫湘之事，遇奇而法，事正而葩，郑重分明，风概既远轶冒、董，即就《香畹楼忆语》与《梦玉词》笔墨而论，尤非雉皋所及。

按《湘烟录》原序所谓只字艳千载，单帙网四部，按之有声，拂之有香者，精冶凄艳，庶几匹之。宫保巨眼，题品独真。世既有艺苑之张华，余又何辞为喤引之瞽叟乎？若如入琼逸客赞叹曼翁《杂记》，谓须用冷金笺画乌丝阑，写《洛神赋》小楷，装以云鸾缥带，贮以蛟龙箧中，薰以沉水、迷迭，于风清月白红豆花开看之。余谓移品斯编，庶不亵彼俊语。质诸宫保，当亦以为知言也。

道光甲申七月秋药老人马履泰书

项脊轩志

导读

《项脊轩志》是明代著名文学家归有光所做的一篇回忆性记事散文。全文以作者青年时代所居的书斋项脊轩展开描述，以归家几代人的人事变迁层层铺开，真切地再现了祖母、母亲、妻子三位已故亲人的音容笑貌，表达了对她们的深切思念。作者睹物思人，叙事娓娓而谈，用笔清淡简洁，表达了深厚的感情。全文语言淳朴自然，不事雕饰，力求朴而有致，淡而有味，营造出一种清疏淡雅的感觉。其文最后一句“庭有枇杷树，吾妻死之年所手植也，今已亭亭如盖矣”，更是成为一代经典名言，被世人广为传颂。

原文

项脊轩，旧南阁子也。室仅方丈，可容一人居。百年老屋，尘泥渗漉，雨泽下注；每移案，顾视，无可置者。又北向，不能得日，日过午已昏。余稍为修葺，使不上漏。前辟四窗，垣墙周庭，以当南日，日影反照，室始洞然。又杂植兰桂竹木于庭，旧时栏楯，亦遂增胜。借书满架，偃仰啸歌，冥然兀坐，万籁有声；而庭阶寂寂，小鸟时来啄食，人至不去。三五之夜，明月半墙，桂影斑驳，风移影动，珊珊可爱。

然余居于此，多可喜，亦多可悲。先是庭中通南北为一。迨诸父异爨，内外多置小门，墙往往而是。东犬西吠，客逾庖而宴，鸡栖于厅。庭中始为篱，已为墙，凡再变矣。家有老妪，尝居于此。妪，先大母婢也，乳二世，先妣抚之甚厚。室西连于中闺，先妣尝一至。妪每谓余曰："某所，而母立于兹。"妪又曰："汝姊在吾怀，呱呱而泣；娘以指叩门扉曰：'儿寒乎？欲食乎？'吾从板外相为应答。"语未毕，余泣，妪亦泣。余自束发，读书轩中，一日，大母过余曰："吾儿，久不见若影，何竟日默默在此，大类女郎也？"比去，以手阖门，自语曰："吾家读书久不效，儿之成，则可待乎！"顷之，持一象笏至，曰："此吾祖太常公宣德间执此以朝，他日汝当用之！"瞻顾遗迹，如在昨日，令人长号不自禁。

轩东，故尝为厨，人往，从轩前过。余扃牖而居，久之，能以足音辨人。轩凡四遭火，得不焚，殆有神护者。

项脊生曰："蜀清守丹穴，利甲天下，其后秦皇帝筑女怀清台；刘玄德与曹操争天下，诸葛孔明起陇中。方二人之昧昧于一隅也，世何足以知之，余区区处败屋中，方扬眉、瞬目，谓有奇景。人知之者，其谓与坎井之蛙何异？"

余既为此志，后五年，吾妻来归，时至轩中，从余问古事，或凭几学书。吾妻归宁，述诸小妹语曰："闻姊家有阁子，且何谓阁子也？"其后六年，吾妻死，室坏不修。其后二年，余久卧病无聊，乃使人复葺南阁子，其制稍异于前。然自后余多在外，不常居。

庭有枇杷树，吾妻死之年所手植也，今已亭亭如盖矣。

与妻书

导读

《与妻书》是清朝末年革命烈士林觉民于1911年广州起义前夕写给妻子陈意映的一封绝笔信。在这封信中，作者饱含深情又委婉曲折地表达了自己对妻子和对处于水深火热中的祖国深沉的爱。他把夫妻之情和国家命运联系在一起；把对妻子的爱和对国家的爱连为一体，阐述了一个让人动容又深刻的道理：没有国家的幸福，就不会有个人的幸福；只有国家强大，家庭才能幸福。全文情真意切，笔调委婉动人，读后荡气回肠，具有强烈的感染力。

原文

意映卿卿如晤：吾今以此书与汝永别矣！吾作此书时，尚是世中一人；汝看此书时，吾已成为阴间一鬼。吾作此书，泪珠和笔墨齐下，不能竟书而欲搁笔，又恐汝不察吾衷，谓吾忍舍汝而死，谓吾不知汝之不欲吾死也，故遂忍悲为汝言之。

吾至爱汝，即此爱汝一念，使吾勇于就死也。吾自遇汝以来，常愿天下有情人都成眷属；然遍地腥云，满街狼犬，称心快意，几家能彀？司马青衫，吾不能学太上之忘情也。语云：仁者“老吾老，以及人之老；幼吾幼，以及人之幼”。吾充吾爱汝之心，助天下人爱其所爱，所以敢先汝而死，不顾汝也。汝体吾此心，于啼泣之余，亦以天下人为念，当亦乐牺牲吾身与汝身之福利，为天下人谋永福也。汝其勿悲！

汝忆否？四五年前某夕，吾尝语曰：“与使吾先死也，无宁汝先我而死。”汝初闻言而怒，后经吾婉解，虽不谓吾言为是，而亦无词相答。吾之意盖谓以汝之弱，必不能禁失吾之悲，吾先死，留苦与汝，吾心不忍，故宁请汝先死，吾担悲也。嗟夫！谁知吾卒先汝而死乎？吾真真不能忘汝也！回忆后街之屋，入门穿廊，过前后厅，又三四折，有小厅，厅旁一室，为吾与汝双栖之所。初婚三四个月，适冬之望日前后，窗外疏梅筛月影，依稀掩映；吾与（汝）并肩携手，低低切切，何事不语？何情不诉？及今思之，空余泪痕。又回忆六七年前，吾之逃家复归也，汝泣告我：“望今后有远行，必以告妾，妾愿随君行。”吾亦既许汝矣。前十余日回家，即欲乘便以此行之事语汝，及与汝相对，又不能启口，且以汝之有身也，更恐不胜悲，故惟日日呼酒买醉。嗟夫！当时余心之悲，盖不能以寸管形容之。

吾诚愿与汝相守以死，第以今日事势观之，天灾可以死，盗贼可以死，瓜分之日可以死，奸官污吏虐民可以死，吾辈处今日之中国，国中无地无时不可以死，到那时使吾眼睁睁看汝死，或使汝眼睁睁看吾死，吾能之乎？抑汝能之乎？即可不死，而离散不相见，徒使两地眼成穿而骨化石，试问古来几曾见破镜能重圆？则较死为苦也，将奈之何？今日吾与汝幸双健。天下人不当死而死与不愿离而离者，不可数计，钟情如我辈者，能忍之乎？此吾所以敢率性就死不顾汝也。吾今死无余憾，国事成不成自有同志者在。依新已五岁，转眼成人，汝其善抚之，使之肖我。汝腹中之物，吾疑其女也，女必像汝，吾心甚慰。或又是男，则亦教其以父志为志，则吾死后尚有二意洞在也。幸甚，幸甚！吾家后日当甚贫，贫无所苦，清静过日而已。

吾今与汝无言矣。吾居九泉之下遥闻汝哭声，当哭相和也。吾平日不信有鬼，今则又望其真有。今是人又言心电感应有道，吾亦望其言是实，则吾之死，吾灵尚依依旁汝也，汝不必以无侣悲。

吾平生未尝以吾所志语汝，是吾不是处；然语之，又恐汝日日为吾担忧。吾牺牲百死而不辞，而使汝担忧，的的非吾所忍。吾爱汝至，所以为汝谋者惟恐未尽。汝幸而偶我，又何不幸而生今日中国！吾幸而得汝，又何不幸而生今日之中国！卒不忍独善其身。嗟夫！巾短情长，所未尽者，尚有万千，汝可以模拟得之。吾今不能见汝矣！汝不能舍吾，其时时于梦中得我乎！一恸！辛未三月廿六夜四鼓，意洞手书。

家中诸母皆通文，有不解处，望请其指教，当尽吾意为幸。

下篇
译文

浮生六记

卷一　闺房记乐

我出生于乾隆二十八年的十一月二十二日，即癸未年的冬天。恰逢盛世，处处太平，出身于家境殷实的官宦之家，居住在苏州沧浪亭畔，苍天对我的厚爱，可谓是到了极致。苏东坡曾云“事如春梦了无痕”，若不将过往之事，用笔墨记下来，那些过往便会消散，未免太过辜负苍天对我的厚爱。

因思及表现夫妇之德的典范《关雎》，位列《诗经》三百篇之首，我便承继古例，按此顺序来写。所惭愧的是，年少时我未发愤念书，知识很是有限，以下描写不过记录一些实情实事而已。若是谁人必要考究订正其中的文法修辞，那便极似在责怪一面脏镜子，缘何不够明亮。

我年幼时，与金沙的于氏订了亲事，她在八岁那年不幸夭折。后来我娶了陈氏做妻子，名芸，字淑珍，是我舅舅心余先生的女儿。她生来超颖聪慧，牙牙学语时，口授一遍《琵琶行》，她即能背诵。四岁时，她失去了父亲，家中只有母亲金氏、弟弟克昌两位亲人，况家境贫困，日渐潦倒。芸稍大一点后，娴熟女红，接下很多针线活计，一家三口，便都依靠她的十指维持生计；在她的操劳之下，克昌得以从师读书，应付给老师的酬金，不曾短缺。

一日，芸在书簏上翻到了《琵琶行》，因幼时会诵，便以音与字相对照，逐字逐字地认下来，开始识字。在做刺绣的闲暇时间里，她渐渐通晓了吟咏之事，写下了“秋侵人影瘦，霜染菊花肥”这般诗句。我十三岁时，跟随母亲回家做客，与芸两小无猜，很是亲密，得以见她诗作，虽然惊叹她才思过人，有隽秀之气，私心里却担忧她福泽不够深厚，非天佑之人。然而我已经全心全意投注于她，无法释怀，便告诉母亲说：“若为儿择妻，非淑姐不娶。”

母亲也喜爱芸的柔和，当下便脱下金约指作为订礼，为我和她缔结了姻约。这天，是乾隆四十年七月十六日。

同年冬天，正值芸的堂姐出阁，我又随母亲一起去了她家。芸与我同年而生，长我十个月，自幼都以姐弟相称，因此我仍称呼她淑姐。当时，只见满室皆是鲜亮衣裳，唯独芸通体素淡，只鞋子簇新。我见那鞋子绣制精巧，问她，方知出自她手，这才明晓她的聪慧心思，不只流于笔墨上。偷偷打量，见她削肩长项，瘦不露骨，眉弯如柳，目秀似月，顾盼之时，神采飞扬，唯有那微微外露的两齿，略不符合美人的标准。那种自然流露的缠绵之态，令人神思都消融在她身上。

我索要她的诗稿来看，有的仅一联，有的是三四句，多是不成整篇的。问她缘由，笑答：“没有老师指点的诗作，只能是这般的了，但愿遇到能为我师的知己，把诗句都推敲补全了。”我一时兴起，戏将零散诗句题了“锦囊佳句”的签，这个典故，源于唐朝早逝诗人李贺。没能想及，不经意的玩笑，竟是她夭寿逝去之命运的早早伏笔。

当夜送亲送到城外，返回芸家时已是三更，我腹中饥饿，索要吃食，老仆妇拿枣脯给我吃，我嫌弃它太甜。芸悄悄地牵我的袖子，我随她到了她的闺房，见她藏了暖粥和小菜，愉悦地举筷欲食。忽然听到芸的堂兄玉衡在外呼喊：“淑妹快来。”情急之下，芸边闭门边说：“我已经困了，我要睡了！”玉衡不依，挤进屋中，见到正要喝粥的我，便斜眼看芸，笑嘻嘻地说："顷刻前我要粥，你说没了，原来是藏粥在这里，专门用来招待你夫婿吗？"芸窘迫，无言，急忙出门躲避，全家上下皆为此哄笑。我也负气，拉着老仆人先归家了。

自吃粥之事被嘲后，我再去她家，芸即刻躲起来，我知道，她是怕人拿我俩说笑话。

到乾隆四十五年正月二十二日，是我与芸的大好之日。身着婚服的芸身材瘦怯，和往昔并无不同，我一揭开她的头巾，目光相接，笑意嫣然。喝了合卺酒后，两人并肩吃晚膳，我的手滑到桌下，暗暗握她的手腕，只觉温暖滑腻，胸中一颗心，怦怦跳个不停。让她吃东西，得知今日是她斋期，她已吃斋几年了。在心里算了算她开始吃斋的日子，正是我出水痘的时间，便知她吃斋的缘故，是为了替我祈福。因此笑言："如今我肌肤完好无恙，姐姐从此可以开戒了罢？"芸眼中盈满笑意，点了点头。

正月二十四，是我姐姐出嫁之日，而二十三日是皇家忌日，禁止奏乐欢娱，因此选在二十二日的夜晚，款待为我姐出嫁而来道贺的客人。芸去厅堂的宴会上招待客人，我留在洞房，陪姐姐的伴娘们猜拳喝酒，猜错得多了，喝得酩酊大醉，昏昏然睡去。醒来时，芸已经在梳理晨妆，还没有扮好妆。当天亲朋往来，络绎不绝，夜晚上灯后，才开始设宴作乐，忙了一整日。

二十四日子时，我这个新上任的小舅子为姐姐送嫁而去，繁忙整日，丑末时刻才归家，已然灯火残稀，人声寂静。我轻声入屋，随嫁妇人正在床下打瞌睡，芸妆卸了，人还没躺下，映着高烧的银烛，低垂粉颈，不知在看什么书，入神得很。于是，我过去抚她的肩，问："姐姐连日辛苦，因何仍孜孜不倦呢？"芸回首见我来了，忙站起说："正想睡时，开书橱见了这本书，不觉读着读着，竟没了倦意。《西厢记》的名字我知之已久，今日得见，确实不愧才子之名，但其中形容描写，未免尖酸刻薄了些。”我笑答：“也只有才子，下笔方能如此尖酸刻薄。”随嫁妇人在旁催我们睡觉，我命令她关门先走。挨着芸坐下，并肩调笑，恍似密友重逢，用手探她的心口，发觉同我一样，怦怦作跳。于是俯身在她耳边轻问：“姐姐的心跳，怎么是这般激烈，跟舂米似的？”芸回眸微笑。我便觉一缕情丝摇人魂魄，顿时神消骨酥，情不自禁地将芸拥入帷帐，肆意缠绵，不知东方已亮。

芸初做新妇，许是羞涩，十分沉默寡言，面容上整日都没有怒气。跟她说话，她总以微笑回应。她恭敬地侍奉长辈，温和地对待下人，井然有序，未曾有过差池。每每见到朝阳晨光照于窗上，便披衣急起，仿若有人在急促地呼喊她。我笑言：“当今不可与‘吃藏粥’那日相比了，因何还畏惧旁人嘲笑我们在一起呢？”芸说：“昔日将粥藏起招待夫君，已然传为话柄笑料，而如今却不是怕人嘲笑，只担忧公婆说新媳妇懒惰呢。”我虽然留恋她睡在身旁，也感知她品德正直，因此也随她一同早起。自此，两人耳鬓厮磨，亲密无间，形影相依，此中爱怜之情，不可用言语妥切形容。

无奈欢娱时光飞逝太快，眨眼间新婚已满一月。那时我父亲稼夫公在会稽郡做幕僚，特地派仆役来家接我，送我去武林的赵省斋先生门下念书学习。赵先生善于逐步地引导人学习，我今日之所以还能握笔写作，全是先生的功劳。从书馆回来成婚时，原是约定了随仆役一同再去书馆的。知晓仆役来接我，我心中怅然不已，唯恐芸会因离别对人垂泪。而芸非但未如此，还强装笑颜，劝导勉励我，为我整点行装。只到了晚上，才发觉她神色稍有差异而已。

动身时，芸小声叮嘱我：“出门无人调养看护，这一去，自己多上些心罢！”等到登船解开缆绳，正当桃李绽放争芳斗艳之时，而我却恍恍惚惚，如同林鸟失群孤飞，又觉天地异色。到达书馆后，我父亲就渡江东去了。

在书馆居住满三月，心下只觉漫长难熬似十年。芸虽然不时寄来书信，次次必有刻板老套的问答之辞——问我可好、道家中安，多为勉励的话语，我也全回以浮浅客套之词，心下怏怏不乐。每当清风吹拂竹院，明月照映窗外芭蕉，难免对景思人，使我魂颠梦倒。赵先生知晓内情后，立即写信给我父亲商议，给我出十道题，派遣我暂且归家去。我欢喜起来，如同戍边将士得了赦令急返家乡。这次登舟，只恨舟行得慢，一刻好似十年。

回到家中，先去了我母亲房中问安，再赶往我的屋子，芸起身迎我，四手相握，说不出只言片语，恍似两人魂魄化为飞烟迷雾，失了头脑，忘了现实，只觉耳中轰然一响，连自己都给忘了。

时值六月，屋内炎热如蒸笼，幸好我们居于沧浪亭爱莲居西边，板桥内有一临水亭轩，名叫“我取”，取了《孟子》里“清斯濯缨，浊斯濯足”的意思，水清则取之洗冠带，水浊则取之洗足。檐前有一株老树，树荫浓厚，覆盖在窗上，连带着窗下的人、窗边的画，都映着绿意。隔岸处，游人往来不绝。这里是我父亲稼夫公垂帘设宴、招待宾客的地方。我禀告母亲后，带了芸来此消夏避暑。暑热难挨，芸因此放下绣活，整日陪着我读书论古、品月评花。芸不善于饮酒，勉强可饮三杯，我教会了她“射覆”，两人便行酒令、猜谜语。自以为人间之乐，没有比这更好的了。

一日，芸问我：“各种古文文章，尊崇哪一家的为好？”

我回答：“《战国策》《南华经》取其灵动轻快；匡衡、刘向的文章，取其风雅稳健；司马迁与班固的文章，取其博大；韩愈取其浑厚；柳宗元取其峭拔；欧阳修取其不受拘谨；三苏父子的文章，取其思辨；其他如贾谊、董仲舒的对策文，庾信和徐陵的骈体，陆贽的奏议，应该吸取的无法全列举出来，就靠个人的慧心去领会了。”

芸说：“古文的诀窍，全在学识高深、气派雄厚，女子去学，恐怕很难学好。唯独诗歌这一门，妾身稍微有些领悟呢。”

我说：“唐以诗歌选拔人才，而诗歌的宗匠，必得推李白、杜甫，你喜好尊崇哪一位呢？”

芸边想边答：“杜甫的诗锤炼精纯，李白的诗潋洒落拓，与其学习杜甫的森严，不如去学李白的活泼。”

我问：“杜工部是诗家的集大成者，学诗的人，大多都尊崇他，你唯独喜好李白，是何缘故？”

芸说：“若论格式韵律的严谨，词语主旨的老练，确实是杜甫所擅长的。但李白的诗宛如《庄子》里的‘姑射仙子’，灵秀高洁，有一种落花流水的趣味，令人喜爱。并非杜甫逊色于李白，只不过在妾身私心里，尊崇杜甫的心意较浅，喜爱李白的心很深。”

我笑着说：“当初可没料到，陈淑珍原是李青莲的知己哩！”

芸也笑：“我还有一位诗歌启蒙老师，白乐天先生，时常惦念，未曾放下过。”

我问：“为何这样说？”

芸答：“他不就是作《琵琶行》的人吗？”

我大笑着说：“真也奇怪了！李太白是你的知己，白乐天是你的启蒙老师，我恰好字三白，是你的夫婿。你与‘白’字，何等地有缘呢？”

芸也笑：“和‘白’字有缘，将来恐怕会白字连篇呢。”（吴语里“别字”读作“白字”）

我们互相看着，大笑起来。

我说：“你既然通了诗歌，也应当知道赋的可取之处、应弃之处。”

芸说：“《楚辞》为赋之始祖，妾身学识浅薄，难以理解。就拿汉、晋两朝的文人来说，其中格调高雅语言精练的，隐约觉得以司马相如为最好。”

我戏笑着说：“按这样说，当日卓文君之所以嫁给司马相如，或许不在他的琴曲《凤求凰》有多精妙，而在于他的赋了？”我们又大笑方休。

我性格爽朗直快，行为散漫，不受拘束。芸则好似迂腐的儒生，拘泥礼节，行多守礼。偶尔我为她披衣整袖，她必然连声道“得罪”；有时我为她递送手巾和扇子，她必站起来接。我起初很烦这些，说：“你想用礼数来束缚我吗？俗语说‘礼多必诈’。”芸脸颊飞红，说：“我对你恭敬有礼，为何反说我诈你呢？”我说：“恭敬关键在心，不在表面的虚礼。”芸说：“最亲不过父母，那我们可以在内心恭敬他们，而外在行为则肆意狂放吗？”我自知无理，说：“我前面那些话，全是戏言啦。”芸郑重地说：“世间反目之事，多因戏言玩笑所引起，以后不准再冤枉妾身了，可真叫人郁闷死了呢！”我便将她拥入怀中，好生抚慰，她才开颜露出笑容。自此以后，“岂敢”“得罪”，竟成了我们夫妻间常挂在嘴边的话语了。我们夫妻恩爱，犹如梁鸿孟光，举案齐眉，共有二十三年，时间愈是长久，感情愈是亲密。

同在家中，我们有时相逢于暗室，有时邂逅于窄路，必然将手握在一起，问：“你去何处？”心难免跳个不停，好似怕旁人看见我们一样。实际上总是同行同坐，起初还特意避人，时间一久，则不以为然了。芸有时坐着和人谈天，见我到了，必会站起，偏挪身子，让位给我，我便紧挨着她坐下，彼此都不觉得有何不妥。起初尚觉羞愧，后来便习以为常了。唯独奇怪的是：那些见了彼此，如见到仇人的老年夫妇，不知他们是为了什么？有人说：“不这样的话，如何能白头偕老呢？”他们的话是确切的吗？

当年的七夕节，芸设下香烛瓜果，我们一起拜织女星于“我取轩”

里。我篆刻了两枚刻有“愿生生世世为夫妇”的印章，我拿朱文阳印，芸拿白文阴印，在往来书信盖章时使用。那夜月色明亮，俯视河水，波光如白练。二人手持轻罗小扇，并排在临水窗口，仰头看见一片飞云，在天上变幻出万般姿态。芸说：“宇宙广大无边，天下同享此月。不知今日世间，是否也有感情兴致同你我一样的人？”我说：“纳凉赏月的人，处处都有。若是说品评谈论云霞，在幽深绣阁里寻找慧心默证的人，固然也有不少。若是说夫妇一同观月的，除你我之外，他们所品论的内容，恐怕就不在云霞上了。”过了一会儿，烛燃尽，月沉落，我俩撤下瓜果，归房睡了。

七月十五，俗称“鬼节”，芸备下了酒菜，用于小酌，打算邀月共饮。夜间阴云弥漫，昏暗一片，芸闷闷地说：“若是妾身能与夫君白头偕老，月轮应当出来的啊！”我也觉得失了兴致。只见隔岸萤光明明灭灭，似有千万点，穿梭在柳堤水蓼小洲之间，密集如织。我便与芸联起句来，以消除胸中郁闷，按规矩联了两韵后，愈联愈放纵，想入非非，满口胡言。芸已经笑得涕泪交加，气息不畅，倒在我怀中，话都说不出来了。我忽然闻到扑鼻浓香，源于她鬓边茉莉花，因此便轻拍她的背，用别的话分解她的注意力：“想起古人因茉莉外形颜色如同明珠，故此用它压鬓装扮；却不知这花必须沾染上油头粉面的气味，才会香得更加浓烈可爱。跟这香味相比，我们供起的佛手果的香味，也要退避三舍呢。”芸即止住笑，说：“佛手果是香中君子，淡淡香味，只在有意无意之间散出；茉莉是香中小人，因此必要借他人之势才能挥发，香味也如耸肩装笑般，透着献媚。”我问：“那你为何鬓插茉莉、远离君子而亲近小人呢？”芸说：“那我还要笑话谦谦君子如你，却爱着我这个小人呢。”

正说话间，看看更漏，已是三更。渐见清风扫散阴云，一轮明月涌出，我俩大喜，靠窗对饮小酌。尚未饮下三杯酒，忽然听到桥下一声轰响，仿似有人落水。我扶着窗边仔细看去，水波粼粼，明亮如镜，什么也没看见，只听见河滩上有一只鸭子急奔的声音。我知道沧浪亭畔，一向都有人溺死变成水鬼的传说，担心芸会胆怯，没敢立即说出。芸问："噫！这声音，从哪里来的？"说完便毛骨悚然地战栗起来。我们急忙关闭窗户，带酒回归屋内。室内燃着一盏如豆灯火，罗帐低低垂着，映着小小一团的灯影，我们便杯弓蛇影起来，受惊的心魂不得安定。我去灭了灯，进帐时，发现芸已经惊得寒热大作。我也跟着发高烧了，两人足足昏沉了二十日。这真可谓是乐极生灾，也是我们不能白头而终的征兆。

中秋佳节时，我身体大安。由于芸做新妇已半年，却未曾去过一次隔壁的沧浪亭，便想带她去赏玩。先命令老仆人和守亭者约定好，不要放闲人进入。待天色将晚时，我带着芸和我的幼妹往亭去，一个老仆妇和一个婢女扶着她们，老仆人在前面导路，先过石桥，进门拐向东边，从曲折的小路进入。里面巨石叠堆成山，林木苍翠，亭子则在土山之顶建着。循阶而上，到了亭中央，向四周远望，可望数里，袅袅炊烟四起，片片晚霞灿烂。隔岸之地名叫"近山林"，是地方长官们举宴聚集的地方，那时正谊书院还未在此启办。我们带一条毯子铺在亭中央，环绕着坐在毯子上，守亭者烹好茶水递来。片刻之后，一轮明月升上林梢，渐觉清风吹过衣袖，月光照映波心，胸怀之中的尘俗杂虑，全舒爽消释了。芸说："今日之游，令人乐矣！若是驾一条小船，泛舟于沧浪亭下，岂不是更加快活了！"当时已到点灯时分，我回忆起七月十五那夜受惊之事，不敢再停留，便让众人互相扶着下亭，归家而去。按照吴地风俗，妇女们在这夜，不拘门户大小，全得出门，结伴游玩，这叫作"走月亮"。沧浪亭幽雅清旷，反倒没有一人来这里，我们便尽兴而归。

我父亲稼夫公喜好认义子，所以我的异姓兄弟有二十六人。我母亲也有义女九人，其中王二姑、俞六姑，与芸最为和睦要好。王二姑天真憨直，擅长饮酒，俞六姑性子豪爽，能说会道。每次聚集在一起，她们必定要把我赶到屋子外边，然后三个女子一同说笑嬉戏，这都是俞六姑一人想出的计策。我戏笑着说："等到俞妹子出嫁后，我定当邀妹夫来此居住，住一次必得有十日。"俞六姑说："那我也来这里，与芸嫂子同榻而睡，不是更妙吗？"芸与王二姑在旁听着，只是微笑。

当时，因为我弟弟启堂要娶新妇，便迁居到了饮马桥的米仓巷。这里房屋虽宽敞，却没有了沧浪亭的幽雅意境。

我母亲寿诞那日，请了戏班子来演戏，芸初看觉得稀奇。我父亲向来并无忌讳，点了《惨别》等悲剧来看，老伶人将角色刻画得入木三分，看的人都动情了。我窥视坐在帘布后的芸，见她忽然起身去了屋内，很久也不出来，便急忙去屋内探望她，俞六姑和王二姑也相继来了。只见芸以手托腮，一人独坐在窗户旁边，我问她："因何不快呢？"芸说："看戏原本是为了陶冶情操，今日的戏，却白白地令人断肠。"俞六姑和王二姑都笑起来。我说："这便是你情深的明证了。"俞六姑问："嫂子将要一整日独坐在此吗？"芸说："等有可看的戏了，我再过去。"王二姑听了，先是出去请我母亲点了《刺梁》《后索》等剧，皆不凄凉，又来劝说芸出去看戏，芸方开颜称快。

我堂伯父素存公早早辞世，没有留后，我父亲便将我过继给堂伯父当子嗣。素存公的墓在西跨塘福寿山祖坟旁，每年春日，我必定携芸前去祭拜扫墓。王二姑听说那地方有一处名为"戈园"的胜地，因此请求与我俩同往前去。

到了墓地，芸看见地下杂然陈列的小石头上有苔藓纹理，色彩斑驳，可细观赏，就指给我看，说："用这石头堆叠盆景假山，比宣州白石还要古怪别致呢。"我说："与这相似的石头，恐怕很难找到多少。"

王二姑说：“嫂子要是真的喜爱这石头，我便为你拾来。”随即向守坟人借来一条麻袋，身轻如鹤地去拾。她每拾来一块石头，我说“好”，便放进袋子；我说“否”，便丢掉。没有多久，王二姑累得粉汗淋漓，拽着袋子回来了，说：“再拾下去，我可就没力气啦。”芸边翻拣石头，边开玩笑说：“我听说要收获山果，必定借助猴子的力气，果然如此啊！”王二姑听了，气愤地搓起十指，对芸作挠痒的动作。我忙从中间拦住，故意责备芸：“人家劳累，你享安逸，偏还要说这样的话，难怪王妹妹对你动气了。”

返家途中，我们游览“戈园”，春光正好，园内叶翠花红，争艳竞媚。王二姑向来憨直，遇上娇花，必要折下，芸斥责她：“现下既无花瓶来养花，又不簪戴于发上，却多多地折花，为了什么？”王二姑说：“花不知痛痒，折了又有什么害处？”我戏笑说：“将来惩罚你嫁给一个麻子脸、多胡须的郎君，好为这些花儿泄愤出气。”王二姑扭头怒瞪着我，把折下的花投掷在地上，又用金莲小脚将花拨入水池，说：“为何这么过分地欺辱我！”芸连忙笑着开解她，方才罢休。

芸初做新妇时，三缄其口，默然不语，喜好听我议论说话。我故意诱使她说话，如同用纤草逗弄蟋蟀，她这才渐渐地能发表议论了。芸每日用饭时，必得用茶水泡饭，喜好进食芥卤腐乳，吴地俗称为“臭腐乳”，又喜好吃虾卤瓜。这两样东西，是我有生以来最为厌恶的，因此与芸戏言：“狗没有胃，常食粪便，是因为它不知道恶臭污秽；蜣螂团滚粪球而化成蝉，是因为这是它想要修行高飞必做的举动。那么，你算是狗，还是蝉呢？”芸说：“我取的是腐乳的长处，价格低廉，而且又能下粥，又能下饭，小时候早吃惯了，现今嫁到郎君家，已然如同蜣螂化蝉，还喜好吃这个，在于提醒自己不忘原来的出身；至于卤瓜的味道，到了这里，才初次尝到呢。”我问：“既然你这么说，难道我家是狗洞吗？”

芸大窘，强自辩解着说：“这粪便，每户人家里都有，关键在于各家吃与不吃的区别而已。然而郎君你喜好食蒜，妾身我也勉强吃下去了。臭腐乳我不敢勉强你吃，卤瓜你可以捏紧鼻子略微尝点，到了嘴里，就知它的美味了。这犹似古代齐国的‘无盐女’钟离春，相貌丑陋，而品德美好。”我笑着说：“你这是存心要陷害我做狗吗？”芸说：“依你所言，妾身做狗很久了，委屈郎君也试着品尝一下吧。”随即用筷子夹起卤瓜，强塞到我口中。我捂着鼻子咀嚼了下，感觉似乎很清脆味美，松开鼻子再嚼，竟然觉得和以前闻到的臭味很是不同，从此也开始喜欢吃了。芸又用麻油加一点白糖去拌腐乳，让我尝，也很鲜美；把卤瓜捣烂去拌腐乳，命名叫“双鲜酱”，感觉也别有风味。我说：“最初厌恶的，最终却喜欢了，这其中的道理，不可解啊。”芸说：“可解，如同痴情所向的心上人，虽然对方丑，也不会嫌弃。”

我弟弟启堂的媳妇，是王虚舟先生的孙女。要给她下催妆礼时，偶然间发现礼中缺了珠花，芸即将自己受聘时所得的珍珠珠花拿出，呈交给我母亲。婢女仆妇在旁叹惜，芸说：“凡是女子，已经属于纯阴之体；而珍珠是纯阴之精华，要是用来做首饰，佩戴起来，不免会克尽阳气，有什么可珍贵的呢？”而在破损、残缺的书画上，芸反倒极其珍惜。我的那些书籍，要是有残缺不全的，芸必然会搜罗起来，一一分类，再汇编装订制成册，通通命名为“断简残编”。至于破损的字画，芸必要寻觅旧纸，将之粘补成整幅；哪一处残缺了，便请我补完整，再卷起来，这叫作“弃余集赏”。在忙于女红、主持中馈的闲暇之时，她终日忙着这些琐碎之事，毫无厌烦，不知疲倦。芸在破烂的卷籍之中，偶尔得到她能看懂的几张纸，便如获至宝。因此，旧时的邻居冯老太太，每逢收到杂乱的书卷，就会拿来卖给她。

芸的癖好与我相同，而且能够察觉我眉眼动作中的意思，想让她做什么，使个眼色，她即能明晓，没有一次不把事情办得头头是道。我曾说："可惜你是女子，只能伏藏家中，若是能化女儿身为男子，与我同访名山，搜寻胜迹，遨游天下，不知是何等的快意啊！"芸说："这有什么难的？等妾两鬓斑白后，虽然不能去三山五岳远游，但临近的虎阜、灵岩，南到杭州西湖，北到扬州平山，全都可以一同游览呢。"我说："恐怕等到你两鬓斑白时，腿脚不便，举步维艰。"芸说："若是今世不能，便期待来世吧。"我说："下一世，你做男来我做女，好与你相随相从。"芸说："那下一世，必得不忘了今生之事，那才叫作有情趣呢。"我笑着说："小时候那一碗粥，尚且到了今日也说不完，若是下一世不忘今生之事，喝合卺酒的大婚之夜，我们细细谈论隔世之事，事多耗时长，恐怕就没有合眼睡觉的时间啦。"

芸说："世人口口相传，月下老人专门司掌人间婚姻大事，今生你我的夫妇缘分已由他承管牵合，来世姻缘也必须仰仗借助神仙之力。那咱们为何不绘制一幅月老像来祭祀呢？"当时有一位住在苕溪的戚柳堤先生，名字叫遵，善于画人物。我们便请他画了一幅月下老人像：月老一手挽着红绳，一手拄着拐杖，身上悬挂着姻缘簿，童颜鹤发，奔驰在一片非烟非雾的仙气中。这幅画真是戚先生的得意之笔啊！我的朋友石琢堂也在画的首端题了赞语。我们将画悬挂在内室，每逢农历月的初一日、十五日，我们夫妇必然对画焚香拜祷。后来因为家中起了多次变故，这幅画竟然遗失了，不知道流落到谁家了。唐代李商隐曾作"他生未卜此生休"，我俩的痴情，果然邀请到了神灵来鉴明吗？

迁居米仓巷后，我将我俩的起卧之楼命名为"宾香阁"，原是取了芸名字里的香意，和"相敬如宾"的典故，意指我与芸恩爱长久。这处居所院窄墙高，没有一点值得夸赞的地方。后面有个厢楼，通往藏书之处，开窗正对着陆氏废园，望之，只有荒凉景象。与此相比，旧宅之侧沧浪亭的景色，时常引起芸的怀念。

我家中有一老仆妇，居住在金母桥的东边、埂巷的北侧。围绕她家的皆是菜地，便编了篱笆做门。门外有水池，约一亩大小，近处花树之影，便交错在篱笆旁边。这块地是元末张士诚王府荒废了的基址。房屋西侧数步之远，由瓦砾堆成了土山，登上山顶可以举目远眺，总之，是个地旷人稀、颇有野趣的地方。老仆妇偶然间说了这些，芸便神往起来，难以抑制，对我说："自从离开了沧浪亭，梦魂时常缠绕在心头，却思而不得。退一步挑选的话，只好是去老仆妇的居所吧？"我说："连着几日，秋暑炎热灼人，正想得一块清凉地方，好消磨炎热漫长的白日。你若是愿意去，我先行观察她家适居之处，随即包起铺盖去那里，逗留一月，怎么样？"芸说："恐怕堂上公婆大人不许如此。"我说："我自己去请示就是了。"

次日，我去了那地方，见屋子仅有两间，前后隔开，方成四室，有纸糊的窗子、竹制的卧榻，很有雅趣。老仆妇知晓我的来意后，欣然腾出她的卧室，租赁给我俩。我用白纸糊了墙壁，顿时觉得房间明亮改观了。于是我禀告了母亲后，携芸来此居住。附近邻居仅有老夫妇二人，靠灌溉菜园为生，知道我们夫妇来此地避暑，先来表善意，并且钓了池鱼、摘了园蔬作为馈赠。我们按照价钱予以报偿，他们不肯接受，芸便做了鞋子作为回报，他们才带着谢意接受了。当时正是七月，绿树渐成浓荫，水面上微风拂来，蝉鸣聒噪入耳。邻家老人又为我们制作了钓鱼竿，我与芸则垂钓于柳荫深处。日落时分，我俩登上土山顶，观晚霞夕照，随意联句吟诗，做出了"兽云吞落日，弓月弹流星"这般诗句。过了一会儿，月轮倒映在池水中，虫鸣声遍野响起，我俩在篱笆下摆设竹榻，老仆妇过来报知：温酒熟饭已备好。于是我们就借着月光对酌饮酒，微微醉了才吃饭。夜里沐浴完毕，就穿着凉鞋，摇着芭蕉扇，坐着，斜躺着，听邻居老人谈论彰显因果报应的事迹。三更鼓声响起，便归房睡觉，浑身清凉，几乎不明晓自己尚且身处繁闹的城市里了。

之后，我请邻居老人购来菊株，在篱笆边遍地栽种。九月菊花开放，我与芸又在此住了十日。我母亲也欣然前来观赏，众人吃着螃蟹，对着菊花，赏玩了一整日。芸欣喜地说："将来应当与郎君一起，在此地建筑房舍，买下围绕房屋的十亩菜园，聘请老仆妇夫妻，去种植瓜果蔬菜，好供得上日常用度。郎君画画，我做刺绣，卖出后，用作品诗饮酒的花销。如此着布衣、吃菜饭，足以乐其终身，不必再作远游的打算啦。"我深以为然。

现今即使我能够达到芸想象中的境地，而我的知己芸已然亡故，真是让人不胜悲叹啊！

离我家一里多远的醋库巷那里，有一个洞庭君祠堂，俗称水仙庙。里面回廊曲折，小有几处园林亭台。每逢神仙诞辰之日，众多百姓，凭姓氏之分，各自在祠堂占领一处地方，同姓之人挂上相同样式的玻璃灯，在最中间设下宝座，旁边陈列花瓶几案，而后插花作为陈设。布置完毕，各姓之间互相比较，分出胜负。白日只是演戏，夜间则按照参差高下的次序，插蜡烛于花瓶之间，叫作"花照"。烛火之光，映出花影，宝鼎之上，香气浮出，如同龙宫在召开夜宴一般。负责事务的人，有的在吹奏笙箫，放声歌唱，有的在烹煮茶水，与人清谈。观看赏玩的人多如蚂蚁集聚，只好在屋檐下设了栏杆，限制闲人胡乱走动。我被众多朋友邀请过去，作插花布置，因此有幸亲身参加了如此盛大的宴会。

归家之后，我向芸大肆称赞盛会之事。芸说："可惜妾身并非男子，不能去啊。"我说："你戴上我的帽子，穿上我的衣服，也是化女为男的好法子呢。"于是，芸散下发髻，改编成男子发辫，将蛾眉画重；又戴上我的帽子，只稍微露出两边鬓角，差不多可掩女儿形态了；再让芸穿上我的衣服，长了一寸半，便在腰间将衣服折叠缝起来，外面套上马褂。芸问:“下边小脚可怎么办？”我说:“坊间有卖蝴蝶鞋的，大小尺寸都有，也极易买到，而且早晚时分可代替拖鞋来用，不是很好吗？”芸满心欢喜。

用罢晚膳，装扮完毕，芸效仿男子大方拱手、大步走路的动作，折腾了好一会儿，又忽然改主意说:“我不去了，若叫人认出来，多不方便，叫堂上父母大人听说了，也不好。”我怂恿她说：“庙里管事的人，谁不认识我？即便识出你来，也不过是笑一笑来回应而已。我母亲现在九妹夫家里，我们隐秘地去，隐秘地回，父母如何会知晓呢？”芸拿来镜子自照，被逗得大笑不已。我强挽着她，悄悄去了水仙庙，游遍庙中各处，也没人识破芸是女子。有人问我她是什么人，我便应对说是一个表弟，芸也就跟着拱拱手施个礼罢了。最后到的一处地方，有年轻妇人和幼龄女童坐在设下的宝座后面，她们是杨姓管事人的家眷。芸忽然想走过去施礼，因身子侧了一侧，便不自觉地伸手按了一下年轻妇人的肩膀。旁边的老仆妇立即愤怒地站起，骂道：“这狂生，什么东西！如此不守礼法！”我正要说出措辞为芸掩饰，芸见对方态度狠恶，立即脱下帽子、跷起小脚向她们展示，说：“我也是女子啊！”看到的人，面面相觑，愕然不已，又转怒为欢，留芸坐下共进茶点，还唤了轿子送我们归家。

吴江的钱师竹先生因病离世，我父亲来信，命我前往吊唁。芸私下试探着和我说：“此去吴江，必定经过太湖。妾想与你偕伴同去，观赏太湖，宽一宽眼界。”我说:“我正思虑独自去有些孤单，能与你同行，固然极妙，但对堂上父母那边，却没有借口托词啊。”芸说：“托词说我要回娘家。你先登船等我，我会随之而去。”我说：“若是这样，归途时应当泊船在万年桥下，与你等待月出好乘凉，续上昔日七夕在沧浪亭赏月的风雅之事。”当时是六月十八日。那日早上，微有些凉，我带着一个仆人先到了胥江渡口，登船等待，芸果然乘着小轿来了。解开系船的缆绳，离开虎啸桥，渐渐看见水上风帆疾驰，沙鸟飞翔，水天一色。芸说："这就是所谓的太湖吗？今日得见天地之广阔，真是没有虚度此生啊！想天下闺中女子，有些终其一生都没能见到此等景象！"闲话没说多少，已是风摇动着岸边柳枝，抵达吴江了。

我独自登岸，拜奠钱先生完毕，归停舟处，见船上空荡荡的，急忙询问船夫，船夫指着不远处说："你没见到长桥柳荫下，在观看鱼鹰捕鱼的那人吗？"原来芸已经与船家女儿一起登岸了。我走到她们身后，见芸身上粉汗盈盈，正倚靠着船家女看得出神呢。我拍着她的肩膀说："罗衫都被汗水湿透啦！"芸回首说："我怕钱家有人随你到船边来，因此暂且上岸躲避。夫君为何回来得这么快？"我笑着说："我是想来追捕逃跑的人呢。"于是我们互相挽着上了船，返回到万年桥下时，太阳还没有落山。船窗都被打开了，清风徐徐而来，我俩轻摇绒扇，身着罗衫，剖了西瓜吃，好解暑气。

过了片刻，晚霞将桥映染红了，烟雾笼罩着垂柳，变得幽暗，银月欲要升起，星星点点的渔火遍布江面。我命仆人去船头陪伴船夫，一同饮酒。船家女儿名叫素云，与我有过杯酒之交，为人很不俗气，便招呼她过来与芸同坐一处。船头没有点灯火，我们畅快地小酌，等待月亮升起，用"射覆"行酒令。素云两眼忽闪着，听了好一会儿，说："猜酒令我很是娴熟，可从没听说过你们这种酒令，愿你们多多指教我。"芸立即打比喻开导她，她最终还是一片茫然。我笑着说："女老师暂且停止高论，我有一句话来做譬喻，可使她即刻明白过来。"芸说："夫君要做什么譬喻？"我说："鹤善于舞蹈，而不能耕地；牛善于耕地，而不能舞蹈。事物的天性是自然造就的，先生你却反过来教导她，不就是白费力气吗？"素云笑着捶我的肩说："你是在骂我呢！"芸发出口令说："只许动口，不许动手。违者罚喝一大杯酒。”素云酒量豪爽，斟满了一杯酒，一口气喝下了。我说：“要动手，只准摸索，不准捶人。”芸笑着挽住素云，推到我的怀中，说：“请夫君摸索到畅怀吧。”我笑着说：“你不解我意啊，摸索是在有意无意之间做的，拥在怀中疯狂摸探，便是田野村夫所做的行为了。”

当时，她俩发鬓上都簪了茉莉花，被酒气熏蒸，又间杂着粉汗、头油的香气，芳香浓郁，直透鼻端。我戏弄地说：“小人的臭味充满船头，真叫人恶心。”素云不禁握拳，连连捶击我说：“谁教你疯狂嗅气味了？”芸呼喊：“你又违令，罚喝两大杯酒！”素云说：“他刚才又用小人来骂我，不应该捶他吗？”芸说：“他所说的小人，也是有缘故的。请先干了酒，我一定告诉你缘故。”素云便连着喝光了两大杯酒，芸才将我们在沧浪亭旧居乘凉时谈论的茉莉是小人、佛手是君子的事说了出来。素云说：“若是这样，还真是错怪他了啊，应当再罚我。”她又干了一杯酒。芸说：“久闻素云善于唱歌，可以聆听一次你的曼妙歌音吗？”素云便用象牙筷敲打着小碟，唱了起来。芸听了很欢喜，开怀畅饮，不知不觉间，酩酊大醉了，就坐着小轿先归家去了。我又与素云品茶谈话，片刻之后，在月光下步行回去了。

那时，我寄宿在朋友鲁半舫家的萧爽楼中。隔了几天，鲁夫人误听了传闻，私下里告诉芸说：“前天，我听说你夫婿挟持了两个歌伎，在万年桥下的小船中饮酒，此事你知不知道？”芸说：“有这桩事，其中一个歌伎就是我呢。”因此将陪我游玩的经过，详细地告诉了她。鲁夫人大笑起来，轻松地回去了。

乾隆五十九年七月，我自粤东归来，同伴中有一个携带小妾回来的人，叫徐秀峰，是我的表妹婿。他大肆炫耀小妾的美色，邀请芸过去观看。几天后，芸对秀峰说：“你的小妾，美是很美了，韵味还不太够。”

秀峰随口问："这么说，若是你郎君纳妾，必定要纳一个又美丽又有韵味的吗？"芸说："自然如此。"从此，她痴心地帮我物色妾的人选，却因钱财短缺受到限制。

当时，有个叫作温冷香的浙江名妓，居住在吴地，作有《咏柳絮》四律诗，沸沸扬扬，传遍吴地。好事的人大多和诗以对。我的吴江朋友张闲憨，向来欣赏温冷香，便带着柳絮诗来，向我索要应和之诗。芸很看轻她，将诗稿放置在一旁，我一时技痒，便和其韵作诗，其中间"触我春愁偏婉转，撩他离绪更缠绵"之句，芸很喜欢，为我击节叫好。

第二年的八月五日，正是秋季，我母亲欲要带芸去虎邱游玩，张闲憨忽然到我家说："我也想游虎邱，今日特意邀请你，做个探花使者。"因此我禀请母亲她们先走，并约定在虎邱半塘相会。张闲憨拉着我到了温冷香的居所，我见温冷香已然徐娘半老。她有个女儿，名叫憨园，尚未十六岁，亭亭玉立，真是个"一泓秋水照人寒"的美人。迎接款待期间，憨园表现得很通文墨之道，她还有个妹妹文园，尚在幼龄。我起初并没有痴心妄想，而且明晓与她喝酒叙话的花费，不是寒酸士子能负担得起的。但既然已经与她进了游船，私心里忐忑不已，面上还要强作应酬对答。因此我私下对张闲憨说："我是个贫穷之士，你是在用此尤物来戏弄我吧？"张闲憨笑着说："不是的，今日有个朋友邀请了憨园来应答我，他作为席主，被尊客拉走了，我便代替主人转而邀请你来，你不要烦忧。"我这才放下心了。

游玩到了半塘时，我们的船和母亲乘坐的船相遇了，便叫憨园跨过船去叩见我母亲。芸与憨园相见，欢喜得如同见了旧识，她们挽着手登山，游览名胜，芸独独喜爱千顷云的高旷，坐下欣赏了很长时间。返回到了野芳滨，众人开怀畅饮，极为欢乐，两条船并靠停泊。等到解缆绳分开的时候，芸对我说："你陪张先生在一起，留憨园陪妾身在一条船，可以吗？”我允诺了。返回到都亭桥时，才各归各船，分离道别。回到家已是三更，芸说：“今日终于得以见到既美丽又有韵味的女子了。顷刻前我已经约了憨园，明日过来探望我，应当为郎君计划纳妾了。”我惊慌地说：“此女子不是金屋便贮养不了，穷人岂敢生出这样的妄想呢？何况你我二人，正伉俪情深，何必另有所求？”芸笑着说：“是我自己喜欢她，你姑且等着吧。”

第二日中午，憨园果然如约而至。芸殷勤地迎接款待她。我们开了宴席，用猜枚数作酒令，猜赢的人吟诗，输了则喝酒。整个宴席期间，芸没有说一句网罗拉拢的话。等憨园回去后，芸说：“方才我又与她秘密约定，十八日来这里结拜成姊妹，你应当备好牲牢祭拜之物等待着。”又笑着指着自己手臂上的翡翠钏说：“若是你看见这个翡翠钏戴在憨园手腕上了，事情必然是成了。刚才我已吐露了我的意思，只是还没和她深深地交心。”我暂且听从了。

十八日，天降大雨，憨园竟然冒雨而来。她与芸进了房间很久，才挽着手出来，看见我时，她面带羞涩，因为翡翠钏已在她臂上戴着了。

她俩焚香结盟拜为姐妹后，准备再继续喝酒。正巧憨园已有了去石湖游玩的约定，便告别离去了。芸欢喜地对我说：“美人已经得着了，夫君拿什么来谢我这个媒人呢？”我询问详细经过，芸说：“先前与她秘密约定，是怕她已经另有其他归属。方才我探出没有他人，与她说：‘妹妹知道今日的意思吗？’憨园说：‘承蒙夫人抬举，真如蓬蒿倚上了玉树。但我母亲希望我豪奢一生，恐怕我自己难以做主，希望彼此双方为这事缓慢图谋吧。’我脱下钏，要戴上她手臂时，又对她说：‘玉的可取之处是坚硬，且有团圆不断的意思。妹妹试戴上它，以此做个前兆。’憨园说：‘聚散离合的权力，总在夫人您手里啊。’由此看来，憨园的心我们已经得了，让她为难的必是温冷香，应当再计划计划。”我笑着说：“你要效法李渔李笠翁所作的《怜香伴》吗？”芸说：“正是。”从此，我们没有一日不谈憨园。

后来，憨园被有势力的人夺去了，不知结果。而芸竟因此郁郁而终。

卷二　闲情记趣

我回忆年幼之时，能瞪着眼睛对着太阳看，可以清楚看见秋天鸟兽身上新生的毫毛。藐小细微的东西，我必会细细观察其纹理，因此时常收获意外乐趣。夏天蚊子轰鸣如雷，我私下拟作是群鹤于空中起舞，心里向往着，则数千数百的蚊子，果然全成了鹤。昂起头一直观看，脖子因此僵直。我又留蚊子在素帐里，徐徐地用烟喷去，使它们冲向烟雾，飞舞鸣叫，当作白鹤穿梭青云观看，果然如同白鹤在云端唳叫，我便心满意足，连连称快。

在土墙凹凸不平、花台草丛相杂的地方，我常蹲下身子，与花台同高，再定神细观，当小草丛是树林、虫蚁是野兽，把土块凸起处当作丘陵、凹陷处当作沟壑，心神畅游其中，自得其乐。有一日，我看见两只小虫在草丛中相斗，正看到趣味浓厚时，忽然有个庞然大物，“拔山倒树”地过来了，原是一只癞蛤蟆。它舌头一吐，两只小虫就被吞吃了。我年龄尚幼，正在出神，不禁惊恐地“呀”了一声。心神安定后，即捉了癞蛤蟆，用鞭子打了数十次，驱赶到了别的院子里。年长一些后，想起两虫相斗这件事，大概是一方贪图成奸、另一方不服从的缘故吧。古话说“奸近杀”，小虫们也是如此的吧？

我贪恋玩虫之事，阳物因此被蚯蚓咬了，肿胀到无法小解。婢女们捉了鸭子来，使它张着嘴含我的阳物，给我解毒。婢女略一松手，鸭子便伸着脖子，做出吞咽的姿态，我惊得大哭起来，传出去成了一桩笑料。这些事，都是幼年时期的闲情逸事了。

等到长大后，我养成了爱花的癖好，喜好修剪盆景花木。认识张兰坡后，才精进了修剪枝丫、养护节结的方法，接着悟出了接花叠石的法门。

百花之中，兰花为最佳，因它独特的幽香韵致。然而花瓣品相稍微能入图谱的兰花，很难得到。张兰坡将要辞世时，赠了我一盆荷瓣素心春兰，此兰肩平心阔、茎细瓣净，是足以录入图谱的珍稀品相。我将此兰视若珍宝，遇上我当幕僚游走在外的时候，芸就亲自为它灌溉，因此花叶一直很是繁茂。没过两年，此兰忽然在一日清晨枯萎死去，挖起花根查看，根须都洁白如玉，而且还新发出了兰芽，生机勃勃。最初我无法理解其中缘故，以为是自己没有福气消受此兰，只是大声叹息而已。事后才获悉，因我不允旁人分走此兰，故此他们怀恨在心，用滚水浇灌兰花，使其枯死。从此，我立誓不种植兰花了。

我其次喜爱杜鹃花，虽然它没有香味，但颜色足以长久赏玩，而且易于修剪。因为芸怜惜杜鹃花的枝叶，我不忍心畅快修剪，故此很难长成树。至于其他的盆景，也是如此。

唯独每年篱笆东边的菊花绽放之时，才能满足我累积许久的赏花癖好。我喜好采菊插在瓶中，不喜欢做成盆景。不是因为成了盆景的菊花不足以观赏，而是因为我家没有园圃，不能自己种植。而在市场上售卖的成瓶菊花，大都是杂乱的，没有韵致，因此不会去买。

插花这件事，宜单数，不宜双数。每瓶只选一种花色，不选两色。插花的花瓶，要选瓶口宽大的，不选窄小，宽大的能让花枝舒展，不受拘束。无论是五朵、七朵，还是三四十朵花，一定要在瓶口集成一丛，怒发而起，以花与花之间不散漫、不挤压、不靠着瓶口为妙，这就是所谓的“起把宜紧”。有的花插得亭亭玉立，有的则飞舞横斜。花要插得参差错落，并间杂花蕊，以免插得像杂耍盘中飞动的钹一样难看。况且，插花的叶要选规整不乱的，花茎要选不僵直的。用针固定花时，要隐藏起来，针若是长了，宁可折断一截，不要让针露出花梗。这就是所谓的“瓶口宜清”。根据桌子的大小尺寸而定，一张桌子，摆三到七瓶就够了，多了就不分主次，如同市面上的菊花屏一样了。根据花儿的高低，插三四寸到二尺五六寸深就够了，必须要参差错落，分出高低，互相照应，以联络出气势为佳。若是插得中间高、两边低，或是后面高、前面低，成排相队列，这就又犯了俗称“锦灰堆”的毛病了。或密或疏，或进或出，全在领悟于心的人悟得插花布局中的画意才行。

若是用盆、碗、盘子作为容器插花，要用漂青、松香、榆皮、面粉和上油，先用稻灰熬制，收成胶状；将铜片按入钉子底部，钉尖朝上；再将胶膏用火烧化，把铜片就着胶膏粘在盆、碗、盘子中。等胶冷却后，用铁丝把花扎成把，插在钉子上，适宜偏斜着插，不能居中插下。这更要求枝叶疏离清爽，不可挤作一团。之后，往器物中倒水，用碗和少许沙土掩藏铜片，让观看的人认为花丛是从碗底生出的，方才为妙。

若是用木本花果作为插花之瓶，剪裁的方法（不可能亲自觅到各色花果，请旁人攀折得来的每次都不合心意），必须先执花枝在手中，横斜着看，观察形势，再反侧过来看，观察姿态。看好后，修剪去掉多余的杂枝，以呈现出疏瘦古怪的姿态为佳。接着，思考花梗如何插入瓶中，或是折弯，或是扭曲地插入瓶口，才能避免叶子朝背面、花朵在侧边的隐患。如果一枝花到手，先拘束着花梗垂直插在花瓶中，势必会使花枝杂乱、花梗僵硬、花在侧边、叶朝背面，如此既难得到姿态，更加没有韵味风致了。

折弯、扭曲花梗的方法，是锯掉一半花梗，再将花枝嵌入砖石，如此一来，直的花梗也就弯曲了。若是怕花梗倒下，就敲一两个钉子去固定。像枫叶、竹枝、乱草、荆棘，都可以选用这样的方法。或者一竿绿竹配着数粒枸杞，或者几茎细草伴着两枝荆棘，只要位置合适，便另外生出超脱世外的趣味。倘若要新栽花木，不妨取个歪斜的姿势，任花木的叶子侧生，一年之后，枝叶自会向上。若是每一株树都是垂直栽种的，就难以取得什么别致的姿势了。

至于修剪裁度盆景的法子，先取树木露出土面、形似鸡爪的根，左剪一下，右剪一下，分为三节，然后开始起枝。一枝即为一节，大多是七枝到顶，或者九枝到顶。避讳将枝节修剪得对称，如同人的左右肩臂；小节上避讳留的臃肿，如同鹤的膝盖；必须要使枝条盘旋生出，不可以只留左右两侧，好避免赤胸露背的毛病；也不可前后直直挺出。有名叫"双起""三起"的盆景，就是一个树根上生起了两三个树枝。若是树根没有长成鸡爪的形态，便成了插树，故此不取不成鸡爪的根。然而，要想修剪成一盆树栽，至少也得花费三四十年。我生平只见过我的同乡万彩章老先生，用了一生，修剪成了几株好树；又在扬州一个商人家里，见到一位来自虞山的游客，携带来一盆黄杨、一盆翠柏，送给主人，可惜这是明珠暗投，我并没看出那主人有好好养护盆栽的意思。

若是留枝节太多，使其盘旋如宝塔，弯曲像蚯蚓，就成了匠气了。

点缀于盆景中的花石，看作是小景，可以精美入画，看作是大景，便可以引人入胜。手中有一瓯清茶，人仍能不自觉地出神观赏的盆景，才可以供人在幽静书斋中赏玩。

种水仙时，没有相配的灵璧石，我曾用有些石意的木炭来代替。黄芽菜的菜心莹白如玉，取五七枝或大或小的黄芽菜心，用沙土植在长方盘里，用木炭代替石头，一黑一白，颇为分明，很有意思。将此法用到处理盆景上，趣味无穷，难以一一列举。

比如石菖蒲结籽了，将籽和冷米汤一同嚼了，喷在木炭上，放置到阴暗潮湿的地方，便能长出细菖蒲。再随意地将细菖蒲移了养在盆、碗中，看着茸茸的，惹人喜爱。

又比如，取来老莲子，磨薄两头，放入鸡蛋蛋壳中，投入鸡窝，让母鸡孵着。等到其他鸡蛋里的雏鸡都破壳后，取出鸡蛋。再用燕巢老泥十份，兑上天门冬两份，在小容器里捣烂拌匀，种植上含有莲子的鸡蛋，用河水灌溉，用朝阳晾晒，发出的荷花大小如同酒杯，荷叶也缩小了，如同碗口，亭亭可爱。

至于说园亭楼阁、套室回廊、叠石成山、栽花取势这些事情，关键又在大中见小、小中见大、虚中有实、实中有虚、或藏或露、或浅或深等方面了。要点不仅在“周回曲折”这四字口诀上，也不在于地域宽广、石头众多，若那样，只会徒增烦恼、多出花费。

有时挖掘地面、堆土成山，在其中放些石头，夹杂种植些花草，篱笆用梅花编织而成，墙壁用藤萝引绕上来。如此这般，没有山，也给造成山了。

所谓的大中见小，是说要在空荡散漫的地方，种植容易生长的竹子，再植下容易繁茂的梅花，以用来当作屏障。

所谓的小中见大，是说对于狭窄院落的墙壁，应使其形状凹凸，用绿色植物作装饰，引来藤蔓；嵌上大石头，在石头上凿字，做成碑记的形状。推开窗，如同面对着山壁，便会觉得窄院也峻峭无穷了。

所谓的虚中有实，是说要在园林里的尽头处下功夫，让人在尽头处一转弯，顿觉豁然开朗；或是在轩阁里设橱柜的地方费心思，开了橱门，便能通到别院。

所谓的实中有虚，是说对于不通的院落，要开设门洞，与竹石映照，看上去似有空间，实则没有；也可以在墙头设置矮栏杆，如同上面有月台一样，实则只是虚设。

贫寒之士，往往屋少人多，应当仿照我家乡太平船后梢的位置，再加以转移。这中间台阶可以作床，前后借凑，可以做成三个睡榻，中间隔着木板，裱上纸，就前后上下都隔绝了，打比方说的话，就像是在长路上行走，并不觉得房间狭窄。我夫妇二人在扬州居住时，曾仿照这法子做了。屋子本窄，只有两椽，但我们把上下的卧室、厨灶、客座都隔断了，便觉得空间绰绰有余。芸曾笑着说："位置布置得虽然精巧，终归不是富贵人家的气象呢！"事实诚然如此。

我到山中扫墓，捡来有山峦纹理可观的小石头，归家与芸商量："用油灰把宣州石粘叠在白石盆中，可做盆景，好处是色泽均匀；而这座山上的黄色山石虽然古朴，要是也用油灰粘起来，则显得黄白相间，敲凿痕迹也全部显露，如何是好？"

芸说："选择外形顽劣的白色石头，捣成粉末，抹在油灰粘连的痕迹处，乘湿与石头掺和，干了以后，或许颜色也就相同了。"我便按她的话做，用宜兴窑出的长方盆，叠起一个小山峰：偏向左边，右边凸出；山背面作了横向纹理，如同元代云林居士描画山石的法子，巉岩凹凸，仿若临江石矶的形状；盆内空虚一角，用河泥种植了千瓣白萍；石头上种植了茑萝，俗称为云松。连做了几日，才做成了。到了深秋，茑萝蔓延遍山，如同藤萝悬挂在石壁上；红色花正开，白萍也透水绽放，红白相间，很是耐看。我神游其中，如同登上了蓬莱仙岛。将它放置到屋檐下，与芸一同品赏：这儿应设置水阁，这儿应设置茅亭，这处应该凿上"落花流水之间"六字，那儿可以居住，那儿可以垂钓，那处可以登高远眺。如此说着，两人胸中的丘壑，仿若即将移到那山上一样。有一晚，猫们争夺食物，从屋檐上坠落，顷刻间把盆景和架子都砸碎了。我叹息着说："就这样的微小经营，尚且触犯了造物者的忌讳啊！"两人不禁泪落。

在静室内焚香，闲中别有雅趣。芸曾将沉速等香，放在锅里蒸透，再在炉上设一铜丝架，架子下燃火，香离火焰大约半寸，慢慢地烘烤，散出的香味独有幽韵，而无烟雾。佛手果忌讳人醉酒后，用鼻子去闻嗅，嗅了就容易烂掉；木瓜忌讳出汗，出了汗，要用水洗掉。唯独香圆果没有忌讳。佛手果、木瓜也有供养的法子，无法用笔墨说清。每次有人将供养妥当了的香果随手拿来闻，又随手放置，就是不知道供养香果方法的人。

我闲时的居室，案头瓶花，从未断过。芸说："你的插花，能兼备花在风晴雨露中的各种姿态，可谓是精妙入神了。然而画卷中，有草木与昆虫在一处的方法，你何不仿效一下？"我说："虫子踯躅不定，怎能仿效？"芸说："我有一个法子，只是怕说出后，我这个始作俑者，便有了罪过。"我说："你试着说说。"芸说："虫子死后不会变色，寻找螳螂、蝉、蝴蝶之类的虫子，用针刺死，拿细丝线捆着虫的颈项系在花草间，再整理它的脚足，使虫或是抱在花梗上，或是踏在叶上，便宛如活生生的小虫，不好吗？"我很欣喜，按她的法子去做，见到的人无不称绝赞美。遍求闺中女子，如今恐怕未必有像芸这样慧心的人了吧。

我与芸寄居过锡山华氏家中，当时华夫人叫两个女儿跟芸学习识字。乡间房屋，院落广阔，夏日炎热逼人，芸就教她家人做"活花屏"，方法甚为绝妙：每扇屏风用长约四五寸的木梢两枝，做成矮脚长条凳子样式，虚放在其中；再横上宽一尺左右的四根木挡，四角凿上圆洞，插上竹子编成方孔；做成的屏风有六七尺高。用砂盆种植扁豆，放在屏风下，让它攀附着屏风往上爬，两人可以移动。多编几个屏风，随意遮拦着，便恍似绿荫满窗，可透清风，可遮日光，迂回曲折，随时可以更换，因此叫作“活花屏”。有了这种方法，一切藤本香草植物，随时都可以拿来使用，这真是居住在乡间的好方法啊。

我的朋友鲁半舫，名璋，字春山，善画松柏梅菊，擅长写隶书，也擅长篆刻。我俩寄居在他家的萧爽楼里足有一年半，此楼共有五间，面向东，我们住在后面三间房里。不论天气阴晴，或是有风雨，都可以向远处眺望。庭院中有一株木樨树，散发清香，沁人心脾。这里有走廊，有厢房，非常幽静。移居过来时，我们带来一个仆人和一个仆妇，他们的女儿也跟着来了。仆人能做衣服，仆妇能纺织，于是芸做刺绣，仆妇纺织，仆人做衣，以此供给平日花销。我历来好客，饮酒必行酒令。芸则善于不需多少花费的烹烧方法，瓜果蔬菜，时令鱼虾，一经她的手，便别有风味。朋友们知道我贫困，每次来都出少量买酒钱，一起整日叙谈。我又爱好整洁，所居之地不染纤尘，而且没有什么拘束的规矩，也不嫌弃众人在此放纵。

当时有好几位朋友：杨补凡，名昌绪，善于画人物写真；袁少迂，名沛，擅长画山水；王星澜，名岩，擅长画花鸟。他们很喜爱萧爽楼的幽雅，都带着画具而来。我便跟从他们，学习画画，写草篆，刻印章，拿去卖钱后，再加上旁人给我的润笔费，一并交给芸，让她备茶水酒菜，招待客人，众人终日在此品论诗画。更有夏淡安、夏揖山两兄弟，和缪山音、缪知白两兄弟，以及蒋韵香、陆橘香、周啸霞、郭山愚、华杏帆、张闲憨诸位君子，如同梁上飞燕，自来自去。芸则卖了发钗去沽酒，没半点要声张的意思。如此的良辰美景，众人从未轻视敷衍过。现今，众人都已天各一方，如同被风吹散的云朵，加上芸已亡故，玉碎香埋，长眠地下，真是不堪回首啊！这一切，不就是所谓的“当日浑闲事，而今尽可怜”的真实写照吗？

萧爽楼上，有四个禁忌：前三个是忌谈论官宦升迁、公家时事、八股文章，第四忌打牌抛骰。若是触犯了，必要罚酒五斤。另外有四件受采纳的：一为慷慨豪爽，二为风流潇洒，三为落拓不羁，四为清静缄默。夏日漫漫，众人无所事事，便办起对句集会。每次集会需有八人，每人各带二百铜钱，先抓阄，得第一名的人做主考，坐在一旁，监考他人答题；得第二名的人，负责誊写抄录文句，也有专座。其余的人，便作应试举子，各自去誊录处取一张纸，盖上私印，作为记号。主考人出五言、七言各一句，限在一刻香内答完。可以踱步、站起构思，不准交头接耳，窃窃私语。对完诗后，投入一个匣里，才能就座。个人交完卷子，负责誊录的人打开匣子，将诗句都抄录在一个册子上，转手交给主考人，以杜绝徇私之事发生。在十六个对句中，要分出五言句、七言句的前三联。六联中得到第一名的，即为下一任主考人，第二名则负责下次的誊录。若有人所作的两联，都没被录为前六，便要罚二十文钱；仅被录用一联的，减罚十文钱；超过对答时限的，则加倍处罚。一场下来，主考可得一百多文钱。一日可考十场，便能积累上千文钱，用作酒钱，已是颇为富裕了。唯独芸，经众人议论后，只让她作为“官员子弟”答卷，准许她坐着构思。

杨补凡曾为我们夫妇画了一幅戴花小像，神情确实惟妙惟肖。当晚月色俱佳，兰花之影，映在墙上，别有雅趣兴致。王星澜醉后生了雅兴，说：“杨补凡能为你们画像写真，我便能为你们画花图影。”我笑着说：“花影能像人影吗？”王星澜取来白纸，铺挂在墙上，对着兰花影子，用墨汁作画，时浓时淡。等到白日，拿出来观看，虽然不成画图，而花叶萧疏，自有月下的别样趣味。芸对此珍爱如宝，个人都在上面题咏了诗句。

苏州城有南园、北园两处园子，油菜花开得金黄时，众人起了游兴，却苦于那里没有酒家，无法饮酒。要是携带着食盒去，也只能对花冷饮，极无趣味。因此，有人提议就近寻找饮酒的地方，有人提议看完花再归来饮酒，思来想去，终究比不上对着花趁热饮酒痛快。众人商议未定，芸笑着说：“明日只要各自掏出买酒钱，我自会担着炉火过来。”众人笑着答应：“可以！”

朋友们离去后，我问芸：“你果真要自己担着炉火去吗？”芸说：“不是的，我看见市场上有卖馄饨的，他们的挑担、锅碗、炉灶，无不齐全，为何不雇用他们带着用具前去？我先烹调、整理好菜肴，到了那里，再下锅热菜，喝茶、吃酒两头方便。”我说：“酒菜固然是方便了，还是缺少了煮茶的工具。”芸说：“带一个砂罐去，用铁叉穿在罐的把柄上，去掉锅后，悬挂在炉灶上，再加柴火煎茶，不是也方便了吗？”我鼓掌称好。

街头有个姓鲍的人，以卖馄饨为生，我们用一百钱，雇用他的担子，约定明日午后随我们去游玩，他愉快地应允了。第二天，约了看花的人都到了，我告诉了他们其中缘故，众人都叹服不已。午饭后，一同前往，并带上席、垫，到了南园。选在柳荫下团团围坐，先是烹茶，饮完之后，又热了酒菜。当时风和日丽，遍地油菜花，黄灿灿的，有人身着青衫红袖，行走在田间小路上，蜂蝶飞舞，令人尚未饮酒，先自醉了。片刻之后，酒菜都热熟了，我们坐在地上大嚼起来。挑担子的鲍先生很不俗气，拉他过来，一同饮酒。来此游玩的人，见了这场景，没有谁不羡慕我们做此奇想。吃完后，杯盘混乱，个人都已陶然自醉，坐着的，卧着的，放歌的，吟啸的，各有姿态。红日将要落山时，我又想吃粥了，鲍先生立即去买了米煮粥，填饱肚子才回去。芸问：“今日之游，都快乐吗？”众人回答：“若非夫人献策出力，定然不会如此快乐啊。”大家笑着分散了。

贫困人家的起居衣食，以及房舍内的器皿，都要节省而雅洁，省俭的方法叫作“就事论事”。我喜爱小饮几杯，不喜多多吃菜。芸就为我布置了一个梅花盒：用六只二寸大的白瓷碟，中间放一只，外边放五只，用灰色油漆涂就，五只碟子便形似一朵梅花。盒子底部和盖子上都有凹棱，盖子上有把柄如花蒂。放在案头，如同一朵墨梅覆在桌上。打开再看，如同菜肴装在花瓣中，一盒有六种菜色，有两三个知己到来，便可随意地取了吃，吃完了再添加。另外又做了一只矮边圆盘，以便摆放杯、筷、酒壶这类用具，可以随地摆放，移动拾掇起来也极方便。这就是在食物上省俭的一面了。

我的帽领袜子，都是芸亲自做的。衣服破了，她会移东补西，必然使之整洁。做衣的衣料颜色都取了暗淡的，以免显出污垢痕迹，既可以穿着出门做客，又可居家穿着。这又是在服饰上省俭的一面了。刚到萧爽楼时，我嫌弃它的阴暗，用白纸糊在墙上，才明亮起来。夏季，楼下的窗户都去掉了，没有栏杆，我觉得空洞洞的，没有遮拦。芸说："有旧竹帘在，何不用竹帘代替栏杆？"我问："怎样做呢？"芸说："拿几根竹子，熏成黑色，一竖一横，留出走路的地方。再截取一半竹帘，搭在横着的竹竿上，使竹帘垂下来，高与桌面取齐；中间竖立四根短竹竿，用麻绳扎紧固定；然后在竹帘搭着横竹竿的地方，寻来旧的黑布条，连横竹竿一起裹住缝好。既可以作遮拦的装饰，又不花费钱财。"这就是我们"就事论事"的一个方法了。由此推论，古人所说的"竹头木屑，皆有用处"，是很有些原因的。

夏季荷花初开时，在夜晚含闭，拂晓开放。芸用小纱囊包上一点茶叶，放置到荷花花心里，次日早晨取出，烹煮来自天上的雨水，用来泡茶，这茶水便清香韵味，尤为绝佳。

卷三　坎坷记愁

人生的坎坷究竟是怎么来的呢？往往都是人自己作孽，招致来的。我却不是这样，只因对人多情谊、重承诺，性格爽直，不受拘束，转而为此受到拖累。何况我父亲稼夫公为人慷慨，有豪侠之风，帮人解难，助人成事，为人嫁女，抚人幼子，做过的善事不胜枚举，平生挥金如土，大多是为了他人。而我们夫妻居家过日子，偶尔需要用钱，不免要拿东西去典当抵押。起初是拆东墙补西墙，接着左右两头都要支出，便犯难了。谚语说“处家人情，非钱不行”，先是小人们对我俩有了非议，渐渐也招来了同室亲族们的讥笑。“女子无才便是德”，这话真是千古至上的名言啊！我虽是家中长子，但在族中排行第三，故此家中上下都称呼芸为“三娘”。后来，忽然改叫她“三太太”了，而称呼年未三十的妇人为太太，是嘲笑之意。开始是开玩笑这样叫的，久而久之，便成了习惯，甚至家中之人，不论尊卑长幼，都以“三太太”称呼芸，难道这就是家庭发生变故的兆头吗？

乾隆五十年，我随从服侍父亲到了海宁官舍。芸在我家里寄来的书信中，附夹了她的小信函。我父亲说：“你媳妇既然能下笔用墨，你母亲再要写家信，便交付给她负责吧。”可是之后，家庭偶尔出现了些闲言碎语，我母亲就怀疑是芸在信上叙述不当，因此不再让她代笔写信。家信再来时，我父亲见这信不是芸的笔迹，问我说：“你媳妇生病了吗？”我立即写信向芸询问，她也不回答。日子久了，我父亲便发怒说：“想来是你媳妇不屑于代笔写信吧！”等我归家之后，探明了事情曲直，想要为芸在父亲那里剖白，芸却急忙制止我说："我宁可承受公公的责备，也不想失了婆婆的欢心。"自始至终，她从未为自己辩白。

乾隆五十五年的春天，我又跟随父亲到了江苏邗江，做幕僚。有个一起做事的人叫俞孚亭，带着眷属居住于此。我父亲曾对俞孚亭说："我一生辛苦，时常客居他乡，想要寻觅一个常能服侍起居的人，至今也没能得到。我的儿辈如能体察我的心意，应当在家乡为我找一人来，语音相通，才好合在一起。"俞孚亭将此事转告了我，我写了封密信给芸，让她请媒人物色人选，选定了一个姓姚的女子。芸因为尚未确定这事是否可行，便没有立即向我母亲禀明。那女子来家里，只托词说是邻家女，为了游乐过来的。等我父亲命令我接她去官署后，芸又听从了旁人的话，托词说她是父亲素来就合意的人。我母亲见前后说辞不一，就说："她既是邻家女过来游乐的，怎么就娶了？"为此，芸就一并失去了婆婆的疼爱。

乾隆五十七年，我在真州做事。我父亲患病于邗江，我前去探望，也染了病。那时，我弟弟启堂也在父亲跟前服侍。芸来信说："启堂弟弟曾向邻家妇女贷钱，请我做担保人，现今对方来追索欠债，情况紧急。"我询问启堂，他反倒认为嫂子这样做，实属多余。我只好在信尾说："我们父子俩都病了，无钱偿还，等启堂弟弟回去，自己做打算吧。"

过了几天，我与父亲都病愈了，我仍回到真州。芸不知情，再次寄信到邗江，我父亲拆开一看，信中说了启堂弟弟与邻人借钱的事，并且又说："令堂认为老人的病，都是因为姚姬引起的。家翁病愈后，应当秘密吩咐姚姬，让她托词思念家乡，妾身再叫她父母到扬州，将她接回。这实在是在公婆之间，推掉双方指责的一个计策。"我父亲看了信后，十分愠怒，询问启堂可有欠邻人钱款，启堂却回答说不知此事。父亲即来信告诫我说："你媳妇背着丈夫借债，说谎诽谤小叔，而且还称婆婆为‘令堂’，称公公为‘老人’，有悖礼节，荒谬得很！我已经派专人带信回苏州，斥责驱逐她出家门。你若是稍有点人心，也应当知错！”

我见了这信，好似听到晴天霹雳，立即严肃地写信认罪，寻找坐骑，速速返回苏州，生怕芸寻了短见。我到家述说了缘由经过，但家人却手持驱逐信赶来，历数、斥责芸的多种过失，言辞很是决绝。芸哭着说：“妾固然不该妄言胡说，但是公公也应当饶恕为我身为女子，浅薄无知啊。”过了几日，我父亲又有亲笔书信到家，说：“我不过分追究了，你带着你媳妇去别处居住，不要让我看见，免我生气，也就足够了。”因此，我打算与芸寄居在她娘家，而芸因为她母亲亡故，弟弟外出，不愿去依附族人。幸而我的友人鲁半舫闻讯后，同情我们，招呼我们夫妇去他家，居住在萧爽楼中。

过了两年，我父亲渐渐知晓了事情的来龙去脉，适逢我从岭南回来，我父亲亲自到萧爽楼，对芸问：“以前的事，我都已经知道了，你们为何不归家居住呢？”我们夫妇欣然答应了，仍然回到故居旧宅，与家人骨肉团圆。哪里能料到，后头还有憨园惹出的孽障之事啊！

芸素来便有咯血的毛病，因她弟弟离家出走，长久不归，她母亲太过思念儿子，得病去世，她悲伤过度，落下此病。自从认识了憨园，一年多来，没有犯病，我方才庆幸她得了良药。而憨园却被有势力的人夺去了，以千金作为聘礼，并且许诺赡养她母亲。此等情景，恰似唐代韩翊的美姬柳氏，被有势力的番将沙吒利夺去。我知道后，并不敢和芸说明。等芸去打探后，方才知晓，归家呜呜作咽，对我说：“当初倒没料到，憨园如此薄情！”我说：“还是你自己太痴情了，烟花之地的人，哪有什么情意呢？何况如她这样，锦衣玉食的人，未必能甘心过荆钗布裙的日子。与其成事后再后悔，还不如不成事呢。”我再三抚慰她。可芸始终以为自己受到了愚弄，因而作恨，致使咯血病强烈发作，抱病床榻，服了药物，也没见效。病情时而发作，时而息止，她因此形销骨立。没过几年，医治的负担与日俱增，旁人非议四起，父母又因为她和娼妓憨园结拜姐妹的事，越来越憎恶她，我只好尽力从中调停。这已不是普通人该有的境地了。

芸生了一个女儿，名叫青君，那年十四岁，很有涵养，又极其贤惠，有才能，像质押典当银钗、衣物之类的事，幸亏有她操劳。我们的儿子叫逢森，那年十二岁，跟从老师，正在读书。我连年没有职务，开设了一个书画铺子，就在家门旁边。但三日的收入，甚至不够一日的花费，心焦劳累，困苦度日，竭力维持。隆冬酷寒，没有皮衣御寒，我挺着身子硬扛。青君也在单薄的衣衫里两股战栗，犹自强说“不寒”。于是，芸发誓说再不寻医问药。她偶尔能支撑着起床，碰巧那时我的友人周春煦，从福郡王府做幕僚归来，想请人绣一部《心经》。芸考虑到绣经书可以消去灾祸，让上天降福，而且刺绣的工钱又很丰厚，就开始绣了。然而周春煦急于赶回去，不能久等，芸便紧着赶了十日，方才绣成。她本就体弱，突然如此劳累，便增添了腰酸头晕的病症。谁能想到，薄命的人，佛祖也不能发慈悲保佑啊！

绣完经书后，芸的病情加重了，想进汤水，必得唤人索要，家中上下人等，都开始厌烦她。有个山西人，租赁了房屋，住在我的画铺左边，以放高利贷为业。他时常请我作画，因此认识了。我一朋友向他借五十两银子，乞求我做担保人，我磨不开情面，便应允了。而这个朋友，竟然携带钱财逃到远方去了。山西人只好询问我这个担保人，时常来与我饶舌索债。起初我还能用笔墨作抵押，渐渐却到了没有东西偿还的地步。年底，我父亲在家居住，山西人来门口咆哮讨债。我父亲听见了，召见我，当面苛责说：“我们是衣冠之家，为何会欠这种小人的债！”我正要辩解倾诉，恰好芸幼年的结拜姐姐，即后来嫁到锡山的华氏，知道芸生了病，派人来问候她。我父母误认为是憨园派来的人，因此更加恼怒，说："你媳妇不守闺训，与娼妓结拜为姐妹；你也不思上进，轻率地与小人交往。若是置你于死地，我们心有不忍。姑且宽限你三日，速速自己想好应对的办法。不然，便去告你忤逆父母！"

芸听说后，哭着说："父亲如此恼怒，都是我的罪孽。要是我死了，你远行，你必然不忍心；我留在世间，你离开，你又会不舍。先秘密叫华氏家人过来，我勉强起来问问她。"因此我让女儿青君扶她到门外，叫来华氏家人，问："你家主母是特地派你来的，还是顺道让你来的？"对方说："主母很早就听说，夫人你卧病在床，她本想亲自前来探望，但因为从未登过门，不敢造次。我临走时，她嘱咐说，倘若夫人你不嫌乡间居室简陋，不妨到乡下调养身体，践约你们幼年时在灯下说过的话。"原来当初芸和华氏，一同刺绣时，曾有过患难时相互帮助的誓言。因此芸嘱咐说："麻烦你速速回去，禀告你家主母，两天后，秘密派小船过来。"这人走后，芸对我说："华家的结拜姐姐，与我情同骨肉，你若是肯去她家，不妨与我同行，但要是带着儿女们一起去，却不方便，把他们留下连累家人，也不可行，必得在两日内安顿好才行。"

当时，我有个表兄王荩臣，膝下有一子，叫王韫石，愿意娶青君做媳妇。芸说："我听闻王韫石这儿郎，懦弱无能，不过是个守成的人，而王家又没多少家业可守。幸好他家是诗礼之家，他又是独生子，将女儿许配给他，也还可以。"我对王荩臣说："我父亲与你有甥舅情谊，你要娶青君去做儿媳妇，想来他不会不答应。但要等青君长大了再嫁过去，形势逼人，恐怕是不能够了。我们夫妇去往锡山后，你立即禀告我父亲，先将我女儿接回你家，当童养媳，如何？"王荩臣大喜，说："谨遵君命。"至于逢森，我也托朋友夏揖山，转荐他去学做生意。

安顿好这些，华家的小船恰好到了，那天是嘉庆五年的腊月二十五日。芸说：“孤单单地出门，不仅邻里会笑话，而且山西人的欠款还没个着落，恐怕他也不肯放走我们，必得等明日早晨五更时，悄悄离去为好。”我问：“你正在病中，能冒着拂晓的风寒外出吗？”芸说：“是生是死，自有天命，不要再多虑了。”我暗地里禀告了父亲，他也认为如此可行。

当夜，我先将半担行李挑走，装入船中，再叫儿子逢森先睡觉。青君在母亲旁边哭泣，芸嘱咐她说：“母亲命苦，又加上痴情，所以遭遇了这样的颠沛流离。幸好你父亲待我情意深厚，我这一去，也没有什么顾虑了。两三年内，必然会布置一番，使全家重新团圆。你到了王家后，必须恪尽妇道，不要同我一样，落得这般境地。你的公婆，以得到你为荣幸，必然会善待你。我们留下的箱柜杂物，都交付给你带去。你弟弟年幼，因此没让他知道实情，临走时，我会托词说是外出求医，过几日就回来。等我走得远了，你告诉他其中缘故，再禀告给你祖父，便可以了。”一旁有个老仆妇，就是前卷中提到的，曾租赁了她家房屋消暑的那位。她愿意送我们到乡下去，因此当时陪在我们身侧，见此场景，她一直拭着眼泪。

快要五更时，我们热了粥，一同啜食。芸强装着笑脸，说：“昔日因一碗粥相聚，如今喝了一碗粥便要分散，要是写成传奇，可以命名为《吃粥记》了。”逢森听到声音，也起来，含糊地问：“母亲，你要做什么？”芸说：“娘只是要出门就医而已。”逢森又问：“为何起这么早？”芸说：“路太远了，你与姐姐安心在家，不要讨祖母的嫌。我与你父亲一同前往，过几日就回来。”

鸡唱三遍，芸含泪扶着老仆妇，开了后门，刚要出去，逢森忽然大声哭喊：“啊，我母亲不会回来了！”青君害怕惊动别人，急忙捂住他的嘴巴，安慰他。在这个时候，我俩肝肠寸断，无法再说出一句话，只是止住脚步，对他说“勿哭”而已。青君关闭门后，芸走出小巷十余步，已经疲惫得走不动了。我叫老仆妇提着灯笼，自己背起芸向前走。快到停船的地方时，差点被巡逻者扣下。幸亏老仆妇说芸是自己生病的女儿，我是她的女婿，而且船上的人都是华家的人，听到声音后，过来接应，这才互相扶着下了船。解缆开船后，芸才放声痛哭。这次出行，芸与逢森，母子二人，已成永诀！

华氏的丈夫，名叫大成，居住在无锡东高山，房屋面山，以躬耕为业，人极其朴实坦诚。他的妻子夏氏，就是芸的结拜姐姐。那日，午时与未时交替时分，我们才到了她家。华夫人已靠在门口等待，带两个笑着的女儿到船上，与我们相见，甚为欢喜。她们把芸扶上岸，殷勤款待我们。四周邻近的妇女儿童，闹哄哄地跑进屋子，在芸身边围着看她。有的人来问好，有的人表示怜惜，众人交头接耳，满室都是说话的声音。芸对华夫人说："今日真像是陶渊明写的'渔父入桃花源'了！"华夫人说："妹妹切莫笑话，乡下人这是少见多怪呢。"自此，我们在这里平安度日。

到元宵节时，仅隔了二十多日，芸却渐渐能站起来走路了。那晚，我们在打麦场上看龙灯，她的神色，看着像在慢慢恢复元气，我这才放了心，与芸私下商议说："我居住在这里，并非长久之计，想要去往别处，又短缺钱财，怎么办？"芸说："我也在筹谋呢。你姐夫范惠来，现今正在靖江盐业公堂当会计，十年前，他曾向你借了十两银子，恰好数目不够，还是我典当了钗子凑齐的，郎君你还记得吗？"我说："早忘了。"芸说："听说靖江离这里不远，你何不走这一趟？"我按她的话去办了。

当时天气还较暖和，只穿着织绒袍和哔叽马褂，还觉得热燥，那是嘉庆六年正月十六日。当晚睡在锡山客店，租了条被子过夜。早晨起来，乘船去江阴，一路上都是逆风，又遇到阴雨。夜里到了江阴江口，春寒料峭，寒冷刺骨，只好沽酒御寒，口袋里的钱，便快用完了。我犹豫了一整夜，打算脱下衬衣，典当换钱，好做渡江的花费。到了十九日，北风更加猛烈，大雪浓厚，不禁凄惨地落下泪水，暗自算了住房、渡江的花费，不敢再饮酒了。

正在我心寒体颤之时，忽然看见一个穿草鞋、戴毡笠的老翁，背负着黄色包袱，走进旅店，用目光打量我，好似认识我一样。我问："老人家，你不是泰州那个姓曹的人吗？"老翁说："正是。没有你，恐怕我已身死，填在沟壑里了。如今我女儿平安无恙，时常称颂恩公你的功德。没想到今天在此与你相逢，为何逗留在这里呢？"

原先我在泰州做幕僚时，有个姓曹的人，地位低下，生有一女，有几分姿色，已经许了人家，但有势力的人故意放债给他，要他用女儿还债。两方诉讼公堂，我从中调解，使他女儿仍归那户许好的人家。曹老翁也进了县府公门，做差役，向我叩头致谢，因此认识了。我将自己出门投亲、途遇风雪的缘由告诉了他，曹老翁说："明日天晴，我自当顺路送你。"他又出钱沽酒，热情款待我。

二十日拂晓，晨钟初响，就听到江边呼唤过渡的声音。我惊慌地爬起，叫曹老翁一同坐船。曹老翁说："不要急，应当吃饱饭再上船。"他替我偿还了房费、饭钱，拉我出去吃饭饮酒。由于我连着逗留几日了，急着赶去渡江，因此吃不下东西，勉强咽下两枚芝麻饼。等登船后，江风如箭，吹得我四肢发颤。曹老翁说："听说有个江阴人，在靖江上吊自杀了，他妻子雇此船前去，必得等她来了，才开始渡江。"我抱着肚子，强忍寒冷，到了中午，才解缆放船。到靖江时，已经是晚间了，暮烟四合。曹老翁问我："靖江有两处公堂，你要访问的人，是在城内公堂，还是在城外公堂？"我踉踉跄跄跟在他身后，边走边说："我实在不知他在内外哪处公堂。"曹老翁说："既然如此，暂且住宿吧，明天再去探访。"进了旅店，发现鞋袜已经被淤泥湿透了，便索要了柴火来烘烤，又潦草地吃了饭，疲惫到了极点，倒头便睡。等早晨起来，看见袜子已经被火烧了半截。曹老翁又替我付了房费、饭钱。

我寻访到城中，姐夫范惠来还没有起床，听说我来了，便披衣而出，见我一副凄惨之状，惊讶地问："舅子为何狼狈到了这种地步？"我说："你暂且别问，有若银子，求你借我二两，先让我还给陪送我的这位。"范惠来拿出两个银圆给我，我立即给了曹老翁。曹老翁极力推却，只拿了一圆便走了。我便述说了所有遭遇，并说明了来意，范惠来说："舅子是至近的亲戚，即使没有过去的债务，我也应当竭尽全力资助你。但近来航海的盐船刚被盗了，正在盘点清账，我便不能挪用公费，多多赠送给你，先勉强凑上番银二十圆，以偿还我欠下的旧债，怎么样？"我本来就没有过高的要求，就答应了。他又留我住了两日，天气已转暖，我便打算回家了。

正月二十五日，我仍回到华家住宅。芸问："你在途中遇到大雪了吧？"我将所有苦楚，都告诉了她。芸惨然地叹息："下雪时，我以为你已到达靖江，没想到你还逗留在江口。幸亏遇到曹老翁，算是绝处逢生，也可以说是吉人自有天相了。"过了几天，收到青君的信，才知晓逢森已由夏揖山引荐到店铺去了。王荩臣也向我父亲请示过，选了正月二十四日，将青君接去他家。儿女们的事情，算是草草完结了，但一家人分离到了这种地步，终归令人觉得凄惨伤心。

二月初，风和日丽，我用从靖江那里得来的款项，简单准备了行李，前去邗江盐署，访问故人胡肯堂。由贡局的众多司事，用公家名义，招我入局做事，代管笔墨工作，我这才身心稍微安定一些。到第二年，也就是嘉庆七年八月，我接到芸的来信说："我的身体全都痊愈了，只是寄居在非亲非故的地方，终归觉得不是长久的法子。我也愿意来邗江，看看平山的名胜景观。"我便在邗江先春门外租赁了房子，是临河的两间房屋，又自己去了华氏家里，接芸一同过来。华夫人赠送给我们一个小女奴，叫阿双，好帮助我们管理炊事家务，还订下了他年要结为邻居的约定。

那时已是十月，平山阴冷，只好等着春游。我满心指望能调理照顾好芸，再慢慢计划与儿女相聚，骨肉重圆。可还未满一月，贡局的司事人员，十人中就裁去了五人，我是托了朋友的情面才进来的，自然也重回闲散，无事可做了。芸起初还千方百计地为我筹划，强装笑脸安慰我，没有一点抱怨的意思。到了嘉庆八年的仲春时节，芸的咯血病又强烈发作了。我想再去趟靖江，找姐夫范惠来呼救，芸说："求亲戚还不如求朋友。"我说："此话虽有理，但是亲近的朋友们再关心我们，现在也都在赋闲，尚且自身难保呢。"芸说："幸好天气已经暖和，你这一路，不会有大雪阻道的忧虑了，愿你早去早回，不要挂念我这个病人。你若因此身体不安康了，我的罪孽就更重了。"

当时，我得到的薪水，已经不足以继续支撑生计，只好假装雇乘了骡马出行，好使芸安心。实际上，我在口袋里装了干烧饼，徒步边走边吃。我向东南方向去，两次渡过叉河，大约走了八九十里路，望了望四处，都没有见村落。夜里一更时分，只见黄沙漠漠，明星闪闪，找到了一个土地祠，约五尺高，四周短墙环绕，种着两株柏树。因此我向土地神叩头，祈祷说："苏州沈复，因投亲在此地迷路，想借神庙住一宿，请土地神爷保佑我。"于是，我移动祠内的小石头香炉，放在旁边，用身子硬挤进去试探，仅能容下半个身子。我将风帽反转过来，挡住脸面，半个身子坐在祠内，将两膝露在外面，闭目静听，唯有萧萧微风而已。由于两脚疲乏，精神困倦，便昏沉沉地睡着了。

等我醒来时，天已经亮了，短墙外忽然传来脚步声和说话声。我急忙探头看去，原来是当地人赶集路过这里。我便向他们问路，回我说："往南走十里，就是泰兴县城，穿过县城向东南走，每隔十里，就有一个土墩。走过八个土墩，就是靖江了，全都是宽阔平坦的大路。”

我又返回，将小石头香炉移到原处，再次向土地神叩头作谢，才动了身。过了泰兴，便有小车可附带着捎我一程。

就在申时，我到了靖江，便递上名帖，求见我姐夫范惠来。好一会儿，守门人出来说:“范爷因公到常州去了。”我观察他说话时的神色，似乎是在故意推托，便问:“他何日才能回来？”对方说:“不知道。”我说:“哪怕他去一年，我也要等。”守门人知晓了我的意思，私下问:“你与范爷，是嫡亲的姐夫和舅子吗？”我说:“若非是嫡亲的亲人，我就不会在此等待他回来了。”守门人便说:“那公子你就暂且等着吧。”过了三天，守门人告诉我说，范惠来回来了，我便前去求助，一共挪用了他二十五两银子。

我雇乘骡子，急忙返家，发现芸脸色惨白，正泣涕涟涟。她见我回来，忽然说:“你知道昨天中午阿双卷席逃跑的事吗？我请人到处寻她，今天还没找到。丢失了东西是小事，可是阿双是她母亲临走时再三交代，托付给我们的。现在若是她逃往她家，中途有大江阻挡，已让人觉得危险，倘若她顺利归家，她父母却故意将她藏匿起来，来敲诈我们，那可怎么办？而且我哪有脸面，再去见我华氏姐姐？”我说:“请先别急，你考虑得也太深了。他们要藏人图谋敲诈，也该去敲诈富裕的人家，你我夫妻都只是两边肩膀上挑着一张嘴，敲诈我们也无利可图啊。何况带她来了半年，供她穿衣吃饭，从未指责、打骂过，邻里也都知道。这实在是小奴她丧尽天良，趁我们落难，偷偷逃走。华家姐姐赠我们这样行为不轨的人，该是她没脸面见你才对，你怎么反说自己没有脸再见她呢？现今我们应该当面报知县衙立案，便可杜绝后患了。”

芸听了我的话后，心情好似稍微释然了。然而，从此以后，她常常在梦中呓语，有时大呼“阿双逃跑了”，有时呼喊“憨园为何负我”，病情也日益加重了。我想去找医生为她诊治，芸却阻止说："我的病，始于我弟弟外出不归，母亲去世，我太过悲痛，才落下病根。接着因为与憨园的情感伤心，后来则是因为愤懑不平，而平时又过于多虑，满心指望努力做个好媳妇，却没能实现，以致头眩、心悸等疾病都齐备了。俗语说病入膏肓，良医也没办法医治，请不要再做没有益处的花费了。回忆妾身与你夫唱妇随，这二十三年里，承蒙你的错爱，对我百般体恤关照，不因为我的顽劣而休弃丢开。遇到你这样的知己，嫁了你这样的夫婿，此生此世，妾身再无遗憾！若是能够着布衣取暖，饱食菜饭，一家人其乐融融地在一起，优哉游哉地游玩山水，像此前在沧浪亭、萧爽楼那样的处境，便真成了食人间烟火的神仙了。便是神仙，也要用几辈子才能修成，我辈之人，算不得什么，哪里敢奢望当神仙呢？强行求取，致使触犯了造物者的忌讳，就有了情魔来扰乱身心。总之，都是因为郎君你对我太多情，而妾此生太过薄命！"

接着，她又呜咽着说："人活百年，终要一死。如今你我中途分离，忽然就要长别，我不能终身为你奉箕帚洒扫庭院、做妻子，也看不到逢森娶新妇的场面，我心里始终觉得耿耿于怀。"话毕，她眼泪不止，如豆洒落。我勉强安慰她说："你患病八年，屡次恹恹欲绝，都撑过去了，今日为何忽然说起这些伤心断肠的话呢？"芸说："连日以来，总梦见我父母派船来接我，闭上眼睛，便感觉自己忽上忽下，好像在云雾中行走。大概是魂魄已经离开，而躯体还留在这里吧？"我说："这只是你魂不守舍，服用滋补药剂，再静心加以调养，自然能安然痊愈。"

芸又哽咽着说："妾身但凡还有一线生机，也绝不敢惊扰你听这些话。如今，通往阴间的路已经临近，如果再不说出来，就没有说的时间了。你之所以得不到父母的欢心，在外颠沛流离，都是因为妾身的缘故。妾身死后，你父母的心自是可以挽回，你也可以免去对他们的牵挂。堂上公婆大人岁数已高，我死后，你应该早些回家去。如果没有能力把我的骸骨带回去，不妨暂时在此下葬，等待将来再另作安排。愿你另外续配一个德貌兼备的女子，以侍奉父母双亲，抚养我的遗子，妾身在九泉之下，便也瞑目了。”说到这里，芸伤心得肝肠欲断，不禁惨然痛哭起来。

我说：“如果你真的中途离我而去，我绝没有再续弦的道理，何况‘曾经沧海难为水，除却巫山不是云’啊。”芸执着我的手，还想再说，却仅能断断续续重复说着“来世”二字，忽然她开始发喘，紧闭着嘴，瞪着两眼看我，我千呼万唤，她也不能出声。她腮边两行痛苦的泪水，慢慢地流淌着，过了一会儿，喘息声渐渐微弱，泪水渐渐干涸。她的魂灵已经缥缈离去，至此竟然永远长逝诀别了！此日，正是嘉庆八年三月三十日。那个时候，我身旁仅有一盏孤灯，举目望去，并无亲人，两手握成空拳，而寸心欲碎。绵绵此恨，到了何时，也没有尽头！

承奉朋友胡肯堂给了十两银子来资助我，我将室中所有的东西，都变卖一空，亲自为芸办理了入殓丧事。呜呼！芸虽是一介女流，却具有男子的襟怀和才识。自从她嫁到我家后，我整日为了衣食东奔西走，家中钱财缺乏，芸能悉心迁就，毫不介意。在我居住家中时，也只是和我辨析文字而已。她死于疾病和连日颠簸中，含恨而去，到底是谁致使了这一切呢？我有负于芸这个闺中良友，又哪能说得完呢？奉劝世上的夫妇，一定不要彼此双方相视为仇人，也不要过于情深意笃。古话说“恩爱夫妻不到头”，像我这样的，便可以作为前车之鉴了。

头七回魂的时候，俗传当日死者的魂魄必然随着煞气回来，居所中的铺设，都要如生前一样，而且需要铺生前的旧衣服在床上，放旧鞋子在床下，以等待死者魂魄归来瞻顾。吴地相传，这叫作“收眼光”。请道士作法，先召魂于床上，而后遣出，叫作“接眚”。按邗江的风俗习惯，要摆设酒肴于死者的房内。一家人都走出去，叫作“避眚”。因此，就有人家因为外出回避，而被人偷窃东西的事。

到了芸回魂的日子，房东因为也在这处居住，便出去回避了，邻居嘱咐说，我也应在摆设酒肴后远远避开。我本来就期望着芸魂魄归来，好见一面，就漫不经心地假装答应了。同乡的张禹门规劝我说："沾上邪气，就会入邪，你应该相信有这回事，不要待在家里尝试了。"我说："我之所以不回避，在这儿等待，正是相信有魂魄归来这回事啊。"张禹门说："回煞时触犯煞气，对活人不利。你夫人即使魂魄能回来，也已与你有了阴间和阳间的区别，恐怕你见到她，她也没有真实的形体可让你碰触。应该避开的人留在这里，反而会冒犯了死者魂魄的锋芒。"当时我还是痴心不改，强辩道："是生是死，自有天命，你要是真的关心我，过来陪伴我怎么样？"张禹门说："我只能在门外守候，你要是有了异常的见闻，叫我一声，我就进来。"

我点了灯，进入室内，见房中铺设，还和芸生前的一样，而她的声音和容貌，却已经远去，不禁伤心地流起泪来。又害怕泪眼模糊，失去与芸相见的机会，只好忍着泪、睁着眼，坐在床上等待。抚摸着她留下的旧衣服，上面还有香泽，不知不觉，又柔肠寸断，冥然昏睡了。转念一想，我为了等待芸的魂而回来，为何竟睡着了？睁开眼向四处观看，只见席上的两根蜡烛，焰火发出荧荧青色，光亮缩小如豆，我毛骨悚然，浑身颤抖起来。连忙摩擦着双手，再擦了额头，细细观看，双烛的火焰亮光渐渐升起，约有一尺高，用纸裱糊的顶格几乎就要被火点燃了。我正借着亮光四处环顾，光亮忽然又缩小到原来的样子。这时我心跳剧烈，如在舂米，想要呼叫守在门外的张禹门进来观看，转念想到芸的柔弱魂魄，恐怕会被旺盛的阳气所逼迫，便悄悄呼叫着芸的名字，为她祝祷，满屋寂静无声，什么都看不见，接着烛光又亮起来，却不再腾起变高了。我出去告诉了张禹门，他佩服我的胆大，却不知道我实际上是一时情痴了。

芸病故后，我想起宋代林和靖“梅妻鹤子”的话语，便自号梅逸，意为我妻子芸已飘逸离世。姑且将芸葬在扬州西门外的金桂山，此山俗称郝家宝塔。买了可以埋下一个棺木的地方，按她的遗言，将灵柩寄放在这里。我带着她的灵牌回到家乡，我母亲也为她悲悼，青君、逢森回来后，都穿着丧服痛哭起来。弟弟启堂提意见说：“父亲的怒气还未平息，兄长你应当仍往扬州去，等父亲回来后，我委婉地劝解他，等他消气后，再专门寄去书信，招呼你回来。”我只好拜别了母亲，与儿女分别，痛哭一场，再次来到扬州，靠卖画度日。因此，我得以常常在芸的墓地上哭泣，形影孤单，极其凄凉，而且偶尔经过故居时，更是悲伤，不忍再看。到了重阳节，邻近的坟墓，草都枯黄了，唯独芸的坟墓，还是一片青色。守坟人说：“这是块风水好的坟穴，故此地气旺盛。”我暗自祝祷：“秋风已紧，我尚且身穿单衣，你若是有灵，请保佑我能找到一份差事，度过今年剩下的日子，好等待家乡那边的音信。”

过了不久，江都的幕僚章驭庵先生，想回浙江埋葬亲人，请我为他代班三个月，因此我才得以筹备了御寒的物件。官署在年末停止办公，张禹门就招呼我去他家居住。当时他也没了差事，难以度过年关，便与我商量，我立即拿出挣到的二十两银子，全都给了他，并且告诉他说：“这本来是留下来，用作我为亡妻扶柩回乡的费用，等到我家里有消息传来，再偿还给我就是了。”那年我就在张禹门家过年，一早一晚都做了占卜，盼望消息，但家乡那边一直杳无音信。

到了嘉庆九年甲子三月，我接到青君的书信，知晓我父亲患病了。本想马上回苏州去，又怕触犯了父亲旧时的怒气。正在犹豫、观望时，再次接到青君的信，这才悲痛地获悉父亲已经辞世。失父之痛，锥心刺骨，我呼天抢地，也鞭长莫及。我来不及作其他打算，立即星夜驰奔，赶回家中，在父亲的灵前叩头，哀号流泪。呜呼！我父亲一生辛苦，奔波在外。生下我这个不肖子，既很少在他身边承欢，又没有在他床前端汤送药，服侍他，我的不孝之罪，怎么能够逃避呢！我母亲见我在哭泣，说："你怎么到今天才回来？"我说："儿子现在回来，还幸亏是收到了您孙女青君的来信。"我母亲将目光移向我的弟媳妇，便默然不语了。我在灵堂守灵到了头七，始终没有一个人，把家中的事情告诉我，将丧事与我商量。我自问已经缺少了为人子该尽的孝道，所以也没有脸面去询问什么。

一日，忽然有向我索债的人，登门来叫个不停，我出去回应说："欠债不还，固然应当催要，可是我父亲尸骨未寒，你们趁我家办丧事，前来追讨，未免太不应该。"其中一人，私下对我说："我们都是有人招呼才过来的，你暂先躲避出去，我们要向招呼我们来的人索要补偿。"我说："我欠的债，我来偿还，你们赶快回去。"这伙人都唯唯诺诺地离去了。

我因此事叫来启堂，严肃地对他说："兄长我虽然不孝，可也并未作恶多端。若是说以前我曾过继给堂伯父做子嗣，我也从未得到过他的一点遗产。这次我回来奔丧，本想尽了做人子的孝道，哪里是为了争夺遗产而来的呢？大丈夫贵在自立，我既然是一人回来，仍旧一人出去便是！"话毕，我返身回到灵堂，痛哭起来。随后，我向母亲叩头辞别，又告诉女儿青君，我将要出走到深山里，去世外之地求访仙人赤松子。

青君正在劝阻我时，我的朋友夏淡安、夏揖山两兄弟，寻着我的踪迹来到了我家。他们大声规劝我说："家庭到了这种地步，固然应该动气。但是你父亲死了，而母亲还尚存于世，妻子死了，而儿子尚未独立门户，你竟然飘然出走，做出世之人，你能安下心吗？"我说："那又该怎么办？"夏淡安说："奉劝你暂时受些委屈，居住在我的寒舍内，听说石琢堂撰写了告假回乡的信，你何不等他回来后，去拜见求助？他必然会安置好你的职位。”我说：“我服丧不满一百天，你们兄弟又有年老父母在家，恐怕我去了，会很不方便。”夏揖山说：“我们兄弟二人前来邀请你，也是我父亲的意思。你若是执意认为不方便去我家，我家西边有个禅寺，里面的方丈与我交情匪浅，你便在禅寺设榻住下，怎么样？”我同意了。青君说：“祖父遗留下的房产，价值不少于三四千两银子，父亲你既然分毫不取，难道连自己的铺盖行李也舍去不要了？我这就去取来，直接送到禅寺里父亲的住处就是了。”因此，我除了铺盖行李之外，又从青君手里，辗转得到了我父亲遗留下来的几件图书、砚台和笔筒。

寺庙的僧人，将我安置在大悲阁里。此阁面朝南，向东面设有神像，隔了西面的一间房子，设了月窗，紧对着佛龛，中间则是做佛事的人用斋的地方。我就在这中间设榻，临门有个关帝提刀站立的塑像，极其庄严威武。院中有一株银杏，粗得要三人合抱才能围住，树荫覆盖整个大悲阁，夜间寂静的时候，风声如同怒吼。

夏揖山常常带些酒果过来与我对酌小饮，说：“你一人独自住在这里，深夜睡不着时，不会觉得畏惧吗？”我说：“我一生坦荡直白，胸中没有污秽的杂念，有什么可畏惧的？”

居住了一段日子后，下起了倾盆大雨，通宵达旦，足足下了三十多天。当时我担心银杏树枝折断，压塌房梁，使屋子倾倒。幸好得到了神灵的庇佑，房屋竟然安然无恙。而禅寺外边墙壁坍塌、房屋倾倒的，却数不胜数，近处田地的庄稼都被淹没了。我则每日与僧人作画，对寺外之事，不听不看。

七月初，天开始放晴了。夏揖山的父亲要去崇明岛做生意，带我一起去了，我为他代笔写字，挣得了二十两银子。回来之后，正值我父亲将要安葬，启堂便叫逢森对我说：“叔叔因为安葬费用不太够，想向您求助一二十两银子。”我打算把口袋里的银子全都给他，夏揖山却不答应，替我分担了一半。我便带着青君，先到了墓地，下葬的事结束后，我仍回到了大悲阁。

九月底，夏揖山有片田地在东海永泰沙，又带我一起去陪收地租。在那里逗留了两个月，归来时已是残冬。我移居到他家的雪鸿草堂过年。夏揖山如此对我，真算得上是异姓骨肉了。

嘉庆十年七月，石琢堂从京都回到了老家。石琢堂名韫玉，字执如，琢堂是他的号，与我是幼时的朋友。他是乾隆五十五年的殿元，出任了四川重庆的太守。在白莲教作乱时，他戎马三年，战功赫赫。等他回来后，我与他相见甚欢，便在重阳节带着眷属再次去四川重庆赴任时，邀请我一同前往。我便去九妹婿陆尚吾的家里，叩别母亲，因为我父亲的故居，已属于他人了。我母亲嘱咐说："你弟弟启堂不值得依赖，你这次出去，须得多多努力。重振我们家的声望这件事，全指望你了！"逢森送我到了半路，忽然不停地落泪，我便嘱咐他不要送了，他才返回去。

船出了京口，石琢堂有位故交王惕夫，是个举人，在淮扬盐署任职，便绕道前去会晤，我一块跟去了，又一次探望了芸的坟墓。后来又坐船从长江逆流而上，一路游览山水名胜。到了湖北荆州，石琢堂又收到了升任他为潼关观察官的信件，便留下我和他的儿子石敦夫等多位家眷亲属，暂时居住在荆州。石琢堂则轻骑上路，减去护从，去重庆过年，再经过成都的栈道，去潼关就任。直到嘉庆十一年二月，我与他的眷属才开始由水路赶去，到了樊城才登上陆地。由于路途遥远，费用短缺，车重人多，便累死了马匹，折断了车轮，众人倍感辛苦。到了潼关才三个月，石琢堂又升任为山左廉访，他那时没有银两，两袖清风，无法带眷属一同前去，我们就暂时借了潼川书院做居所。到十月底，他才支出了任职山左廉访的俸禄，专门派人来接家眷，还附带来了青君的书信。我打开信件一看，骇然获悉逢森已于四月间夭亡的消息。

我这才忆起，之前逢森流着眼泪为我送行的那次，就是我们父子的永诀的最后一面了。呜呼！芸仅有逢森一个儿子，不能绵延她的子嗣香火了！石琢堂听说了，也为此浩然长叹。后来，他赠送给我了一个小妾，使我重入春梦。从此之后，世事纷纷乱乱，又不知何时，才会梦醒了。

卷四　浪游记快

我出任幕僚，在外游历三十年以来，天下还没有到过的地方，只有四川、贵州和云南而已。可惜无论是乘车，还是骑马，游走在外，全是跟着旁人走的。至于怡情的山水，便如过眼的云烟，不过是领略其大概轮廓，无法能探寻其中僻远幽深的所在。我凡事喜欢提出自己的见解，不屑于随着别人人云亦云，就是在谈论诗词、品评画作时，也都是带着“旁人稀罕的我舍弃，旁人舍弃的我偏取”的风格。故而名胜风景存在的地方，贵在可以心有所得。有被称作名胜，而我不觉得好的地方，也有没有名胜称号，而我自认为极有妙趣的地方。现今且将平生游历过的地方一一记下。

我十五岁那年，我父亲稼夫公在山阴赵太守的府中任幕僚。有位赵省斋先生，名叫赵传，是杭州城素有名望的博学之士。赵太守请他来府中，教授太守的儿子学业，我父亲便命令我，也拜投在赵先生门下。在闲暇的日子里，我们出外游玩，去了吼山，离城大约有十里，两地之间，没有通畅的陆路可行，便从水路前去。靠近吼山，看见一个石洞，其上有片状石头横向裂开，摇摇欲坠。我们就从石头下面坐船进入。洞中豁然空旷，四面都是料峭的石壁，俗名叫“水园”。临水建有五间石阁，对面石壁上，刻有“观鱼跃”三个字，流水幽深，难以测量，相传有巨大的鱼在水中潜伏，我投了鱼饵来试探，仅仅见到不满一尺的小鱼跃出水面，争着吞食鱼饵。阁子后面有条路通向旱园，园内乱石林立，有的像人的拳头矗立着，有的横向摆放，宽阔得如同摊开的手掌，有的柱石被削平了顶端，而后叠加着大石头，斧凿的痕迹还在上面，毫无可取之处。

游览完毕，我们在水阁里设下宴席，叫随从燃放爆竹，只听轰然一声响，周围群山一齐回声响应，犹如听到了打雷的声响。这家是我小时候畅快游玩的开始。可惜兰亭和禹陵两处地方，那次没能去成，到现在还深觉遗憾。

我到山阴的第二年，赵先生因为双亲年迈，不愿在外远游，便在自己家里设了书馆，于是我也跟着到了杭州，西湖的胜景也因此得以畅览。要说西湖旁边结构巧妙的地方，我认为以龙井为最佳，再论小巧的话，天园排在第二位。若说石景，便要以天竺的飞来峰，和城隍山的瑞石古洞最为可取。论水好，则取玉泉，此处泉水清澈，游鱼众多，有种活泼的趣味。大概最不值得看的地方，就是葛岭的玛瑙寺了。剩下的像湖心亭、六一泉等诸多景观，各有各的妙处，无法一一说尽，然而都没能脱去脂粉之气，反而不如小静室那样幽雅僻静，风雅得接近于天然。

苏小小的墓，在西泠桥旁边。当地人指点我说，起初此处仅有半丘黄土而已。乾隆四十五年，圣上起驾向南巡视，曾询问了一句苏墓的事，等到乾隆四十九年的春天，圣上再次举行南巡盛典时，苏小小的墓已经是用石头筑成坟，呈现八角形状，上面立有一块碑，用大字书写着“钱塘苏小小之墓”。从此，凭吊古迹的骚人墨客们，再也不必在这里四处徘徊地寻找探访小小墓了。

我想，自古以来，湮没于世、不能流传的忠烈们的魂魄，固然是不可尽数，即使是流传了又不能长久的，也不在少数。苏小小，仅是一个名妓而已，却从南齐到如今，尽人皆知，这大概是她的灵气在此聚集，作了西湖山水点缀的缘故吧？

离西泠桥数步之外，有个崇文书院。我曾和同学赵缉之，投考在这里。那时正值长夏，我们起得很早，出了钱塘门，过了昭庆寺，走上断桥，坐在断桥的石栏杆上。旭日即将升起，朝霞从柳叶外映照过来，尽情展现出柳条的形态，极其娇艳。在白莲花的幽香里，清风徐徐吹来，令人身心都清爽起来。走到崇文书院时，考题还没有放出来。我们到午后才交了试卷。

我和赵缉之在紫云洞纳过凉，山洞很大，可以容纳几十人，石壁上可以透进日光。有人摆了些小桌子、矮凳子，在这里卖酒。我们解开衣裳，稍微饮了几杯，尝了尝风干的鹿肉，味道很好，配上鲜嫩的菱角和雪白的莲藕，作下酒菜，微微醉了，才走出紫云洞。缉之说："上面有朝阳台，非常高旷，何不去此一游？"我也游兴大发，奋勇登上山巅，只觉西湖小如明镜，杭州城小如弹丸，钱塘江小如衣带，极目远望，目光可达数百里。这是我有生以来，见到的第一大景观。在这里坐了很久，太阳将要落山时，我们互相搀扶着下了山，南屏晚钟钟声响动。

韬光、云栖两处地方，路途遥远，没有去过，其余的景观，比如红门局的梅花、姑姑庙的铁树，看着也就不过那样罢了。至于紫阳洞，我以为应该是必观之处，然而访寻到了后，洞口仅能容下一根手指，洞中有涓涓细水往外流而已。相传洞中别有洞天，苦于不能挖出洞门，进入验证这传闻。

清明节那日，赵先生踏春扫墓，拜祭祖先，带我一同游玩。先生祖先的墓地在东岳，那里多竹，守坟人挖掘未长出土的竹笋，形状像梨，又有些尖，煮作笋羹，招待我们。我喜欢羹的甘甜美味，一口气喝下两碗。先生说："噫！这竹笋虽然美味，但却不利于心脏，应该多吃些肉食来化解。”我平素就不爱吃荤腥，到了那会儿，饭量更因为喝了笋羹而大减。归途中，就觉得胸中烦躁，唇干舌裂。路过石屋洞，没什么好看的景观。水乐洞的峭壁上爬满藤萝，走入洞中，仿似进了斗室，有流速急湍的泉流，发出潺潺的水声。下面的水池仅有三尺宽，深五寸左右，里面的水不溢出来，也不枯竭。我俯下身子，就着水池喝水，胸中的烦躁，顿时消解了。洞外有两座小亭，坐在里面，可以听见潺潺泉声。有和尚请我们去观看万年缸。万年缸在香积厨里，外形非常巨大，用竹筒引来泉水灌入缸内，听声音确定是否灌满了，年岁一久，大缸内壁结下厚厚的青苔，厚约尺许，冬日不会结冰上冻，因此也不会损坏。

乾隆四十九年，在八月秋季，我父亲患了疟疾，返回家乡养病。但他偏要在体寒的时候来烤火，在体热的时候要冰解热，我劝谏过他，他也不听，竟转成了伤寒病症，病势越来越重。我守在病榻前，侍奉汤药，日夜不眠不休，守了差不多一个月。这时，我媳妇芸娘也大病起来，无精打采地躺在床上。我心情抑郁，到了难以形容的地步。父亲唤我过去，嘱咐我说：“我的病恐怕没有起色了，你守着几本书苦读，终究不是糊口的法子，我将你托付给我的结拜弟弟蒋思斋，你仍然继承我的事业吧。”过了一天，蒋思斋来了，父亲就在病榻之前，命令我拜他为师。过了些时候，因为得到了名医徐观莲先生的诊治，我父亲的病渐渐痊愈了，芸娘也能慢慢使力起床了。而我就从这个时候，开始学习做幕僚。这并不是快意之事，为何记录在此呢？答：这是我放下书本，过上浪游生活的开始，因此记在这里。

蒋思斋先生，名襄。那年冬天，我便跟随他学习做幕僚，去了奉贤官舍。有个与我一同习幕的人，姓顾，名金鉴，字鸿干，号紫霞，也是苏州人。他为人慷慨刚毅，刚正不阿，年长我一岁，我便称呼他为兄长。鸿干就毫不犹豫地唤我为弟弟，与我倾心结交。他是我的第一个知己，可惜年仅二十二岁，就辞世了，我从此常是一人，很少有交心的朋友了。现今我已经四十六岁了，沧海茫茫，世间广阔，不知此生，是否还会再遇到像鸿干那样的知己？

我回忆当年与鸿干相交之时，襟怀高远旷达，时常兴起隐居山间的念想。九九重阳日，我和鸿干都在苏州，由前辈王小侠和我父亲稼夫公做主，叫来女伶人演戏，在我家设宴待客，我怕家里太过搅扰，提前一日约了鸿干，一起去寒山登高，趁机寻访以后在山上结庐隐居的地方。芸娘为我们整理了一只酒食盒，装了酒菜备好。

第二日，天未破晓，鸿干已经登门来邀请我了。我们就带了酒食盒，出了胥门，又进了面馆，各自吃饱。渡过胥江后，我俩步行到横塘枣市桥，雇了一条小船，坐船抵达寒山时，还没到中午。划船的船夫颇为忠厚善良，我们就让他去买米煮饭，等我们回来一起吃。

我们两人上岸后，先去了中峰寺。这寺在支硎古刹的南边，顺着山道，拾级而上，寺庙藏在树林深处，山门前一片寂静，幽僻之地，很少有人来，僧人也就闲散，见我们两人衣衫穿戴很是随意，便不怎么接待我们。我俩的志向也不在此，就没有去寺庙深处。回到停船处，饭已经做熟了。

食毕，船夫带了酒食盒跟随着我们，叮嘱他的儿子守船，我们三人从寒山走到高义园的白云精舍。这屋子紧临悬崖峭壁，下方开凿了一方小水池，围有石栏，池内一泓秋水，石崖上悬挂爬满了薜荔藤萝，墙上积满青苔。坐在小轩里，只听得风吹落叶发出的萧萧声，悄然寂静，没有人来过的踪迹。出门有一亭子，叮嘱船夫坐此等候。我们两人从石缝里往前走，这处叫作“一线天”，顺着台阶，盘旋而上，直登山巅，叫作“上白云”。山巅有一庵堂，已坍塌颓败，存有一座将要倾倒的危楼，仅能在此远眺而已。小憩片刻后，我们相互扶着下了山，船夫说：“你们登高走得急，忘记带酒食盒了。”鸿干说：“我们出来游玩，是想要寻觅可以一同归隐的地方，并非专门为了登高而来。”

船夫说：“离开这里，向南走上个二三里，有一上沙村，许多人家在那里，也有空地，我有个姓范的表亲，居住在那个村子，何不前往游览一番？”我大喜，说：“那村子原是明末徐俟斋先生隐居的地方，有座园子，听说极其幽雅，还未曾去游玩过。”于是船夫便带着我们前往。

上沙村在两山之间的夹道中。那座园子依山而建，园内却没有石头，长有老树，大都呈现出盘曲迂回的姿态，亭台小榭、窗台栏杆，都极尽素朴，还修有竹篱茅舍，真不愧是隐士的居所。园中有一株皂荚亭，树干粗大，可尽两人相抱。在我经历过的园亭里，这园子排在第一位。园子左边有座山，俗称鸡笼山，山峰挺直，顶上叠加了巨石，与杭州城的瑞石古洞相似，却比不上瑞石古洞的玲珑之意。山旁有一块青石，形似卧榻，鸿干躺在上面说：“这里仰头可观峰岭，俯首可视园亭，既高旷又幽静，可以在此举杯饮酒了。”便拉上船夫与我们共饮，时而唱歌，时而长啸，心中十分畅快。当地人知晓我们是为了寻地建屋而来的，误以为我们要相地看风水，便告诉我们哪些地方风水较好。鸿干说：“只求找到合心意的地方，不论风水好坏。”（哪能料到，这话竟成了谶语！）酒瓶空空后，我们各自采了野菊来，插满双鬓。

回到船上时，太阳已经将要落山了。我在起更时分抵达家中，宾客还没散去。

芸悄悄告诉我说：“女伶人中，有一个叫兰官的，容貌端庄，可以选用。”我便假传母亲的命令，唤她进入房间，握着她的手腕，仔细看她，果然长得丰满白腻。我回头对芸说：“美倒是美，还是嫌她与自己的名字太不相称。”芸说：“白胖的人有福相。”我说：“在马嵬坡那场祸事里，杨玉环的福相在哪呢？”芸便找了别的托词，打发兰官出去了，然后问我："今日郎君又喝到大醉了吗？"我便将这次游玩途中发生的事，一件件说给她听，芸听了，也神往许久。

乾隆四十八年春天，我跟随蒋思斋先生到扬州就聘，才得以见到金山、焦山的真面目。金山适宜站在远处观望，焦山适宜走到近处察看，可惜我只是往来两山之间，从没有登山眺望。

接着渡江往北，王渔洋所写的"绿杨城郭是扬州"之景象，已经活生生地出现在眼前了！

平山堂离扬州城，约有三四里，要走完全程，却得走八九里，虽然那里全为人工所造，然而透露出奇思妙想，点缀得恰似天然，即使是天上的瑶池阆苑、琼楼玉宇，想来也不过就是这样。平山堂的绝妙之处，在于十多家园林亭台，联合成为一体，联络到了山边，气势融会贯通。那里最难布置的地方是，出城后，进入平山堂景观，有一里左右的园亭，是紧挨着城郭建成的。按理城郭应当点缀在旷远的重山之间，方有入画的意境，若是园林也紧邻城郭修建，那就愚蠢到极点了。但观看平山堂的景观，不管是亭台墙石，还是竹林碧树，都处于半隐半露的状态，使游人不觉得唐突直白，此等设计，若非是胸中有丘壑的人，断然难以下手布置。

城至尽头，以虹园为首，转向北方，有一石桥，名叫"虹桥"，不知道是虹园以桥命名，还是虹桥以园子命名呢？

荡舟经过的地方，名为"长堤春柳"，此处景致不点缀在城郭脚下，而点缀在这里，更见设计者的布置之巧妙。再折向西，在垒起的土丘上，立着一座寺庙，名叫"小金山"，有这庙一挡，便觉出气势的紧凑，更非寻常手笔。听说这地方本是沙土，屡次在此筑庙，都没能筑成。后来用许多木排做地基，一层层地往上叠加泥土，费了数万两银子，方才筑成。若不是商家有财力，此地绝不会是现在这样。

经过这地方后，有个胜概楼，人们年年聚在楼上，观看竞渡。河面比较宽阔，一座莲花桥横跨南北，桥门通向八面，桥面上设有五个亭子，扬州人称其为“四盘一暖锅”，这个称呼是没有才能的人拼力想出的，并不怎么可取。

桥南有莲心寺，寺中突起喇嘛白塔，塔顶是金色的，有缨络装饰，高耸入云。大殿一角，有红墙松柏互相掩映，时常听到钟磬之声，这是天下园亭都不曾有的景观。

过桥后，见有一座三层高的楼阁，飞檐画栋，五彩绚丽，用太湖石堆叠在下，用白石栏围在中间，名叫“五云多处”，犹如文章中承前启后的大结构。过了此处，是名叫“蜀冈朝旭”的地方，平淡无奇，而且名字也属于牵强附会。将要到山边时，河面渐渐变窄，好似被束起来了，边上有几堆土，种植着竹子、树木。顺着河道拐了四五道弯，似乎到了山穷水尽的地步，又忽然豁然开朗，平山的万松林已经陈列在眼前了。牌匾“平山堂”，是欧阳修先生写下的。所谓的淮东第五泉，真的泉水在假山洞中，外面的不过是一口井而已，井水味道和雨水一样。荷亭中的六孔铁井栏，其实是假的水井，那水根本就不能喝。至于九峰园，就另在南门那边的幽静地方，别有一番天然趣味，我以为是这几个园子中最好的。未曾去过康山，也不知道那里怎么样。

我在此只能描述平山堂的大概，其中工整巧妙的地方、精致华美的地方，不能一一尽述，大约适宜将平山堂当个艳妆的美人，远远打量吧，不可将它作为在溪水边浣纱的女子去观赏。我恰好遇上圣上举办南巡盛典，各地工程都已完成，恭敬地演练接驾时的各种点缀，因此得以畅快地游览各项盛观，这也是人生中很难遇到的。

乾隆四十九年春天，我跟随侍奉我的父亲，在吴江太守的官衙中。与山阴的章蘋江、武林的章映牧、苕溪的顾蔼泉诸位先生一同做事，恭敬地在南斗圩行宫办事，得以第二次瞻仰天子的容颜。

一日，天将黑时，我忽然动了归家兴致。搭乘上一只办差的小快船，双橹双桨，在太湖上挥棹如飞，快速奔驰，吴地俗称为“出水辔头”，转瞬之间，已经抵达吴门桥。即使跨鹤腾飞，也没有这样神速、爽利。我到家时，晚饭还没煮熟。我的家乡素来崇尚繁华，这时节的争奇斗艳，比往常更加奢华。城内处处张灯结彩，炫人眼目，笙歌大作，聒噪入耳，古人所说的“画栋雕甍”“珠帘绣幕”“玉栏干”“锦步障”，也不过就是这样了吧。我被友人们一会儿拉到东边，一会扯到西边，帮助他们打理插花结彩的事情，得闲时，就呼朋唤友，畅快地饮酒，放声地狂歌，开怀游玩，少年时期只有豪兴，感觉不到疲倦。若是生于太平盛世，却居住在穷乡僻壤，哪里能这样畅快游玩呢？

这一年，何太守因事被弹劾了，我父亲就接受了海宁王太守的招聘。嘉兴有个叫刘蕙阶的人，长年吃斋信佛，来拜见我父亲。他的家在烟雨楼旁，有一座阁楼临着河水，叫作“水月居”，是他诵经的地方，洁净得如同僧舍。烟雨楼在镜湖中间，四围岸边，全是绿杨，可惜没有多少竹子。烟雨楼上有一平台，可在上面举目远眺，能看到渔舟星罗棋布，湖水平静无波，似乎更适宜在月夜观赏。僧人准备的素斋，味道极佳。

我们父子到达海宁后，父亲与白门的史心月、山阴的俞午桥一同做事。史心月有一个儿子，名叫烛衡，性格澄静缄默，彬彬儒雅，与我成为了莫逆之交。他是我平生的第二个知己。可惜我俩只是萍水相逢，聚在一起的时间并不多。

我们游览了陈家的安澜园，这园子占地百亩，有重叠的楼阁，迂回的走廊；水池很大，桥做成六曲的样子；石头上爬满藤萝，将凿痕全都掩住了；有千株古木，都有长成参天大树的势头；鸟声婉转，花瓣飘落，使人像是进了深山。这就是由人工建成，而回归了自然的景象。我平生所见到的假山园亭，此园应排在第一。我们曾在桂花楼中设宴，食物的诸多香味都被花香压住，唯独酱姜的味道不变。姜的性情，越老越辣，人们用它比喻忠节的大臣，诚然不是虚造的啊。

出了海宁南门，就是大海，一日涨两次潮水，如同万丈宽的银堤，破海而过。有迎潮行驶的船只，潮水一来，就掉转方向，在船头设一木招，形状好似长柄大刀，木招一捺下去，大潮便立即从中分开，船只就随着木招进入潮水。过了一会儿，才浮起，这时掉转船头随潮而去，顷刻之间，便能飘出百里远。塘上有个塔院，中秋节的夜晚，我曾随父亲在此观潮。顺着堤塘向东行走，约三十里外，有座名叫尖山的山峰，拔地突起，扑入海中，山顶上有个小阁，上挂匾额，匾上书写“海阔天空”，站在山顶上，一望无垠，只见怒吼着的海涛接天飞起而已。

我二十五岁那年，受徽州绩溪太守府的召唤，由武林下了“江山船”，路过富春山，登了子陵钓台。钓台在山腰一道突起的石峰上，离水面十余丈。难道在汉朝时，这水面竟然与石峰齐平吗？月出之夜，我停泊在界口，那里有巡检署。所谓“山高月小，水落石出”，眼前的景象宛然就是这样。至于黄山，我仅仅见了山脚，可惜没能一睹全貌。

绩溪城处于群山环绕之中，是个弹丸小城，民风淳朴。近城的地方，有座石镜山，沿着弯曲的山道，曲曲折折地行走一里多路，就出现了悬崖激流，石壁湿润，上面长着翠色欲滴的青苔；渐行渐高，到了山腰处，有一方石头亭子，四面都是陡峭的石壁；亭子左边的石头被削平了，如同屏风，这石头青色光润，可照出人形，民间传言能照出人的前世，而唐时起义领袖黄巢到此地后，见石屏照出一只猿猴的形状，便恼怒地放火焚烧石头，故此再去照石屏，前世外形也不会显现。

离城十里的地方，有处景观名为火云洞天，里面石纹盘结在一起，岩石凹凸不平，如同元代山水画家王蒙的笔意，而又有些杂乱无章，洞中的石头，全都是深绛色的。洞旁有一座很是幽静的庵堂，盐商程虚谷曾在此设宴，招待我们游玩。宴席中有肉馒头，小沙弥在一旁虎视眈眈，我便给了他四个。临走前，我用两圆番银酬谢僧人，山中的僧人不认识番银，推托着不愿接受。我告诉他一圆番银可换七百多文铜钱，僧人又说附近没有兑换的地方，仍然不愿接受。我只好从同行的人那里，拼凑了六百文钱给他，僧人才欣然接受，对我致谢。过了些时候，我邀请同仁带着酒食盒再次前往，老僧叮嘱说："上次，小徒不知吃了什么东西而腹泻，今日不要再给他了。"由此可知，吃惯了素食的胃腹，接受不了荤腥的味道，实在是可叹呀。我对同仁说："要当和尚，须得到这样偏僻的地方，终身不见不闻荤腥，许能修身养性。像我家乡的虎邱山上的那些和尚，一天到晚，见到的都是妖童艳妓，耳畔所听的，都是笙歌弦乐，鼻子闻到的，都是佳肴美酒的香味，又怎能达到身如枯木、心如死灰的境界呢？"

再离城三十里，有个名叫仁里的地方，有花果会，每十二年举行一次，每次举办，各家各户各出一盆花，以此进行比赛。我在绩溪时，恰逢花果会举行，高兴地想要前往，却苦于没有轿子、马匹可以乘坐，就有人教我，截断竹子做杠，绑上椅子作为轿子，雇人肩扛着我前去了。与我同游的，只有同事许策廷，看见我们的人，没有一个不讶然失笑的。到了地方，见着一座庙，不知供奉何方神明。庙前空旷的地方，高搭了戏台，台上有雕梁画柱，看着极其巍峨绚烂，走近一看，原是些用纸扎成的彩画，上面涂抹了油漆。忽然听到一阵锣鼓声，四人抬着一对粗壮如柱的蜡烛，八人抬着一头巨大如牯牛般的肥猪，原来是众百姓一起养了它十二年，今日才宰杀献给神明的。策廷笑着说："猪固然算是寿长，神明也算是牙齿尖利。若我是神明，怎能享受得了它。"我说："由此也可看出他们有些愚笨的诚意了。"又进入庙里，看见大殿、回廊、小轩和院子里所陈设的花果盆玩，并不剪枝修节，全都以苍老古怪的风貌为佳，一大半都是黄山松。接着要开场演戏了，人潮蜂拥而至，我与策廷就避开离去了。

未满两年时，我与同事们有了不合，便拂衣而去，回归故里。

我从绩溪的游历当中，窥见官场中那些卑鄙龌龊的现象，简直不堪入目，因此从儒生变成了商贾。我有个叫袁万九的姑丈，他在盘溪的仙人塘作酿酒的生意，我与施心耕凑资入了伙。袁万九的酒，本是从海上贩运的，不到一年，赶上了台湾林爽文作乱的事，海道遇阻，货源积压下来，本钱都赔光了，我没办法，只好重操旧业。在江北做了四年幕僚，没有一次畅快的游行可记。

等到我与芸寓居萧爽楼的时候，正过着烟火神仙的日子，表妹夫徐秀峰从粤东归来，见我赋闲在家，感慨地说："你等有了生意才生火煮饭，作了字画才有钱饮酒，终究不是长久的法子，何不与我同去岭南游商？想来不至于只赚点小钱呢。"芸娘也劝我说："趁现在父母尚且健在，你还在壮年时期，与其在柴米油盐上精打细算，不如出门多赚些钱，好一劳永逸。"我便和朋友们商量这件事，筹集资金作本钱。芸娘也亲手准备了一些绣货，以及苏酒、醉蟹等岭南所没有的物品。禀告父母后，十月十日那天，我随秀峰一起，从东坝出了芜湖口，前往岭南。

初次游历长江，胸怀大畅。每晚泊船之后，我必在船头饮上几杯。看见捕鱼人撒下的渔网大小不到三尺，上面的孔洞却大约有四寸，用铁箍箍着四角，似乎是为了让渔网容易沉下去。我笑着说："虽然先贤教导过，说'渔网不要太细密'，但像这样孔大网小的渔网，怎能有所收获呢？"秀峰说："这是专门为捕到鳊鱼设计出的渔网。"只见捕鱼人用长绳系着渔网，忽地拉起一些，又放落，像是在试探网里有没有鱼。没多久，迅疾拉网出水，已经有鱼被枷在孔里捞起了。我这才感叹道："由此可知，我的知识有限，没能感受到其中的奥妙啊。"

船仍在长江行驶。一日，我望见江心有一座突起的山峰，四周无依无靠。秀峰说："这就是小孤山了。"山上染霜的树林里，殿堂楼阁参差可见。我们的船乘风驶过，可惜没能登山一游。到了滕王阁，就如同是我们苏州的尊经阁移到了胥门的大码头一样，王勃《滕王阁序》中所说的，并不能全信。我们就在阁下换乘了昂首高尾的大船，名叫"三板子"，从赣关到了南安，方才登陆上岸。那天，正是我三十岁的生辰，秀峰准备了寿面为我祝寿。第二日，路过大庾岭，山顶上有个亭子，匾额上写着"举头日近"，是在形容此地很高。山头一分为二，两边为峭壁，中间留出一条通道，像是一条石巷。山口陈列着两块碑，一块刻着"急流勇退"，一块刻着"得意不可再往"。山顶有座梅将军祠，没有考证出来是哪朝的人。所谓的岭上梅花，却并没有一株梅树，难道是因梅将军祠而得名的梅岭吗？我所带的打算用于送礼的盆栽梅花，到了这将交腊月的时节，已然花落而叶黄了。

过了梅岭的出山口，见到的山川风物，顿时让人感觉大不一样。岭西有一座山，山上石窍玲珑，已经忘记山的名称了，只记得轿夫说："山中有仙人的床榻。"匆匆路过这里，没能登山一游，心里很是怅然。抵达南雄后，我们又雇乘老龙船，驶过佛山镇时，望见人家的墙头上，大多都摆有盆栽花卉，盆中的叶子像是冬青，开的花像是牡丹，有大红、粉白、粉红三种颜色，原来是山茶花。

到了腊月十五，我们才抵达广东省的省城广州，寓居在靖海门里，租了王姓人家的三间临街楼房。秀峰的货物都卖给当地掌权的人，我也跟随着他，开单子、拜访客商，随即就有订货的人，络绎不绝地前来取货，不到半月，我的货品就卖光了。除夕夜晚，当地蚊声阵阵如雷。新年贺岁时，有人身着棉袍，有人穿着纱套。不但是气候有所差别，就连此地的土著人，与我们一样都长着五官，但却有着迥然不同的神情。

正月十五，署中的三位同乡友人拉我去游河观妓，称其为“打水围”，歌妓叫作“老举”。于是一同出了靖海门，下了小艇（艇如剖开的半个鸡蛋，上面加了个篷子），先到沙面这个地方。歌妓所在的船，名叫“花艇”，都是对头分列排开的，中间留出水巷，以供小艇往来。每帮妓船，有一二十艘，用横木绑着固定，以防被海风吹散。两船之间，用木桩钉牢，再用藤圈套好，便于船只随潮水起落，而不散开。老鸨被称呼为“梳头婆”，头上戴着银丝架子，高约四寸，中间空着，而把头发盘在架子外面，用长长的耳挖插一朵花在鬓边，上身穿元青色短袄，下身穿元青色长裤，裤管拖到脚背上，腰间束一条汗巾，不是红的，就是绿的，赤着脚，趿着鞋，式样有点像梨园里唱旦角人的脚。我们登上她的花艇，她就躬身施礼，笑脸相迎，撩起帷帐让我们进入船舱。舱内两边放着椅子，中间设了一张大炕，有一小门通向船尾。妇人高呼一声“有客”，马上听到杂乱的趿鞋声，一群歌姬踢踏着鞋出来了，有绾着发髻的，有盘着发辫的，有的面上敷着白粉如同粉墙，有的搽了胭脂脸红似石榴，有的穿着红袄绿裤，有的穿着绿袄红裤，有穿着短袜、趿着绣花蝴蝶履的人，也有赤了脚、套着银脚镯的人，她们有的蹲在炕前，有的倚在门边，眼中闪着光亮，一句话也不说。

我回头看向秀峰，问:“这是做什么呢？”秀峰说:“看到中意的，向她招手，人才会过来。”我试着向其中一个招了招手，那妓果然高兴地走到我面前，取出袖中槟榔敬给我。我把槟榔放入口中，大吃大嚼，苦涩得忍受不了，急急吐出，用纸擦嘴唇，吐出的东西像血一样。整个花艇的人都哄堂大笑。

我们又去了军工厂的花艇，歌妓的妆容打扮和前面的相同，只是不管年长年幼，都会弹琵琶而已。和她们说话，对方答“唦”，“唦”是“什么”的意思。我说:“之所以有‘少不入广’的说法，是因为这里可以让人销魂，若都是这样野俗的妆扮、难懂的蛮语，谁会为之心动呢？”一个朋友便说：“潮帮的歌妓，妆容打扮如同仙子，可前去游玩一番。”

到了潮帮，这里花艇的排列，也和沙面那里相同。有一著名的老鸨，叫作素娘，妆扮得像花鼓戏里的妇人。这处的粉头们，穿着的衣裙都有长长的领子，脖颈上套着项锁，额前短发齐眉，后面长发垂肩，中间绾一个发鬏，像小丫鬟一样，裹了足的，就穿着长裙，没裹足的，就穿短袜，也都趿着蝴蝶履，拖着长长的裤管，口音依稀可以分辨。然而我终究还是嫌弃她们怪异的衣服，没什么兴致。

秀峰说：“靖海门对面的渡口，有扬帮女子，化的是吴地妆容，你过去看看，必然有合你心意的。”另一友人说：“所谓的扬帮，仅有一个老鸨，名叫‘邵寡妇’，带一个媳妇，名叫‘大姑’，是来自扬州的，其余的女子，都还是来自湖广江西的人。”因此，我们来到了扬帮。扬帮有面对面的两排花艇，仅有十几只小船，艇中女子都梳着云雾般蓬松的发髻，薄施粉黛，化了淡妆，身上是宽阔的衣袖，和长长的裙裾，语音还算能听清楚，那个叫邵寡妇的老鸨，殷勤地接待了我们。随即就有一位友人唤来酒船，大酒船叫“恒舻”，小酒船叫“沙姑艇”，以东道主的身份作邀请，请我选择妓女。我选了一个年纪小的，她的身材样貌与芸娘有些类似，而且一双秀足极尖极细，名叫喜儿。秀峰也招了一个，名叫翠姑。其余的人则都各有相识的旧交。放开小艇，在河面上荡游漂流，众人开怀畅饮。到了打更时分，我担心不能把持自己，坚决地想要回寓所，然而城门已经上锁了。原来海边的城市，日落时分，就关闭城门，只是我不知道罢了。

等到酒席结束后，有人躺在铺上吞吐鸦片烟，有人拥着妓女调情说笑，仆人各自给客人们送来枕被，就要在船上连床开铺。我悄悄问喜儿：“你自己的艇里，有可以歇息的地方吗？”喜儿答：“有一个寮房可住，只是不知里面是否有别的客人。”（寮房，是船顶上的小阁楼。）我说：“姑且先去看看吧。”便招来小艇，渡我们到邵寡妇的花艇上，只见整个扬帮的花艇分成相对着的两排，亮起灯火，犹如一条长廊，恰好寮房没有客人。

邵寡妇笑脸相迎，说：“我知道今日你这位贵客会过来，因此留了寮房，用来招待你呢。”我笑着说：“妈妈你真是荷叶下的仙人啦！”随即就有仆人拿了蜡烛，给我引路，从舱后的梯子上，登上寮房。寮房狭小，宛如斗室，旁边有一张长榻，也准备了几案。揭开帘子再往上走，就到了头舱的顶端，旁边也设了张床，中间的四方窗户上，嵌了玻璃，即使不点灯火，也有亮光盈满房间，原来是对面船上的灯光，从玻璃窗上透了进来。这里的衾被帐子、梳妆镜奁，都很精巧华美。

喜儿说：“从顶台上可以望见月亮。”便在梯门上面，开了一扇窗户，弯曲身子爬出去，到了船后梢的顶端。这里三面都设了短栏杆，天上一轮明月，周围水阔天空。或纵或横，如同杂乱的叶子一般浮在水面的，是酒船；闪闪烁烁，如同天上繁星的，是酒船上的灯火；还有小艇，如织布时的纱线一样来回穿梭在水面上，笙歌弦索的声音，夹杂着沸腾的潮声，让人不自觉地移情在这里。我说：“‘少不入广’的原因，应当就在这里了！”可惜我媳妇芸娘不能一同来此游玩，回头看看喜儿，朦胧月光下，依稀与芸娘有几分相似，便挽着她下了顶台，吹灭蜡烛，一同睡了。天微亮时，秀峰等人哄作一团来找我。我披上衣衫，起床迎接，他们便都责备我昨夜逃跑的行为。我说：“也没什么，就是怕你们几位会来掀被子揭帐子罢了！”便和他们一起回寓所了。

过了些日子，我和秀峰同游海幢寺。这寺建在水里，四周围有墙壁，如同城市的四面城墙。墙上离水五尺多高的地方，有洞口，用来放大炮，好提防海寇，无论是潮起，还是潮落，大炮都随着潮水浮沉，并不会觉出炮门有忽高忽低的变化，这也是物理中不可猜测的地方。

十三洋行，在幽兰门的西侧，结构与洋画上的一样。对面的渡口，名叫花地，那里花木很是繁茂，是广州卖花的地方。我自以为没有不认识的花，到花地看了，才发现仅识得群花中的六七成，问那些不认识的花的名字，有的连《群芳谱》都没有记载，或许是因为当地对花的叫法，与书中有所不同吧？海幢寺规模极大，山门内种植的榕树，树身粗大到要十多人手拉在一起，才能环抱，浓荫如盖，秋冬也不凋谢。这里的柱子、门槛、窗户和栏杆，都是用铁梨木做成的。寺内有菩提树，叶子形状如同柿子，浸在水中，剥去叶肉，叶筋细腻，如同蝉翼薄纱，可以装裱成小册子，在上面写经文。

从寺庙归家的途中，我去花艇看望喜儿，正巧翠姑、喜儿两人都没有客人。饮完茶后，我们准备离开，她们再三挽留。我所中意的是寮房，而叫大姑的媳妇已经有酒客在里面，因此我对邵寡妇说："若是能将她俩带回寓所，就不妨去我住处叙一叙吧。"邵寡妇说："可以。"秀峰先回去，好吩咐随从们准备酒菜，我随后带着翠姑、喜儿到了寓所。正在谈笑时，恰好郡署的王懋老，没与我们约定好就来了，就挽留他一同在此喝酒。酒还没有碰到嘴唇呢，忽然听到楼下传来嘈杂的人声，来者好像有上楼来的势头，原来是房东的一个侄子，一向无赖，得知我招妓来了，就故意带人过来，想要敲诈我们。

秀峰埋怨我："都怪三白你一时高兴，不巧我也应从了此事。"我说："事情已经到这个地步了，应该快快想出退兵之计，当下可不是斗嘴的时候。"懋老说："我先下去，看看能不能说服他们。"

我当即唤来仆人，命他快去雇来两顶轿子，先送两妓从这里脱身，再商议出城的方法。我听见懋老无法说服那些人退走，幸好他们也不上楼。两顶小轿已经备好，我的仆人身手敏捷，便令他走在前面开路，秀峰挽着翠姑跟着，我挽着喜儿在后面，一下子冲了下去。秀峰、翠姑借助了仆人的力气，已经冲出门去，喜儿被一人横着伸手抓住，我急得抬腿踢去，踢中了那人的手臂，那人手一松开，喜儿就逃脱了，我也趁势脱身出去了。我的仆人依然守在大门那里，以防那些人前来追抢。我急忙问仆人："见喜儿了吗？"仆人答："翠姑已经乘轿离去，喜娘只看见她出来，没见她乘轿。"我急忙燃起蜡烛，看见空轿还在路旁停着。急忙追到靖海门，看见秀峰站在翠姑的轿子旁边，又问他喜儿去哪里了，秀峰答："或许是她应该向东走的，反而奔向西边去了。"

我急忙反身，往西找去，过了我寓所西面十几户人家，听到暗处有人唤我，用蜡烛照去，是喜儿，便将她纳入轿中，让人用肩抬走。秀峰也跑过来了，说："幽兰门有水洞可以出去，已经托人贿赂了守门人，开启那门，翠姑已经去了，喜儿快点过去！"我说："你速回寓所，赶走那些人，翠姑、喜儿交给我吧！"到水洞边一看，果然已经开锁了，翠姑先到了那里。我就左边挽着喜儿，右边挽着翠姑，弯着腰踮着脚，踉跄着出了水洞。

天刚好下起了小雨，路面湿滑如油，走到沙面那段河岸时，花艇上笙歌正热闹着。小艇中认识翠姑的人，招呼我们登舟。这时我才看见喜儿的头发乱如蓬草，佩戴的发钗耳环全都没了。我问："被抢去了吗？"喜儿笑答："听说这些首饰都是纯金的，原是妈妈的东西，借我佩戴，我在下楼时就摘下来了，藏在囊中。就是怕若被人抢去了，会连累你出钱赔偿。"我听了，心里十分感激，让她重新整理好鬓发，戴上发钗耳环，不要将实情告诉妈妈，只托词说是寓所人多，所以才又来船上的。翠姑依我所说，禀告了妈妈，并说："酒菜已经吃饱了，备些清粥便可。"

这时，先前在寮房里喝酒的客人已经走了，邵寡妇叫翠姑也陪我去寮房。我看见翠姑和喜儿脚上的两对绣鞋，都已经浸满了泥巴。我们三人一起吃粥，算是充饥。又剪了烛芯，坐下闲聊，才知道翠姑籍贯湖南，喜儿出生在河南，本来的姓氏是欧阳，父亲亡故，母亲改嫁，喜儿被恶毒的叔叔卖了，自此沦落风尘。翠姑告诉我干这一行迎新送旧的苦楚，不开心也要强颜欢笑，不胜酒力也要强行陪酒，身子不适也要强撑着陪客人，嗓子不爽利也要勉强着唱歌。还有那性情怪异的客人，做得稍微不合他心意，他就掀桌子扔杯子，高声辱骂，名义上的母亲邵寡妇不仅不体察实情，反而还责怪接待不周，还有遇到恶客，被彻夜蹂躏的情况，令人不堪忍受。喜儿年轻，又是初来，妈妈还有点怜惜她。说着说着，翠姑的眼泪就不自觉地落了下来。喜儿也在一旁低声哭泣。我便挽过喜儿，搂在怀里安慰她。安排翠姑睡在外间的长榻上，因为她是秀峰的相好，我不愿沾染。

自此以后，或者十日，或者五日，扬帮就会派遣人来邀我过去，喜儿有时会坐着小艇，亲自到河岸上迎接我。我每次前去，必定会邀请秀峰，不邀请别人，也不去另外的花艇。在那里度过一夜欢愉，所花费的不过四圆番银而已。秀峰今日招翠姑，明日招红姑，俗称为跳槽，甚至一次招两妓相陪；我则独要喜儿一人，偶尔独自前往，或与她在天台上小饮，或是在寮房内清谈，不强令她唱歌，不强求她多饮酒，温柔地对待她，体恤她，在她的小艇上怡然自乐，临近的妓女都很羡慕她。有空闲无客的妓女，得知我在寮房，必然会前来相访。整个扬帮的妓女，没有一个不认识我的，每次登上她们的花艇，招呼我的声音都不绝于耳，我就看看这边，再看看那边，完全应付不过来，这便是挥霍万金也不一定能得到的待遇吧。

连着四个月，我在扬帮一共花费了一百多两银子，得以尝到了新鲜的荔枝，也算是有生以来的快事了。后来，老鸨想向我索要五百两银子，强逼着我纳喜儿做妾，我担心她会打扰纠缠我，便开始做归乡的打算。秀峰还迷恋这里，我就劝他买下一人做妾，然后仍然从原路返回吴地。第二年，秀峰再次前往广州，我父亲不准我一同前去，我便应了青浦杨太守的聘约。等到秀峰归来，说到喜儿因为我没去，几乎寻了短见。唉！这真是“半年一觉扬帮梦，赢得花船薄幸名”啊！

从粤东归来后，我在青浦做了两年事，没有快意的游历可以记述。稍后，芸娘、憨园相遇，惹来他人非议，传得沸沸扬扬，芸娘因为太过激愤，得了大病。我与程墨安便在我家家门旁边，开设了一个书画铺子，勉强帮着支撑芸吃汤药的花费。

中秋节过了，两天后，吴云客带着毛忆香、王星灿，一起邀请我去西山小静室游玩。我正是没有空闲的时候，便叫他们先行前去。吴云客说：“如果你能出城前来的话，明天中午，我们就在山前水踏桥的来鹤庵等着你。”我应下了。

第二日，留下程墨安守着铺子，我独自步行前去，出了阊门，到了山前，又过了水踏桥，顺着田间小路向西走。看见一座朝南的庵堂，门前有溪流，就敲门询问，里面的人回应说：“客人来此，所为何事？”我便说了约定的事。对方笑着说：“这是‘得云庵’，客人你不看匾额的吗？‘来鹤庵’已经走过了！”我说：“我从桥边走到这里，一路上没看见有别的庵堂。”对方指着我来的方向说：“客人你没看见那边土墙中森森多竹的地方吗，那就是了。”

我便按来路返回，到了那墙下。有一扇紧闭的小门，我从门缝间向里窥视，有短短的篱笆，弯曲的小路，翠绿的修竹，很是寂静，没听到有人语声，敲门也无人回应。有一人从我身边经过，对我说：“墙洞中有石块，那才是敲门的工具。”我试着拿石块连连击门，果然有小沙弥出来开门。我便顺着小路往里走，过了小石桥，向西一转弯，才看见了山门，门上高悬着黑漆匾额，写有“来鹤”二字，字后落有长跋，来不及细看。入了山门，经过韦陀殿，殿内一派洁净，一尘不染，便知道这里是个好静室。

忽然看见左边廊下，有一个小沙弥捧着茶壶出来，我便大声询问，当即就听到星灿在屋里笑着说："怎么样？我就说三白决不会失信的！"旋即看见云客出来迎接我，说："等着你来，好早点用膳，为何来得这样迟呢？"有一僧人跟在他后面，向我施稽首礼，问过后，知道这是竹逸和尚。进入室内，仅小屋三间，匾额上写着"桂轩"，庭中两棵桂树都开花了。星灿、忆香一起嚷着说："你来迟了，应罚三杯！"桌子上有荤素菜肴，精美鲜洁，酒水则黄酒白酒都有。我问："你们几位游览几个地方了？"云客说："昨日来时，天色已晚，今日清晨，仅去了得云、河亭两处地方。"众人欢饮了很久。饭后，仍从得云、河亭两处开始游玩，一共游了八九个地方，到华山才停止前行。所到之处，各有精妙的地方，无法一一描述。华山的山顶上，有莲花峰，因那时太阳将要下山了，就约定以后再来游玩。盛放的桂花，以华山的为最好，我们就在桂花树下，各饮了一盏清茶，随即乘坐山间的轿子，直接回到了来鹤庵。

桂轩东面，另有一间临洁小阁，已经摆好了酒菜。竹逸和尚静坐少言，但很是好客，擅于饮酒。酒席开始，众人玩起了"催花饮酒"的游戏，先折下一枝桂花，传到谁手里停下了，那人就饮一杯酒。紧接着每人都行一个酒令，到了二更，方才结束。我说："今夜月色极好，立即酣醉睡觉，未免辜负了这清朗的月光，何处有高旷之地，便去那里赏玩一会儿月色，也算是没有虚度今夜这良宵了吗？"竹逸和尚说："登放鹤亭便是了。"云客说："星灿是抱琴前来的，却还未曾聆听过他弹的绝妙曲调，不如就去那里弹一曲吧？"于是我们就一同登上了放鹤亭。只见在木樨的香气里，一路所见到的树林，都挂上了霜花，月光下有万里长空，全都是一片寂静。星灿弹了一曲《梅花三弄》，听得众人飘飘欲仙。忆香也兴致勃发，从袖中取出铁箫，呜呜地吹了起来。云客说："今晚在石湖看月的人，哪个能比得上我们的快乐呢？”原来，我们苏州八月十八日这天，在石湖行春桥下有看月的集会，游船拥挤，彻夜笙歌不息，虽然名为看月，实际上则是招妓喝花酒而已。不一会儿，残月西沉，寒霜渐浓，我们便意兴阑珊地回房睡觉了。

第二天清晨，云客对众人说：“这里有个无隐庵，极其幽僻，你们当中有去过的人吗？”我们都答：“不仅没有去过，连听都没听说过。”竹逸和尚说：“无隐庵四面环山，位置偏僻，僧人都不能在那里长久居住。旧年间，我曾去过一次，已经坍塌作废了，自从尺木的彭居士重修后，还没有再去过，如今还依稀记得路。如果你们想去那里游玩，便请让我作向导吧。”忆香说：“空腹前去吗？”竹逸笑着说：“已经备好素面了，再让道人带着酒食盒跟随我们吧。”吃过素面，就步行前往无隐庵。

进过高义园后，云客想去白云精舍，入门刚刚坐下，一僧人慢慢踱步出来，向云客拱拱手说：“两月不见，久违了，城中有什么新闻？抚军大人还在衙门吗？”忆香忽然起身说：“秃！”便拂袖而去了。我和星灿忍着笑意，跟随他出去，云客、竹逸和尚与那僧人应酬了几句，也告辞出来了。

高义园就是范文正公的墓地，白云精舍在旁边建着。这里有一个紧临石壁的小轩，上面爬满了藤萝，下面凿了一个水潭，约有一丈宽，有金鱼在水中游动，名叫“钵盂泉”。此处还有竹炉茶灶，真是个清幽的地方。这小轩掩映在一片绿丛里，从这上面，可俯瞰范园的大致形状。只可惜这里的僧人太过俗气，不值得久留。

当时，我们从上沙村往前走，走过鸡笼山，这山便是昔年我与鸿干登高的地方。现今再次来此，风景依旧，而鸿干已经离世了，令人不禁哀叹，今日是哪一日呢，由此百感交集。

正在我惆怅不已的时候，忽然遇到一条流泉阻路，无法前进，有三五个村童在乱草丛中挖掘菌子，探头看着我们笑，似乎很惊讶会有这么多人到这里。便向村童询问去无隐庵的路，回答说："前面水大，不可前行，请向回走一段，向南有一条小路，从那里翻过山岭，就可抵达。"我们依照村童说的话前行。翻过山岭，向南行了一里多远，渐渐觉得竹林树林杂乱丛生，四面群山环绕，小路上长满绿茵，已经没有人活动的踪迹了。竹逸和尚来回徘徊，环顾四周，说："好像就在此地，然而道路已经无法辨认了，怎么办？"我便蹲下身子，细细打量，在附近的千竿修竹中，隐隐看见了乱石堆成的房舍，径直拨开丛生的竹子，横穿进入竹林，往里寻找，才找到了一座山门，门上写着"无隐禅院，某年月日南园老人彭某重修"，众人欢喜地说："若非有你，这里就成了外人无法到达的桃花源了！"

山门紧紧闭着，我们敲了很长时间的门，都没有人回应。忽然旁边有一小门开了，吱呀一声，一个身着破衣烂衫的少年走出来了，看起来面有菜色，脚上的鞋也是破的，问我们："客人们有什么事吗？"竹逸和尚向他施稽首礼，说："我们仰慕此处禅院的幽静，特地前来瞻仰。"少年说："这样一座穷山，僧人都散去了，无人可以接待你们，请你们另觅别处游赏吧。"说罢，就要关门进去。云客急忙上前制止，许诺说若是他让我们进去，必定会有酬谢。少年笑着说："连茶叶都没有，怕会慢待了客人，哪里是希望你们给酬谢呢？"

一打开山门，立即看见大殿中的佛像，佛像的金光与庭院中的绿荫相互映照，庭院的石头台阶上积累着青苔，如同刺绣，大殿后面的台阶如墙一般高大，有石栏环绕。顺着台阶向西，有一块石头形状似馒头，高二丈左右，石头下有细竹环绕。再由西转向北，由斜廊拾级而上，有客堂三间，紧对着大石头。石头下凿有一方小月池，池内有一脉清泉，水中荇藻交错横杂。客堂东面即是正殿，正殿的左边，向西是僧人的厨房，大殿后临峭壁，树荫遮天蔽日，抬头看不见天空。

星灿筋疲力尽，就坐在池边稍作休息，我也坐下了。正准备打开酒食盒喝上几杯，忽然听到忆香的声音从树梢传来，呼喊："三白快快过来，这里有妙境！"我抬头看去，看不见人影，因而与星灿循着声音寻找。从东厢的一个小门出来，转向北，有石阶如梯子，大约有数十阶，在竹林中瞥见一楼。沿着梯子上了楼，八扇窗户全都开着，匾额上书着"飞云阁"。四围群山环抱如城墙，独缺西南一角，遥遥望见有一水域，水流仿佛浸到了天上，隐约能看见水面上的风帆，就是太湖了。我靠着窗子俯视外面，风吹动竹梢，如麦浪翻滚。忆香说："怎么样？"我说："这里真是个妙境啊。"

忽然又听到云客在楼西大呼："忆香快来，这地方还有妙境！"因而又下楼，转向西边，登了十几级台阶，眼前忽然豁然开朗，平坦如台。打量此处，已经是在殿后的峭壁上了，残缺的砖基尚且留存，原来也是昔日的大殿基地。从这里观望环绕的山峰，比飞云阁更加使人畅快。忆香对着太湖长啸一声，群山中便传来了回声。我们便席地而坐，准备饮酒，忽然发愁腹中空空，少年想煮焦饭代替茶水，便让他改煮茶为煮粥，邀他同食。向少年询问此地为何冷落到这个地步，他说："四周没有邻居，夜晚又多强盗，在存粮时来偷窃，就是种点蔬果，也多半被樵夫摘走。这里是崇宁寺辖下的寺院，每到月中，总厨房会送来饭干一石，盐菜一坛，仅此而已。我是彭姓后人，暂时居住在这里，看守此地，正准备归家，不久后，这里应当就没有人迹了。"云客为了酬谢他，给了他一圆番银。

我们返回来鹤庵后，各自坐船回家。我绘制了一幅《无隐图》，赠给竹逸和尚，作为此次畅快游玩的纪念。

那年冬天，我一朋友向人借债，我在中间做了债务的担保人，受到了连累，在家庭里失去了欢心，便寄居在锡山华氏的家里。第二年春天，我将要动身去扬州，有个老朋友韩春泉在上洋幕府做事，我便前去拜访他。我衣衫破旧，鞋子也穿破了，不好意思进入官署，便投递手札，约韩春泉在郡庙园亭里见面。等韩春泉出来见了我，知晓了我的愁苦，慷慨地资助了我十两银子。郡庙园是洋商捐钱修成的，极为宽阔宏大，可惜园中点缀的景致，杂乱无章，后面堆叠的那些山石，也缺少起伏照应。

踏上归途后，我忽然想到了虞山的胜景，正巧有顺路的船，我便乘船顺道前往。正值仲春，桃李绽放，斗美争艳，我投住在寓所，想要外出游玩，苦于没人做伴同行。便怀揣三百文铜钱，信步走到了虞山书院，在院墙外抬头观赏，只见丛树鲜花交相辉映，有娇艳的红花，稚嫩的绿叶，这书院依山傍水，极有幽趣。可惜不能进门细观，一路边走边打听，途中遇见一煮茶的篷子，便坐了进去，烹煮的是碧螺春，喝起来味道极好。向旁人询问虞山何处最美，一个游人说："从这里出西关，靠近剑门的地方，才是虞山最佳之地，你若想去，请让我作向导吧。"我高兴地答应了。

出了西门，沿着山脚走路，在高高低低的路上行了数里，渐渐看见有屹立的山峰，石头上布着横纹，到了那里，则是一山从中间一分为二，两壁凹凸不平，高数十仞，走得近时，需要仰头才能看见，好似将要倾倒堕落的样子。同行的游人说："相传山上有洞府，多仙境景色，可惜没有登山的路径。"我兴致勃发，挽起袖子，卷起衣角，像猿猴一样，攀缘而上，径直到达了山巅。所谓的洞府，只有一丈多深，洞顶有石缝，从中可以看见天空。低头向下看，双腿软得快要掉下去，就用肚腹贴着石壁，依附在藤蔓上下了地。游人惊叹地说："厉害啊！要论游兴的豪迈，还没有见过像你这样的。"我口渴，想要饮酒，就邀请游人到野店里买酒，饮了三杯。太阳将要落山，还没能游遍此地，便拾了十多块绛褐色的小石头，揣在怀里返回寓所，然后背着书箱，搭乘在夜间航行的船到了苏州，仍然返回锡山华家。这便是我在愁苦生活中的快意之游。

嘉庆九年春天，我痛苦地遭遇了父亲去世的变故，准备弃下家人，逃往远处的深山里，友人夏揖山挽留我住在他的府上。到了秋季八月，他邀请我一起去东海永泰沙，勘探收取田租利息。永泰沙隶属崇明，乘船出刘河口，在海上航行百余里才到。这是块随着涨潮才刚刚开辟的地方，还没有街市出现。这里有茫茫一片芦荻，人烟稀少，仅有夏揖山的同伙丁氏，建造了几十间仓库，四面挖了河沟，筑了堤岸，栽了杨柳环绕在堤岸外围。

丁氏字实初，家在崇明，是永泰沙的首家大户；在他家当会计的人，姓王，都是豪爽好客的人，不拘束于礼节，与我乍一相见，就如同故交。为了招待我，他们杀猪作菜肴，把酒瓮搬出来喝酒；行酒令就会划拳，不会吟诵诗文；唱歌则是号叫，不讲究音律节奏。酒酣耳热时，就指挥工人们挥舞拳头、摔跤作乐子。蓄养了百余头牯牛，都露宿在河堤上。养白鹅看家，从鹅的叫声中判断是否有异常情况，以防海盗前来作案。白日里，就驱赶着鹰犬，在芦苇与沙滩之间狩猎，捕获的大多都是飞禽。我也随着他们奔驰追逐，倦了就躺在地上睡觉。

他们带我到一处园田耕作成熟的地方，每一小块地，都编了字号，被圈起来，外围筑有高堤，以防潮汛。堤中留有水洞，用闸门开、关水洞，干旱时，随着涨潮，开闸灌溉，水涝时，就随着潮落，开闸泄洪。佃农们都四散在各处，如繁星排列，呼喊一声，便聚集在一起，他们称地主为“产主”，平日里唯唯诺诺，听命令做事，朴实可爱。然而，若用不义的举动激怒了他们，他们就会比虎狼还要野蛮粗横；如果所言公平公正，他们就会坦率地信服。

无论是刮风还是下雨，也不管是白天还是黑夜，身在此处，便恍如生活在太古时期。躺在床上向外看，就能看见滔滔海水，枕头旁边，潮起潮落的声音，响得如同在鸣金鼓一样。一夜，我忽然望见数十里外，有大如竹筐的红灯，漂浮在海面上，又望见红光映红了天空，好像失火了一样。丁实初说："这里一出现神灯神火，不久之后，就又要涨出沙田了。"揖山素来性情豪迈，到了这里越发豪放。我就更加肆无忌惮了，在牛背上放声乱唱，在沙滩上醉酒、跳舞，随着自己的兴致做事，真算是平生无拘无束的快意之游了。事情完成后，我们到了十月份，才踏上返程。

在我家乡苏州虎邱的诸多胜景中，我独爱后山的千顷云这一处景致，其次就是剑池，仅偏好这两处而已。其余的地方，都半借了人力，而且被脂粉气息玷污了，已经失去了山林原本该有的样子。即便是新近兴起的白公祠、塔影桥，不过是有个风雅的名字罢了。至于那个冶坊滨，我戏将它的名字改为"野芳滨"，因为它更是混在脂粉堆里，徒有妖冶的形貌罢了。那个在城中最为著名的狮子林，虽然说是元代画家倪云林的手笔，而且石质玲珑，林中古木参天，然而从整体形势上看，竟然如同乱堆的煤渣一样，也好像在里面累积了苔藓、穿插了蚁穴，全然没有山林的气势。以我管中窥豹的眼光来看，不知它有何妙处。灵岩山是吴王所建的馆娃宫的故址，上面有西施洞、响屧廊、采香径诸多胜景，然而此处气势散漫，太过空旷，没有收束的密集一些，比不上天平、支硎两处，别有幽静雅趣。

邓尉山又名元墓，西边与太湖相背，东边与锦峰相对，有红崖翠阁，一眼望去，如图如画，居住在那里的人以种梅为业，梅花绽放时，绵延数十里，一望过去，如同积雪，因此得名"香雪海"。山的左边，有四株古柏，名字分别叫作"清、奇、古、怪"：清柏，是一株树干挺直、枝叶繁茂如绿色华盖的树；奇柏，树干卧地，呈三曲之状，形似"之"字；古柏，树顶秃，树干扁平宽阔，已经半朽了，形如手掌；怪柏，体态形似旋螺，枝干部分也是弯曲旋转的。相传，这四株古柏，都是汉代之前的古物了。

嘉庆十年的暮春时节，夏揖山的父亲莼芗先生，带着自己的弟弟夏介石，率领子侄后辈四人，前往祓山的夏家祠堂进行春祭，一并拜扫祖墓，叫我一同前往。我们顺道先去了灵岩山，出虎山桥后，由费家河进入香雪海，观赏梅花。祓山的夏家祠堂就掩映在香雪海中，时值梅花盛放，谈吐呼吸之间，全都是盈盈香气。我曾以祓山风景作画，为夏介石画下《祓山风木图》十二册。

那一年的九月，我跟随石琢堂赴四川重庆府就任，沿着长江逆流而上，船只抵达皖城。皖山的山麓上，有元末忠臣余公的坟墓，坟墓旁边有三间厅堂，名叫“大观亭”，面朝着南湖，背靠着潜山。大观亭在山脊上，在上面举目远眺，很是通畅旷达。旁边有深长的回廊，北边的窗户打开着，正值霜叶初红，灿烂得如同二月桃李。同游之人，有蒋寿朋、蔡子琴。皖城南城外，还有一个王氏园，园子的地形东西两头长、南北两头短，原是因为北面紧靠城池，南面临近大湖的缘故。既受限于地形，便很难布置位置，观察它的结构，采用了重台叠馆的方法。所谓的重台，说的是在房屋上留月台作庭院，在上面叠石栽花，使游人感觉不到脚下有屋子。因为上面堆叠土石的地方，下面依旧坚实如地面，上面作为庭院的地方，下面则是虚空着的，故而花木仍可以得到地气滋润，从而生长。所谓的叠馆，说的是楼上设有轩房，轩房上再设有平台，如此上下盘折，能够重叠四层，且建有小池，水便不会泄露流出，竟然不能猜测出何处为虚，何处为实。园子立脚的地方，全用砖石建造，承重的地方，则仿照了西洋立柱的方法。幸而面对南湖，向南望去，便一无所阻，任人驰骋胸怀，尽情游览，比平常的园子好多了。这真是人工建成的奇绝之地。

武昌黄鹤楼在黄鹄矶上，后面拖有黄鹄山，俗称为蛇山。黄鹤楼有三层，上面有彩绘的栋梁，向上翘起的檐角，倚城而屹立，面临汉江，与汉阳的晴川阁遥遥相对。我与琢堂冒雪登楼，站在楼上，仰视长空，大雪如琼花飞舞，遥望着一片银山玉树，恍似身处瑶台仙境。江中小艇，来来往往，纵横颠簸，如浪花卷着残叶，世人的名利之心，在见此场景时，不免为之一冷。墙壁上有很多题咏的诗词，不能一一记下，只记得有一幅楹间的对联是这么写的："何时黄鹤重来，且共倒金樽，浇洲渚千年芳草；但见白云飞去，更谁吹玉笛，落江城五月梅花。"

黄州赤壁在府城的汉川门外面，屹立在江滨，界限分明，如同绝壁。石头都是绛红色的，故而得名赤壁。《水经》上称这里为赤鼻山，苏东坡曾游玩至此，作了《前赤壁赋》《后赤壁赋》两篇赋文，指出这里是三国时期吴魏两国的交兵大战之处，其实并不如此。古时赤壁下方有水，现今已成陆地，上面建造了二赋亭。

那一年的仲冬时节，我们抵达了荆州。琢堂接到升任为潼关观察使的书信，留我暂住荆州，因此，我没能去见见蜀地的山水，令我深感怅然。当时，琢堂去四川，而他的儿子石敦夫等诸多家眷，以及蔡子琴和席芝堂，都留在了荆州，居住在刘氏废园。我记得废园厅堂的匾额上书着"紫藤红树山房"。庭前的台阶上，围有石栏，开凿了一亩大小的方形水池；池中建有一亭，有石桥通往亭中；亭后堆筑着土石，树木杂乱丛生；其余大多都是空旷的荒地，亭台楼阁都已经倾塌崩坏了。

众人客居于此，闲来无事，有时吟诵诗词，有时放声长啸，有时出外游赏，有时聚友清谈。到了年尾，虽然盘缠已经不太够了，但众人相聚，上下和睦融洽，典当了衣物去沽酒喝，还置办了锣鼓，敲打着玩耍。每到夜晚，必要小酌几杯，每次小酌，必行酒令。经济困窘的时候，就只买四两劣质的烧刀酒，也必得大行酒令。

在这里，我遇到了一个姓蔡的同乡，蔡子琴与他叙起宗族谱系，发现他是同族的子辈，就请他给我们作向导，带我们游览名胜风景。到了府学前面的曲江楼，唐代张九龄在这里任长史一职时，曾在楼上赋过诗，朱熹也写有相关诗句："相思欲回首，但上曲江楼。"城上还有一座雄楚楼，为五代时期的高氏所建，规模雄浑峻伟，极目可望数百里远。有一水绕城，岸边栽的全都是垂柳，有扁舟荡着船桨，在水上往来，很有画意。荆州府衙所在的地方，即是昔年的关壮缪帅府，仪门内有青石制成的断马槽，相传这就是赤兔马的食槽。我们在城西小湖上，寻访罗含的宅第，没能遇到。又去城北寻访宋玉的故宅。昔年庾信遭遇侯景之乱，隐归江陵，就住在宋玉的故宅，后来故宅改成了酒家，如今已经无法再辨认出来了。

那一年的除夕，天降大雪后，极为寒冷。要过春节时，因为是客居他乡，便没有了出门贺年的困扰，每日里只是在燃纸放炮、放纸鸢、扎纸灯笼，以此作乐。然后春风吹拂，传来花朵将要开放的消息，春雨降临，洗濯着大地上的尘埃。琢堂的诸位夫人，先带着他的年幼儿女们，顺川流而下，石敦夫也重整行装，带着其余人等，上路出发。我们从樊城登陆上岸，直接赶赴潼关。

当我们从山南阌乡县往西走，出了函谷关后，看见那里有"紫气东来"四个字，即表明这是以前老子乘着青牛经过的地方。两座山峰中，夹着一条小道，仅能容下两匹马并头前行。大约走了十里，就到了潼关城，左边背靠峭壁，右边临近黄河，潼关关口在山河之间，扼着咽喉要道，拔地而起，有一重又一重垒起的楼台石垛，极其雄峻。然而这里车马寂然，人烟也比较稀少。韩昌黎诗云："日照潼关四扇开"，难道也是在说潼关的冷清吗？

在潼关城里，观察使以下的官职，仅有一个别驾。道署紧靠着北城，后面有花园苗圃，宽约三亩。在东西两头开凿了两个水池，水从西南墙外流进来，向东流入两池之间后，分出三条支流，一条向南流至大厨房，供日常生活使用；一条流向东池；一条向北折向西边，从石螭口中喷泻进入西池，再绕到西北，那里设了泄水的闸口，水泄出去后，从城脚转向北边，穿过水洞出城，直接注入黄河。于是，这里一天到晚，都有水声环流不息，很能使人耳朵清爽。道署内有修竹绿树，浓荫蔽日，仰头也看不见天空。西池中有一亭子，藕花环绕亭子生长。东边有朝南的三间书房，庭院里有葡萄架，架下设有方石桌几，可在此对弈、饮酒，葡萄架以外的地方，全都是几块种着菊花的田地。西边有朝东的三间轩房，坐在房中，可听到流水的声音。轩房南边有一小门，可通向内室。轩房北边的窗户下，另开凿有小池，小池的北边有一小庙，用来祭祀花神。园子正中的地方，筑有一座三层的楼宇，紧靠北城，高度与城墙并齐，站在楼上俯视城外，就能看到黄河。黄河之北，群山如屏风陈列，已经属于山西地界。真是洋洋大观啊！

我居住在园子南边，屋子形似小舟，庭院里有土山，土山上有一小亭，登亭可观览园子大概的形貌，绿荫四合，夏日里都感觉不到暑气。琢堂将我的这间斋室命名为“不系之舟”。这是我幕游生涯中排在第一位的上好居室。我在土山之间，植菊十多种，可惜还没等到菊花含葩开放，琢堂就调任为山东左廉访了。他的眷属都移居潼川书院，我也跟随前往，在书院里居住了。

琢堂先动身赶往山东赴任，我与子琴、芝堂等人闲来无事，总是出外游赏，曾骑着马到华阴庙。路过华封里，即尧出游时受三祝的地方。华阴庙内，多有秦汉时便种下了的槐树、柏树，大得要三四个人合抱，有从槐树中生出的柏树，也有从柏树中生出的槐树。殿廷之中，有很多古碑，其中就有陈希夷所写的“福”字、“寿”字。

华山山脚下有个玉泉院，就是希夷先生脱胎化骨、羽化成仙的地方。有一间石洞，大小如斗室，石床上塑有希夷先生的卧像。这个地方水色清透，水底沙子明朗可见，水草多是绛色，泉水流得很急，修竹环绕着泉水。洞外有一方亭，匾额上写着“无忧亭”。旁边有三株古树，树纹像裂开的炭一样，树叶与槐叶相似，然而颜色更深一些，不知道古树的名字，当地人就称为“无忧树”。太华山不知高有几千仞，可惜未能带着干粮，前往攀登。

从华阴庙返回时，我看见柿林中的柿子正发黄了，就骑在马上，伸手摘柿子吃，当地人大呼快停下，我也不听，咀嚼之后，才知柿子十分酸涩，急急吐了出去，下马找泉水漱了口，方能开口说话，当地人哄然大笑。原来这里的柿子，须得摘下后在沸水中煮一煮，才能去掉涩味，而我却不知道。

十月初，琢堂从山东派专人前来，接他的眷属，我也就离开了潼关，从河南进入山东。山东济南的府城之内，西边有大明湖，其中又有历下亭、水香亭等诸多名胜。夏季，将小船停在柳荫浓密的地方，藕花的香气随风飘来，在船中饮酒，泛舟湖上，极有幽静趣味。我冬日前往观看湖景时，只看见寒烟笼罩着衰败的柳树，水面一水茫茫然而已。

济南有七十二泉，以趵突泉为冠，泉水分为三眼，从地下怒涌突起，有腾空的势头。凡是泉水，都是从上往下流出的，唯独趵突泉的泉水，是从下往上喷出的，也是一处奇观。池上有楼阁，供着吕祖的画像，游人大多在这里品尝茶水。

第二年的二月时节，我在莱阳做事。到了嘉庆十二年的秋天，琢堂被降官做了翰林，我也跟随他去了京都，就此离开山东。因此，所谓的登州奇幻海市，竟然没有机会亲眼一见。

秋灯琐忆

时值道光癸卯年秋，秋芙与我成了亲。夜过三更，下人们都睡着了，秋芙绾了一个偏垂在一侧的发髻，穿着红色薄绸的衣裳，于花烛灯影下，与我一起畅所欲言，一一细说着我们年幼嬉戏笑闹的事情。话题逐渐转到诗词上，而我的舌头好像僵直了似的什么也说不出，于是我便想起秋芙所做《初冬诗》中有“雪压层檐重，风欺半臂单”的句子，到现在我才相信这句诗是秋芙所作，而并非是她冒名顶替的。此时房里帐中飞进了蚊虫，即便是困倦了我们也不想去睡，屋里弥漫着盆中的素馨花的香味，就连在枕席之间都闻得到。秋芙想以联句的方式来考察我的才华，而我也想试探她的诗才，于是便一口答应。我出首句：“翠被鸳鸯夜。”秋芙接着说：“红云织蝶楼。花迎纱幔月。”我又续道：“人觉枕函秋。”本想再接下去，但此时窗外天色渐明，月亮开始昏暗西斜，邻家破晓的钟声逐渐响起。为秋芙梳妆打扮的丫鬟已在门外开始悄声催促。于是我搁笔起床。

已经有几日没有去巢园了，在背阴的廊价之间，已经渐渐长出了青苔，我由此心生感慨，作了两首绝句：“一觉红蕤梦，朝记记不真。昨宵风露重，忆否忍寒人？”“镜槛无人拂，房栊久不开。欲言相忆处，户下有青苔。”此时离秋芙回娘家已有三十五天了。在家中她与众多的弟弟妹妹一起谈天论地，嬉笑辩论，想来一定很有雅兴吧？她是否还记得有一个人在夜深人静之际，在风露之下徘徊不定，日夜想念着她呢？

秋芙的琴技，大多由我传授。入秋以来，她偶染疾患，学琴的进程也因此中断，病好之后，指法已不再娴熟，我激励着她继续努力，与她一道在“夕阳红半楼”上练琴。琴弦调了很久，琴音高得不能入耳，再调，不承想弦却在系弦的地方断掉了。秋芙将新弦换上，突然四周烟雾笼罩，窗纸仿佛都要被烤焦，急忙到楼下一看，原来是由于小丫鬟粗心大意，让火烧着了帷幔，好在童仆及时赶来救火，才把火扑灭。这才意识到突然断掉的琴弦，可能是一种非常贴切的预兆。而且数字五主火，五弦中断，难道是琴在向我暗示吗？

秋芙将戎葵叶放在金属容器中捣成汁，又掺入了一些云母粉，用来粉饰诗笺，被染成蔚绿色的诗笺泛着银光。别人的匠心之作都赶不上她的。郭季虎拿走了秋芙为我抄录的《西湖百咏》，并在他为我题《秋林著书图》中以“诗成不用苔笺写，笑索兰闺手细钞”这句诗来说这件事。秋芙不善于书法，但与魏滋伯、吴黟山两位先生结识后，才开始学习晋唐风格的书法，无奈病后视力越来越差，不能经常练习，但是偶尔写几个字，却还是十分娟秀可爱的。

苦于夏夜炎热难忍，秋芙约我去理安寺游玩。刚出门，雷声滚滚，狂风大作，仆人请求打道回府，我因为游玩兴趣正浓，坚持继续驱车前行。还未抵达南屏山，天空就已被乌云遮住，山川也是昏暗一片，片刻，白练一般的闪电划过独秀峰顶，仿佛离天只有一丈多高，瓢泼大雨倾盆而下。无奈我们在大松树下停车避雨。雨停之后又继续前行，竹林中清风怡人，山上碧翠欲滴，两座山峰就像残妆美人一般，眉头紧蹙，秀色可餐。我和秋芙沿途赏景，不知不觉衣袖已被浸湿。适时查姓僧人在理安寺主讲经文，他留我们在草庵吃饭，并把他所绘制的白莲图赠予我们。秋芙诗兴大发，在上面题诗，诗中有“空到色香何有相，若离文字岂能禅”之句，我们和他喝茶聊天，谈得十分畅快。后来，我们又从杨梅坞来到石屋洞，洞中乱石堆砌，成了拱形，宛若几案一般，秋芙把琴安放在石几上，弹起了《平沙落雁》之曲。夜色降临，洞外暮云四起，涧水回应琴声似的鸣唱着，此刻我俩相望，似乎忘却了自己还生活在尘世之间。没过多久，所剩无几的暑热也消散了，我们的四周被昏暗的夜幕所笼罩，我们回车走了一里多路，月亮也已悄然地挂上了苏堤的杨柳梢头。这一日，屋里漏雨，一直漏到了床前，窗户也被打湿了，因为几层门都上了锁，童仆们未能进去察看，等到我们归来，满屋满柜布满了水迹，房间里如同水乡一般。让小丫头用烘笼烘干，直到五更我们才得以勉强睡下。

秋芙喜欢画牡丹，但下笔比较拘谨、慎重，后来得到我的老友杨渚白的真传，她便画出了活鲜鲜的牡丹花，仿佛带着香气进入了我的书房。当时钱文涛、费子苕、严文樵、焦仲梅等人住在我的草堂和我们经常往来，他们一同品叶评花，不知疲倦。到后来钱文涛离去，杨渚白也去世了，焦仲梅、严文樵等人也回归故里去了，秋芙则受困于家务琐事，逐渐搁置了绘画。只有我还留了一把诸位画友合画的笔墨折扇，画中留存着当年的精神意态，我空闲观看时，对宾朋的零落离散，禁不住产生了无尽的感慨。

风雨摧残着桃花，把花瓣吹落在池塘中，秋芙拾起并以其成字，作成《谒金门》一首：“春过半，花命也如春短。一夜落红吹渐漫，风狂春不管。”一阵狂风吹来，吹散了还没有摆好的“春”字，花瓣顿时飘散满地，秋芙十分怅然。我说：“这可真是‘风狂春不管’了。”两人相视一笑作罢。

我曾养过一只叫“翠娘”的绿鹦鹉，一叫它它就会应答。“翠娘”能够背诵的诗句，都是由侍女秀娟所教。秀娟出嫁后，“翠娘”便不能按时饮食喝水了，不规律的饮食让它逐渐变得憔悴。有一天，我起床漱洗时，忽然听到帘外仿佛是秀娟在细语，我吃惊地走出去一看，原来是“翠娘”在模仿秀娟说话。秀娟已经走了几个月，“翠娘”如果有感，也应会怀念教它诵诗的人吧？

秋芙常跟我说：“人生百年，睡眠和愁病各占一部分，幼年老年的时日又占了几乎一半的时光，余下的，大概只有十一二年了吧，况且，我们这些身体孱弱的人，未必能享有百年之寿。庚兰成说，一月之中只有四五六天的欢乐时光，想来也是自我慰藉的话吧。”这些话在我看来是正确的。

我平生的长途旅游从未超过百里。道光二十四年我到曹娥江去办些公事，可当时秋芙却身患寒疾，我便计划更改行期，但行李已经提前发出，况且季节不等人。夜晚当我渡钱塘江时，飓风四起，两岸的山峰垂首低眉，相对而立，郁郁寡欢的样子让我想起唐代诗人王勃在《滕王阁序》中写的：“天高地迥，觉宇宙之无穷；兴尽悲来，觉识盈虚之有数。”只觉得在这偌大的天地之间，却不知应该安放在何处。玉带般明亮的银河悬挂在天边，岸边残灯闪烁。我清醒时已经是五更天了，想叫人来为我添衣，但罗帐外却无任何动静，无人回应，我睁开双眸，这才想到我还睡在船舱里呢。

秋月异常的明亮美丽，吸引着人外出游玩，秋芙让小丫鬟背着琴，泛舟于明圣二湖的荷花丛中。恰巧我从西溪归来，在我到家之前，秋芙已经出了门，我靠着瓜皮的指示，去追寻她的踪迹。最终，我们在苏堤第二桥下相遇。在船上，一曲《汉宫秋怨》在秋芙的双手拨弄下悠然响起，我为她披上衣裳，在旁细听这美妙的琴音。这时烟雾如轻纱似的笼罩了四周的山峦，湖面上映着的星星和月亮显得格外明亮，琴声铮铮作响，不知是风声还是环佩的声音。琴声还未消散，我们的船已经划到了漪园南岸。下船后我们敲响了白云庵的门，我们和白云庵的尼姑是老朋友了，她请我们坐下，去池中采来了新鲜莲子，做了美味的莲子羹招待我们。清醇的莲子羹散发着清香，沁人肺腑，世间的腥膻之味与之相比，真可谓是天壤之别。回船时我们在段家桥登岸，登岸后在地上放了一张竹席，我们坐在竹席上，闲聊了许久。城中的喧嚣之声如同苍蝇在耳边嗡嗡一样，让人极其厌烦。我去年在桥的石柱上题的诗，现已被蚌壳剥蚀，字迹已模糊不清了。我想重新书写上去，奈何无处可写。这时星斗渐渐稀疏，湖面如仙境一般泛着一层白气，城头的鼓声也已经敲了四遍了，于是我们携琴撑船而归。

好友余莲村来杭州游山玩水，为我带了一瓮惠山泉水，恰巧墨镇僧人到浙西天目山讲道时，给我寄来了头纲茶。我用竹筒舀、炉火烹，饮下后，就仿佛喝下了如来佛降下的甘露，全身的毛孔都像被这甘露滋润，感到十分通畅润泽，不必等到喝卢同的七碗茶便可登人间仙境了。余莲村住在我的草堂十几天，我们二人夜间剪烛论文，相谈甚欢，难舍难分。只可惜千言万语还未说尽，他就要为谋生计而离去。此后我们二人三年未见。我常常想起他对吴门诸子所作诗歌的评价，可以说是极其贴切的了。觉阿僧人见多识广，其见闻堪称第一。觉阿出家前是名秀才，苦心修炼十年，才得正法眼藏。他居住的地方种有三百多棵梅树，寒冬腊月，梅花盛放时，他在梅树下入定，禅定之后，偶尔会作诗。有《咏怀诗》云:“自从一见《楞严》后，不读人间糠粕书。”简斋老人评论《华严经》时云:“文章的意思像是一桶水，倒过来倒过去。”这些言论非但是没有理解《华严经》，简直跟完全没有读过《华严经》一样，用来和觉阿僧人相比，何止是“上下床之别”呢？可惜我没能读到《咏怀诗》的全诗，心里如同只读了半篇偈词那么遗憾。听闻余莲村最近客居江苏毗陵，闲暇时我应写封信去问候他。

傍晚时分听到窗外的风雨声，枕席之间也渐渐有了微凉的气息。秋芙也卸下了晚妆，而我还坐在书案旁编写书籍。在我编写《百花图记》还不到一半的时候，听到窗外的风声呼呼响起，树上的黄叶也被吹落在窗下。秋芙对着镜子感叹道："昨日胜今日，今年老去年。"我轻轻抬头看她一眼，也怅然若失道："人生不过百年，又何必因为他人而徒增伤悲呢？"于是我便放下了手中的笔。夜深人静时，秋芙口渴想要喝水，但水已变得微凉，灶中的炉火也已经熄灭，负责伺候的小丫鬟早就在梦中与周公相会了。我只好自己起身把案头的灯分一盏放在灶里，又将炉火重新点燃，为秋芙温了一小碗莲子汤。秋芙的肺病已有十来个年头，每到深秋她便会经常咳嗽，只有枕得高高的才能安然熟睡。今年她的病情稍有好转，能够捧着发髻与我相对而坐，一直待到深夜方才休息。或许是因为睡眠饮食的调理有了效果吧？不过现在也才刚刚入秋，天气也没有那么的凉，真不知到了八九月份，到了深秋时分，秋芙的病情会怎么样呢？

我专门为秋芙做了一件衣裳，上面画满梅花。秋芙穿上后全身都是盛开的梅花，犹如绿萼仙子下凡一般翩然在这尘世之间，让人好不惊艳！每年暮春时节，秋芙翠袖凭栏，鬓边的头饰蝴蝶，仍然栩栩如生，仿佛不知春天已经结束了。

人们用"扫地焚香"来比喻佛教的真义。倘若只是这样做就可以成佛，那么整日在寺院里参禅打坐的师父们，也早已进入极乐世界了。秋芙生性整洁，极爱干净，容不得地上有半点灰尘，只要地上稍有灰尘她总要亲自去打扫。我举出王栖云的一副偈子，说："日日扫地上，越扫越不净，若要地上净，撇却笤帚柄。"秋芙最终还是不能领悟这句话。秋芙多才善辩，她的辩才胜十倍于我，若是执意要按照她的想法去做，我也没有办法。这大概也是因为她已经养成这样的好习惯了吧。

我居住在西湖畔已有十年之久，大人每月给我几十两银子用来资助我的日用开销。但我却因为肆意挥霍，经常会落到囊中羞涩、资金匮乏的困境。为了维持生计，我总是将夏天的葛衣和冬天的裘皮，一边典当，一边赎回，箱子里也因此常常空空如也。我曾写诗给秋芙，云："一寒至此怜张禄，再拥无由惜谢耽。箧为频搜卿有意，裈犹可挂我何惭。"这些都是实情。

丁未年冬季，我在草堂为即将要到最北方去考察的伊少沂县令饯行，有二十多人参加宴会。酒酣时，李山樵弹琴；吴康甫写擘窠大字；吴乙杉、杨渚白、钱文涛分别在四壁上作画；其余的人或吟诗作赋，或品茶清谈。只有施庭午、田望南、家宾梅等十几人，酒意正浓，蹲在地上划拳赌酒，开怀畅饮，痛饮十几杯还不罢休。当天晚上，风清月朗，我打算留诸位通宵畅饮。点上羊灯，重洗酒盏准备再饮，酒上三巡，呼唤上酒却迟迟不见上，我很诧异，便问秋芙，她说："家中所存的酒都喝干了，床头只剩下几十吊钱，不足以支付酒钱，我取下我的玉钏去换酒，无奈酒家不知真假，只好拿到当铺去典当，因当铺距离市里还有一段路程，所以到现在还没回来呢。"这让我想起元稹的诗句，吟诵起来："泥他沽酒拔金钗"，两人相对怅然。这一天酒喝了八九坛，只为能够集得数十篇诗。近几年饮酒作诗，数这一次最为尽兴。自此以后，好友们天各一方，各自为事业奔波，如云如浮萍一样时聚时散，我和秋芙被各种俗务缠身，无法再经常出去游玩了。

秋芙以前不擅长作词，想起她曾经所作的《菩萨蛮》中有这样一句："莫道铁为肠，铁肠今也伤。"立意新颖别致，丝毫不古板，我到山阴游历时，秋芙作了首《洞仙歌》寄给我，风格沉稳，毫无瑕疵，我开始为她惊人的进步而惊讶。回去之后我拿来她近期的作品来看，都写得相当不错，士别三日当刮目相看，秋芙已不再是过去那个幼稚的阿蒙了。瑶花仙子史曾在巢园降乩，说秋芙是昙阳仙子转世，通过我对她辩才的观察，觉得还是非常可信的。再加上她吃斋念佛二十余年，《楞严经》《法华经》早已烂熟于心，这一切都能使她生慧，她连一个手势、半句偈语都能一看就懂，更何况是区区这些文字呢？曾经有人说："书到今生读已迟。"从秋芙身上，我相信了这句话。

我家的槐眉庄园，坐落在秦亭山西边二十里一个叫西溪的地方。沿小溪西行，水面上长满芦苇，在秋风的吹拂下，芦花如同雪花一般飞舞满滩，水面波光粼粼，上下一色。在芦花荡的深处，为供奉佛祖，修建了几间精美的佛寺，名曰"云章阁"。云章阁距离庄子有一里多路，被一条蜿蜒曲折的溪流隔开，若是没有小船就很难抵达那里。在当时的华坞心斋，住着一个佛缘僧，相传他戒律精严，能够未卜先知。乙巳年秋，我携秋芙去拜访他，向他请教禅宗的要义，而他如同聋哑人一般，鼻孔朝天的样子，让人看了忍不住想笑。当时刚刚一场早雪下过，天刚放晴，秋芙站在堂下，如同开放的绿梅一般灿烂，她大梦初醒般地笑了起来。秋芙又约我到永兴寺游玩，她登上二雪堂，观赏了汪端夫人的方佩、书法、篆刻，又坐在溪边，寻找炙背鱼、翦尾螺等这些活佛济公留下的名胜古迹。次日，我们又在交芦、秋雪等古刹游历，寺院里的僧人非常好客，拿来松萝茶招待我们，并且让我们在《交芦雅集图》这幅画卷上题字。直到夕阳西下时，我们才乘船踏上归途，晚钟在此刻敲响，像是在催促我们回家吃饭一样。夜晚的秋风陡然生了寒意，秋芙当时身着薄棉衣，似乎非常冷的样子，我脱下坎肩披在她身上。到了半夜才回到庄里，狗儿欢叫着前来迎接，回头望见那隔溪的渔火，正如孟浩然诗中所描绘的鹿门晚归的情景一般。回去之后，秋芙要求我作一首游记诗，我和她便一起挑灯夜战，时光飞快，不知不觉间已经是清晨了。

在我的卧室里悬挂着一幅秋芙月光下抚琴的画像，我每天用沉香供奉着，秋芙在回娘家之前曾对我开玩笑说："今夜你孤身一人寒窗寂寞，就留下这幅画像来陪伴你吧，你要以瓣香来酬谢她，不要让她独守空房，有秋扇见捐的悲哀。"早晨我经过一女子的闺房，窗户还紧紧关闭着，在隐约中只听哐啷一声，像是梳篦掉落在了地上。重重帘幕之中，一女子刚刚梳罢晓妆。当时清晨的阳光已照入房间，窗户上映着她的身影，她那光滑如镜的头发就似一盘盘腻云似的。这让我想起了元稹的诗句："水晶帘底看梳头。"看来，古人早已先于我一饱眼福了。

关、蒋两家是故旧表亲，在我和秋芙订婚之前，秋芙经常到我家与我一起嬉戏玩耍，我们可谓是两小无猜，青梅竹马。丁亥年春节之夜，秋芙到我家来拜年，我们相见于堂前，秋芙身着一件葵绿色的衣服，我则穿着一件银红色的绣袍，两人肩并肩、头齐头，帽子与钗环相依偎，当时张情齐老伯正居住在巢园，他对我的父母说："他们郎才女貌，这真是天生一对的佳人啊。"我的父母也有缔结婚姻之意。几个月后，巢园牡丹盛开，父母广邀亲朋好友，于牡丹花下设宴，秋芙也随她的父亲而来，酒宴散后，秋芙用手帕将筵席上的果脯收起来，我去夺这些，秋芙说："我要拿回家去，不给你吃。"我开玩笑地解下所系的腰带，说："我用腰带把你绑起来，看你还怎么回去？"秋芙被吓哭了，多亏妈妈把她牵走才算平息。大人们都相视而笑，随后请了俞霞轩先生为媒，当即就在筵席上为我俩订了婚。在未来的几年里，我与秋芙被隔绝，不让相见。因父母和关家有姻亲关系，我可以在年关的时候随父母到她家去拜年，所以我并不是完全不去关家，只是去得很少罢了。还记得壬辰新年，我去她家时，看到一个青衣小丫鬟扶着一个美丽的女郎出来乘车而去，直到车厢里传出了笑声，我才知道刚刚出来的人就是秋芙。

又有一年，临近圜桥科考的时候，岳父邀请他的朋友们相聚谈艺会文，想要考考我这个女婿。他把酒席设在了后堂。我坐在末座上，听到玉佩碰撞的声音从湘帘后响起，不知道当时秋芙是不是在帘子后面；又一年，我在街市上走着，忽然听到隆隆的车声，我转过头，看到其中一辆车的帘子突然卷了起来，车里有个漂亮的女子，她的目光落在我的身上，我们对视了好一会儿。最后一辆车里坐着的似乎是秋芙的母亲，我想着卷帘人应该就是她的珠宝女儿秋芙了；又有一年，我考中了弟子员，父母亲让我去拜见岳父岳母，我在庭院中遇到了秋芙，她戴着一顶貂绒帽，站在蜜糖色的梅花树下。她忽然听到我的银带钩响了一声，便像受惊的鸟一样跑得不见了踪影。我从定亲到迎亲的这十五年时间里，只见过她五次，直到结婚礼宴之前，入洞房后在烛光的映照下，我才发现秋芙两侧的面庞，已经不再像过去那样圆润了。现在我们结婚已经有十五年了，我和秋芙都长出了白发，不知道在几年之后我和她又会怎样呢？前尘往事，如梦如醉，不知道问问秋芙，她还能记得多少呢？

秋芙说：“元稹写的《长庆集》里面的诗，像粗茶淡饭一样，吃起来毫无滋味。只有悼念亡妻的《遣悲怀》三首，字字饱含血泪，丝毫没有沾染上辞藻浮躁艳丽的恶习。”我说：“说不定他也像宋之问对待刘希夷那样去抢夺别人作的诗，否则，像元稹这样的轻薄小人，怎么能写出如此刻骨铭心的诗作呢？”

我在读到《述异记》中“龙在深渊中睡觉，颔下之珠被虞人偷去了，龙睡醒之后伤心而死”的句子时，禁不住叹息它的不幸，秋芙听到了，说：“这就是龙的不是了，颔下龙珠如此重要，就该不惜一切代价好好保护它，即便龙珠不幸被偷，也该使出呼风唤雨的能力，和虞人在江河湖海上争斗一番，把龙珠抢回来。但是这个龙却以身殉珠，现在自己死了，龙珠仍落在虞人的手里，永远都不会归还回去，龙能算得上真正爱珠吗？”我沉默了，过了一会儿，说：“没想到秋芙也能作一番议论，真是一位有才华的奇女子啊。”

招贤寺有一处遗址，现名为葛林园，园中有好几处靠水的楼阁，站在上边，园中竹林山石尽收眼底。一根短短的独木桥架在阁楼下的池塘上，一株凌霄花生长在池塘旁边，花的藤蔓蜿蜒而上，相传这花是唐宋时期种下的。诗僧半颠和他的师父破林已经在此地相依为命几十年了。夏季多雨，地面上的水积劳成灾，我住的这个草堂已经成了一片沼泽，半颠写信叫我去他那里，于是我和秋芙就借住在他那里。此时，街市上的积水已经很深了，甚至可以撑船了，而我也没有任何好友的消息。我每天都和半颠讨论禅学，兴致高时会饮酒作诗，过着十分悠闲的日子，好似仙境一般。听闻岳飞墓那边有卖素包子的，有一天我让婢女拿钱光着脚去买几个包子。吃饱之后，将这美味分了一些给池塘里的鱼。秋芙扶着亭子的栏杆，不小心把头上插着的翠簪子掉到水里面，水面上泛起阵阵涟漪，然后就再也看不见了。只有簪子上插着的素馨花还浮在水面上，随着水波飘荡。一家梁姓人守墓的屋子坐落在池塘旁边，由于长时间没有人走动，屋内被杂草覆盖。屋里面住了一个不肖的弟弟，没有知识能力，非常不成器。我在那里借宿一个多月，经常听到他们兄弟俩大声争吵的声音。一天，我在池塘边散步，突然听到有人敲门，而寺中僧人都去吃饭了，我把门打开了。门外站着一个毡笠布衣打扮的人，问梁某某在不在家，我朝那屋子指了指，他便进了梁家守墓的屋子，我也关了门。半颠听说了此事，便找到梁家哥哥，打听那人说了什么。梁家哥哥说:“并没见到有人进来啊。”半颠与他去屋内到处寻找，也没发现人，只有靠东边的小楼上，一扇房门锁得紧紧的，特别坚固，他们打破窗户进去，才看见梁家的弟弟已经吊死在床上了，这才知道刚刚敲门的人原来是吊死鬼。从此以后，这里便经常有鬼声出没，从晚上到白天不断地哀号，梁家兄弟心中有所忌惮，都搬走了，我与秋芙虽然仰仗《楞严经》护卫之力，但终究觉得阴气太重，难以久住，况且草堂积水已退，于是也赶紧搬回去住了，后来听说半颠也移居南屏山了。我已经有好几年没到那个寺中去了，不知道现在那所小楼里还有没有人敢去居住？

晚上我毫无睡意，便与秋芙一起探讨古今人才，谈到韩擒虎，我与秋芙说："韩擒虎生前官至上柱国，死后能当个阎罗王，也算是一件幸事。"秋芙笑道："只是委屈了被韩擒虎杀掉的张丽华等人，有冤却无处可诉。"我的父母晚年体弱多病，我与秋芙专门修筑了祭台来为二老祈福，潜心诵读《玉皇忏》七七四十九日。秋芙作了篇词义深奥艳丽的骈体文，只可惜丢了手稿，内容已经遗忘了。瓶中的黄菊在秋日里盛开，颜色越发的美丽，夜深时钟磬在万籁俱寂的旷野敲响，显得更加清脆响亮，在暮霭沉烟的笼罩下，我们俩恍然感觉到上清宫就在眼前，而忘却了此身还在人世间了。秋芙所种的芭蕉树已经长大，硕大的芭蕉叶形成的巨大树荫将室内的帘幕遮蔽。金秋时节，风吹秋雨，打在芭蕉叶上，发出"滴滴答答"的声响，我在枕边听了，如同打在心上一般。一天，我在芭蕉叶上题了一句诗："是谁多事种芭蕉，早也潇潇，晚也潇潇。"次日只见芭蕉叶上又续了几行诗："是君心绪太无聊，种了芭蕉，又怨芭蕉。"字迹柔媚，一看便知是秋芙的戏笔，但我却从中悟出了很深的道理。

春夜扶乩（古代一种占卜方法），瑶花仙子史降监祭坛，赋了一首词《双红豆》，写道："风丝丝，雨丝丝，谁使花粘蛛网丝？春光留一丝。烟丝丝，柳丝丝，侬与红蚕同有丝，蚕丝侬鬓丝。"又赋了一首《贺新凉》赠予秋芙，诗中写道："久未城西过，料如今，夕阳楼畔，芭蕉新大，日日东风吹暮雨，闻道病愁无那。况几日妆台梳裹。纸薄衫儿寒易中，算相宜还是摊衾卧。切莫向，夜深坐。西池已谢桃花朵，恁青鸾、天天来去，书儿无个。一卷《楞严》应读遍，能否情禅参破？问归计甚时才可？双凤归来星月下，好细斟元碧相称贺。须预报，玉楼我。"

夜晚听到秋虫呜呜，无限悲秋的伤感立刻涌入我的心田，宋玉悲秋的《九辩》浮现在脑海之中，于是我在枕边大声朗读。秋芙在房中更衣，大半天也不见出来，直到我叫她，她才带着郁郁寡欢的神情从房中出来。我问她为什么不乐，秋芙回答我说："'悲莫悲兮生别离'，如此伤感的诗句你为何要念给我听呢？"我劝慰她道："情侣之间的姻缘离合自古没有定数，你我早已皈依佛门，也并无其他兴趣，即便是百年之后到了九莲台，也会携手共度，你又何必如此多愁善感呢？昔日段金师因一念之誓而缔结了九十多世的婚姻，更何况你我？"秋芙点头示意，但眼泪已经打湿了她脸颊上的粉饰，我不忍再读下去了。

吴黟山曾送给秋芙一根书尺，她一直收藏至今。这根一尺多长、两寸多宽的书尺相传是乾隆年间所制成的。当时泰山上的一棵汉柏发火自燃，未燃尽的柏木被钱塘高迈庵拾得，做成了书尺。其上刻有铭文，铭文写道："汉代已成过往，古柏却有魂灵，坚实多节，千年的古春都蕴含在里面。在大火中它没有被烧尽，因为秋芙的保护，我才有缘得以一见。当夕阳照在竹篱茅舍中时，主人犹如焦桐古琴般对她珍爱如宝。"

打开窗子，窗外明月皎洁，月光下的深秋夜色显得尤为寂静，这般寂静让我想起了去年的今晚，我与秋芙在巢园居阁下共赏冬梅的情景。朦胧的月色斜挂夜空，月光洒满大地，仿佛给大地罩上了一层轻纱，远处水光浩渺，天宽地阔，上下一色，我与秋芙一时兴起，登上补梅亭，秉烛夜谈，品茶论文，十分有闲情逸致。秋芙刚摘了一朵梅花插在鬓间玉上，不料却被一枝弯曲的枝条挂住而弹掉了，我又重新为她折了一枝补上。可现如今，补梅亭已然坍塌，草木荒芜，一片荒凉之景，只有月亮有情，还穿梭在孤山丛林之间。

秋芙素爱下棋，但棋术不精。她总是在晚上拉我下棋对弈，时常博弈到天亮。我借用《竹坨词》里的话细问她："掷钱斗草都已输，你今宵要拿什么偿我？”秋芙掩饰道：“你以为我赢不了你吗？就赌上我随身佩戴的玉虎如何？”几十子的对弈之后，秋芙已处下风，她自觉已无胜算，便唆使膝上的小狗跳上棋盘扰乱棋局，我笑道：“你这是在学习玉奴恃宠撒娇吧。”秋芙被拆穿后沉默不语，但烛光下她的脸颊已变得通红。自此，她便不再下棋了。

去年春天燕子归来较晚，屋外桃花已落了大半。深夜时分，屋梁之上的燕巢突然倾覆，雏燕掉落在地上，秋芙急忙送它回燕巢以防狗儿将雏燕抓走，并且将燕巢用竹片加固。冬去春来，又到燕子回归的时候了，旧巢仍在，燕子绕屋梁呢喃啁啾，大概是对去年保护雏燕的人还心存感激吧。

沈湘夫人是我们的邻居，素来和秋芙交好，她曾拜托秋芙为她所写的诗词删改校订。诗中有一句“却喜近来归佛后，清才渐觉不如前”，此句与朱莲卿的诗：“却喜今年身稍健，相逢常得笑颜生”有异曲同工之妙。虽然这两个喜字用法不同，但所表达的情感都十分沉痛。最近莲卿得了消渴症，已卧床两个月之久了。秋风瑟瑟，不知她的寒衣准备好了没有？

月光洒满庭院，在这耀眼的银辉照耀下，堂下的竹叶投影在窗纸上，化作了无数个“人”字。还记得当年在槐眉山庄前种下的几片竹子，当时竹笋刚刚长出来，秋芙让秀娟用鸭嘴锄挖了几筐笋，和着盐和菜在一起煮了，味道十分鲜美。一点也不逊色于廷秀的《煮笋经》所写到的。秀娟已出嫁好几年了，好像林中的鹦鹉被锦制的带子捆绑住一样，只有我到老都守在山谷中，鬓发与面容都留下了时光的痕迹，倘若竹子有知，会嘲笑我吗？

几棵桂花树依偎在虎跑泉的石头上，八月金桂盛开，泉上黄花飞舞，怡人的花香让人如痴如醉，人在其中就仿佛遨游在花的海洋中。对花的热爱让我有了“花癖”的称号，树上的黄花缓缓落下，我与秋芙在花海中品茶赏花，犹如人间仙境一般。爱美之心人皆有之，秋芙也不例外，她在鬓间插上了一朵花，头发被调皮的树枝拂乱，我蘸上泉水为她抹平。尽兴后，我们准备回去，走时折了好几枝桂花，插在车背上，为城里的人们带来新秋的消息。听说寺庙里的僧人们又种了几株桂花树，当八月中秋金桂盛开时，定会给寺中的如来增色不少。秋天即将来临了，迟早会有花信传来。倘若花神有灵，定然会想起去年看花的人吧？

曾经有段时间，宾梅住在我家的草庐房里，有一天深夜，突然被什么声音惊醒了，仔细一听，原来是邻居家中失火的声音！宾梅赶紧带着仆人去救火。可是等到他们赶到邻居家门口时，火已经被扑灭了，此时天空中莫名传来说话的声音：“今日若不是有厉害的人物住在这里，这个地方恐怕早就在熊熊大火中化成了一片焦土。”话音一落，便有两个道士和一个和尚从天而降。其中一位道士头上戴着一顶莲花冠，衣袍上绣着蟠龙与蝙蝠，另一位道士面容很是清秀，还有一副长胡子从下巴垂落到身前，所着的衣服帽子都是黄色，那个和尚默默地跟在两位道士的身后，显得憨厚又迟钝。戴着莲花冠的道士率先走到我们跟前，开口道：“我叫证若，住在青城山和赤水河之间，到此拜访蒋居士。”说完，他与长胡子的道士一同甩着拂尘唱起歌来，歌词有好几千字，多得来不及记下来。只记得最后一句说：“只回来巧递了云英信，那裴航痴了心，何时得醒？若不早回头，累我飞升。醒，醒，醒，明日阴晴难信。”唱完了歌以后，三人便不见踪影。宾梅急忙赶过去看，却只瞧见窗外明亮的星光和月光，冷风吹动着树叶，发出簌簌的声响，转过身来，瞧着房间里昏暗的灯火，宾梅才意识到原来是一场梦！到了早上，宾梅把这个梦告诉了我，我说：“我们家已经几十年没有杀过生了，过去的六七年间一直在修鸿宝之道，现如今已感觉自己颇有些道行，可对这返老还童的秘诀还知之甚少。难道是仙人垂怜我们在凡间的际遇，亲自下凡来指点我们吗？歌中唱到的‘云英’，或许是因为我依然放不下男女之间的情爱，所以唱这支歌来警醒我！当时我和秋芙一起念《陀罗尼忏经》念了好几个月，那位僧人，莫不是观世音菩萨化形于此，循着我们的声音从西方天竺来到此地？”

秋芙之前得了场重病，在娘家调养了六十几天。仆人们一直在那里陪伴伺候她，大部分人都觉得很劳累，只有我和她的妹妹侣琼两个人能够坚持日夜不停地照顾她。我和侣琼都是细心的人，必须亲自操办每一件事才能放得下心来，所以更加劳累不堪。两个人不停地在药炉、病榻之间忙碌，靠着互相接替才得到了暂时的休息。有时我回去休息了，侣琼就接替我继续照料秋芙。虽然侣琼照顾秋芙是出于姐妹情谊，但在这种患难与共的时候她还能以苦作乐，却是连自己都不知道为什么能够坚持下来。秋芙这辈子最看重的就是感情，生病时尤其为情所缚。每次我回来，她都会派人喊我过去，我过去之后，她又不肯说话，侣琼知道以后很疑惑，同时也为姐姐担心，便问秋芙为什么这样，秋芙说："我感觉自己的生命如同悬丝，难以再支撑下去，若是仓促之间离世，恐怕无法和他诀别，只有他来了，我才能放心地离去。"侣琼之后把秋芙的话告诉了我，我听到以后，心里十分痛苦。后来想到秋芙二十多年来一直在念佛，早已有着升天的誓愿，可看她现在的心境，恐怕哪天撒手人寰时也不能消除对人世间的留恋。毫无畏惧地面对死亡，对于任何人都是一件很不容易做到的事情，何况是情感丰富的秋芙。

秋夜十分漫长，我与秋芙的妹妹棋盘对弈，可怜我连败三局。想到我平日里对自己的棋艺颇为自负，也从不让人，此时我感到十分惭愧。佩琪气质脱俗，性情安静祥和，书法绘画、吟诗作对无不精通。她自己说前身来自上清宫。我看她有着一副仙风道骨的样子，确实有几分不食人间烟火的样子。如今已经有好些年没和她对弈了，她的棋艺想必是更为精湛了吧。倘若有朝一日能够再次与她棋局对阵，我定当像当年的伍子胥一样，重整旗鼓再决一战，以雪当年之辱。

我踏着轻纱似的月光晚归，看到灯下秋芙与几个姐妹正在一起玩掷骰子。其中一女子手气极佳，一次掷出了个全六点，我诗兴大发，为她戏作一首《卜算子》，诗中写道："妆阁夜呼卢，钗影阑干背。六个骰儿六个窝，到底都成对。借问阿谁赢，莫是青溪妹？赚得回头一顾无，试报说金钮坠。"秋芙看后笑道："作出如此绮丽的情诗，就不怕受到方平的鞭打吗？"

最近闲来无事，便作小词一首，其中有一句是："不是绣衾孤，新来梦也无。"又作了一首《买陂塘》，后半首写道："中门掩，更念荀郎忧困，王瓯莲子亲进。无端别了秦楼去，食性伺人猜准。闲抚鬓，看半载相思，又及三春尽。前期未稳，怕再到兰房，剪灯私语，做梦也无分。"说来也巧，这时宾梅拿了一把纨扇请求我在上边题字，我便打趣地将这首词题在了上边。宾梅看看笑道："'如今连做梦都无缘梦上'是何缘故？"秋芙调皮地引用我前首词中的句子说道："近来连梦都没做，如何梦的上呢？"逗得几个人都哈哈大笑。

甲辰年的秋季，我与众多友人相聚，相约在月湖游玩。秋夜微凉，深夜秋风瑟瑟，我不幸染上风寒，次日又到吴山笙鹤楼开怀畅饮，醉酒后风寒更加严重，高烧不退，几乎丧命，靠着扶乩指示的方药，身体才逐渐得以恢复。第二年，临近秋试时，我虚弱的身子又接连患了背疽和疟疾，为了能够顺利参加秋试，我强忍着病痛，抱病登车赶考，一路被病痛折磨，到达考场之前已经神志不清，支持不住晕倒了。仆从将我抬回了家，静养一个多月病情才有所好转。己酉年间，我又因患了恶性痢疾而卧床三个月，饱受病痛折磨。区区六年之间，我便大病三次。在我病时，秋芙总是昼夜不离地陪在我身边。如此的劳累岂是她娇弱的身子所能承受的，因此她也因劳累过度而病了三次。自从己酉年父母病故守丧以来，生性疏懒的我便意志消沉、心如死灰，想远离仕途之路，只有父母的后事和弟弟的婚事这两大心愿未了。父母生前早已将墓穴造好，只需占卜择吉日安葬即可，另外弟弟已年满二十，足以利用城郭附近的几顷良田耕种度日了。又过了几个春秋，我想与秋芙在华坞河岸边修一所房子，诵经念佛，与她一起过着晨钟暮鼓、与世无争的生活，当百年之后到了西方极乐世界，得到阿弥陀佛的点化，即便是来世重新转世为人，我们也愿意永生永世结为夫妻。明日是如来佛的涅槃之日，就以此誓言作为佛前的见证吧。

影梅庵忆语

卷一

爱产生于亲昵，因为亲昵便可以修饰所有。由于这种夸张的描述来写的可爱之人，世上真的很少有真正可爱的人。更何况内屋屏光映彩光彩夺目，凭借着那些文人墨客精心的描述幻想，幻化出了仙女的故事。更有对此感兴趣的人借用诗词歌赋大肆地谈论离合神奇，使西施、夷光、文君、洪度这些都成了闺秀中的奇冤，而这些也只不过是贪求名声者的恶习而已。

我去世的爱妾董氏，原名叫白，字小宛，又字青莲。祖籍在秦淮，后来又迁到了吴门。在风尘中虽然流传着她美艳的名号，但是却都不是她本来的面目。我们第一次相见她便矢意从我，进入我的家门以后，其智慧跟才识慢慢地显露出来。在这九年里，我家上下内外大小所有的人，没有间隙没有忤逆。她辅助我写书退隐，帮助我的妻子做女红，亲自做淘米做饭的家务事，就算是到了我们举家逃难的时候，遇到再大的困难她都如履平地，吃再多的苦她都像是甘甜一样咽下去，始终如初。现在她突然离世，我都不知道是她死了还是我死了！只见我的妻子呆呆地站在那里，手足无措，家里上下内外大小的人，都十分悲痛不已，觉得世界上再也不会有像小宛一样的人。她的才华智慧与淡泊宁静的心态，听说过她的人都纷纷感叹，就算是文人跟义士都无法跟她相提并论。

我专门为她写了很多的哀词来痛哭悼念，但是因为不熟悉其声韵格律，所以只能简单地描述其中的大概。每当我回顾小宛的一生，想起我们一起度过的这九年时光，所有的回忆一同塞满了心间，让我不由热泪盈眶，就算是我有吞鸟梦花的能力，也无法描述出来。仅仅这些泣类之笔，描述出来的内容显得枯燥暗淡，根本无法真实描述出小宛的可爱之处，又怎么能说是夸张的修饰呢？更何况小宛对我，一直都是她最自然的状态，没有丝毫的矫揉造作。我已经四十岁了，我的眉毛跟胡子就像是刀戟一样杂乱不堪。十五年前，眉公先生告诉我，你应该把这些看作是半臂的碧纱笼，一笑而过，怎么可以像那些轻薄之人一样，写下漫篇的情艳诗词来哄骗地下那些已经死去的灵魂呢！倘若是知道我对小宛深厚感情的人便会了解，知道我眼中的小宛是多么的与众不同，上天赐给了我写出鸿文丽藻的能力，我才能以此来回报小宛，她才算是真正的死而无憾，我也可以生而无憾。

己卯年初夏，我去南京参加考试，跟我的好朋友见面，他告诉我："秦淮河众多的佳丽里，有一个美女，年龄正值芳华，不管是才情还是美貌都可以称一时之冠。"我专门去拜访，她却因为厌烦纷扰的世俗，已经举家去了金阊。我科举考试失败以后，又去吴门游荡，多次去半塘拜访她，她却一直逗留在洞庭迟迟不肯返回。当时跟她齐名的还有沙九畹、杨漪照，我每天都在她们两者之间辗转游玩，却始终没有见到小宛。就在我准备回去的时候，我又一次去拜访她。她的母亲贤达明慧，对我说："你已经拜访了很多次了，今天我的女儿幸好在家，只是薄醉还没有睡醒。"我稍加等待了片刻，终于等到她出来了，只见她扶着花径缓缓地走到了曲栏处来跟我相见。她面含春色，眼中流光溢彩，散发出的清香就像是五色的花朵，神韵姿态浑然天成，慵懒散漫。但因为醉意未醒，所以没有跟我说一句话。我惊爱于她，但又怜爱她喝醉了，只得带着遗憾先离开。那年她才十六岁，这是我第一次见她。

庚辰年夏天，我因一些契机在影园停留，想借此机会去拜访她。刚好我有客人从吴门来，告诉我她已经去了西子湖，还要去黄山白岳游玩，因此我取消了这次拜见。辛巳年早春，我要去衡岳看望我的父母，从浙江路过，路过半塘的时候，听说小宛还在黄山停留。许忠节去广州赴任，跟我同乘一船一同前往。有一天，他去赴宴归来，告诉我："那里有一个姓陈的佳丽，非常擅长唱戏与跳舞，堪称一绝，你一定要去看一下。"我跟忠节坐船去了多次，终于见到了她。她气质淡雅韵味十足，衣着华丽秀婉，身穿丝质长裙拖曳在地上，就像是霞雾中亭亭玉立的一只凤凰，美不胜收。她用戈腔来唱《红梅》这首京剧，咿咿呀呀的婉转的曲调从她的嘴里传了出来，就像是山间漂浮的云雾一样缥缈，又清脆得像是珠子落在盘子上，让人听了欲罢不能。四更时分，忽然风雨大作，我们必须要马上驾船回去，于是跟她约定再见面的时间，她回答说："现在光福的梅花开得正好，如同万顷的冷云，你明天可以陪我去游玩吗？大概需要半个月的时间。"因为我着急去看望我的父母，时间紧迫，告诉她不能在这里停留太久，又回复道："等我从南岳返回来的时候，虎疁桂丛的花期都已经过了，所以大概计算下日子，等我返回的时候应该是八月份了。"跟她告别以后离去，恰巧于观涛日奉母亲的命令返回，等到了西湖时，父亲已被调离了襄阳，我听闻此消息后心急如焚，当即联系陈圆圆，却听到她已经被窦霍大户掠去的消息，心中不由郁郁寡欢。到达阊门的时候，有大约十五里的水路，因为水太浅了，船不能行走，我停滞在这里的时候见了一个朋友，我沮丧地感叹道："再也见不到这样的佳人了。"朋友回答我说："你错了，那时候救下陈圆圆的是赝某，他所在的地方跟这里特别的近，我跟你一起去。"到了之后果然见到了她，还跟原来一样相貌静美，如同深谷中的幽兰气质典雅。我们相视一笑，她说："你来了！你不是那天雨夜在船中跟我约定见面了吗？非常感激你对我的殷勤，我却因为恐惧而不能跟你见面，现如今我几次从虎口脱险，能再次见到你，真是幸运。我选择居住在这偏远的地方，吃斋茗香，就是为了能跟你相遇在明月桂树之下，跟你谈论一番。"当时我的母亲在船上，我怕在江中遇到什么危险，于是派了数百名家丁在河的两岸保护她的安全，我因为担忧着急返回。黄昏时分，有炮火交战的声音，震耳欲聋，就像是在我们的船边发生的一样，我心里急着返回，路上却遇到宦官抢道，跟对方发生了争斗。等解决了这件事情我急于离开，再也没有登岸。

第二天，陈圆圆着淡妆而来，请求拜见我的母亲，见到母亲以后她非常坚决地要嫁到我们家。那天晚上，船依旧没有办法行驶，我伴着月色又去找她，因为时间短促，她对我说："我想要逃离这牢笼，找一个可以托付终身的人从良，这个人只有你啊！今天我又见了你的母亲，温和慈祥让人如沐春风，如甘露降临一般，正是我想要的归宿。你一定不能拒绝我啊！"我笑着回答道："这个世界上哪有这么简单的事情。我的父母现在正陷战火之中，我理应放下妻儿跟我的父母一起共患难。我两次来到这里跟你见面，都是因为船无法前行，我才来此与你闲庭信步。你刚才说出的话，实在是让我太惊讶了。你刚才的话，我就当作没有听见坚决不同意，我不能给你带来祸患。"她又说道："如果你不嫌弃我，我愿意在这里等待你高中凯旋。"我说："既然如此，那我就跟你约定至此。"当时的惊喜跟反复的叮嘱海誓山盟，说得太多我不能完全记住，当时做了八言绝句来铭记。

这个秋冬，历尽了千万的劫难，到处奔波，到了壬午仲春，我四处奔走相告，也许是体恤我的辛劳，可怜我这个做独子的辛苦，我的父亲终于被调离了前线。当我知道这个消息的时候，我正在毗陵，就像是心口放下了一块儿大石头，刚好顺便路过吴门，我便想借此机会向陈圆圆致歉。从去年冬天的时候，她就已经催促过我很多遍，但是因为我一直忙着家父的事情，还没有来得及回复。等我到达的时候，才知道在十天前，她又被窦霍门下的客人掳走了。刚开始的时候，有爱慕她的人组织了数千人的队伍前去营救她，但窦霍势力强大又百般恐吓，更是不惜花费千金贿赂官员。地方官员怕造成什么祸患，于是放纵窦霍，导致她再一次被劫持了回去。我到了以后，心里十分惆怅懊恼，但是后来又觉得自己为了父亲的安危而辜负了一名女子也没有什么可悔恨的。

那天晚上我的心情非常郁闷，于是划船去夜游虎疁。等派遣的人到了襄阳，我开始返回我的故乡。

船行驶过一座小桥的时候，有一座小楼耸立在水边，我偶然问起旁边的游人："这是哪里？什么人在里面居住？"他告诉我小宛在这里居住。我已经三年没有见过她，十分想念，听此心中大喜，于是立即停船去拜访。友人劝阻我说："她前段时间被有权势的人家惊吓到了，现在已经病入膏肓了十八天。她的母亲已经死了，她现在关门不见客。"我执意要去，再三敲门，才有人开了门让我进去。屋内一片暗淡，几案床榻上铺满了各种的药物，小宛重病气喘吁吁地问我来者何意，我告诉她我一直都忘不了她薄醉的时候在花径曲栏处与我相见的场景。小宛陷入了回忆，不由潸然泪下，说道："你多次来拜访我，虽然我们只见过一面，但我的母亲却在背后经常夸赞你气质清秀，为我不能跟你久久相对觉得惋惜。三年过去了，我的母亲刚刚去世，看见你不由想起她来了，她的话似乎还回荡在我的耳边。你今天从什么地方来？"她强撑着病重的身体坐起，揭开帷帐注视着我，还把灯移到了床榻前。我们交谈了片刻，我怜爱她重病在身，便想要告辞离去。她挽留我说："我已经十八天没有进食了，每天昏昏沉沉像是做梦一样，心里非常不安定。今天见到你，不由觉得神清气爽十分精神。”于是命令家仆准备了酒食摆放在床榻前。她屡次劝酒，我多次想要告别都被她挽留，不让我离开。于是我告诉她：“我明天要派人去襄阳，告诉家里我父亲被调迁的喜讯。如果我继续留在你这里，明天就没有办法给家里报平安了。我现在就要离开，一刻都无法再停留了。”她说：“你确有事情要做，我也不敢再留你了。”于是辞别。

第二天，一切准备就绪，我着急回去，我的朋友对我说：“小宛昨天才跟你见面，你们相识不久，便如此的情真意切，你一定不能辜负她。”于是我去跟她告别，见她已经梳妆完毕，正在楼上眺望，见我的船靠岸，便着急地跑到了我的船上，我告别的话还没有说完，她便说道：“我已经准备好了，我想随船送你。”我推却不得，实在不忍心拒绝她。于是她随我这一路从浒关至梁溪、毗陵、阳羡、澄江，再抵达北固，行驶了足足二十七天。这二十七天里，我每每催她下船，她都坚持要继续送我。路过金山的时候，她指着向东流的江水发誓道：“我这次前来就像是东流的江水一去不复返，绝对不会再返回吴门。”我脸色一变当即拒绝，告诉她我的科举考试临近，这几年我的父亲在疆场上遭遇了种种危难，家中的事情无人照料，也没有时间照顾我的母亲，现在我回来了，终于可以好好地料理一切事务。而且你在吴门的事务又太多，要想在金陵落户，免不了要大费周章，你先回到吴门，等我夏天去考试的时候，我带你一起去金陵应试，等到秋天考试结束，不管是否高中，我才有时间照顾到你，到时候我们再在一起耳鬓厮磨，也就没有什么顾忌了。小宛仍然犹豫着不肯离开。当时船上的桌子上有几个骰子，我的朋友开玩笑说道：“如果你真的想完成自己的意愿，那你就投掷一下骰子试一下吧！”小宛整理了一下衣服严肃地在船窗处拜了拜，行完礼，将骰子全部掷了出去，全都是六点，全船的人都啧啧称奇。我说这也许就是天意，但是这件事情仓促不得，反而会坏了好事，倒不如你先暂时回去，我们循序渐进，慢慢解决。实在没有办法，小宛掩面痛哭，不情愿地跟我告别。我虽然怜爱她，但是总算是可以没有负担地回家，也感觉如释重负。

船一抵达海陵，就到了参加考试的时候，直到六月份的时候才到家。我的妻子告诉我："小宛让她的父亲来了，小宛从返回吴门以后，就整天素面朝天不出门，就只是期待着你与她一同前往金陵考试的约定。"我听了以后心中十分不安，拿出十两金子遣送她的父亲回去说："我已经知道了她对我的深厚情意，并且已经许诺了她，但是让她静静地等待着我考完试以后，就一切水到渠成了。"我非常感激我的妻子的大度，没有遵守跟小宛共赴金陵的约定，只身前往金陵参加考试，准备等到考试以后再告诉她。八月初三早上，我刚出考场，她就到了叶寓馆。原来她一直等不到我的消息，于是就一个人带了一个老妪，买船从吴门到了这里。中途遇到了强盗，她们将船藏在了芦苇中，船舵又坏了没有办法再行驶，她们已经三天没有吃饭了。刚到三山门的时候，怕打扰到我考试，两天以后才进城。小宛见到我虽然非常高兴，但当我详细地描述起分别以后的百余日里整日素面朝天不愿出门的相思之苦，以及行驶在江山遇到强盗时的惊慌害怕和惊恐万分时声色俱惨，更加坚定了想与我一起回家的心情。跟我一同前来参加考试的魏塘、云间、闽、豫等各方世子，都不由对小宛刮目相看，感动于小宛对我的情真意切，赞叹她的胆识，纷纷为她赋诗作画。

考试全部完成以后，我自信地以为一定会高中，所以开始自作主张地料理小宛的事情，来完成她的期望。不承想十七天以后，忽然听到父亲的船已经抵达了江干，他没有到宝庆赴任而是从楚地直接来到了这里，我已经有两年没有好好孝敬我的父亲，他在战火纷飞中安全返回，实在是令我喜出望外，所以来不及为小宛谋划去留问题，就跟随我的父亲从龙潭到了銮江。我的父亲问我科举考试的事情，我告诉他一定会高中，于是留在銮江等待放榜。小宛从叶寓馆出发坐船来追我，在燕子矶遇到风浪阻碍，几次差点遇难，只能停留在銮江的船中盘桓。七天以后发榜，我只是中了预备生，我日夜兼程地返家，小宛痛哭着想要跟随我回家，不肯回家。我清楚地知道她在吴门的种种事情，并不是我力所能及的。她的那些追债者，看到我是外地人，肯定会抬高要价，他们人多气势汹汹。父亲着急返回，我的科举考试又不尽如人意，这么多的困难事遇到了一块儿，实在是力不能及，没有其他的精力去处理小宛的事情。于是等到船到了朴巢的时候，我就冷着脸跟她诀别，赶她回吴门，去解决那些跟她要债的人，再考虑以后的事情。

九月份，我去润州拜访我的老师郑公，正赶上刘大行从都门过来，我跟陈大将军还有他的同盟刘刺史在船内饮酒。刚好他的一个下人从小宛的地方过来。他说道：“小宛回去以后就不肯换下她当时穿的衣服，现在天气变冷就像是没有穿衣服一样，如果我不赶快去找她，她宁愿被冻死。”刘大行指着我说道：“你素来被称作是风度侠义之人，现在怎么可以如此辜负一个女子呢？”我回答：“那些位高权重的人，不是我一个闲人无权者可以应对的啊。”刘刺史听了当即举杯挥袖说道：“如果给我一千金让我去解决这件事情，我现在就前往。”陈大将军听罢，立即拿出来一百金给他，刘大行又给了一些来帮衬。谁承想，刘刺史到了吴门并不善于调节，跟当地的讨债者谈判失败产生决裂，跑去了吴江。我只有返回家中，从此再没有音讯。

事已至此，小宛孤身待在吴门进退两难，举步维艰，难以收拾残局。虞山的宗伯听说了这件事情以后，亲自来到了半塘，把小宛接到了自己的船上。上至权贵，下到市井之徒，三日内为她厘清了所有的债务，并要回了那些债券契约。随后在自己的楼船上摆设宴席，为小宛践行，并买船将她送到了我的家乡。直到下个月十五，傍晚时分，我陪我的父亲在拙存堂饮酒，忽然传来小宛已经抵达了河干。随后我又接到了宗伯的书信，信中洋洋洒洒详细地向我说明了所有事情的经过，并且他已经写了书信给门生张祠部为小宛在这里落户。吴门留下的一些琐事，由周仪部善后，南中的李宗宪也为此花费了不少心力。到了十月，所有的事情处理完毕，各种纠葛来回折腾，耗费了无数的心血精力之后终于完成。

壬午年四月的最后一天，小宛送我到北固山下，坚持要与我一起渡江回家。我推辞，她哀切地请求，不肯离开。船停在了江边，当时西洋先生毕今梁先生送给了我一卷西洋布，此布薄如蝉翼，比雪还要洁白艳丽。当时以退红作为里子，为小宛做了一件开衫，丝毫不输于铺张华贵的宫内的霓裳羽衣。我们一起登金山，当时有四五艘龙船冲破波浪激荡而上，山中有数千的游人，跟随我们一同前往，将我们二人视为神仙。我们绕山而行，只要我们俩站立在船上，其他的龙舟就争先靠近我们，在我们周围盘桓许久不肯离去。找来人问询，才知道驾驶船的人都是我去年从浙江回来时候的船工，我赏给他们酒肉。第二天返回，船上的友人用大白瓷盂，装满了樱桃放在大厅里跟大家一块儿享用，分不清是樱桃还是美人的嘴唇。江山之美物产丰盈，由此可见一斑，交谈者纷纷大肆地赞扬。

卷二

秦淮河中秋那天，我的各地同窗好友都感叹于小宛为了我不害怕强盗风波的勇敢，一路生死相随，在桃叶水阁为我们摆设宴席。当时在场的有眉楼的顾夫人，寒秀斋的李夫人，她们都是小宛的挚友，都欣慰小宛跟随了我，一起来到这里庆贺。那天唱的是新戏《燕子笺》，一曲唱罢情意正是浓厚。唱到霍华的悲欢离合的时候，小宛忍不住哭泣，顾夫人与李夫人也都潸然泪下。一时间才子佳人，亭台楼阁烟雾江水，新曲新月交相呼应，俱足千古，现在回想起来，如同置身于仙境中一样。

銮江的汪汝为建造了很多的亭台园林，其中一座江上的亭台，可以将江山的盛况一览无余、尽收眼底。壬午年八月初一，汝为邀请我和小宛一起到江口的梅花亭。江上白浪波涛汹涌，一片波澜壮阔的景象，小宛接连豪饮了很多杯，敬酒时态度严肃明朗，当时在座的其他姬妾都喝得溃不成军。小宛平常做事一向温柔谨慎，但是今天却豪情万丈，很是少见。

乙酉年，我带着我的母亲和一众家眷去盐官逃难，路过半塘的时候，看到小宛以前居住的寓所还在。小宛的妹妹晓生还有沙九畹一起来到我们的船上拜访，见我对小宛甚是珍惜爱护，我的妻子贤良淑德，我们之间相处愉快和谐犹如水乳交融，她们看了以后都不由羡慕不已。我们一同前去虎丘山，给我指点以前她们一同游玩过的地方，讲述了以前有趣的事情。吴门里认识小宛的人都纷纷地称赞她有眼光、有远见，找到了很好的归宿。

鸳鸯湖上，楼台高耸烟雨朦胧，向东边蜿蜒伸展，竹园亭的一半停在湖水上，四面有城墙环绕，各种有名的亭园还有名胜的寺院，潋滟的湖水照映在城墙的四周。游人每每登上烟雨楼，都觉得自己看到了这世上最美的风光，其实并不知道湖水的浩瀚幽渺、深阔辽远并不在这里。我跟小宛一起曾经在这里游玩了整整一天，又共同追忆了钱塘江下桐君严濑、碧浪苍岩的雄壮景象。小宛更是说，在山水之间游历，享受人间的烟火气息，是人生最大的乐趣。

虞山的李宗伯送小宛到达我的家乡时，当时我跟我的父亲正在院子里饮酒，因为事情仓促，所以不敢告诉我严厉的父亲。继续陪我的父亲饮到四时，还没有散席。我的妻子没有等我回来，就先为小宛整理了一间干净的别室，帷帐、灯火、器具、饮食，全部都十分齐全。喝完酒去见小宛，小宛说道："一直都不知道是什么原因见不到你，但是看到有很多的婢女簇拥我登岸，心中十分的胆怯怀疑，而且深深地感到恐惧，直到我进了这个屋子里，看到所有的东西都准备齐全。询问旁边的人，深深地感叹主母的贤惠大度，更加觉得这一年的矢意相随是最正确的选择。"从此以后，小宛待在别室不再出门，抛弃了管弦乐器，洗净铅华，潜心学习女红，足足有一个月没有出门。享受着现在的悠闲与恬静，她说就感觉如同是从万顷的火海逃生了出来，才在这个地方享受清凉与平静，现在回忆起来以前在吴门的生活就如同噩梦置身于地狱一般。在这里居住了几个月以后，她便精通了所有的女红，绣出来的刺绣精美工整，刺绣之间的针脚就像是虫卵一样没有痕迹，一天可以绣六副。剪彩织字、缕金回文，熟练各种技巧，手法神奇，简直无人能比。

小宛在别院住了四个月，我的妻子才带她回家。进入家门后，我的母亲太恭人和妻子更加喜爱她，对她更是特别的照顾，我年幼的姑姑跟姐姐更是十分珍爱尊重她，与她很亲密，说小宛的德行跟举止不是一般人可以做到的。而侍奉她左右的奴婢，都任劳任怨服从命令，比其他的奴婢做得更多。烹茶剥果，必须把手都洗干净；善于察言观色，善解人意，让人十分舒服。当天气十分寒冷或者是炎热的时候，小宛一定会站在座位旁侍奉我们吃饭，强行要求她坐下吃饭，她总是坐下后很快便吃完，随即又很快起身执行自已刚才的事情，随时就那样拱手站立在座位旁。我每天指导我的两个孩子做功课，稍微有不如意的地方，我就会责罚他们，小宛每天晚上监督他们修改文章，好好改正，直到很晚也不松懈。这九年里，她与我的妻子一直非常默契，从来没有言语不和过。对于家里其他的人与下人都十分和蔼可亲，连最小的孩子都享受她的恩惠，没有人害怕她。我日常应酬的费用与我妻子日常的开销费用，都由她管理和支出。小宛从来没有私自藏过钱，不喜欢积攒积蓄，从来不为自己置办任何的珠钗首饰。在她死前的弥留之际，即元旦的第二天，她求见过老母亲后才闭上了眼睛。除了她身上佩戴的一身行头之外，其他的金银珠宝都不让陪葬，实在是跟其他人不一样。

我这些年来一直想要对四唐诗进行汇编，购买全集，分类讨论，收集众人的评论，以人和年的标准，来详细地进行评选与整理。搜寻遗失的集册，成就一代大观，初唐跟盛唐时期还稍微有些顺序，中唐跟晚唐时期只有诗人的名字但是却没有他们的作品，或者是作品不齐全，没有名字跟集册的人更是比较多。《品汇》大概记录了六百家诗人的作品,《纪事本末》上面大概记录了一千家诗人的名字，但是作品却并不完整，记录全唐诗的集册更是寥寥无几。芝隅先生的《十二唐人》，被称作是大家的像章，里面收藏了中晚唐时期未刻录七百余种诗集。孟津的王师跟我说：买灵宝许氏的《全唐诗》满载数车，还有往昔落难流浪的盐官胡孝辕批阅的唐人诗，雕刻需要的费用就要千金。僻地没有书籍可以爱惜，今日又被困在家里没有出门，不能出门游历购买书籍，以现在拥有的资源来搜索编辑，消耗了大量的工力，然而每做出一册，必定仔细编注。其他的书籍内有关于这本书的内容，都在书的首页标注上做了简介，交给小宛收藏。至于此书诗人的编著顺序，依照《唐书》。小宛每天都在辅佐我收集查找抄写诗集，细心地跟我商量编订，一天到晚听我使唤，在一起都忘记了说话。小宛对诗没有不理解的，还能用自己的聪慧给出另外独特的见解。小宛熟读楚辞、少陵、义山、王建、花蕊夫人、王珪、三家宫词等诗人的诗集，都被她放置在周边左右。午夜晚间，她依然抱着十家《唐书》睡觉。现在小宛的闺阁已经被封上了，我实在不忍心再开启，将来我的这个编校古籍志向，又有谁可以陪我左右一直到实现呢？也只能是遗憾地叹息了。

还记得年前的时候我阅读《东汉》，读至陈仲举、范滂、郭亮等人传记的时候，不由为他们扼腕叹息，小宛一一地向我询问他们的人生始末，还发表了独特的见解，做出主持公道的言论，这些言论可以当作是一篇史论来记载。

乙酉年我们落难住在盐官时，曾经向各位好友借书来读，凡是遇到奇特生僻的内容，我就让小宛抄录下来。这其中有涉及闺阁事情的，她就另外抄录一册。等到归来的时候我与小宛又寻遍众多类似的书籍，续写成一册，起名为《奁艳》。这本书精妙别致，凡是古代女子，从头到尾，不管是饮食所用的器皿、所处的亭台、精通的歌舞、女红以及诗词歌赋，甚至禽鱼鸟兽以及那些没有任何感情的草木，只要稍微沾染些感情的，都归纳为香丽。现在看来每个字都精致秀丽，分类明晰，条理清楚，都收纳在这本书里。顾夫人曾经向小宛借阅这本书，看完以后赞叹这本书的精妙，不断地催促我把这本书出版出来。我认同将这本书重新进行校正，以完成小宛生前的遗愿。

小宛刚到我们家的时候，看到董文敏为我写的《月赋》仿的钟繇的文笔与字体，小宛非常喜欢临摹，于是就到处寻找钟太傅的帖子来临摹学习。当她读到《戎格表》的时候，里面把关羽称为贼将，于是果断遗弃钟太傅的书而改学《曾娥碑》，每天临摹一千字，不应付不遗漏。我读书凡是有需要摘录的地方，都让她抄录成册，或是历史典故或是诗词歌赋，又或者是遗事秒句，我都让小宛帮我抄录下来。小宛又经常代替我抄录一些小楷扇送到我的朋友那里，而我的妻子所要处理的柴米油盐等琐事，以及内外出入所需要的开支，她全部都用笔抄录下来，没有丝毫的遗漏。她的这份细心与专注，即使是我们这辈学习之人也都比不上的啊。

小宛在吴门的时候曾经学习过画画，但是并没有成功，她可以画一些小的丛林、寒树等，笔墨楚楚，经常在砚台桌子上作画，对于古今中外的绘画之事，她都非常感兴趣。偶尔得到一些长卷小轴或者是小品画，都爱不释手把玩不止，我们流落到宁委夽县时，她宁愿舍弃她的胭脂水粉，也要把这些书画捆绑在一起贴身相随。到了流离之地，她把书画的装潢全部剪掉只剩下纸绢，但最终也没能把书画保存下来，这是书画的厄运，由此可见小宛对书画的喜爱是如此的真诚。

卷三

小宛喜欢饮酒，自从进入我家以后，见我不胜酒力，于是自己也不再喝酒，每天晚上只陪我的妻子小饮两杯，同时跟我一样喜欢上了喝茶，同样喜欢喝界片。每年半塘的顾子兼都会选取一部分最好的寄给我，寄来的界片薄如蝉翼。用小火煮茶香烟袅袅升起，小鼎里装满泉水煮茶，小宛亲自用手吹烟洗涤。我每每诵读到左思的《娇女诗》中“吹嘘对鼎鬲”的句子，就感觉小宛完全用实际行动诠释了这样的意境。诗中的那句“沸乳看蟹目鱼鳞，传瓷选月魂云魄”，更是尤为绝妙。花前月下，我跟小宛静静地对坐而饮，绿色的茶叶慢慢下沉香味慢慢地漂浮上来，就像是沾了露水的木兰花，瑶池芳草波动，这一切俨然已经达到了陆羽的境界。苏轼云：“分无玉碗捧蛾眉。”我一生的清福都在小宛相伴的这九年里了，这九年的时光意境用尽了我的福气。

小宛每次与我静静地对坐在香阁，细品各种名香。她说皇宫里的香都太过于艳俗，沉香的香味又过于普通，凡人将沉香放在火上烧，香味十分油腻，片刻间就烧没了，香的性情根本就没有挥发出来。即使是放在怀袖中，也带着一股焦腥味。质地坚质并且带有横纹的沉香叫作“横隔沉”，即是那种四种沉香内都有横隔条纹的就是，其香味十分精妙。还有一种香沉水不结，形状就像是小笠大菌，名字叫作“蓬莱香”，我收藏了很多。每次隔着纱用小火慢慢烧，看不见有烟雾冒出，但是阁中的香味就像是风吹过佛教寺院，沾染了露水的蔷薇，热磨的琥珀，倒满了美酒的犀牛杯的味道。这种香味熏久了浸染了屋内的被子枕头，再加上人身体的清香，实在是香甜无比，连睡觉做梦都感觉到非常的舒适。除此之外，我还有真正的西洋香，是从皇宫内得到的，绝对不是像市场上就可以购买到的货物。

丙戌年我们客居海陵的时候，我曾跟小宛一起制作了百颗的香丸，都是闺阁中上等的佳品，点燃的时候也是以看不见烟为最佳，如果不是小宛做事细心秀致，我们都没有办法领略到其中的精妙。黄熟香原本产自番地，以柬埔寨的最为上乘，表皮坚硬的为黄熟桶，气味上佳而且通透，黑色的为竹头黄熟，南方广州附近东莞人茶园内种植黄熟，就像是江南人种植茶树一样，树矮而且枝叶茂盛，其香味主要是在其根部。来自吴门懂行的人将根部剔除出来切白，将根部松软腐朽的地方全部剔除干净，油腻坚硬的表面也要全部剔除。我与小宛客居半塘的时候，知道金平叔最喜欢收集这种香料，于是花费重金购买了一些，成块的干净润滑，枝条状的像是盘旋的长龙，上面的纹路都是从根部有结节的地方蔓延出来的，黄色的云状的纹路带着紫色，中间又夹杂着鹧鸪斑，可以擦拭把玩。寒冷夜晚的室内，玉色的帷帐垂落在四面，地上的毛毯重叠在一起，点燃两三根两尺高的红色蜡烛，参差不齐地摆放在桌子上，屋内的案几错落有致，大小几个宣炉里点燃了火光保持热度，颜色就像是流动的金子金黄的粟米。轻轻地拨出来一寸刚刚燃尽的活灰，灰上放上砂瓦放上香蒸，历经半夜，香味凝然不变，不会有焦味不会燃尽，郁勃氤氲，染过的香就像是糖块一样凝结在一起。燃香中的气味里仿佛有半开的梅花的香郁，荷花鹅梨的香甜之气，缓缓地渗透到鼻腔内。回忆数年来我们十分迷恋的此情此景，直到晓钟敲响还没有进入睡眠，与小宛一起细细地品味诗中的闺阁之怨，她斜靠在熏篮处，感受着闺中之人拨尽寒炉中的燃香依然等不到意中人的相思之苦，对比之下，感觉我与小宛幸福得就像是在纷香的万花丛中的花蕊深处。而现如今小宛跟香气一同消散，从哪里才可以得到一粒返魂丹，让我可以与她继续在这幽房闭室之中朝夕相随呢？

有一种生黄香，是从枯萎腐朽的老树里提取的未凝结的嫩树脂。我尝试过在树下收集这些放进筐箱中，都是很大的块面与粤人自己携带而来的，还有很多大根的尘封在泥土里，我都留意寻找出来，带回去，与小宛在清晨和傍晚的时候清理，监督婢女用手剥落，有时候好几斤才换得几钱。比手掌还大的只可以削成一片，嵌空慢慢地剔除杂质，一丝都不遗漏，不用焚蒸，就可以嗅到其香味，味如芳兰，盛放在小盘子中，层层颜色跟香味都不尽相同，可以玩赏也可以食用。我曾经拿出来一些送给我粤地的朋友黎美周，他惊讶地问我这到底是什么东西，从哪里弄来的竟然如此的精妙？即使是《蔚宗传》中恐怕也没有记载。而东莞又以女儿香为绝品，当地人拣香都是由少女来做。女子先将大块成色上佳的香料藏起来偷偷地拿去换胭脂水粉，喜欢的人又从卖胭脂水粉的商贩那里买过来。我曾经从汪友那里得来了几块送给小宛，小宛很是珍爱。

我的家里以及园林亭子，凡是空地都种上了梅花，春天时早晚出入，春花浪漫就如同是漫步在带有香味的大雪中。小宛在梅花刚刚吐蕊的时候，就把枝丫交叉斜放，摆放好姿态就像是案几上净瓶里插放的花枝一样，（军持——梵语，意为净瓶或澡罐。）或者是每隔一年就把枝丫修剪得宜，等到花开的时候就直接可以剪下来放在花瓶里摆放出来。一年四季的花草竹叶，小宛都经营得十分精致，领略花草中的清雅之气，使整个庭园房间室内都弥漫着花草冷幽的清香，以至那些开得茂盛的姹紫嫣红艳丽非常的花草，就不是她所喜爱的了。晚秋的时候她非常喜欢菊花，去年秋天她在病中的时候，客人赠送给我“剪桃花”（剪桃红——名贵菊花名），花朵开得十分的繁茂厚实，叶子就像是染过一样碧绿，十分婀娜多姿，每枝都像是被风吹斜的云朵一样多姿。小宛当时已经病了三月，依然强撑着起来梳洗，看到之后非常喜爱，把它放在了床榻的右侧，每天晚上燃起翠蜡，用白团围住（白团——扇子的一种），再用菊花摆放三面，在花间摆放一张小座，置身于菊影之中，真是参差斜影妙丽至极。她坐在菊花中时，人在菊中，菊花与人都在烛光的倒影中，影子又倒映在屏风上，小宛回头看着屏风上的倒影，看着我说：“菊花的姿态在上面表现得淋漓尽致，人跟黄花比起来谁更瘦呢？”至今回想起来，当时的场景如同画作一般淡丽秀雅。

小宛的闺阁中养着春兰九节以及建兰，从春天到秋天，都有三湘七泽的香韵沐浴着小宛的双手，增加她手上的芳香。小宛用碧绿的纸笺亲手抄录《艺兰十二月歌》粘贴在墙壁上。去年冬天小宛生病，兰花枯萎了过半。楼下有一株黄梅，每年腊冬万花齐放开得茂盛，可以供小宛三个月插戴。去年冬天小宛移居到香俪园静养，数百根梅花没有开出来一朵花来，只听见五粒松枝丫摆动的声音，这些只是徒增悲凉的声响而已。

小宛很喜欢月亮，经常伴随着月亮的升降而来回走动。夏天在花园里纳凉的时候，她与小孩子一起诵读唐人咏月以及流萤纨扇的诗句，半张床榻一个小案几，她总是屡次挪动，使月光可以照射到自己的身体四周。午夜时分回到闺阁中时，她仍然要打开窗户让月光照射到枕头被褥间，等到月光退去的时候还要卷起窗帘倚靠在窗户边向外眺望。对我说："我书写谢希逸《月赋》的时候，古人曾说'厌晨欢，乐宵宴'，大概是因为夜晚时分格外的安逸，月光十分安静，碧海青天，凝结的白霜冰清干净，跟白天的烈日红尘相比较，就像是仙界与凡尘之间的差别啊。人生在世，熙熙攘攘忙碌不止，就连到了晚上都不能休息，有的人甚至还没有到月亮出来，就已经酣然入睡，沾染着露水的桂树在月光下的倒影，恐怕他们是没有荣幸可以看到了。与你一同经历这一年四季，沐浴着月光的娟秀与冰清玉洁，感受着这一室的清幽冷香，仙路禅关仿佛也在这幽静的环境中得到了。"李长古的诗中说道："月漉漉，波烟玉。"小宛每次读到这三字都会反复诵读，说日月的精神气韵和神奇光景，都被这句诗表现得淋漓尽致。人以实体肉身进入这纷杂的世界里，眼睛就像是横流波澜的水，气息像是湘烟，身体如同白玉，人就像是月亮，月亮又像是人，两者合二为一，觉得贾长江所写的"倚影为三"实在是多余的，至于"淫耽""无厌""化蟾"的句子，实在是赏月的人应该止息的杂念啊！

小宛的性格向来淡泊，对于那些肥腻甘甜的东西没有一样嗜好，每次吃饭，都用一小壶芥茶温淘，再辅佐上几根水菜跟几粒香豉便是一餐。我吃饭吃得比较少，但是非常喜欢香甜甘饴独特的口味，又不喜欢自己吃饭，每次都是呼喊宾客一同品尝美味。小宛十分了解我，总是想尽办法做出来各种各样的美食，种类太多不能一一记录下来，只能随手说出来一两种，就可见其不一般。用露水酿制的糖浆，将各种梅花完美地融合进去，所用的带有香味的花蕊，都是在刚绽放的时候采摘并浸渍起来，经过数年，其颜色跟香味都不曾发生改变，鲜艳得就像是刚从树上采摘下来的一样，其中的花汁融入液露中，入口香味扑鼻，其独特的香味与艳丽不是一般情况下就可以见到的。其中最好的还要数秋海棠露。海棠花没有香气，而制作出来的海棠露却是格外的清香无比。海棠花俗名又叫断肠草，原本以为它不能食用，却不承想它的味道是所有花中最美味的，稍微次一点的则是梅英、野蔷薇、玫瑰、丹桂、甘菊这些。至于橙黄、橘红、佛手、香橼这些水果，去除果皮，切成白缕丝，颜色与味道都更好。每次喝完酒取出十来种食用，各种颜色浮动在白瓷碗中，醒酒解渴，即使是金茎仙掌都不能与之相比较。将五月的桃跟西瓜压榨成汁，将其中的果肉剔除干净，用小火煎至七八分的时候放入细糖慢慢熬制，熬制成的桃膏就像是大红的琥珀，西瓜膏就像是金丝内糖。每年酷暑，小宛必定亲手将水果洗涤干净，坐在炉边，安静地把控着火候让它们熬制成膏，不让它焦枯，熬制成浓淡不同的很多种，其中的颜色跟口味都不尽相同。制作豆豉的时候，要先把控好它的颜色与气味，然后才是它的味道，黄豆要先后晒九次清洗九次，每一颗都要剥去外面的一层膜，准备好所需要的各种细料，瓜、杏、姜、桂，以及酿造豆豉所需要的汁，要十分精细地将他们放在一起浸泡。豆豉完成拿出来的时候，粒粒分明，其香味颜色有非同一般的味道，与其他的寻常之物有很大的差别。红乳腐分别烘蒸五六次，让其中的肉变酥，然后剥去外面的皮肤，加上味道，绝对完胜建宁三年所储存的所有味道。等到冬天的时候，就腌制各种各样的菜品，腌制出来的菜品可以让黄者如蜡，让青色的如同碧草一般。

蒲藕笋蕨、（蒲——香蒲，供食用）鲜花野菜、枸蒿蓉菊等这类的东西，小宛都可以将其制作成菜品，芳香布满整个宴席。小宛制作出来的火腿没有油而且带有松柏的香味，鱼干久了就像是火肉一样，有麋鹿的味道。制作的醉蛤就像是桃花一样，醉鲟的骨头就像是玉石一样白，虾松就像是龙须一样，兔肉跟鸡肉可以当作是饼馅，可以用饼卷着吃。制作出的肉脯就像是鸡粽，豆腐汤就像是牛乳一样浓郁。她仔细参考各种各样的食谱，四方只要有新鲜的菜式，她都要去拜访学习，再用自己的聪慧巧妙进行改变，每次都是不同的绝妙。

甲申年三月十九日，李自成领导的农民起义军攻占北京，崇祯帝在煤山上吊自杀，我在家乡四月十五日之后才听到这个噩耗，地方官吏十分的懦弱，豺狼虎豹盗贼四起，在城中大放厥词烧杀抢掠，郡中又有兴平伯高杰的部下即将涌入城中，同乡的乡绅大户，一时间全部都像是鸟兽一样四散而去，都纷纷去了江南躲避风头。我家世代都是礼仪之家，我的父亲坚持不逃跑以闭门不出来自保。几天过后，城中上上下下三十多家，只有我家还有炊烟升起。我的妻子与母亲害怕，暂时躲避在城外，让小宛留下来照顾我。小宛躲在内室里，将衣物、书画、文券等，粗细分类明确打包，分散交给各奴婢来分别保管，都亲手粘上封条写上标识。盗贼群蛮横整日抢劫，杀人如麻，而左邻右舍大多都已经逃走只剩下零星一些人，我们势单力薄、处境困难，难以独立生存，只得找到了一艘小船，带着双亲，携家中的一众人，想要冒险从南江渡江抵达江北。一晚上行驶了六十里路，抵达了湖州的朱宅，此时的江上已经盗贼四起，于是先从间道乔装打扮送父亲从靖江行驶，半夜的时候，父亲对我说："途中需要一些碎银子，我们并没有准备。"我向小宛索取，她拿出一个布囊，里面是被分成不同数目的小零钱包，每十两分成一包被分成了百余包，都用小书在零钱包上写上了包内的数目轻重，以便于在仓促逃亡的时候，可以随手取来用。父亲看到这里，惊讶地感叹道："她怎么有工夫做到如此精细的地步呢！"

此时的物价是平常的十倍不止，而且还雇不到舟，又等了一天用一百金雇了十艘船，又花费了一百多金雇用了二百多人来护船行使。船才行使了数里路，潮水退去，船不得已搁浅无法继续行驶。遥远地望着江口，有数百名盗贼占据了六艘船呈犄角的阵形，守在河道狭窄的地方只等我方过去。幸亏潮水退去，他们的船不能靠近我们的船。朱宅派遣有力气的人踏着海浪来向我报信，说道："后面有盗贼围追拦截住了回去的路，不能返回，而且护船随行的二百多人之中还有很多盗贼的同伙。"当时十艘船开始哄动，惊恐万分，仆人纷纷哀号痛哭。我笑着指着江上的众人说道："我家三世百十来口人都在船上，从我的先祖到我的祖父再到我父子二人，六七十年来，不管是在官场还是在乡里，从来没有做过对不起良心对不起别人的事情，如果今天全部都死在盗贼的手里，葬身鱼腹，实在是上天大地有眼无珠啊！如今潮水突然早退，使我们的船只停下不能靠近，便是天意。你们不要害怕，即使对方船上的是敌国的人，也不能伤害我分毫。"昨天夜里收拾行李登船的时候，我考虑到江水连着海水，老母亲跟年幼的孩子从来没有经历过这样的艰险，万一遇到礁石的阻碍，需要上岸陆行，要从哪里去寻找来车马呢？三更的时候，我拿出二十金交给姓沈的人，让他去雇用马车跟车夫。姓沈的人与其他的一众人都十分诧异且笑着对我说道："明天一早便可以扬帆起航到达，不到中午就可以到达彼岸，为何要今天晚上再多此一举，去寻找这些不好找又没有用的东西呢？"我现在差人招募车夫，看到的人都不由取笑，可我必须要找到这两者。从登船行驶到现在虽然神情自若，但是眼看陷入困境，进退两难，没有办法从其中脱身，只得询问江上附近有没有可以登岸前往湖州的出口？船夫回答说："横向行驶半里路有一个六七里远的小路，可以通往彼岸。”我连忙命令船手将船划到对岸，找到了三辆马车，恰巧可以坐下七个人。我把行李与奴婢仆人，全部都丢弃在船上。不一会儿的时间抵达了朱宅，众人纷纷感叹我半夜出行水陆兼程实在是惊险啊！盗贼知道我已经半路逃跑，又知道朱宅已经联络了几百人护送我的行李与家人，开始散去，但是这却并没有打消他们的念头，等到官府对江上管辖无法顾及，且社会动荡混乱的时候，又聚集了上百人，找人送信给我让我送去千金，不然就围攻朱宅，再四面放火。我笑着回复说道："盗贼真是十分的愚蠢，在江水中尚且不能将我拦截，现在竟然想在陆地上长久地围攻家宅，怎么可能呢！”然而虽然过了湖州，有很多人可以护卫，但是其中也有很多图谋不轨的人。我拿出所有的钱财召集来了全村的人，让下人在夜晚的时候设下酒肉宴席，让他们全部守在院子外以备不时之需。数百人喝酒分了钱以后都去了其他的地方，于是我只能连夜逃走，一手扶着老母亲，一手拽着妻子，两个孩子又小，我的小弟才生下十天，跟他的母亲还有一个亲信一同前行（小弟是冒襄父亲之妾生的孩子），从庄园后面的竹林深处蹒跚而出，当时我根本就没有手去帮助小宛。我回头看小宛说道："你快点走，跟在我的后面，迟了就赶不上了。”小宛一个人跌跌撞撞好几次都差一点摔倒，步行了一里路才找到昨天雇佣的车马，披星戴月行驶到五更十分，才到达城下，盗贼与朱宅中那些图谋不轨的人不知道我全家已经去了其他的地方。虽然我们脱身了，但是行囊却都已经丢失了大半。小宛所珍爱的物品也都全部丢失了。小宛回到家中对我说："在遇到大难的时候，首先要照顾好母亲，其次是你的妻子与孩子，还有年幼的弟弟。彼此颠沛流离你无暇照顾到我，即使是死在杂草中我也死而无憾了。”端午节我回到家中，在战争中与城中那些忘恩负义之人盘旋到中秋节，才渡江去了南都。与小宛已经分别五个月了，腊月底的时候才返回家中，带着全家人随我的父亲去督漕赴任。离开江南以后，寄居在盐官的家里。经过这些逃难，不由得感叹小宛的深明大义，豁达变通，即使是读破了万卷书的才子又怎么能跟她相对比呢？

乙酉年流落居住在盐官家里，五月盐官落难，我的至亲骨肉只剩下了八人，去年夏天在江上落难是因为我家的仆人妇孺杂乱众多，一动就是上百口人，繁重的行李塞满了马车和船舱，所以不能轻身而行。因为有了前面的教训，我准备将生死置之度外，准备闭门不出，不再逃亡到其他地方。在城中的盐官，互相残杀，一时间硝烟四起，我的双亲都终日惶恐不安，于是又将他们转移到城外的大白处居住。我让小宛单独带着一众的奴仆守在住所里，不带一人一物出城，以防拖累自己。即使是带着双亲，携妻子逃离也是只身前往不带任何的物品。然而计划并不如意，家人违反我的命令纷纷带着自己的行李出行。士兵已经逼迫到了嘉兴，要求人人剃发的命令已经下达，闹得所有人都人心惶惶。父亲告知惹山已经失守沦陷，家中内外更加不知所措。我不得已跟小宛诀别："此次逃难，不像在家乡的时候，还有左右的随从保护，而现如今我一个人实在是压力重大，与其在为难的时候顾此失彼，还不如先为你找一个安全的地方。我有一个多年的好友，十分讲信用有才气，我先将你托付给他，如果以后可以再相见，当续现在之欢，如若有什么不测你就自己做决定，不要再以我为念想。"小宛回答说："我知道你的好意。现在全家人都要依靠你，你的双亲膝下儿女，都比我重要百倍。如果我再留在你的身边，只会增加你的劳累并没有什么好处，反而还会害了你。我随你的朋友去，如果可以化险为夷，我便全心全意等待你回来。如果你遭遇不测，前日跟你一同观看的大海，波澜壮阔，那就是我的葬身之处！"等到准备逃亡的时候，我的双亲不忍心看我把小宛单独留在这里，又带着她一起逃亡。此后的百余天内，我们都辗转于深山老林荒野僻路，居住在茅屋渔船里。有时候连着一个月逃亡，有时候一天都在逃亡，有时候一天逃亡好几次，这百日里饱经风霜，其中所受的艰苦不是用言语可以描述的。后来突然在马鞍山遇到了大兵，杀掠非常的凄惨，多谢上天的帮助幸运地得到了一艘小船，八口人才得以逃生，而小宛这一路上受到的惊吓，已经达到了极点！

卷四

秦溪之难过后，我一大家子人，只剩下八口至亲幸免于难，在逃难的过程中随行的奴婢仆人被杀死掠走的有二十多人，生平所有的积蓄、玩物还有衣物钱财全部都丢失干净。战乱稍定一些后，我们一行人小心地进入城中，向各位亲友告急，最终连一条被褥都没有寻到，无奈夜晚只得去方坦庵年伯家借宿。他也是刚刚逃难回来，只有一条毛毯，我与他家的三兄弟一起裹着住在卧室里。当时是深秋，寒风透过窗户从四面八方涌来。第二天，从各家乞讨来了一斗米和一些柴火，然后才迎接双亲与家人回到了居住的旧馆里。我却感染了风寒，还沾染了痢疾。横着一张白木板当床，离地有一尺高，破烂的棉絮当作是被子，依偎在炉火的旁边，又缺少药物。并且又听闻家乡战乱四起，吴门再次被阻隔，我自九月重阳生病以后就一直沉迷不醒，直到冬至前差一点僵死，刚有一些好转后，我想尽办法寻到了一艘破船，在枪林弹雨、遍野横尸的情况下，冒险渡江逃回家乡如皋。但是战火激烈，我还是不敢回到故里，暂时只得栖身于海陵。从冬天到春天经历了一百多天，我的病才痊愈。在这一百五十天内，小宛仅仅拿了一卷破席，放在我的榻前。天冷了就拥着我睡觉，天热了就为我扇扇，身上疼了就给我按摩。或是让我枕着她的身体，或是抱着我的脚，或者起身在我的左右照料，只要病重中的我感到舒适，她就全身心去做。漫漫长夜，寂静无声，我的所有细小微弱的声音她都听得到。她亲手照料我喝下汤药，即使是污秽之物，她都眼观鼻闻，观察其颜色跟气味来分辨我病情的好坏。小宛每天只吃一餐粗粝，除了每天向上天跪求我的病情可以早日痊愈以外，其余时间都是守在我的床前温柔地安慰我，让我放宽心养病，不要忧愁。我因为生病失去了常性，经常暴怒发脾气，小宛从来不生气，五个月如一日地照顾我。我见她日复一日脸色蜡黄，身体也渐渐骨瘦如柴，母亲及我的妻子对小宛既可怜又感动，想代替她让她休息一天。小宛却说："我想竭尽我的全力来照顾他，他如果好了就算是我死了也值得了。如果他遭遇不测，我只身留在这兵荒马乱的世道里，又能去依靠谁呢？"回忆起我病中的情形，整夜无法入睡，大风吹打着房屋上的瓦片，盐官城中动荡不安，每天都要杀死几十上百人。半夜的风声就像是鬼叫一样，悲惨凄凉来到我的窗前，像针像箭。一家人都在饥寒交迫中进入了睡眠，小宛从背后抱着我坐在床上，用手将我的手包裹在手心里，跟我一起静静地听着外面的风声，感受着这悲惨凄凉，不由得泪流满面。小宛告诉我说："我进入你家已经整整四年了，早些的时候见你的所作所为，慷慨而又十分潇洒讲义气，做事又十分的细致，不惧怕那些恶势力，这一路上你的遭遇，你心中的失家亡国之痛我都十分明白，爱你的心灵早就超越了对你身体的爱，鬼神也会赞叹你的品格躲避着你，上天知道也会爱护与帮你躲避那些灾难。但现在我们的人生已经到了如此的境地，经历了如此的艰难险阻，所有的生死我们都经历了，我们都不是金石，没有不消亡的。以后如果能有幸生还，一定要跟你一起走遍所有的万物，逍遥万物，你一定不要忘记我现在说的这番话啊！"现在想来不禁感叹，我这辈子怎么报答小宛对我的恩情啊，像小宛这样的女子绝对不是凡间的寻常女子啊！

丁亥年，我受到小人的谗言诽谤，使得众叛亲离，生活愈发艰辛，我的心里就像是装着一座大山一样，整个夏天都郁积终日，只有早上与夜晚的时候烧些纸钱告诉关帝君以求安慰自己。这样长久郁积，拖下来就得了一种奇怪的病，流血数斗，肠胃中就像是堆积了数千块的石头。身体忽冷忽热，经常胡言乱语，没头没尾，或者是连着昏睡好几天都不苏醒。大夫试图滋补我的身体以医治我的病，却不想我二十几天滴水未进，这样一来所有的人都以为我命不久矣必死无疑，我的心里则是十分明白，我的病不是外界的原因而是我自己的心病。小宛在酷暑的时候为我煎药，不擦汗也不驱赶蚊虫，昼夜坐在药炉旁，寸步不离地在我的枕边照顾了我六十个昼夜，不管是我想到的还是我没有想到的，她都全部考虑周到。己丑年秋天，我的背上生疮，她又不辞辛苦地照顾了我一百多天。这五年里我病重了三次，每一次都病得差一点死去，我每次都能逢凶化吉，都是小宛的功劳，如果不是小宛恐怕我也不能死里逃生。现在小宛比我先死，而在我们诀别的时候还在担心因为她的离去而增加我的病情，又担心我生病时她不能再在身边服侍我，小宛在生死之间还对我如此深情缠绵，实在是令我心痛不已！

每年元旦的这一天，我必定会在关帝君前把当年的事情占卜一卦。壬午年我特别想考取功名，祈祷之后求得一签，看到签上的第一个是一个“忆”字。签上写道：“忆昔兰房分半钗，如今忽把音信乖。痴心指望成连理，到底谁知事不谐。”我当时占卜完以后不解这是什么意思，占卜出来的词语，与考取功名无关。后来我在四月三十日那天遇到了小宛。我们在金山分别以后，小宛回去一心等我，在虎阳关帝君前虔心占卜，愿意将终身托付给我的时候，求到的也是这个签。秋天路过秦淮时，她将求到的签告诉了我，恐怕签上说的有什么不好的地方，我听了以后十分惊讶，告诉她这跟我元旦求到的签一样。当时友人也在，说："我到西华门为你们两个合卜一签。"则得到的还是这个签。小宛则更加疑虑恐惧，害怕我看到这签上的意思对她懈怠了，担忧的神色时常表现在脸上，直到后来她的疑虑终于都实现了。"兰房""半钗""痴心""连理"这些都是描述闺阁中的事情，"到底""不谐"，也在今天都得到了验证。唉！我在有生之年，都将生活在我与小宛的回忆里。"忆"这个字的奇妙，在这里得到了完整的呈现！小宛的衣物配饰，都在逃难时丢失了。归来后更是寡淡，没有为自己添置一件衣物。

戊子年七夕的时候，小宛看到天上的流霞，想要用黄金模仿流霞打造一对金钏，希望我能在上面书写"乞巧"二字，却找不到可以与之对应的二字，她说："昔日在黄山巨室，看到有覆盖着祥云的真宣炉，款式绝佳，就以'覆祥'对应'乞巧'二字吧。"两支金钗相互对应颇为微妙。过了一年，两支金钗突然从中间断开，又为她做了两支，刚好又是七夕节，我在这两支金钗上写上"比翼""连理"。小宛在临终前，从头到脚，没有佩戴任何的金银首饰和绫罗绸缎，唯独手里紧紧抓着一对金钗不放手，是因为那上面有我亲手书写的字啊！长生殿的深情私语，乃是杨贵妃死后，由洪都客记载下来转交给明皇的，当日是什么样的书写准则，才得以让《长恨歌》这样的名曲诞生啊！

小宛的书法十分秀丽，先前临摹钟太傅的字体稍瘦，后来又学习《曹娥》。我每次点校书籍，小宛必定坐在旁边帮我递笔研磨，或者是静静地坐在旁边焚香，仔细地用手抄录。小宛闺阁中抄写的诗句史诗堆放成册，现在都已经成了遗物。小宛也会吟诗作对，但是大多数都没有保存下来。去年新春的第二天，她为我抄写《全唐五七言绝句》上下两卷，有一天她突然读到七岁女子"所嗟人异雁，不作一行归"的句子，不由得为此潸然泪下。到了夜晚作出一首八绝诗，哀怨凄惨，让人不忍心阅读。我挑灯一看，认为大为不祥，于是将诗夺去焚烧，也就丢失了这篇诗稿，实在是十分的忧伤遗憾啊！如今我才感觉到我的白天是永远地丢失了啊！

去年三月的时候，我想要重返盐官的家中，去拜访患难的时候相互帮助的各位朋友。到了邗上，遇到了同社的诸位好友，当时我刚好四十岁，于是请各位名流都为我作诗，龚奉常却独独谱写了数千字的文章来描写我与小宛的所有经历，就连《帝京篇》《连昌宫》都不能跟它相对比。奉常说道："你不自己标注，谁知道你所遭受的困难呢，就像是'桃花瘦尽春醒面'七个字就总结了你己卯醉酒、壬午病重的两件事情，可谁又能知道这其中都发生了什么事情呢？"我当时理解他说的话的意思，但是却迟迟未下笔。其他的就像是园次写到的"自昔文人称孝子，果然名士悦倾城"、于皇写到的"大妇同行小妇尾"、孝威写到的"人在树间殊有意，妇来花下却能文"、心甫的"珊瑚架笔香印屧，著富名山金屋尊"、仙期的"锦瑟蛾眉随分老，芙蓉园上万花红"、仲谋的"君今四十能高举，羡尔鸿妻佐春杵"、吾邑徂徕先生写到的"韬藏经济一巢朴，游戏莺花两阁和"、元旦的"蛾眉问难佐书帏"，以上的这些诗句都是为我能够得到小宛而感到庆幸，谁承想这些为我所做的劝酒的诗词，怎么就成了我在小宛墓碑面前的誓言了呢？读了我的这篇杂述，就应该知道了诸位朋友诗中的精妙，而去年春天的时候我没有和奉常的诗，一直推迟到了今天，我应当以我的血泪掺杂着笔墨来和这首诗啊！

三月末的时候，我移居到了友沂的"友云轩"去居住，卧听雨声之中，不由得思念家乡之感倍增。傍晚的时候，龚奉常带着于皇、园次过来安慰我并且留下来跟我一起饮酒，听着小奚管弦演奏出来的乐曲，不由得更加燃起了归家的心切，我们限制韵律，每个人作诗四首。不知道为什么，所做的诗里都带有悲凉哀怨的韵味。三更时分告别离去，躺在床上进入了梦乡，梦到我回到了家里，家里所有的人都见到了，唯独不见小宛。我连忙询问我的妻子，她不回答。我一遍一遍地寻找她，却看到我的妻子背对着我流泪。我在梦中大声地问道："小宛死了吗？"一瞬间心痛至极，让我忽然惊醒。小宛每年春节都会生病，我当时十分担忧疑虑，于是赶紧回家，看到小宛身体无恙，于是将我的梦转述给她。小宛听了说道："太奇怪了，前些天我也是夜晚做梦梦到有几个人要把我劫走，幸亏我躲藏了起来才有幸得以脱身，那些人仍然谩骂不止喋喋不休。"谁知道现在那些梦都成了真，难道那些诗词都是提前预知了未来，提前告知我们的吗？

香畹楼忆语

卷一

农历丁丑年的冬天，我的父亲被免去了在崇地的官职，回到了家中，官场生活让他劳累不堪，得了重病。我的母亲一边生着病一边照料父亲，从冬天一直到春天，细心照料，十分辛苦。父亲的病用了很多药都没有效果，请了很多医生，他们也无能为力。我那时也才得过一场病，稍有起色，刚能起床，便到白莲桥供奉华佗神医的祠庙祈福，我一边哭泣一边祷告，宁愿减损自己的年限，用来延长父亲的寿命。我的妻子允庄也到慈云大士的庙中祈求，发誓愿意坚持吃斋念佛，并和我每日诵读若干卷《观音经》，积善积德。于是华佗神赐了四十九剂药方。父亲服用后，疾病逐渐开始得到治愈。从这之后，我和妻子分居了四年。允庄喜欢诗词，经常熬夜挑选明诗，长此以往，竟得了失眠病，她总是在左边放上一盏灯，在右边泡上一杯茶，捧读诗书一直到深夜，到了第二天清晨，仍没有上床睡觉。她自己忧虑如此消耗精力，身体会虚弱多病，不能尽到赡养父母、抚养子女的责任。便经常给姨母高阳太君和嫂嫂中山夫人写信，让她们帮我挑选合适姬妾。我断然拒绝了此事。

允庄得知江南的湘雨、伫云和兰语楼几位女子都愿意嫁给我为妾，数次请求母亲替我做主迎娶，我仍然觉得不行。父亲当了十年的官，始终清正廉洁，仅靠官俸养家糊口，也未能求得好的结局，几十个家庭几百口人靠他养活，祖父健在，已经七十多岁了，他一直感慨世道艰辛、官场凶险；我先后四次参加科举考试，都未曾考上，正考虑着要放弃。心想如此多的美人，怎么会单单看上我？如果我娶到一个蛇蝎心肠的女子，必将悔恨终生，就算娶回的女子如绿珠碧玉一样温柔善良，也只是白白地将我的精力浪费在无用的恋情之中，像冬天给父母取暖，夏日让父母避暑，早晨向父母请安，晚上照料父母入睡这些孝敬父母的本分谁又来替我做呢？婚嫁纳娶这件事关系重大，所以不能草率行事。

南京城有个停云主人是女中豪杰。她十分疼爱她的女儿，视她为掌上明珠；她误听了我的一些虚名，愿意把女儿嫁给我，于是便请晴梁太史申白甫丈人向我传达了这片好意，我写了一首诗谢绝了她：

肯向天涯托掌珠，含光佳侠意何如。
桃花扇底人如玉，珍重侯生一纸书。

新柳雏莺最可怜，怕成薄幸杜樊川。
重来纵践看花约，抛掷春光已十年。

生平知己属明妆，争讶吴儿木石肠。
孤负画兰年十五，又传消息到王昌。

催我空江打桨迎，误人从古是浮名。
当筵一唱琴河曲，不解梅村负玉京。

白门杨柳暗栖鸦，别梦何尝到谢家。
惆怅郁金堂外路，西风吹冷白莲花。

这首诗流传了出去，紫姬看到后，赞赏有加。我和紫姬的美好缘分也就是从此开始的。

正月下旬，我打算途经秣陵到秦淮以东游历，在纫秋水榭第一次遇到了紫姬。那时“停云主人”的爱女幼香快要出嫁了，骑尉仲澜让我陪他一起去看看她。我和紫姬见面的时候，虽然一言不发，但四目相视，倾心如故，画中的蜡烛都好似在发光发亮，玉梅也甘愿做我们的衬托。仲澜引用《董小宛传》中的一句话，回头笑着对幼香说道:“主人和宾客之间四目饱含深情，这大概就是所说的月流堂户吧？”我不善于饮酒，紫姬便陪着我在碧梧庭院中喝茶，我们俩轻声地聊着天，她对我的家事了解很多，这让我十分吃惊，我惊讶地问她，她低下头笑着对我说:“其实我认识你已经很久了，我读过你写给幼香的诗作，诗中饱含深情，缠绵悱恻。现在幼香马上就要嫁人了。这可是您的错啊！您应当写首诗来铭记您的过错。”当时幼香正在吟唱《牡丹亭·寻梦》一曲，紫姬在为我准备笔墨，铺设纸张，见此情形，我也怦然心动，于是奋笔疾书道:

休问冰华旧镜台，碧云日暮一徘徊。
锦书白下传芳讯，翠袖朱家解爱才。
春水已催人早别，桃花空怨我迟来。
闲莛张泌《妆楼记》，孤负莺期第几回?
却月横云画未成，低鬟扰鬓见分明。
枇杷门巷飘镫箔，杨柳帘栊送笛声。
照水花繁禁著眼，临风絮弱怕关情。
如何墨会灵箫侣，却遣匆匆唱渭城。
如花美眷水流年，拍到红牙共黯然。

不奈闲情酬浅盏，重烦纤手语香弦。
堕怀明月三生梦，入画春风半面缘。
消受珠栊还小坐，秋潮漫寄鲁鱼笺。
一剪孤芳艳楚云，初从香国拜湘君。
侍儿解捧红丝研，年少休歌白练裙。
桃叶微波王大令，杏花疏雨杜司勋。
关心明镜团栾约，不信扬州月二分。

紫姬读到最后一段时，感慨地说："我一直都听说先生家中老者慈祥善良，妻子贤惠淑德，先生不在乎有没有妾室，却也有人怀疑先生是个薄情寡义的人，这是对先生的误解。您的母亲患病多年，我猜测先生之所以如此看重这件事情，是希望能找到一个用心照料侍奉母亲的人吧？"说完后，她立刻回赠了我一首诗，写道：

烟柳空江拂画桡，石城潮接广陵潮。
几生修到人如玉，同听箫声廿四桥。

月亮已经偏西，快要落去，乌鸦一声一声地啼叫着，霜色越来越浓重，疾驰的马蹄很容易打滑，我骑上马挥鞭而去，心中充满了惆怅。

一天，我独自一人在湖边的树荫下游玩，看着眼前绿意盎然的美景，就好似做梦一般。我一边饮茶一边赏花，突然心中想起佳人，不禁感慨道"人面不知何处去，桃花依旧笑春风"。

很意外地从申白甫丈人那里收到了关于紫姬的书信，我赶紧靠在栏杆上细细品读，为记下此事，我写了一首诗：

二月春情水不如，玉人消息托双鱼。
眼中翠嶂三生石，袖底金陵一纸书。
寄向江船回棹后，写从妆阁上镫初。
樱桃花淡宵寒浅，莫遣银屏鬓影疏。

经过这些事情之后，祖父母和父母都认为我和紫姬能够这样情投意合十分难得，妻子也很认为紫姬才华卓越，因此他们就极力牵线搭桥，想早日成全我们。我说："我和紫姬只见过一面，而婚姻嫁娶却是关系彼此一生的大事，迎娶她必须要有父母之命，也只有这样才不失礼节。"我的妻子允庄说："昨天母亲跟我说，紫姬深明大义，远胜于普通的青楼女子。申白甫丈人不能陪你前去说媒，让六一令君和你一起去。"

九月初八，我们乘船出发，到了第二日重阳节，渡过了长江，当日风和日丽，南京的山峦，俊美可人，就好似美人专门化上了漂亮的妆容在迎接我们。

六一令君马上就要到之江上任，紫姬告诉她的父母她想嫁给我，她的父母便请六一令君为她提亲，于是六一令君就先到丁帘水榭来见我。他诧异地对我说："一直都是才子追求倾城佳人，现在倾城佳人也喜欢上了才子，如此珠联璧合，绝非偶然。我在燕台已经停留了很长时间，这次带着公务从三千里外回来，刚好也帮你们促成这段美好姻缘。"我把申白甫丈人的信拿给他看，他一边摸着胡子一边说："你向紫姬提亲，既有父母之命，又有媒妁之言，这一定能让青楼上的佳人们扬眉吐气。"紫姬是个端庄稳重的人，她不想让我亲自划船去迎娶她，六一令君就嘱咐他的夫人，和紫姬的母亲一起陪同紫姬乘坐虹月舟沿水路西去。虹月舟停靠在了瓜洲，我的祖父母和父母也安排了华美的马车和画船前去迎娶。

紫姬共有十个姐妹。长姐许配给了铁岭方伯，二姐许配给了天水司马，三姐许配给了汝南太守，四姐许配给了清河观察，五姐许配给了陇西参军，六姐许配给了乐安氏，七姐许配给了清河氏，八姐去世得早，没有嫁人，九姐许配给了鸳湖大尹，紫姬是众姐妹中最小的。蕙绸居士给我的《梦玉词》作序时写道：“我听闻紫姬当初嫁给你的时候，秦淮的很多青楼女子都十分赞扬你，也很羡慕紫姬，认为紫姬找到了值得托付的人，就像董小宛嫁给了冒辟疆一样，都为她喜极而泣。渤海生在《高阳台》一词中有这样一句话，’素娥青女耳畔相妒，妒婵娟最小，福慧双修‘，大家都认为确实是这样。”紫姬也跟我说：“出嫁前，姐姐和姐夫们来为我饯行时，他们曾悄悄地议论，说我后来居上，嫁给了好人家。”紫姬七姐的丈夫清河氏，是个放荡不羁的人，他偶尔在和自己的嫂嫂闰湘、玉真聊到死后的名声问题时，就借用李笠翁《秦淮健儿传》中的话调侃道：“此事须让十弟，我九人无能为也。”在场的姐妹们对他的诙谐幽默赞叹不已。

偶然间听说，苏州有个叫明珠的女孩，也愿意嫁给我，安定考功对申白甫丈人打趣地说：“云生的才貌像玉山一样出众，仙露、明珠怎能配得上他的温润高雅呢？”申大人把我和紫姬的婚事告诉他，考功笑着说：“大概只有十全十美的女子才能得到司马相如的爱慕吧。”因为他也知道紫姬在姐妹中排行第十，所以才这样打趣地说。

我的朗玉山房里有一瓶兰花，竟然盛开了一枝同心并蒂花，允庄说：“这是对国色天香的预兆啊。”于是我给紫姬嫁来后住的新房，取名“香畹楼”，给她起名字叫“畹君”，因为此事我还特意作了一首《国香词》：

悄指冰瓯，道绘来倩影，浣尽离愁。回身抱成双，笑竟体香收。拥髻《离骚》倦读，劝搴芳人下西洲。琴心逗眉语，叶样娉婷，花样温柔。比肩商略处，是兰金小篆，翠墨初钩。几番孤负，赢得薄幸红楼。紫凤娇衔楚佩，惹莲鸿争妒双修。双修漫相妒，织锦移春，倚玉纫秋。

当时的词坛高手前辈，像平阳太守、延陵学士、珠湖主人、桐月居士都专门作词唱和，畹君对我作的词也十分欣赏，夸赞道：“夫君的词既有张炎的词风，又兼具众多词人的长处。”之前我并不经常写词，自此之后，我经常钻研推敲，词作也逐渐多了起来。允庄为我的词集取了个《梦玉》的名字，并笑称：“桃李满天下的大宗师，要变成善于写儿女恋情的大词人了。”

当时的女人闺房中有这样一个游戏，通过手指上的指纹来判断一个人的聪明程度，民间称之为“一螺巧”。我的左手上仅食指的指纹是螺形，紫姬嫁过来一个月后的一天，她正坐在窗口梳妆打扮，夫人和姐妹们在一起开玩笑，验看了她的手指指纹，发现她的左手上也只有食指指纹是螺形。她们把她的指印用胭脂印了下来，四处传看，大家都觉得这是一件神奇的事情。我的祖父母听到后笑着说：“这可真巧啊。”

卷二

莲因女士仰慕紫姬的雅名，临摹了“惜花小影”作为礼物送给她。画中人身着红色衣衫，亭亭玉立在梅花树下，轻盈美丽的背影很像紫姬。当时《广寒外史》写了篇“香畹楼院本”，记录了我和紫姬的爱情故事，我受此触动，也感怀了起来，于是就写了一首词来记录，词中写道：

省识春风面，忆飘灯、琼枝照夜。翠禽啼倦，艳雪生香花解语，不负山温水软，况密字、珍珠难换。同听箫声催打桨，寄回文大妇怜才惯。消尽了，紫钗怨，歌场艳赌桃花扇。买燕支、闲摹妆额，更烦娇腕，抛却鸳衾兜凤舄。髻子颓云乍绾，只冰透、鸾绡谁管？记否吹笙蟾月底，劝添衣悄向回廊转。香影外，那庭院。

紫姬读过后，笑着把一本画册递给了我，说道："夫君是否觉得画中背影和我有几分神似？"这原来是马月娇的画作，画的是兰花十二幅，兰花在清风明月的映衬下，显得秀美无比。画册首页写着"紫君小影"四个字，是紫姬的嫂嫂闫湘所提。这本画册本来是闫湘的藏品，为了庆贺我和紫姬的婚事，临别时很高兴地题上字将其送给紫姬，作为给紫姬的嫁妆。我曾打算把它们都镌刻在石碑上，紫姬知道后，忧虑地对我说："女人闺房中的风韵雅事，我担心长久下去会被世俗之人临摹描画。"于是我便没有这么做。

香阁的主人为人豪爽放荡不羁，好似花中的芍药。她曾经这样对芳波大令说："我的众多姐妹中，紫夫人最为出众，她好似山谷中的一朵兰花，色彩亮丽、芬芳馥郁，品格高雅。天下竟正好有一个爱慕她的云公子非她不娶，而紫夫人也十分倾心云公子，非云公子不嫁，两人真是一对神仙眷侣。夫家在婚嫁礼仪上十分重视，让无数青楼女子扬眉吐气。而像我这样的人，命里总是充满了无可奈何，最终只能像飘零的花叶一般，落到泥土之中。"芳波大令每次提起她的这些话，都叹息不止。

捧花生撰写过一篇《秦淮画舫录》，书中把倚云阁主人写作众花之首，另外有许多事情记录不实，人们都嘲笑他。我因为公事在秣陵停留了很长时间，仲澜让我随他一同前去拜访倚云，倚云初次见我时就能叫出我的字号，他还说："这就是喜欢上国香的那个人。"仲澜和我十分惊讶。当时有一个高官对我的名声十分厌烦，后来和他一起共事总被他刁难。回家后我把这件事告诉了紫姬，她笑着说："高官因为震怒你的名声而打压你，倚云因为早早听闻你的名声而羡慕你，她被选作花魁也就是很正常的事情了。"

彭成的都转大人很器重我，他向阁部节度使请示过后，下令整修真州的水利设施，他让我做出纳，替他管理从库房调出的用于整修水利的三十七万两银子。我断然谢绝了。都转恼怒地对我说："我知道你既善于筹划理财，人品也十分靠得住，所以才把这么重要的事情交给你，你却如此推三阻四，未免有些避重就轻吧。"我说："不去担任出纳的职务，确实是因为我不敢担此重任，有些偷懒耍滑；但是，如果我出任了这个职务，一定会落个品行不端的名声。要想认认真真干好一件事情，首先不能损害自己的名声，然后才能为社会做出贡献。我是个迂腐不化、谨小慎微的人，此次拒绝明公，也是不想辜负了您的知遇之恩。"

都转知道我并没有其他的意思后，才不再强求。从官府回到家中时已经是深夜了，允庄和紫姬还在香畹楼上赏月，允庄问我为什么这么晚才回来，我告诉她这件事后，她高兴地说："公子在面对可以掌管巨款的诱惑时，依然保持秉性，不谋私利，这足以回报彭城都转了。"紫姬说："除了公子以为，世人多是贪婪浑浊的人，如果公子答应了都转，一定会招来众人妒忌。大概只有严格要求自己，宽容对待他人，才能逃避掉牛渚的这些风险吧。"我和允庄都觉得她说得很有道理。

我在撰写《〈秦淮画舫录〉序》的时候曾提到：仲澜嘱咐我为捧花生写的《秦淮画舫录》作序，一时仓促，我没来得及答应。秋末的一天黄昏时分，蕊君让我陪他一起到兰语楼赏画听琴，这天我们聊了很久。蕊君问我："李香君虽然已经不在很久了，但《桃花扇》的戏曲，人们依旧称赞不已，您觉得曲中的侯公子是否是个合格的伴侣？"我说："香君退还了阮大铖送来的聘礼，没有辜负过侯公子，而侯公子的所作所为，亏欠香君的实在是太多了，他确实不是一个好的伴侣。”蕊君点了点头，又说：“柳如是女扮男装，只为见到陈子龙，向他表明心意后，却被陈子龙拒绝，如果她立下誓言说：‘我一个柔弱的风尘女子，如果被公子抛弃了，我宁愿跳到泖湖里终此一生。’陈子龙或许会被她感动，而不愿让她嫁给钱谦益，那么她后来也就不会被钱谦益屈辱降清的行为所牵连吧？”我说：“这既是柳如是的不幸，又是陈子龙的不幸。顾横波十分敬佩黄石斋先生，特意设宴招待，最终却被龚鼎孳误导，成全了葛嫩和孙临的名声气节，这太可悲了。您没见过九畹的兰花吧？德行高雅的人佩带它，兰花会越来越芬芳，蚂蚁靠近它，兰花就会凋零，这是因为它处的环境不同。像您这样脱离世俗、沉浸书海、不慕权贵、视金钱如粪土的人，早就被市井俗人嘲笑了。没有品德的文人，让人十分寒心，像钱谦益、龚鼎孳、侯方域这类人，能够主持当时文坛，引领各派，他们远远胜过那些只会舞文弄墨、留恋烟花之地、自我标榜的名士；虽然他们晚年名节不保，辜负了追随他们的女子，但至少不像杜牧一般绝情，没有损毁掉佳人们的名节。我每每想起这些前尘往事，总是心生怅然，未到中年，就已经尝尽人间喜乐。今天我感受到了您明月入怀、与世超群的胸怀，但我内心深处所忧虑的是：交心的知己像早晨的星星一样少，以前许下的承诺誓言像冰雪一样融化掉，假母贪图钱财，男人伪装成君子。阳春白雪般的音乐无人欣赏，纸醉金迷的生活却让人迷恋。而那些感情淡薄木石心肠的吴中人，还会说一些不中听的话来劝慰你：‘追求死后流芳百世，不如生前饮酒作乐。’唉，香草和臭草放在同一个器物内，味道的差别有多大？让比目鸟和比目鱼混为一群，既浪费时间还让它们彼此疏远，讨论古今之事，就能不分青红皂白吗？”蕊君听完这些话后，一边流泪一边扶着发髻，大概是情到深处不能自已，我也移坐到灯前，默默地停止了饮酒。当时仲澜多次向我催要序言，蕊君点起灯来，铺设纸张，让我写下今天晚上谈论的话。南京城的柳树、青溪河畔的桃叶，在辰楼里听戏赏曲，在丁帘后花天酒地，众多佳人聚集在秦淮河畔，这些很早就有了。以至于以前的繁华胜景现在只剩下空空的遗址，曾经的院落也发生了巨变，名士老去，白了头发，美人逝去，化为黄土，这正是余淡心写《板桥杂记》的原因。现在，捧花生生活在太平盛世，能和佳人们一起游玩，徜徉在山河湖海之间，尽情收集各种花草。华丽的灯火掩盖了月亮的光芒，饮酒划拳、金石丝竹的声音响彻夜空；画舫在碧波中荡漾，划往拾翠眠香的欢乐地方。在南朝的金粉，北里的烟花中，品评温柔乡中的美人，借优美的诗词寄托抱负，余淡心的《板桥杂记》，当然就不能再继续独享盛名了。我暗自思考，在烟花之地，应该也有和蕊君一样的女子吧。余淡心和捧花生用文雅的方式写出了这两篇文章，而且提起了李香君、柳如是的往事，不知道是否有人也能被蕊君这番话触动，而啼哭流泪？

这是我临时起意写出的作品，时间久了也就恍恍惚惚记不太清了。紫姬嫁给我以后，允庄提起了这件事，并打趣地对我说：“那天您借用别人的酒杯，浇灌自己心中的块垒，喝到高兴时就提笔书写，抒发了无尽的感慨，如果放到现在，你还会说秦淮无人吗？”茗妹说：“虽然兄长平时就有很多与佳人相约的机会，但是每次都十分注重礼节，严守交往礼仪未曾有过一丝狂妄轻薄的举动。现在娶到了紫姬，这是上天对兄长莫大的恩赐。”房中众姐妹也都认为确实如此。

秋影主人，年过中年，便不再迎客，整日烧香品茶，诵读诗书，在青楼女子中算得上清净高雅，出淤泥而不染，年轻的佳丽们，都十分崇敬她。以前，香霓阁中有女子要嫁给品行不端的人时，秋影主人都会苦口相劝。她知道紫姬嫁给了我，十分庆幸她能有如此好的归宿，一直都想见我一面。通过申白甫丈人的介绍我们相见了，她笑着对我说：“紫姬亭亭玉立，最近应该多少有些丰满了吧。看她蕴珠抱璞，我就知道她与众不同，有一双识英雄的慧眼，真的是为我们这些女人争光。”我回去后把她的这番话告诉紫姬，紫姬听后莞尔一笑。

邗江地处要塞，各色官员在此聚集，我每天都要拜访前辈，向他们请教，很少有静下来的时候。母亲让紫姬在寒冷的深夜早些上床等我，紫姬却仍旧坚持点着灯，替我温着茶，围坐在炉火边等我，每天清晨又很早起来梳妆打扮后去向长辈请安，夙兴夜寐，十分辛劳，一直坚持了很多年。

紫姬嫁给我之前，偶尔会和倚红、听春几个姐妹一起，品评下蒋士铨的戏曲，或者吟诵几句《香祖楼》中的警句，或赏析《四弦秋》中的曲目。只有紫姬喜欢《雪中人》“可人夫婿是秦嘉，风也怜他，月也怜他”这几句，总是挑来吟唱。侍奉外甥唐桂仙的丫鬟改子笑着说：“十姑娘当时的所思所想，一定和这句词一样！”在座的姐妹们，都觉得她一语就猜中了紫姬的心思。三年前我在彭城服役时，寄给紫姬的诗词中曾写道“蹋冰瘦马投荒驿，负了卿怜惜。累卿风雪忆天涯，休说可人夫婿是秦嘉”，这几句词指的就是此事。后来在途经下相的时候也寄给过紫姬一首词，词中写道：“霜月当头圆复缺，跃马弯刀，那怪常离别。约了归期今又不，关山只认无啼鸩。何事沾膺双泪热，帐下悲歌，竟未生同穴。忍与归时灯畔说，五更一骑冲风雪。”《行香子》是南州朱夫人为我所写的，晚翠庵主人把我的原词也抄写在上面。紫姬每次捧读的时候，总会被感动哭。哭泣时梨花带雨的声音，好似春风掠过杨柳、荡过芳草。

从小我就喜欢阅读兵书，长大后也乐于结交豪杰义士，然而像清河君这样忠诚廉洁的人，我见到的并不多。长白地区的尚衣，决心要惩治强横的乱民，除暴安民，他给阁部上书说，对于燕赵的勇士，江淮外地人要善于对其进行约束，要恩威并施，只有我能做到这些。我向阁部上奏说：“没有固定的资产却有恒心的，只有精英人士才能做到。在鸡鸣狗盗中称雄的人，是在饥寒交迫的情况下做出的无奈选择，他们不知道选择什么职业，于是才铤而走险，这些人所造成的危害最大。就算给予他们接济和恩惠，也总会有接济不到的人，如果能训练储备一批文武人才，就可以减少这些无形的隐患。”阁部非常认同我的话，他说：“这就好比是鸟群中的枭鸟，要以毒攻毒，用兵之法也是这样。”忠信之人坚守的原则，和圣人的意旨相符合。紫姬说：“雄鹰能搏击长空却心怀杀机，神龙本领高强却难以驯服，您和这些豪杰共事，一定要胆大心细。我冒昧地劝您这一句。”因为我平时对下属要求比较松，对于一些事和人，了解得不是太清楚。紫姬的谆谆告诫，总能给我启迪和灵感。

秦淮河以南的航运因为浚河停止了运营，我去拜见长官，提出了一个靠“移捆”法疏通河道的建议，我的建议化解了节度使和彭城都心中的忧虑。真州的贤士们特意创作了诗歌来赞美我。到年底的时候我才忙完航运的事情回到家中，我对晚归让妻妾苦等很是遗憾。紫姬说：“您为百姓们免去了徭役，给他们安居乐业的生活，虽然您回来的时候风雪交加，已经到了年末，但不虚此行，怎会有辜负香衾的遗憾呢？”

母亲让我七夕节在璧月楼前设宴招待宾客，紫姬带着她的好姐妹走到香阶上拜谢母亲，给她请安，还解下系在手臂上的丝带，让丫鬟偷偷地把它放在屋脊的鸱吻上，在我的老家杭州有这样的传说：喜鹊会衔走这些丝带，它们会变成桥梁，这样牛郎和织女就可以渡过银河了。萼姊调皮地裁剪了一段洁白的绉纱，在上面画上了并蒂兰桂后交给了紫姬，让她在月光下刺绣。这段绉纱被紫姬绣得缕金错彩，巧夺天工，我十分喜欢，把绣品放在箱子中，当作比蔡氏金梭还要珍贵的宝贝。

农历癸未（1823）年春天的第二个月，母亲得了重病，紫姬便烧香拜佛祈求上天，愿意代替母亲承受病痛。我当时奉命在外处理公务，听说后连夜赶回家中，我到太平桥供奉华佗的祠堂求得三剂药，母亲吃完后就痊愈了。自此以后，紫姬就代替我吃斋念佛，报答母亲的恩情，一直到去世都是这样。

紫姬与我情真意挚，但是害怕招来别人的嫉妒。那时候，香影阁送过我蔓花罗手帕；香霏阁送过我雪白的细绢和佩饰；秋雯阁送过我精美的绣品，紫姬很小心地把它们都收藏起来。特别是香霏阁送给我的玉雕蝈蝈笼，紫姬特别喜欢，对它总是爱不释手。她说："美人爱慕君子，这是人之常情，如果不是因为公子生得英俊潇洒，谁又会追求公子呢？"

我出入秦楼楚馆的时候，总是被漂亮的佳丽挽留，我于是作了一首《柳梢青》，用来辞谢，这首词的内容是：

曳雪牵云，玉笼鹦鹉，唤掩重门，曲曲回阑，疏疏帘影，也够销魂。愁看照眼浓春，添多少香痕泪痕。默默寻思，生生孤负，无数黄昏。

休蹙双蛾，蔓华倩影，好伴维摩。娇倚香篝，话残银烛，闲煞衾窝。更无人唱回波，只怕惹，情多恨多，叶叶花花，鹣鹣鲽鲽，此愿难么？

允庄说："您这个风流的道学先生，在和香国里的众多女子打交道时既不触犯她们也不远离她们，这应该是最好的方法了。"紫姬说："这些苦命的女子，就像一朵花，飘荡在篱笆上，凋落在厕所里，确实让人伤心，公子愿意给她们一些帮助，也算是在积善积德。"

我说："安得金屋千万间，大庇天下美人尽欢颜！"紫姬听到后莞尔一笑。

我因为要照顾父母，所以害怕到远处做官，为朝廷效命，我也算有过一些贡献。丞相曾称赞我为"国士无双"，皇上也曾下谕夸我"勤能"。我和诏书上的称赞相比确实相距甚远，对朝廷的任命曾放任不管。孝敬父母，报答他们的养育之恩，是我不能荒废的。一小队人马带着兵器，在冰天雪地中艰难跋涉，身陷困境，急景凋年，我曾饱尝人世艰辛。

当时允庄意外得了一种奇怪的病，十几天都是命悬一线，紫姬每天很早就起来，到环花阁询问允庄的病情，为她敷药、喂饭后，才回去梳妆打扮。她服侍、调理、看护允庄，十分用心，真是废寝忘食。紫姬对伯母谯国大君讲道："允庄为人贤惠孝顺，称得上女子中的曾参、闵子骞，如果她有什么不幸，母亲大人会为她伤心欲绝，公子会忧愁痛心。我向悉云大士叩拜祈祷，宁愿自己代替允庄。"当时我正驻守在东阳参军绛云仙馆，曾在书信的结尾附上了最近写的词，词中写道：

年来饱识江湖味，今番怎添凄惋。远树蘸烟，残鸦警雪，人在黄昏孤馆，更长梦短，便梦到红楼，也防惊转。雁唳霜空，故乡何事尺书断？书来倍萦别恨，道闺人小病，罗带新缓。茗火煎愁，兰烟抱影，不是卿卿谁伴？怜卿可惯，况一口红霞，黛蛾慵展。漫忆扬州，断肠人更远。

那时紫姬已经患上了咯血症，她绝口不提自己的病，病情越来越重。我有很长一段时间都没有回去照顾父母，料理完公务后，腊月二十四的晚上，我顶风冒雪赶回了家中，紫姬虚弱地躺在床上，病得骨瘦如柴。

我接到上级的调令不能继续留在江南后，紫姬说："夫君此后要在其他地方漂泊，应该留意再找一个合适的伴侣。"我问她为什么，她说："您为了孝敬父母而不能尽情施展才华，收到可以留任江南的指令后您也很高兴，认为不用远离父母，但是现在既然事情中途受到阻碍起了变化，您很可能要到远方任职，母亲又害怕长途奔波，不能随你一起前往，让你在身边照顾侍奉，夫人因为体弱多病也不能随行，我哪里能为了服侍夫君而独自一人随你前去，而且我还要留下来替你在寒冬酷暑时照料母亲，为母亲按摩挠痒，早晚请安问候，只有这样您才不会有后顾之忧。至于夫君的冷暖起居，也必须要有一个通晓事理的人用心照顾，这样即便相隔千山万水，我也能够安心。”紫姬从去年十月以来，多次向我提过这些话，谁知道紫姬劝我再娶的话，最后却成了她香消玉殒的谶语？

蓉湖有个隐居在闹市中的施生。他可以通过掷六木来预测祸福，听说十分灵验。于是我找到了他，让他给我卜算流年吉凶。他说：“其他的事情对你来说都很顺利，唯一不利的是会有丧妻之痛。”我问他可否有办法化解，他说：“用妾室代替妻室可以化解。”我又问他有没有其他办法，他说：“娶三五个妾室，或许可以免去其他人的祸事。”

平阳中瀚从淮南赶来后，为紫姬算了一卦，他也是这样说的。我还请了附近的巫师陇西氏替她占卜，他说：“紫姬原是花国的司花仙史，因为羡慕人世间的美好姻缘，所以借助佛法转世投胎到人间，现在爱缘就要耗尽，应该要乘风离去了。”允庄听说后，就乞求母亲，为我到处寻找合适的妾室，遵照施生提供的方法。我说：“如果我爱上了新娶来的妾室，又让她代紫姬承受灾祸，扪心自问，这样做太过残忍。况且，万一紫姬比新娶来的妾室早一步去世，我便会永远落下薄情寡义的名声，并因此而悔恨终生，这既不是我想要的，夫人难道能因此而心安理得吗？”允庄说：“如果不这样做又有什么其他办法呢？”我说：“紫姬一直都很怀念她的亲生父母，我经常看到她望着云彩叹息。把她送回娘家去延长寿命吧，虽然这是没有办法的办法。而且在紫姬病倒的这段时间里，就曾多次烦请她的母亲前来照顾，每次谈论这件事，她的母亲都恸哭不安，为什么不用让她回娘家的办法，作为替她驱除疾病的方法呢？”允庄点了点头，同意了这种方法，于是在求得母亲同意后，便收拾行李，准备把她送回娘家。

四月二十五日，母亲哭着嘱咐我说：“通过把紫姬送回娘家为她治病，如果真的能够治好她的病，当然是最好了。只是此时路途上江风暑雨，我实在是放心不下。你要向神明祈祷，问问是否可行。”我到武帝庙祈福，求得一签，签中说：

贵人相遇水云乡，冷淡交情滋味长。
黄阁开时延故客，骅骝应得骋康庄。

母亲看到签中有“骅骝”“康庄”这些吉利的话语，便认为路途平安，这才同意让紫姬回到娘家。谁知道在她家三槐堂中，偏西的楹联上，大大地刻着“康庄骥足蹑青公”几个字。而紫姬去世后，她的灵柩刚好就停放在此处。我返回家中之后，回想这件事，如梦如幻。难道神明早就知道了紫姬的命运却不能拯救她吗？苍生命运中的定数，难道就真的不能改变吗？

紫姬回到家后，允庄给她寄过一首诗，诗中写道：

梅雨丝丝暗画楼，玉人扶病上扁舟。
钏松皓腕香桃瘦，带缓纤腰弱柳柔。
五月江声流短梦，六朝山色送新愁。
勤调药裹删离恨，好寄平安水阁头。

紫姬根据韵律和了一首，并把诗寄给了母亲。诗中写道：

风雨经春怯倚楼，空江如梦送归舟。
绵绵远道花笺寄，黯黯临歧絮语柔。
闺福难消悲薄命，慈恩未报动深愁。

望云更识郎心苦，月子弯弯系两头。

允庄也寄给了我一首诗，诗中写道：

问君双桨载桃根，残月空江第几村，
淡墨似烟书有泪，远天如水梦无痕。
晚风横笛青溪阁，新柳藏鸦白下门。
更忆婵嫣支病骨，背灯拥髻话黄昏。

我根据韵律也和了一首，诗中写道：

情根种处即愁根，纱浣青溪别有村。
伴影带余前剩眼，捧心镜浥旧啼痕。
江城杨柳宵闻笛，水阁枇杷昼掩门。
回首重闱心百结，合欢卿独奉晨昏。

女史管曹小琴读过这些诗后，感慨地说道：“这二百二十四个字是公子、夫人和紫姬三人眼泪凝结而成的。现在我才知道有比《别赋》《恨赋》更加伤心透骨的作品。”

卷三

父母每次生病，我就到供奉华佗先生的祠堂祈求灵药，每次都很灵验。因为每次我都祈求让自己代替父母承受病痛，我的诚意感动了华佗先生，所以先生才满足了我的愿望。紫姬所患的病，有人说是因为感冒没有痊愈，长期劳累导致的，又过早地使用了猛药，被医术平凡的人给耽误了。但是去华佗先生祠祈求灵药的事，我却徘徊了很久迟迟不敢前去。六月十三日夜里，紫姬突然紧紧地握着我的手说："您一直都很爱戴母亲疼爱夫人，如果不是因为害怕占卜，怎会在外耽搁这么长时间，今天你来我家照顾我已经有一个月了，阁部提携官员的奏章，昨天皇上已经批准了，过几天您就要北上了，您现在很有必要回到家中。我已经病入膏肓，不指望能够治愈了。病弱不堪、呻吟痛楚的样子只会白白地让您伤心。但愿哪天我被召唤走后，您能把我的骨灰带回家中。"当时，父母刚刚给我报过平安，于是就安慰她说："你这么贤惠孝顺，父母很满意，他们特意来信让你安心治病，都期待着你痊愈后，我们一起回去呢。明天我就去小桃源的华佗先生庙为你祈福，但愿能够求得好的结果，让母亲不再担忧。"第二天我去祈求，没有求到任何赐药，第三日，我又把紫姬的生平事迹全部写了下来，呈给了神明，愿意折减自己寿命，延长她的生命，用来服侍照顾我的父母，我问道，这难道不是华佗先生所认同的吗？这才被赐予五色豆等药。此后的每一天我都去祷告，直到十八日晚上，收到父亲的急信，才知道母亲患了感冒卧床不起，紫姬急忙让郑、李两个仆妇把她扶坐起来，她尽力地靠在枕头上，喘息了很久，才说道："我的病已经好多了，可以坐起来了。夫君应当马上回去照顾母亲，不要再挂念我了。”说话的时候眼中噙着泪水，之后就一言不发，背过脸去贴着床席，唯恐我看到后伤心难过。我当时内心一片混乱，哭着就答应了她。第二天天刚刚亮，我就骑着一匹马出了朝阳门。让人伤心的是，这一天竟是我和她诀别的日子！

我在二十二日赶回了苏州。母亲的病，幸亏得到了叔叔的治疗，已基本康复，只是还有些头痛，眩晕眼花。我赶快去西米巷华佗先生祠祈福，求得黄菊花十朵，母亲服用后就全好了。母亲问起紫姬的情况，知道她在病情十分严重的情况下，仍旧让我立刻回去。因为母亲刚刚痊愈，我就要求在家多留几天。到二十六日晚上，紫姬的干女儿桂生一边哭泣一边惊讶地说：“我娘回来了！”问她，说：“到香畹楼了。”母亲担心这是紫姬离世的预兆，不停地哭泣。我多次安慰她，母亲说：“紫姬讨厌华丽的绸缎，有种娴雅飘逸的风采，湖州产的绸缎洁白如雪，她很喜欢。这一年她为了侍奉我，学起了缝制寒衣，一针一线缝得很好，熬到很晚都不疲倦，我每次看到都很心疼她。”于是就嘱托叔母谯国太君、庶母静初夫人和萼妹、苕妹等人，为紫姬抓紧缝制湖绵做的衣裳鞋子。母亲又对我说：“我想让紫姬试试民间‘冲喜’的方法，你把衣裳带给她，如果像民间传言的那样，能让紫姬留下来继续照顾我，那真是我们天大的福分啊。”在七月初一日的时候，我收到了紫姬六月二十八日寄来的信，紫姬殷切地挂念着母亲的病情，并且询问了全家人的日常起居，全家人传阅了信件，都为紫姬能够逐渐康复感到欣慰。到了初三，紫姬的衣服才做好，母亲就催促我赶快上路。这一路上风雨连绵，再加上路途遥远，行进缓慢，初六我顶着酷暑终于登上了岸，直到黄昏才赶到紫姬家中。仆人手忙脚乱，家人面带愁容，在床垂上铺了锦茵，用素帐代替了罗帱。我当时魂飞天外不敢向前半步，内心受到了极大震撼，肝肠寸断。我从仆人手中接过她的玉琴，轻轻地抚摸着，凝视着她挂在墙壁上的遗像，只怨世上没有让人长命百岁的琼蕊，痛恨难以挽留天边的美丽朝霞。此时，我的心情如凄风苦雨般难过到了极点，脑中思绪万千，神情恍惚，好似在做梦一般。紫姬的父母哭着告诉我："初四晚上戌时，紫姬未能等到公子回来就去世了。"唉，晚来两天，竟然没能见到紫姬最后一面，我抚着棺木恸哭不止，心中悲痛始终无法消除。

紫姬离世后，她的父母就特意派人去苏州报丧，我和报信人在途中错过了。到了十二日，报信人从苏州折返回来，带回了我父亲写的信，信中说："七日晚上收到了紫姬家送来的信，知道紫姬突然离世的消息后，你母亲和家里其他人，都十分伤心。而且算出你到紫姬家时，她已经去世了两天，如果你没能看着她入殓，对你来说将是多么伤心的事情啊。你带去的衣服和鞋子，估计她也来不及穿上，你母亲说这些都是紫姬喜欢的，可以烧给她。你料理完那边所有的事情后，就把她的棺木带回苏州来，暂时先挨着你祖父的灵柩停放在虎山后院。今年冬天家里大修祖坟时，会把紫姬也安葬在那里。四年来，紫姬贤惠孝顺，尽忠职守，家里没有人不称赞她，去年冬天，你夫人生病时，她用心照料，不辞辛劳。对于她淡泊名利的性情，你的祖父一直都十分欣赏。现在，她先一步和祖辈们在黄泉之下相聚，应该也没有什么遗憾了。你母亲正在为紫姬撰写小传；静初、允庄等人都写了哀悼她的诗词。你应该爱惜自己的身心，用文字报答紫姬，为她立传，让她能够和茜桃、朝云一样，这大概也是紫姬的愿望把。"唉，我父母对紫姬的慈祥怜爱，真是无微不至，我拆开信件捧读的时候，感动得痛哭流涕。紫姬全家读过信后，所有人都十分悲戚感动。于是，我把信件认真地抄录了下来，和衣服鞋子一起烧给了紫姬。紫姬呀，如果你的魂魄能够知道这些事，那么你就可以安心地睡去了。

紫姬长发垂地，光彩照人，她手上的指甲都有寸把长，这是她最爱惜的。每次需要用手的时候，她一定要用金属指套保护好它。在紫姬快要去世的时候，郑妈帮她剪了头发，紫姬嘱托郑妈千万不要轻易丢掉头发，又让闰湘替她剪去了全部指甲，一起放在翠桃香盒中。闰湘说："要留下来送给公子吗？"紫姬含着眼泪频频点头。询问她可有什么遗言，她说："太夫人十分地疼爱我，她的身体既然康复了，一定会让公子再来。可惜我的时日不多了，等不到他了，让人十分遗憾。"

我母亲一直都害怕打雷，夏天的夜里，一旦刮风下雨，我和允庄、紫姬，就会赶紧穿好衣服，陆续赶到母亲房中，陪在她身边，服侍她一直到天亮。今年七月初三，紫姬得了病，躺在碧梧庭院休闲，隐隐间听到有打雷的声音，就对李妈等人说："可惜我不在公子身边，不能和他一起照顾太夫人。"此后不到一天，她就突然离世了。她在生命垂危的时候，仍然如此挂念着我的母亲，这怎能不让人伤心呢？

允庄听说紫姬病逝的噩耗后，给我寄信说："母亲已经让紫姬的干女儿桂生为紫姬守孝三年，紫姬平时十分疼爱孝先，把他当作亲生孩子一般，孝先也要为她守孝，如果有亲朋前来追悼，需要准备素柬的话，也按照父母的要求，可以署名为'嫡子孝先叩首'。"允庄还寄来了挽联，写道：

四年来孝恭无忝，偏教玉碎香销，愚夫妇触境心酸，遗憾千秋，岂独佳人难再得。

两月中消息虽通，只恨山遥水远，慈舅姑倚闾望切，芳魂一缕，愿偕公子蚤同归。

我的朋友认为这幅挽联情文并茂，面面俱到。芳波大令说："素柬用正妻的孩子署名，我家在给庶母办理丧事的时候，我的父亲太守公就曾这样做过。现在公子家里也这么做，是您母亲和夫人共同的意思，这对逝者而言定然没有一点遗憾了。"

金沙的延陵有位女史官，十分擅长作诗画画，书法和作文也非常出色，可谓才华卓越。她把写字画画挣来的钱，拿来赡养母亲抚养弟弟。她特别精通剑术，为人却十分低调，从不炫耀，人们都认为她和黄皆令、杨云友这样的才女一样，却不知道她和红线、隐娘一样是个侠女。她在病中听说紫姬去世的噩耗，就写了一封信给我，打开一看，信中写着“萼绿华来无定所，杜兰香去未移时”的挽联，跋文中写道：“紫姬妹妹，品行高洁，旷世超群。我每次在广陵城的馆舍见到她时，都十分喜欢她，舍不得离开，曾经模仿马月娇的遗作，画了十二帧兰花，送给了紫姬，当作她的小小画像，如今听说她像彩云一般地离开了我们，不知不觉泪水浸湿了衣袖。紫姬妹妹对父母的恭敬孝顺，和允庄大妹所撰挽联中所说的一模一样，婆母、正妻能够如此夸奖她，这便足够了，不须要其他人再说什么。现在我借用李商隐的诗句，是为了让你知道聪慧的紫姬已经到了天堂。也是为了减轻你内心梨云般的忧伤。这是自《香祖楼》之后又一个可以让人乐道的佳话。”接下来一段她写道：“我因为生着病，双手无力，不能握笔写字，你可寻找一个善于书法的人，让他替我把这段跋文写出来。”我于是请来了汝南的探花，效仿簪花格的风格，把跋文写在吴绫上，张贴在我座位的右边。昭云夫人用篆体写了一首林颦卿《葬花诗》，作为送给紫姬的挽词，这两幅字，可以称得上双绝。

词坛上的杰出人士，都送了挽联，以安慰我悲痛的心情。优秀的挽联数不胜数，我依然记得其中尤其出众的这几篇，有一副扶风观察送的挽联写道：

别梦竟千秋，金屋昙花逢小劫。

招魂刚七夕，玉箫明月认前身。

有一副巢湖太守送的挽联，写道：

司马湿青衫，盖世奇才，那识恩情还独至；
修蛾归碧落，毕生宠遇，从知福慧已双修。

有一副高平都转送的挽联，写道：

玉帐佩麟符，曾见潞州传记室；
兰台抛凤管，空教司马忆清娱。

有一副清河观察送的挽联，写道：

倚玉搴芳，记伊人琼树雁行，花叶江东推独秀
吪鸾靡凤，送吾弟金闺鹗荐，风沙冀北叹孤征。

还有一副渤海令君送的挽联，写道：

迎来鸾扇女，美前程月满花芳，奈银屏月缺花残，憔悴煞镜里情郎，画中爱宠。

归去鹊桥仙，生别离山迢水递，赖锦字山温水软，圆成了人间艳福，天上奇缘。

渤海令君和清河观察两位，和我是非常要好的朋友，我们在一起谈古论今，因此他们写的挽联显得格外真切。等大家看到申白甫丈人的挽联，写道：

公子固多情，也为伊四载贤劳，不辞拜佛求仙，欲把精虔回造化；

佳人真有福，堪羡尔一堂宠爱，都作香怜玉惜，足将荣遇补年华。

大家都说：“在生死离别中，能够写出如此真切周到的文字，白甫丈人的文笔，真是如炼石补天一般妙不可言”！丙子年，我曾写给铁云山人一首《无题》，其中有句“昙花妙谛参居士，香草离骚吊美人”，鹅湖居士借用这句写成挽联，既猜透了我的心情，又使诗句增添了几分谶语意味，让我想起来紫姬，触动心中忧伤，忍不住潸然泪下。

紫姬离世前的晚上，对她的二嫂缪玉真讲道：“我就要凭借着佛法的力量离开人世了，应当不会再有痛苦了，公子对我会十分怀念感伤，要让他以母亲大人为重，用心服侍照顾母亲，最好再寻找一个合适的人帮他照料。公子重情重义，必然不会忘记我，但从来也不缺乏追求他的人。”玉真哭着向我陈述了这些话，我听后悲痛不已，如今紫姬像鸿雁和鲤鱼一样彻底地断了音讯，哪里有像紫姬所说的人？紫姬对我而言，可谓来去匆匆，现在她从爱恨中解脱了出来，到极乐世界逍遥自在去了，希望她不要再挂念我了。我所遗憾的是我的母亲无人侍奉，高兴的是我的儿子已经长大，在祖先的庇护下，我们家族后继有人，我则不再对其她女子动情，古井无波，心如止水并且希望生生世世不再做有情人。

紫姬病逝后，我仍然借宿在她家碧梧庭院。我哭着把紫姬的遗物翠桃香盒放在枕边，空着她的床铺，希望我的诚意可以召唤紫姬的魂魄归来。我睁大双眼，整夜不眠不休，就算拥有鸿都少君的方术，似乎也不能再见到紫姬了，我还记得七月四日乘船途经兰陵时梦到紫姬的情形，她和平常一样谈笑风生，我醒后为纪念此事作了一首词，词中写道：

喜见桃花面，似年时招凉待月，竹西池馆，豆蔻香生新浴后，茉莉钗梁暗颤。恰小试玉罗衫软，照水芙蓉迷艳影，问鸳鸯甚日双飞惯。低首弄，白团扇，星河欲曙天鸡唤。乍惊心兰舟听雨，翠衾孤展。重剪银灯温昔梦，梦比蓬山更远。怎醒后莲筹偏缓？谩讶青衫容易湿，料红绡早印啼痕满，荒驿外，五更转。

当时母亲嘱托琅琊生和我结伴而行，他读了这首词后赞叹道："这样的词句，不管是否懂词，都知道是极好的，只不过词风太过凄婉。"我也觉得确实如此。谁曾料想我在兰陵梦到紫姬的时间，也正是她在秣陵与世长辞的时候呢？我帐中的佩玉，是她的？又不是她的？她来时有因有果，去时为何却了无踪迹呢？紫姬如果知道我为她肝肠寸断、望眼欲穿、伤痛欲绝、泪眼流干，也会为我啼哭流泪吧！

紫姬生前一直豢养着一只叫瑶台儿的猫咪，生得白白净净十分可爱，我和紫姬在梧桐庭院第一次见面时，瑶台儿总是依偎在我身边不舍得离去。紫姬半醉半醒时，曾偶然地开玩笑，闰湘记下了她的话，她说："懂事的瑶台儿都爱上了你，非要睡在公子的怀中。"紫姬这次回到娘家，闰湘还借此事开紫姬的玩笑。紫姬去世后，瑶台儿绕着紫姬的棺材哀叫，不肯离开，晚上睡在茵席上。唉，小动物尚且如此待他，更何况我呢？

卷四

紫姬冰雪聪明，没有什么是她不能领悟的，大多情况下她都韬光养晦，并不言明。我的祖父奉政公向来精通音律，水草丰茂、兰花妖艳的夏夜，叔叔总是和他的朋友相约在玉树堂中，以花为伴，饮酒赏月，按照乐谱演奏乐曲。祖父总是在北边窗口踮着脚听，他沉浸其中，十分开心。

在芙蓉小苑中，花影似潮水一般，从一条白色墙外隐隐传来笛声，紫姬从远处听着，就能指出哪一部分出现了失误，对照乐谱检验丝毫不错。邗江的乐部，一直都归属尚衣，每年都要花费掉很多的银两，为朝廷选拔精通音乐的人才。苏州地区享负盛名的艺人都聚集在这里。正月十四日试灯日，凉风习习，选客们在一起举杯畅饮，灿烂的灯火照亮了天空中的银河，鱼龙戏水，变幻莫测，各种美妙的音乐交汇，花草的芬芳洒满厅堂。深夜时我才回到家中，问紫姬觉得今天的演出怎么样，紫姬笑着没有回答我。原来是因为我母亲素来讨厌喧嚣热闹，晚上一个人坐在炉火旁饮酒，紫姬担心母亲孤独，就圈起袖子服侍照顾母亲。虽然母亲体贴地让她去看热闹，她却推辞不肯前去，于是整夜的美妙音乐和热闹景象，她都没有听到，也未能看到。此后，我每次听到音乐就会心痛，比向秀听到山阳邻人的笛声时还要痛。

紫姬美若出水芙蓉，不喜欢浓妆打扮，像春天的杨柳一般，风流洒脱。我的母亲经常感叹说“紫姬天生丽质、明媚皓齿，却总是穿着素净的衣服，化着淡淡的妆容，这样的确清秀雅致，但终究是不合适”。壬午年初夏时节，芍药花竞相绽放，我们要带着祖母到红桥去游玩，萼姊、茗妹等人，都争着打开箱奁帮助紫姬打扮梳妆。打扮后的紫姬，好似明月一般光彩照人，又似云霞一样绚丽多姿，在珍珠美玉的装饰下，更显亭亭玉立，美若天仙。陇西郡侯的家眷，当时也乘坐华丽的马车出来赏花，恰好和我们在筱园的花海中相遇了。她们争着惊讶说：“我们这是在参加瑶池会吗，还是在游历南海天池？那个身穿锦衣华服，身材婀娜，容貌标致的女子，应该就是《洛神赋》中踏着芳草花香而来的采珠神女吧？”回想紫姬嫁给我的四年时间，这是我唯一一次，看到她穿如此靓丽明艳的衣服。看着紫姬留下的衣服鞋子，没用完的香粉，金银首饰，怎能不令人痛哭流泪呢？

紫姬喜欢月色，但是最爱的还是雨景，她曾经说：“董小宛认为月夜最是安静，殊不知下雨之时更加安静。下雨之时，笼起衣袖点上汉香，放下帘子，安逸地坐着欣赏门前的花开花落，此情此景会让人物我两忘、超然脱俗。”

我因此创作了一首《香畹楼坐雨》，诗中写道：

剪烛听春雨，开帘照海棠。
玉壶销浅酌，翠被幂余香。
恻恻新寒重，沉沉夜漏长。
宛疑临水阁，无那近斜廊。

那时，是我一生中最安逸也最为逍遥的时候。今年春天我在《香畹楼坐月》词中这样写道：

蟾漪浣玉，人影天涯独。镜槛妆成调细粟，应减旧时蛾绿。归来梦断关山，卷帘暝怯春寒，谁信黛鬟双照，一般辜负阑干。

我还有一首词，叫《香畹楼听雨》，词中写道：

梦回鸳瓦疏疏响，灯影明虚幌，争奈此夜天涯，细数番风况近玉梅花。比肩笑向巡檐索，怕见檐花落。伤春人又病恹恹，拚与一春风雨不开帘。

萧黯之音，自然流露。云摇雨散，邈若山河。从此雨晨月夕，倚枕凭栏，无非断肠之声，伤心之色矣！

我是个樗栎庸才，有幸得到阁部河帅、节使都转和琅琊观察、延陵观察的赏识提拔，整治水利、领兵作战，任怨任劳。但是每次离家时，我总是恋恋不舍。中途经过紫姬的娘家，心中的离愁别绪更加强烈，凄凉的心情最终酝酿成饱含悲愁的诗词。

仍然记得，在壬午年的初秋，我借住在碧梧庭院，给在广陵的紫姬寄过一首《芜城》词，词中写道：

新涨石城东，雪聚花浓。回潮瓜步动寒钟。应向秋江弹别泪，长遍芙蓉。金翠好帘栊，燕去梁空。窗开偏又近梧桐。叶叶声声听不得，错怪西风。

还曾在纫秋水榭面对月光写过一首词，词中写道：

深闺未识家山路，凄凄夜残风晓。雾湿湘鬟，寒禁翠袖，曾照银屏双笑。红楼树杪。怕隐隐迢迢，梦公难到。万一归来，屋梁霜霁画帘悄。凭阑愁见雁字，问书空寄恨，能寄多少？水驿灯昏，江成笛脆，丝鬓催人先老。团圞最好。况冷到波心，竹西秋早，待写修蛾，二分休瘦了。

香影阁主人读过这首诗后，停留片刻后，若有所失地说："此时此刻，皓月当空，芬芳馥郁，你和紫姬只是暂时地分开，你就如此悲伤难过，好像《阳关三叠》和《河满子》所演唱的，声声入耳，悲痛感人。确实用心良苦，但为何要如此凄凉呢？"作这首词的时候我并非故意这样写，听了他的这番话后我也感到十分自责，最近几年总是四处漂流，浮生若梦，转眼成空，过往之事像尘烟一般，让人不禁伤心欲绝。李商隐的《锦瑟》中说："此情可待成追忆，只是当时已惘然。"雪白的纨裳上空印着明月，华美的乐器和断墨上都布满了灰尘，让人突然生出碎琴焚研的恨意。

去年秋天，我被批准留在江南，紫姬知道后喜形于色，说："一直以来我都希望能够见到亲生父母，并给亲生母亲扫墓，公子如今要到南京做官，母亲大人命我和您一同前去，服侍照顾您，我终于有机会实现我的夙愿了，若能如此便死而无憾了。"她这番不吉利的话让我十分诧异，我连忙用其他话岔开了。我的祖父奉政公恰好此时生了病，我服侍在他身边，不忍心就此离开。官场同僚都说："节使、河帅对你有这般恩情，按理说公子应该前去拜谢才是。"紫姬说："两位长官都是当世的大贤士，他们是因为欣赏您的才能，所以才向朝廷举荐您，他们的初衷是为国家搜寻有才人士，并非是想让您去拜谢他们，铭记他们的私情，况且您因为照顾生病的祖父，而迟迟不能出发，又如何表达歉意呢？"这时我祖父挂念江淮的水患灾情，说我应以报效国家为重，便催我赶快出发，于是我这才沿江西上。阁部审查得知我祖父身患重病后，就批准我请假回来。紫姬说："我听说明君靠孝道治理天下，阁部审查的善良，真的不是一般人可以比的。"此后半个月，紫姬和我与家中长辈一同用心照料祖父，为他端汤喂药，紫姬只吃些清淡的斋饭，不吃盐豉，坚持烧香礼佛，我的祖父最后还是一病不起。在这半个月中，我能够在祖父身边照料他，送汤喂药，尽些孝道，这一切都是阁部的恩赐啊。八月下旬，我突然被宣布不能留任江南，九月中旬，我们全家搬回来苏州，而紫姬回娘家为母亲扫墓的心愿也就落空了。她既为祖父的离世悲伤，又对她的亲生母亲十分怀念，在人前强颜欢笑，在深夜却独自哭泣。十月中旬，我又接到命令要渡过长江到淮河去，紫姬独自在家照顾生病的允庄，这半年时间，紫姬历尽悲伤，好似茹冰食蘖一般。唉，这些伤心刺骨的事情，对庸碌无情的人尚且很难承受，更何况她如此柔美多情，又如何能承受这些煎熬呢？

七月二十日，我陪同客人们坐在纫狄水榭中，恭敬地阅读母亲寄来的信件，信中说："紫姬病逝，让我伤心欲绝。你的悲痛孤独，我自然能够体会到。虽然如此，但你的性情一直都仁慈孝顺，即便在如此悲痛的时候，我想你仍会时时挂念着祖母和我两个老人。寄去我为紫姬写的传记，这是据实而写的，并未考虑工笔，借以抒发我内心的悲痛，其中没有任何夸大成分，紫姬对此也当之无愧。"我又小心地打开了另一册书信，洋洋洒洒快两千字，读着读着，便泪眼迷离，不忍卒读。

当时玉山主人、鹅湖居士都在，他们感慨地说："紫姬如此贤惠孝顺，使全家和睦，不知道的人或许会说您对她的悲痛之情太过了，现在读了太夫人写的这篇传记，才知道公子如此对待紫姬，实属天经地义，紫姬美好的品行确实值得你这样做。"蕙绸居士说："紫姬的贤惠孝顺，太夫人的慈祥仁爱，二位的真情凝结，由心而发创作此文，这是世间难得的文章。紫姬有了这篇传记，可以与世长存了。本朝以来，妾室中也只有她享有这样的荣誉。"紫姬呀，我为追忆你而写的文字纵有千言万语，也比不上母亲的这篇传记，它足以让你名垂不朽。艳丽芬芳的花朵，生长在尘土之中；美妙的音乐，创作于绝弦之后。彤管记录了静女的美丽，黄绢幼妇的词句铭刻在碑文上，紫姬呀，你的灵魂得到慰藉了，从今以后，我也可以不再为你写作了。